ナラ・レポート

津島佑子

人文書院

ナラ・レポート　目次

photo: Sai photograph

ナラ・レポート

0　ごくまともなはじまり

かすかな光の点滅のように、あるいは、とても小さなさざ波のようにはじめは感じるものなのだろうか。それとも、こそばゆい感覚とともに、なにかが遠くをよぎっていくように感じるのかもしれない。

少年は思いを集中させつづける。とまどいながらも確信をこめて、想像の重力に身をまかせる。確信はある。なぜなら、それは自分の母親にほかならないのだから。ずいぶん前にこの世を去っても、母親は母親にちがいないのだから。地上にひとり残してきた自分の息子に無関心でいられるはずはない。なによりも、息子のほうはこれだけ特別に強い思いを、光ファイバーよりもはるかに迅速確実なつながりで届けつづけているのだから。

地上にひとり残された息子は泣き叫んでいる。今この時間、泣きわめいているわけではない。実際に泣いているのは、夜のほんの短かい時間だけ。しかも、小さな子どものように大声を張りあげ、手足を派手に振りまわして泣くわけでもない。そんなことはできない。でも、体の奥ではいつでも、そのように泣きじゃくっている。体を投げだし、頭を、こぶしを地面に打ちつけ、その泣き声を遠い空にまでひびかせ、涙で地面を泥沼に変えてしまう。死んだ母親には、そうしたありさまが見える。死者の眼にはちゃんと見えるのだ。

でも、まずはこの泣き声で死の世界にいる母親を呼び起こさなければならない。

死という空白のなかで無感覚に浮かびつづけている母親は、かすかなさざ波を感じはじめる。その波のゆらぎが次第にひろがる。光の点滅のようにも感じるだろう。それはやがて、一筋の音になって、母親の世界に突き進んでいく。母親は、痛い、という感触を思い出す。熱さ、というものも思い出させられ、それをまぶしい、と感じるだろう。死の空白が溶け、そして、崩れていく。

十年前に死んだ母親はそのようにして、この世界に呼び寄せられる。

——ふうううう……。

少年の眼の前に坐る、色の白い肥った中年女、それとも老女が息をながながと洩《も》らした。女の背後には、いかにもインチキ臭く見える安っぽい祭壇が設けられている。金ぴかにひかる鏡らしいものを中心に、位牌に似た形の黒いものや布の絵が並び、まわりには五色の長い布が垂れ下がっていた。そんな八畳の座敷で、少年は女と二人きりで向かい合い、息を殺して母親の声が聞こえてくるのを待ち構えた。

白い着物をまとった女は眼をつむり、背を丸め、全身を震わせつづける。

——ふう、ふううう……。

死者の霊を呼ぶことにかけて、この地方では名高い霊媒師だった。そのぶん、前払いの料金もかなり高い。女の霊能力を疑うつもりは、少年にはなかった。が、それだけで充分と安心もできずにいた。確実に、母親を呼び寄せなければならない。女の霊能力に自分の思いを重ねる。息子たる自分の思いだけでも、母親の凍りついた世界を貫き揺さぶることはできるだろう。でも、やはり確実性には欠ける。現実のこの世で、死んだ母親と確かな形で対面したかった。言葉を交わしたい、と願った。そのために、霊媒師の能力を貸してもらう。両方の力で、はじめて母の霊を本当に呼ぶことができる。そうして呼び起こされた母親はこの息子、まだ十二歳の息子を自分の両手で支えずにいられなくなるにちがいない。たった二歳にすぎなかった息子を残して死んでしまった母親は、自分の責任がまだこの世に残されていることを思い出す。

少年は自分なりの結論にようやくたどり着き、この日、この場所まで、ひとりで訪ねてきたのだった。

もちろん、少年は今まで、実際に霊媒師という類いの人間が自分の身近に存在するとは、まったく知らずにいた。親代りの祖母は知っていたのかもしれないが、話に出したことはなかった。二週間前だったか、祖母の知り合いが訪ねてきて、大声で何度も、イコマのイシキリ、と祖母の耳に吹きこんでいた。そこに行けば、ありがたいオガミ屋さんがいて、ナヤミゴトをなんでも解決してくれる、耳も聞こえるようになるし、足腰の痛みも消えてしまう。祖母は聞こえない振りをして、客に返事もしなかったが、少年は早速、その場所を地図で調べてみた。イコマ山の向こう側、つまりオオサカ寄りの山中だった。小学校が夏休みに入ってから、そこに電車で通い、霊媒の先生の名前を調べあげた。その料金もノートに書きつけた。十二歳の子どもに対して、だれもが親切だった。死んだ母親と会いたい、などと言えば、なおさらだった。さいわい少年には父親からの送金があるので、お金の心配もなかった。順調過ぎるようなこんな成り行きにも、死んだ母親の配慮が働いている気がしてならなかった。

――ふうううう、ふう……、オマエハ、ワタシノ、アノ小サカッタボウヤナンダネ。ふうう……。もりお、ナンダネ。大キクナッタンダネエ。……

女は苦しげに、かすれた声を喉からしぼりだしはじめた。少年はうっかり笑いだしそうになり、あわてて口もとを引きしめた。信じられないほどありきたりの、決まり文句だと思った。とは言っても、テレビでこれと似た場面を二、三度見かけたことがあるだけなのだから、なにがありきたりなのか、実際には判断する資格もない。旧式の冷房装置が騒々しくその座敷を冷やしつづけていた。外での汗がすっかり引き、Tシャツ一枚では鳥肌が立つほど室温が下がっている。イシキリの、大小の神社が並ぶ参道は行き交う人が多く、お祭りでもあるのかと思うほどにぎやかだったが、そこからだいぶ奥まったこの辺りには、セミの鳴き声ばかりが緑の深い木立にひびいていた。

部屋の寒さに肩をすくめ、少年は女の霊力にとりあえず敬意を払うため、こちらからもごく「ありきたり」の挨拶を「母の霊」に返した。

――……うん、もう十年経つから、ぼくも十二歳になりました。小学六年生です。体はあまり、大きくなっていないけど。……

——ふうふうう……、アカンボノコロノ、オモカゲガアルヨウナ気モスルケレド……、アア……、長イ、長イ時間ガ経ッテ、ソノアイダ、オマエモ、サゾカシ、サビシカッタコトダロウ……、母ノワタシモズット、ズット……

女の苦しげな声がつづく間、少年は女と同じように眼をつむり、膝に置いた両手を握りしめて、本格的に自分の思いを母親に集中させはじめた。母の霊はついそこの入り口まで来ているはずなのだ。きっと本当に、そこまで来て、この息子をためらいとともに見つめている。

〈……お母さん……、お母さん、としか呼べないから、お母さん、と呼ぶよ。……お母さんは感じたんだね。ぼくが泣いているのを感じていたはずだ。ぼくが悲しくて泣いているんじゃないということも。……そんな涙をぼくは流さない。お母さんもそうだったんじゃないか？ぼくのそういうところはお母さんとても似ていると思う。男の子は母親に似るって言うし。オババも、ぼくによくそう言う。と言っても、あのひとはチチの母親だから、お母さんについてはなにも知らなくて、ただのイヤミとしてぼくにそう言うだけなんだけど。……ぼくはつまり、くやしくて、腹が立って、すごく腹が立って……。悪いことがどんどん起きている。悪いことしか起こらない。いよいよもう、どうにもならなくなってきた。……お母さん……、お母さんにはわかる。ぼくのやったことが理解できる。ぼくのお母さんなんだから……。〉

一カ月前の夜の自分を、少年は母親のためにたどり直す。眼をつむったほの明かるい闇に、少年の記憶はビデオの画面のように、でも音は聞こえないまま、鮮やかに映しだされた。死霊である母親はその画面を丸ごと、自分の記憶として受けとめる。この世とのつながりがそこから新たに生まれる。そんな風に、少年は死霊というものについて推測していた。

死霊というものは本来、きれいにからっぽの存在なのだ。いくら待ちつづけても、今まで一度も母親の亡霊に出会うことがなかった。死者のオンネンとか、タタリというようなものなど、いっさい信じられない。死は単純に、その存在が消えるだけのこと。でも、「なにか」が大気のどこかに残される。その可能性までは捨てられなかった。からっぽの鏡のような、「なにか」。生きている者の記憶がそこに吸いこまれ、言葉が吸いこまれ、感情が吸いこまれていく。そして、からっぽだった「なにか」に死霊としての体裁が整っていく。

少年の記憶の画面が、母の霊を照らしだしながら動きはじめる。


六月終わりの深夜。あと三十分で、七月一日に日付けが変わろうという時間。

梅雨の間のナラ盆地は重い湿気に押しつぶされ、色、光、音、におい、なにもかもが青ミドロの沼に沈みこむ。熱気が淀んで、青ミドロは増殖しつづける。

下の板が黒く腐りはじめている古い板塀の木戸口から、十二歳のモリオは砂利道に出て、傘を持たずに、ひとりで急ぎ足に歩きはじめる。霧のような雨がじめじめと降りつづく。雨滴に濡れた砂利道が水銀灯の光で白く浮かびあがる。モリオは無地の紺色のポロシャツに、ベージュのバミューダ・パンツを身につけている。どちらも着古したもので、汚れたらそのまま、捨てるつもりでいる。黒いナイロンのナップザックがモリオの背中で小さく揺れる。十二歳としては小柄な体で、手足も細い。少し長めの髪の毛にはくせがあり、全体に波打っている。母親に似た髪の毛。顔立ちも母親に似ている、とくに鼻と口の辺りが。モリオは住宅街の道を二百メートルほど進む。そこで市内の幹線道路に出る。モリオは速い足取りを変えずに、左に曲がる。

幹線道路に出ても、あいかわらず、街は静まりかえっている。車も通らず、まして、人の姿は見えない。モリオはひとりで行進するように、足と両手を高くあげ、そのリズムに呼吸も合わせ歩きつづける。眼に見えない細かい雨に一筋の鋭い切れ目を入れる心地で、モリオは行進する。顔に水滴がかかり、それが汗と一緒になって、首筋に流れはじめる。髪の毛も水気を含んで、頭に重く貼りつく。ワン、ツー！　ワン、ツー！　モリオは自分に号令をかける。ワン、ツー！　ワン、ツー！　呼吸を乱さないように。街の青ミドロに負けないように。

静かな夜の街では、だれもが家のなかで、湿気を吸いこんだふとんに身を横たえ、最後の息をそっと引き取ろうとしている。家のなかにはもうとっくに、青ミドロがいやなにおいを放ちながらはびこっている。モリオの住む家でも、祖母は青ミドロに窒息し、しわだらけの体を静かに腐らせていく。

幹線道路の水銀灯は大きい。そのため、歩道は明かるい。道の両脇のどの店も、どの家もシャッターをおろし、電気を消し、モリオに背を向けている。モリオはひとりで行進をつづける。前方から、長距離トラックが色とりどりの光のかたまりになって近づいてきて、モリオの姿を歩道に見届けても、合図のクラクションも鳴らさずに過ぎ去っていく。

道の両側から人家が消え、蛍光色にひかる芝生の緑が右手にひろがる。寺の境内なのだが、広すぎるのと芝生のせいで、公園のようにしか見えない。左側にも県庁や裁判所の陰気で大きな建物がつづくばかりで、こんなところをこの時間にうろつく人はいない。それだけに、モリオの姿はめだつ。とっさに隠れる場所もない。モリオは行進の速度をあげる。ワン、ツー！ワン、ツー！　規則正しく息を整え、勢いよく手足をきびきびと動かす。雨と汗で濡れた頭に、青ミドロのにおいがまといつく。ポロシャツからも同じにおいが立ちのぼってくる。少しでもスキを見せたら、この青ミドロに口をふさがれ、鼻も耳も閉ざされ、息を奪われてしまう。モリオはすべての意識を行進のリズムに同化させ、前に進みつづける。

道はゆるやかな登り坂になり、大きな十字路にさしかかる。モリオは左に曲がり、そこで足を止める。前方に、黄色い車体の観光バスが四台も縦に並んでいる。水銀灯に照らされたバスの窓ガラスを、モリオはにらみつける。雨に濡れて、四角く横に並ぶ暗い窓が、モリオを意地悪くにらみ返す。モリオは注意深く、バスから眼をそらさずに歩きはじめる。バスの車体の下は真っ暗で、そこからモリオに向かって黒いものが這《は》い出てくる。でも、モリオはそんなものにおびえたりしない。無視していれば、向こうのほうがあきらめて、ふたたび車体の下に戻っていく。

モリオは元気よく、行進をつづける。ワン、ツー！　ワン、ツー！

すでに、ナラ公園のなかに入っている。ナラ公園は人間ではなく、シカの住む場所だ。青ミドロのにおいが微妙に、シカのフンのにおいに変わる。シカたちが広いナラ公園のあちこちで身を寄せ合い、夜の雨に濡れながら、夢の世界に沈んでいる。体の大きなオスジカは群れから少し離れ、枝わかれして重くなった角を雨にひからせて眠る。メスジカたちは子ジカを囲み、降りかかってくる雨滴を払うためにときどき体を震わせながら、規則的な寝息を洩らす。子ジカの耳やシッポがときおり、小さく震える。そんなシカたちの様子が、モリオの眼にはよく見える。モリオはシカたちに近づいていく。

低い柵を越え、モリオは歩道から芝生のなかに入る。歩道からはずれても、ここは「世界遺産」の観光地なので水銀灯が完備され、その光は芝生にひろがり、闇に閉ざされはしない。芝の根もとに溜まった雨水でたちまち、スニーカーと靴下が水びたしになる。剥《む》き出しのすねに、芝の細かい葉がこびりつく。バミューダ・パンツにも貼りつき、緑の模様を作っていく。芝の葉裏や、木立の葉かげに眠っていた蚊が、モリオの体温に反応して、眼を覚ます。木の枝からしたたり落ちる雫《しずく》とともに、羽根を鳴らして、蚊の群れがモリオに迫ってくる。モリオのやわらかな頬、首、耳たぶ、腕、さらに手の指、ポロシャツ、パンツのなかにまで蚊は侵入して、鋭い針でモリオの血を吸う。モリオは蚊を見つけては、容赦なくたたきつぶす。六匹、七匹。でも、その十倍、二十倍の蚊が、モリオの体を取り巻いている。雨のなかで、モリオの蚊に刺された体は熱を帯び、発光しながらふくらんでいく。

モリオは木立のなかを進む。霧が木の葉に溜まり、重い粒に育って、断続的にまとまって降りそそいでくる。モリオの耳にセミの声がひびきはじめる。セミの声に似ているけれど、夢のなかで叫ぶシカたちの声なのかもしれない。モリオ自身の声なのかもしれない。雨のなかで、ナラ公園そのものがうめき声をひびかせている。木立が白くひかり、小さく大きく揺れる。芝がしぶきをあげて波立つ。シカのフンのにおいが濃く漂う。蚊の群れに包まれたモリオは、シカたちに向かって進みつづける。

枝をひろげる大木の下に、十数頭のシカが身を丸めて眠っている。雨滴に蔽《おお》われたシカたちの毛並みがぼんやりと銀色の光を放ち、それはモリオの眼に、アザラシのような海の動物に映る。シカの耳はとても敏感なので、モリオはできるだけゆっくりと、静かに足を運びはじめる。モリオの体もシカたち同様、雨滴と芝の葉にすっかり包まれ、今は人間のにおいが消え失せ、青ミドロとシカのフンのにおいに染まっている。シカたちは少なくとも、においではこのモリオという人間の接近に気がつくことはない。

眠るシカの群れまで、あと十メートルというところまで近づく。そこでモリオはナップザックを肩からおろし、ナイロン製のロープと登山用ナイフを取りだす。わざわざオオサカまで出かけ、登山用品の店で買い求めた。とくにナイフについては、万が一、山中でクマやイノシシに出会ったときに役立つのかもしれない、刃渡り二十センチの大型のナイフを選んだ。店の人はまだ十二歳のモリオの、そんな買物を怪しみもしなかった。

モリオはナイフの革製のカバーを取りはずす。それを右手に構え、輪にしたロープを左の手首にまわしてから、すり足でシカたちににじりよる。

群れから少し離れて、大きな角のめだつ三頭のオスジカが眠っている。そのうちの、角があまり発達していない一頭を、モリオは自分の目標に定める。手順はもう頭に刻みこんである。すばやく、的確に。

あと五メートル。群れのなかで、尖った耳がひとつ、ふたつ、震えはじめる。あと四メートル。シカの耳がモリオに向けられる。白いシッポが痙攣《けいれん》し、ふくらむ。

息を止め、モリオはナイフを握り直して、目標のシカを目がけ全速力で走る。オスジカの耳が素早く動き、角が揺らぐ。その首にロープを投げかけながら、モリオはオスジカの背にのしかかる。同時に、シカは耳障りな悲鳴をあげ、立ちあがろうとする。オスジカの体はモリオよりも大きく、力強い。モリオはシカの太い首に抱きつき、ロープの輪をなんとか引きしぼろうとする。シカは叫び声とともに頭を振りまわし、前脚で芝をしきりに蹴りつける。雨水と芝の葉が勢いよくまき散らされる。

ロープの輪をしぼろうとしても、右手のナイフがじゃまになって思うようにならない。少しでも両手の力をゆるめれば、そのとたん、振り落とされてしまう。オスジカの首の筋肉が、モリオの腕のなかで熱く脈打つ。

まわりのシカたちが一斉に起きあがり、笛のような声とともに、ひとかたまりの群れのまま駆け去っていく。その声が四方にひろがり、夜のナラ公園全体にこだまする。

モリオはロープでシカを窒息させることはあきらめ、右手のナイフでシカの喉の位置を探り、刃先を一ミリ、二ミリとねじこませていく。一気に刃を突き立てたくても、この状態ではそれができない。

オスジカの首はさらに熱くなる。モリオの体を背に乗せたまま、ついにオスジカは立ちあがる。頭を振りたて、後脚を蹴りだし、喉の痛みと怒りに、その身を激しく躍らせる。

振り落とされたら、オスジカの角でモリオのほうが殺される。モリオはナイフの刃先をシカの喉にねじこませつづける。シカの背から落ちまいとする力が、ナイフの刃先に加わる。左の手首に巻いていたロープがシカの前脚にからんでしまったらしく、シカが動くたびにモリオの手首は引きちぎられそうになる。

シカは叫びつづける。

モリオもうめきつづける。

眼をつむっているモリオの右手にオスジカの血が噴きあげてくる。スプレー缶に穴を開けたような血の勢い。手に持ったナイフが飛ばされそうになる。うめきながら、モリオはナイフにしがみつく。シカの背のうえで、モリオの体は右に左に、上下に揺さぶられる。どこまでがシカの体なのか、自分の体なのか、モリオには区別がつかなくなる。ナイフの刃先とともに、モリオはオスジカの体のなかに潜りこんでいく。血液が逆流し、渦を巻くシカの体の内部は熱くて、息ができない。モリオは涙を流しながら、声を張りあげる。それでもナイフは手放さない。両手でナイフの柄を握り、ぐるぐるまわしはじめる。ナイフを中心に、モリオとオスジカは血の渦のなかで回転し、まわりの木々も回転し、ナラ公園全体が回転する。

モリオの体は突然、渦の底に突き落とされる。音も熱も消え去る。芝生に溜まった青ミドロとシカのフンのにおいの淀む雨水が、口のなかに入る。肩に重い痛みが食いこみ、モリオの体が回転する。痛みで声が出ないまま、モリオは頭をもたげ、うしろを振り返る。オスジカが角をまっすぐ前に向け、もう一度、憎むべき自分の敵を攻撃するために身構えている。モリオは逃げだすことができない。顔をゆがめ、低くうなり、オスジカの角を見つめる。近くで見ると、それは石でできた頑丈な棒そのものだ。シカの眼が角の向こうにひかる。そして、シカの口からは赤い泡が噴き出ている。

オスジカはもう、声を出してはいない。鼻から吹きでる荒い息が、モリオの息と混ざり合う。赤い泡を地面にこぼしながら、オスジカはモリオを目がけ突進する。シカの青くひかる眼がモリオの体を貫く。オスジカの角がモリオの背中を突きあげる。モリオの体は宙に浮き、芝生に雨水のしぶきを散らして落ちる。痛みに全身がしびれる。その体に、オスジカの体が崩れ落ちてくる。苦痛に燃えるオスジカの体の重みで押しつぶされ、モリオは一瞬、自分の苦しさを忘れて、その重みに感嘆する。オスジカの重量を全身で直接、味わいながら、モリオはすすり泣く。オスジカの体は震えつづける。鼻息なのか、喉から流れる血の音なのか、モリオの耳もとにざわめきが押し寄せては引いていく。

このまま、オスジカとともに意識を失ない、この世を立ち去ってもいい、とモリオは思う。シカの重みで体がしびれ、息もまともにできない。でも、モリオにはそれが心地よく感じられてならない。もう、動きたくない。ここから離れたくない。モリオはひっそりと泣きつづける。

ワカクサ山の方角からひびくシカたちの鳴き声が、モリオの耳を打つ。モリオは深く息をついてから、体をよじらせ、オスジカの体から逃がれ出る。体のあちこちが痛い。とくに、左肩が痛みで動かせなくなっている。そして、オスジカもまだ死んではいない。前とうしろの脚で空気を蹴り、腹を波打たせながら、血だまりのなかでモリオを青くひかる眼で見守っている。

モリオは痛みを引きずりながら立ちあがり、自分のナイフを探す。オスジカの体から三メートルも離れた芝生のうえに転がっていた。モリオはそれを拾い、ポロシャツで刃先の血を拭ってから、オスジカのもとに戻る。シカは青い眼でモリオの姿を追いつづける。その体は血の色に染まっている。モリオの体もシカの血で濡れ、そうして、口からは赤い泡が噴き出ているのかもしれない。喉には深い穴がえぐられ、ひゅうひゅう音をたてて、そこから息が洩れていく。

モリオはナイフを振りあげ、勢いをつけて、オスジカの赤く濡れた胸に突き立てる。一度。二度。三度。それから、シカの顔をのぞきこむ。シカはモリオを見つめ返す。

さらに、オスジカの首を横から突き刺す。そこからも血が流れ出る。でももう、さっきのような勢いはない。

オスジカの眼の青みが増していく。

オスジカの腹を上から下に、力まかせに切り裂く。内臓が蒸気を噴きあげてとび出る。いつだったか嗅いだことのある果物のにおいがひろがる。水色とピンクの混ざった、真珠色の大腸がうねる。心臓、あるいは肺といった命のもとになる臓器がどこかに隠されている。でも、人間も含め、動物の内臓についての知識をほとんど持ち合わせていないモリオにはその場所の見当がつかず、見分けもつかないので、それを探す代りに、適当にナイフを内臓のあちこちに突き刺していく。

オスジカはそのモリオを見守る。

最後に、モリオはオスジカの両方の耳を切り取る。シカの肉をえぐり、家に持ち帰って料理してもいい、と考えてはいた。けれども肉のかたまりを切り取るには、さらに高度な技が必要らしいとさすがに気づかされ、その作業を考えるだけでうんざりした。せめて耳を記念として持ち帰る。それで充分。全身がだるく、肩が痛み、眠気の坂にすべり落ちそうになっている。

ロープを引きずって、ナップザックを取りに戻る。ビニール袋のなかに、ナイフとロープを入れ、もうひとつの小さなビニール袋には、シカの耳を入れる。

オスジカは耳を失ない、血の流れで赤くなった顔に青い眼をひからせ、モリオを見つめる。モリオもシカを見つめる。それからシカに軽く頭をさげ、別れを告げる。赤い泡のこぼれるシカの口が開き、そこから金属のきしむような声が低く吐き出される。

モリオは近くの池まで歩く。そこで服を脱ぐ。左の肩が痛くて腕を動かすのがむずかしい。

青ミドロの発生源としか思えない濁った池の水にいつもなら近づく気にもなれないのに、今は観念して鼻をつまみながらそのなかに入り、顔と体の血を大急ぎで洗い流す。そして早々に水から出て、ナップザックのタオルで体を拭く。左肩の痛みに、思わず声が出る。替えに用意しておいた下着、ショートパンツ、Tシャツ、靴下を順番に身につけていく。スニーカーだけは替えがないので、池の水で簡単に洗い流してから、靴下をはいた足を入れる。汚れた服は丸めて、三番めのビニール袋に押しこむ。

ナップザックを背負い、疲れた足どりでナラ公園から立ち去ろうとするモリオの姿を、オスジカはなおも青くひかる眼で見つめつづける。耳を失ない、喉に穴が開き、腹が裂けたオスジカは眼を閉じることを忘れてしまっている。……

〈でも、どうして!〉

声がひびいた。そんな気がした。母の声なのか。少年はそう思った。母親の本当の声を知らなかったけれど、この場合、ほかの声が聞こえてくるはずはない。少年は頭のなかを母親のためにからっぽにして、もう一度声が聞こえてくるのを待った。

〈……でも……〉

ためらいがちに耳にひびく声は、若い女の声だった。少年の母親は三十二歳で死んでいる。それから十年経っても母親の年齢は当然、三十二歳のままなのだ。

〈……どうして……〉

――ちょいと、いい加減にしいや!

ふたつの声が重なった。体を震わせて、少年は眼を開けた。白い着物を着た丸顔の中年、あるいは老年の女が、少年のすぐ前に坐っていた。

――いくら子どもでも、そないに寝てしまうのは、失礼やおまへんか。せっかく、あんたのお母さんの霊をお呼びして、話をしていただいたのに……、あんた、本当は冷やかしやね。ほれ、もう時間が来たさかいに、霊は今、お帰りになった。もう終わりや。あんたもお帰り。

つるつる肌はひかっているのに、女の丸い顔には細かい皺が頬や耳たぶにまで寄っている。その皺のなかで小さな眼がいびつな三角形になり、少年をにらみつづける。膝を立てながら、少年はつぶやき返した。

――ぼく、寝てたわけじゃない。

女はこれみよがしに、大きく息をついた。

――……子どもなんぞ、親の思いに比べたら、冷淡なもんやなあ。あんたのこと、えらい心配なさってたぞ。こちらに残してきたモリオがひとりでどうしているか、いつも心配しとるそうや。それが当のあんたは太平楽で、たっぷりお昼寝しとる始末。やれやれ。あんたのお母さんは心配のタネだけを増やして、あちらの世界に戻られたことだろう。

――ちがうよ。……でも、もういいや。帰ります。ありがとうございました。

少年は立ちあがり、一応、礼儀正しく挨拶をしてから、畳のうえを慎重にゆっくりと歩きはじめた。木綿の靴下が足をすべりやすくしていた。襖《ふすま》戸《ど》がこの部屋への出入り口になっている。背後に、物音が聞こえた。若い女が少年をこの部屋に案内し、となりの部屋から霊媒の先生を連れてきたのだったが、その若い女がまた、姿を現わしたのかもしれない。うしろを振り向かずに、少年は出入り口まで進み、襖戸に手をかけた。乾いた物音に混じって、ふたたび、声が聞こえた。

〈モリオ……〉

少年は立ちすくみ、振り返った。もちろん、母の霊など見えはしなかった。霊媒師の女がひとりで祭壇に向かい、道具を片づけていた。手伝いの若い女もいない。旧式の冷房装置で冷えきった室内の空気が急に、薄い紫色を帯びて見えた。曖昧にもう一度、会釈をしてから、少年はおそるおそる襖戸を開けて、外の廊下に出た。部屋のなかを念のために確認したが、やはり、なにもよけいなものは見えない。声ももう、聞こえない。あきらめて、襖戸を静かに閉めた。なま暖かい外の空気とセミの鳴き声がひとかたまりになって、少年の体を呑みこんだ。セミの鳴き声のほかに、音はなにも聞こえなかった。短かい廊下を玄関まで歩いた。コンクリートの三和土《たたき》に、少年のスニーカーと、女もののはき古した白いサンダルが並んでいる。小さなゲタ箱のうえには、観葉植物の鉢が置いてあった。だらしなく伸びた葉の半分が茶色に枯れている。上がり框《かまち》に腰をおろして、スニーカーの紐を結んだ。

少年は玄関のガラス戸を開け、家の外に立った。真夏の夕方の光がイコマの山に充ちていた。木々の梢《こずえ》の向こうに、オレンジ色のにじんだ空がひろがる。その空に見守られながら、少年はこわごわと夕方の光を胸に吸いこんだ。

I

ナラ

1

十二歳の少年モリオ、漢字で書けば森生が、これでこの小説の主人公として動きはじめることになった。

森生が聞いた母の声は実際のところ、幻聴のようなものだったのか。母の声を確かに自分の耳で聞いたと、森生は信じていた。でも一方で、自分の日常の出来事との区別を忘れてもいなかった。現実の世のなかは、死者を見たり聞いたりする場所ではないのだ。あの世はあの世、この世はこの世。あの世とこの世は互いに背を向け合っていなければならない。

この世の一員として生きている森生は、こうした決まりを好んで踏みはずそうとしているわけではなかった。森生は死んだ母親の声を聞いてはいない。でも、森生は母の声を聞きつづける。だれにも聞こえない声。体の内側の、いくら解剖されても見つけられない奥まった部分で起こった出来事だと受けとめるほかない、そうした「現実」の声。

　生者の世界から死者たちとどのように通信を交わせばいいのか、何年経っても死者への執着を捨てられない生者たちは、飽きることを知らずにありとあらゆる手段を思いついては試そうとする。遠い国の音楽のなかに、死者の声が聞こえるのか。夜の砂漠のただなかに立てば聞こえるのか。海のはるか沖まで行けばいいのか。死者のなじんでいた場所のどこかに、ビーズの粒のような秘密がひかっているのか。雑草の小さな花一輪に耳を押し当てればいいのか。思いついたときは、この方法こそ、と胸が弾んでも、言うまでもなくいつも落胆しか残されない。それでも、あきらめることはできない。必ず、なんらかの方法はある。なぜなら、死者がすぐそこにいることを確かに感じているのだから。現実でもなく、想像でもなく、もうひとつの世界に死者は漂っている。追えば消えてしまう逃げ水の世界、合わせ鏡のなかに生まれる果てしのない深みの世界に。

　もしかしたら、夢を通じれば、死者を見つけることができるのかもしれない。昔から生者たちは夢の世界に死者の世界を結びつけようとしてきた。夢のなかでは、時間の拘束が消え、空間の重力も解かれるので、死者と生者のへだたりがなくなり、二十年前の生者と五年前の死者が抱き合い、体のぬくもりを感じ合うことさえ可能になる。でも眼がさめたら、なにもかもが消え失せてしまう。文字通り、幻のごとく。

　夢は幻滅を誘い、悲しみを深めるだけ。眠っているときではなく起きているときに、実際の音として、死者たちの声を聞きたい。自分の問いに答えてもらいたい。霊を呼び寄せ、霊との会話を仲介する特別な能力を持つ人たちが、そこで待ち望まれ、生者たちの世界に登場する。

その能力を信じるか信じないか、そもそも、霊というものを信じるか信じないか、執着する人に死なれれば、あるいは、自分の死を受け入れなければならなくなったときには、霊なるものを信じ、霊を呼ぶ人たちの能力も信じずにいられなくなる。でも、人によってはどんなことが起きても、断固として、そんなものは信じられないと言い張りつづける。それにしても、死者たちはいったいどこに消えてしまうのか、だれにもその答を出すことはできない。

人の死そのものは昔も今も変わらない。心臓が止まった瞬間から急速に冷たく、固くなっていく肉体を前にして、今までの命の営みこそがよく言われるタマシイというものだったか、と残された者は実感させられる。タマシイについて具体的に証明できる人はいない。でも、肉体を見放したタマシイはどこかに残りつづけるのではないか。死者を忘れられない生者たちはタマシイが自分に近づいてくるときを待ちはじめる。待っていれば、きっとそのうち戻ってくるはずだと信じて。

母親が死んだときの記憶を持ち合わせていない森生も注意深く、母の霊が現われるのを待ちつづけていた。母についての記憶はほんのわずかしかない。髪の毛が顔にかかるくすぐったさ。抱きあげてくれたときの手の熱さ。母の着ていたタオル地のパジャマのやわらかな感触。母の首からぶら下がっていた金色の小さな時計。声や物音はおぼえていなかった。そんなわずかな記憶しか残されていなくても、母の死んだあと、森生は自分の世界で母の占めるべき部分が大きな穴として投げ与えられたのを感じた。いくら眼をこらしても、耳を澄ましても、それはからっぽの沈黙のままで、何年待ちつづけても、穴が小さくなるとか、かさぶたのようなものができるとか、そんな変化は起こらなかった。つまり、森生の眼の前に、母親の亡霊は一瞬たりとも現われてはくれなかった。

森生はまだ子どもだったから、母親というものへの甘えにもいつも包まれていた。自分の母親がぽっかり開いた穴としてしか存在しないのは、ひどく不当なことだと感じずにいられなかった。ナラに生まれ、ナラから離れたことがない祖母はナラのなかでもとりわけ古くさい人間なので、自分の孫の母親は幼い子どもを残して死んだからにはジョウブツできずにいるかもしれない、とときどき、おそろしげにつぶやくのだった。昔だったら、そういう霊はムエン霊として家の墓には入れなかった。今の時代だからこそ、だれもそんなことは言わないけれど、あの人も一人で納骨堂などに入れられて、それでおちつけるはずはない。そして祖母は家の仏壇に向かって、森生にはどうか悪さはしないように、タタリはかんべんしてくださいよ、と手を合わせながら、大まじめに頼みこんで、頭を下げる。ムエン霊への不安がそれでいったん消えると、現金に祖母はなにも思い悩まなくなる。もともと、森生の母親にはなんの関心もなかったのだ。どこかで知らないうちに森生を産み、いつの間にか死んでしまった女に親しみの持ちようもない。それでも森生と暮らしていると、定期的に、そうした自分の無関心に気がとがめ、不安になるらしい。

なにがムエン霊だ、と森生は腹を立てるよりも、祖母の言い分にあきれ、できるだけそっぽを向くようにしていたのだが、母の霊がどうなっているのかを思うとき、いくらかの悪影響を受けてしまったのかもしれない。ジョウブツできないならできなくて、なにが困るんだろう。そう考えずにいられなかった。ジョウブツできないと言われているくせに、ちっともおばけになって出てこようとしないし、タタリらしい騒ぎも起こそうとしない。きれいにジョウブツしてしまって、生きていたころのことを全部忘れ、ゴクラクとか、テンゴクですっかりボケ状態になっているんじゃないか。

あれこれ考え、いらいらしたり、恨んだり、呪ったりしてみても、肝心の母のタマシイについての現実的な手がかりはなにも見つけられないままだった。

そうしてこの六月、森生は自分が我慢の限界に達した、と感じた。からっぽの沈黙のなかに、自分から入りこんでいくしかない。「そのとき」が来たのだ。なにもないただの穴を正面から見つめつづけることは、それ自体がタタリのようにおそろしいことだった。穴を見つめているのではなく、穴に見つめられているように思え、そうすると、毎日、なにかを食べ、歯をみがき、服を着て、学校に行き、という自分の日常のなにもかもが無意味に感じられて、空を見ても、木を見ても、色がそこから抜け落ち、この世界から音もにおいも動きも消えていくようだった。森生はなんとしても、まだ死にたくはなかった。どんな人生だろうが、生きつづけたい、と真剣に願っていた。それでなのか、ゲームやケータイといった実体をつかみにくいものには警戒を感じ、その代り最近は、学校の気象観測クラブで雨量や温度湿度の記録を書き記し、天気図の書き方を勉強し、ついでに地図や海図も、これは独学で書きはじめていた。中学に進んだら、いろいろな川や山に行って、自分で測量してみたい、という希望もあった。

森生は小学六年生になっていた。六年になると、森生の住むナラでも国立私立の中学を受験する生徒と地元の公立中学に進む生徒が分離しはじめた。同じ教室にいても、互いに透明なガラスになって、知らんふりを装っている。おとなたちがイジメと呼ぶ、青ミドロのにおいがする国立私立組へのいやがらせも増えていた。地元組の森生はいやがらせとは無縁の立場だったが、もともとナラの子どもではなかったし、祖母と二人だけで暮らしている身なので、安心してはいられなかった。気がつくと、さまざまなタイプのいやがらせが本物の青ミドロのようにはびこっていた。ナラにしか見られない青ミドロもある、と森生は思った。もちろん、普遍的な青ミドロもある。その区別がむずかしかった。

それにしても、母の霊はこんなとき、どこで、なにをしているというのか。独力で生き抜こうとするたった一人の息子をなぜ、見守ろうとしないのか。

森生はある日、我慢するのをやめ、行動をはじめた。感情的な判断ではなく、自分としてはみごとに冷静な、そして論理的な結論に基づく行動のつもりだった。でもあとから考えれば、その行動はあまりに古典的な方法にしたがっていたことを否定はできなかった。つまり、生《い》け贄《にえ》と霊媒という組み合わせの、古代的パターン。

ともあれその結果、森生はそれまで悩まされていた穴の沈黙にかなり強引に、破れめを作り、死んだ母の声を念願通り、自分のかたわらに呼び寄せることができたのだった。少なくとも、自分だけの思いとして、そのように信じられた。

2

ナラ市内にはシカも多いが、ハトの数も負けてはいない。寺や神社の数に比例して、ハトの数は増えていく。ナラだけではなく、日本中、どこにでもいる灰色のハト。今さら、だれもつかまえようとはしないし、わざわざ殺そうともしない。森生のそばにいるためには、このハトの体を借りるのがなにより。

母の霊はそのように考えたのだろうか。

一羽の灰色のハトが森生の足もとをせわしく頭を振りながら歩きまわり、突然、人間の声で語りかけてきた。

〈モリオ！　モリオ！〉

その瞬間、森生の心臓は縮み、めまいがした。でも、声に聞きおぼえがあったので、すぐに母の事情を理解することはできた。

ハトの特徴をやむなく引き継ぎ、母の声は喉の奥でうがいをしているような声になり、かなりせっかちな口調にも変わっていた。それでも、母の声にはちがいなかった。いったい、ほかのだれが、この森生の名前を呼ぶというのか。

同じ鳥ならせめて、サギとか、キジ、あるいはタカの体を借りたいところだったけれど、そんな鳥でも今のナラ市内ではめだちすぎて、キジではまるでモモタロウだし、タカが肩にとまっていたりしたら、「タカを連れた少年」などと見出しのついた新聞記事にさえなりかねない。母の霊は一応、こんなことを考えてみたのかもしれない。イヌやネコを選ばなかったのは、森生がネコ嫌いで、イヌだと鎖をつけられる羽目になるという理由からだったのか。イタチやサルはこれも昔からのお話そっくりになって、自分でも気恥かしいし、ナラならシカがいいかと思うと、ナラ公園の外をうろついていると、きっとすぐに、ナラ公園に追い戻されてしまうだろうから、やはり都合が悪い。可能性がいくらでもありそうでいて、案外、選択はむずかしい。悩んでばかりもいられないので、とりあえずハトの体を借りることにした。めだたないのはいいけれど、どうしてこうも、ハトはおちつきのない鳥なんだろう！　優雅さというものがここまで欠けている鳥も珍しい！

母の霊はあたたかもこんな嘆きに身を細らせるようにして、ハトじみた声で森生に語りかけた。

〈モリオ！　モリオ！　でも、どうして？　どうして？〉

森生は図書館に向かって歩いているところだった。日本各地の、そして世界各地の雨量と温度湿度を調べるために、夏休みの残りの日々は図書館に通うつもりでいた。家には冷房のある部屋はひとつしかなく、そこで祖母と長い一日を過ごさなければならない。そのうえ最近、祖母は森生にいかにも悲しげな、かつ、わびしげな眼を向けるようになっていて、森生としてはいたたまれなかった。せっかくの夏休みなのだから、近場のヨシノとか、ヤギュウに一週間ぐらい遊びに行きたいと思わないでもなかった。でも、今はこのナラの町から離れるべきではないと、自分に命じていた。イコマのイシキリで母の声をかすかに聞いてから、まだ一週間しか経っていない。そうして森生はじつのところ、イシキリ以来、母の声が確実によみがえってくることを、自分の名前が森生であると信じるのと同じように、心静かに信じていた。

〈モリオ！　ねえ、どうして、シカを殺したの？　どうして、どうして？〉

ハトは森生を見つめながら羽根をひろげて舞いあがり、森生の頭のうえに小さな円を描きはじめた。その円を眼で追いながら、森生は息を吸いこみ、それからようやく口を開いて、ハトに答えた。自分にしか聞こえないひとり言の声で。

――……悪いことばっかり。悪いことが悪いことを呼んで、どんどんふくらんでいく。

〈だから、どうして？　どうして？　わかるように話して。話してよ！〉

——……だから、ナラがいけないんだ。そうとしか言えない。ナラはぼくを認めないし、ぼくもナラを認めない。でも、ぼくはナラに住んでいる。今のところ、ここを離れることはできない。じっとしていたら、ぼくはナラにつぶされて、こなごなにされて、シカのエサにされてしまう。だったら、どうしたらいい？　ぼくがナラをぶっつぶして、こなごなにしてやるしかないじゃないか。……

〈どうして？　どうして、ナラが悪いの？　ナラはただの場所よ、人間とちがうわ！〉

ハトの羽ばたきは森生になま暖かな、弱い風を送っていた。その音が耳障りで、街の蒸し暑さをますます重苦しく感じさせる。森生は顔に流れる汗を、左手の指先で乱暴に拭った。ひとり言の声がいつの間にか、大きくなっている。

——人間なんて、問題じゃない。人間よりずっとずっと悪い。場所は、人間を呑みこんでしまうんだ。十人や百人どころか、何万人でも、今の人間も、昔の人間も、いくらでも呑みこめる。そして、人間をバカにしつづける。お母さん……、お母さんにはそんなことぐらい、わかっているんだろう？　それとも、死んだら忘れてしまったの？

〈そうね、忘れてしまったのかもしれない。だから、あんたの言ってることがまだ、わからない。なにが起きたの？　なにをそんなに苦しんでいるの？　まだ、子どもなのに。子どもなのに！〉

——子どもだから逃げだす方法がみつからないんじゃないか。小さな子どもだったから、お母さんが死んだあと、ぼくはこんなところに放りこまれたんだ。ひとごとみたいに言うなよ！

〈あら、ごめんなさい！　そんなつもりじゃなかったの。でも、まず、教えてよ。教えて！　なにか理由があったから、シカを殺したんでしょう？　あんたはシカを殺す前も、殺したあとも、ずっと泣いていた。泣いていたわ！〉

ハトの母に改めてこのように言われると、気持のたかぶりとともに、森生は本当に泣きたくなった。鼻と眼もとが熱くなり、喉の奥に泣き声のかたまりがせりあがってきた。でも、ここは裏道で通行人が少ないとは言え、だれが通るかわからない路上なのだ。泣いたりするわけにいかない。森生は泣き声のかたまりをつばとともに飲みこんでから、まわりを見渡した。顔色のあおざめた、森生の父親と似た年ごろの男が自転車に乗って近づいてくる。小学二、三年生ぐらいの女の子がふたり、森生の前を歩いている。学校のプールから帰ってきたところらしく、ふたりとも髪の毛が濡れ、水着を入れるビニール袋を重そうに引きずっている。濃い丸い影がそのあとを追う。森生と同じ小学校に通う子どもなのかどうかはわからない。埃だらけの店の軒に、さびついた風鈴がぶら下がっている。風が吹いても、そんな風鈴は鳴ることがない。雨戸を閉めたままのほかの店の前には、枯れてしまったアサガオの鉢が四つも並べてある。もっと遠くの道ばたでは、灰色のジンベエを着た灰色の頭の老人がしゃがみこんで、道に沿って走る溝を一心にのぞきこんでいる。

その道をまっすぐに進んで図書館に行くのは中止して、つぎの曲がり角を左に入ることにした。蒸し暑さがナメクジになって淀むなかを歩きつづけるよりは、人のいない、少しでも涼しい場所で、ハトの母とゆっくり話しつづけたかった。左に曲がってしばらくすると、両側に長い塀がつづく。さらに細い道を右に曲がり、塀に沿って歩く。左側には古い住宅が並び、ナメクジの暑さのなかで眠りこんでいる。

ハトは森生の頭上を飛びつづけていた。少し森生の先に行っては戻り、うしろに行ってはまた戻ってくる。その羽ばたきの音で、森生はハトの位置を感じとる。アブラゼミの声が電柱のてっぺんの辺りからなだれ落ちてくる。市の中心に近い一帯なのに、それともそんな一帯の裏道だからなのか、走り抜けていく車はなく、たまに人の姿が見えても、陰気にうなだれ黙りこんでいる。例の青ミドロのにおいが蒸し暑さのなかに漂う。

〈……モリオ！　モリオ！　あんたは教えたくないの？　肝心なことは、なにも言ってくれない。本当は、シカを殺してなんかいないのかしら？　でも、あんたはずっと泣きつづけている。どうして？　どうして？〉

顔から首に流れる汗を今度は自分のTシャツの裾で拭い、森生はハトの母に答える。

——……あれが自分のことだったなんて、ぼくだって信じられない変な気分だけど……、でもやっぱり、あれはぼくのしたことなんだ。シカの耳も切り取った。家に持って帰って、あの夜はあんまり疲れていたから、肩がものすごく痛かったのに、すぐに寝てしまった。つぎの日は日曜で、オババに起こされることもなくて、お昼まで寝ていたけれど、眼がさめると体のどこもかしこも痛くて、アザだらけになっていたし、左の肩はとくに痛くて腫れてもいたけど、骨が折れたわけじゃなかった。それを確かめてから、肩のいちばん痛いところにシップを貼っておいた。そのあと、汚れたポロシャツやなんかは外の生ゴミ用のポリバケツに捨てた。もちろん、生ゴミの下に念入りに押しこんでおいた。シカの耳は洗面所できれいに洗ってから、とりあえず、ぼくの弁当箱に入れて、冷蔵庫の冷凍室に置いてみた。でも、そんなところじゃ、オババにすぐ見つかってしまう。それで夜、オババが寝たあと、冷凍室から出して、庭のはじっこに埋めたよ。オババは小さなトウモロコシ畑を毎年、作っているんだけど、その畑と庭との境にツバキの木があって、そこに埋めた。でも、そうしてせっかく証拠インメツしたのに、ほとんどなんの意味もなかったんだ。……

左側の塀に、黒い鉄の戸が開け放しになっていた。だれかが戸を閉め忘れたのだろう。なかをのぞくと、戸につづく小道は生い茂る雑草に包まれ、コンクリートで固められた地面につづいている。そこには、二階建ての殺風景なコンクリートの住宅が縦に並んでいた。人の気配はない。開いた戸に誘われ、森生はなかに入ってみた。雑草に森生の足が触れると、ヤブ蚊や羽虫が一斉に飛びまわった。ヤブ蚊は迷わず、森生の体を目がけてくる。大急ぎで小道を駆け抜け、コンクリートの地面に出た。建物の窓はどれも閉まり、洗濯ものが干されていないし、冷房装置も動いていない。アパートというよりは、学校か会社の独身寮のように見えた。格子のついた窓はいったい、いくつ横に並んでいるのだろう。かなり横に長い建物だった。それがいくつも建ち並んでいる。奥のほうには自転車置き場が見え、その脇に、赤やオレンジ色のカンナが咲いていた。

森生のあとを追ってきたハトが頭上で、喉を鳴らしながら言った。

〈……びっくりした！　急に、こんなところに入りこむんだもの。勝手に入ってもいいのかしら？　でも、だれもここにはいないみたい。どこかの宿舎なのね、きっと。〉

とりあえず、日陰になっている場所を選び、森生は建物の壁に背をもたせかけて坐りこんだ。汗が体中からいくらでも噴き出てくる。Tシャツで顔を拭い、胸をこすりながら、ハトに答えた。ひとり言のようだが、やはりハトの母がいなければ、こんな話し方はしない。

――戸が開いていたから、ちょっと入ってみただけなんだけど……、ついでだから、ここで少し休みたくなった。水分を補給しなくちゃ。

ナップザックからペットボトルの水を取りだし、顔を上に向けて、直接、その水を喉に流しこんだ。

〈あら、その水、わたしにも飲ませて。飲ませてよ！〉

そう言いつつ、ハトは森生の足もとに飛びおりてきた。

――ハトも水を飲むの？

森生は驚いた声を出して、首をしきりに曲げ、自分を丸い眼で見つめているハトの顔をのぞきこんだ。ハトの表情は読み取りにくい。

〈いやねえ。ハトだって、こんなに暑いときは喉が渇くわ。もう、喉がカラカラよ！〉

――へえ、そんなもんか。じゃ、ちょっと待ってて。

ナップザックのなかを探ると、プラスティックのペンケースを見つけたので、その蓋に水を注いだ。

〈まあ、すてきね、すてき！〉

ハトは喉をふくらませ、早速、ペンケースの水にくちばしを入れては上を向き、また、くちばしを入れる動きをくり返しはじめた。体が震え、尾羽も震えている。ハトの体を母が借りているだけのはずなのに、そんな様子を見ていると、ハトと母の区別がつかなくなり、母親とはこんなものだったのか、と拍子抜けするような思いになる。森生は自分もペットボトルの水を飲み直し、ヤブ蚊に刺された箇所を点検した。足に七つ、腕に五つ、首にも二つあった。ひどくかゆいけれど、がまんして、手で掻かずにおく。掻けば掻くほど、かゆみは増していくだけなのだ。

〈ああ、おいしい水だった！　こんな水はじめて飲んだ。これであんたの話をおちついて聞けるわ。さあ、話をつづけて。シカの耳をせっかく埋めたのに、なんの意味もなかったってところからよ。〉

　森生の横にハトは身軽に飛んできて、羽根を少しひろげ、くちばしをその根もとにすりつけはじめる。そんなハトの姿を見つめながら、森生は答える。

――……月曜に学校に行ったら、ナラ公園のシカが殺されたって、大騒ぎになってたんだ。もちろん、ぼくは知らんふりしていたんだけど、生徒たちばかりじゃなくて、先生たちまでが騒いでいた。朝礼のときも校長が、心の痛む悲劇に思いがけず、私たちのシカが見舞われました、と言って、泣き顔になったりするんだ。……おとなのくせに、おかしいよね？　ぼくは笑いだしそうだったんだけど、もっとびっくりしたことに、ほかの先生たちのなかに本当に泣きだす人がいて、そうしたら、生徒たちもつぎつぎに泣きはじめたんだ。女の子なんか、自分の家族が死んだってあんなに泣かないんじゃないかと思えるほど、変な声を出して泣いていた。……それから、シカがどんな状態で発見されたか、みんな、自分こそが現場を見てきたって顔で、勝手なことを言いはじめた。首を切り落とされていたとか、皮がはぎ取られていたとか。犯人についても、いろんなことを言いはじめた。ナラ公園のシカの意味を知らないガイジンがおもしろがって、シカを食べようとしただの、ヒキコモリの中学生がアクマの儀式のために、シカを犠牲にしただの、あの夜、犯人らしい影を見かけた人がいて、その人によると、犯人は三人のグループで、じつは以前からシカを殺しては剝製を作って大もうけをしていたのが、今度はたまたま、なにかの邪魔が入って、シカの死体を置き去りにして逃げだしただの、みんな、いいかげんなことばっかり言うんだ。……学校だけの騒ぎじゃなくて、ナラ全体が大騒ぎになっていた。新聞にも大きく出たし、テレビのニュースにもなった。県庁も、市役所も、チラシを作って配りだした。近所でも、みんながうわさしてるし、オババまでが、シカを殺して、そのうえ体を切りきざむなんて、正気でできることじゃない、神さまがどんなに怒りなさるか、とごはんを食べながら言いだしたりした。……

〈……それで?〉

半分眼を閉じて眠そうに体をふくらませていたハトが、少し首を伸ばし、森生に問いかける。

――もちろん、ぼくは絶対になにも言わなかった。オババはでも、なんだか変だと気がついたらしくて、だんだん、なにも言わなくなった。代りに、やけに暗い眼つきでぼくをこそこそ見るようになった。ごはんを食べているあいだも、急にゆがんだ顔になってうつむいたりする。でも、ぼくにはなにも聞かなかった。シカの耳を見つけたのかと思ったけど、ツバキの根っこのところにちゃんと埋まったままになっているし、掘り返されたあともなかった。気にはなったけど、オババなんかにぼくは関わっちゃいられないんだって顔をしつづけた。……夏休みが近づいてきて、学校のプールもはじまっていた。学校の帰りに、となりのクラスの子と一緒になった。ぼくと同じぐらいに泳ぐのが苦手なやつで、そいつもぼくも居残りで特別水泳指導を受けさせられていたんだ。六年生としてはすごくみっともない話なんだけど、でも、どうしても泳げないのは、生まれつきなんだよ。お母さんだって……。

ハトは小さな丸い眼を右に左に動かして答える。

〈そう言えば、わたしもまるで泳げなかったような気がする。〉

森生は笑い声をあげる。

――ほんとにそう？　いくら努力してもだめなことってあるんだよね。……それで、そいつがばかなことを言いだしたんだ。殺されたシカは首を切り落とされただけじゃなくて、眼をえぐり取られて、その穴に燃えているろうそくを突きさされていたって。それを聞いたら、つい頭にきて、言い返してしまったんだ。そんなはずない、首だって切り落とされてない、そんなこと、できないよって。そうしたら、そいつが変な顔でぼくを見て、黙りこんだ。しまったと思ったけど、それ以上、よけいなことは言いたくなかったから、ぼくはそのまま走って、うちに帰った。……それから、ぼくが犯人らしいってうわさがびっくりするような速さでひろがったんだ。

〈……でも、でも、それはうわさじゃないでしょう？　本当のことでしょう？〉

首を振りながら、ハトは森生のまわりを歩きはじめた。

――本当のことだなんて、認めることはできないじゃないか。うわさはうわさなんだ。だれかにはっきりとそう言われたわけじゃない。警察が調べに来たわけでもない。だけど、だれもぼくに近寄ろうとはしなくなった。そして遠くから、ぼくをこわそうにうかがっている。先生たちすら、ぼくから眼をそらすようになった。サワラヌ神ニタタリナシって態度になった。近所の連中も、ぼくを相手にしてくれない。買物に行っても、店のひとたちは無視しつづけているんだ。本当の犯人でも出てこないかぎり、ぼくに関するうわさは消えてくれない。だけど、本当の犯人が出てくるわけはないし……、どうすることもできない。このままじゃ、うわさに殺されてしまう。ぼくは死にたくはないから……、だから……。

〈……でも、それじゃどうして、あんたはシカを殺したの？　どうして？　わざわざ、殺したのなら、自分が殺したんだって言えばいいのに。〉

——言えやしないよ！　そんなの意味ないんだ！

森生はハトに思わず、叫び返した。

——……だれが殺したのかなんて、そんなこと、本当はどうでもいいんだ。シカが一頭殺されたって、ナラはへっちゃらだった！　ナラは青ミドロでずぶずぶのままだった！　ナラ公園のシカたちはあいかわらず、のんびりとシカセンベイを観光客にせがんで食べつづけている。ぼくの同級生は青ミドロのなかで塾に通いつづけてるし、おとなたちはお金のために働きつづけている。寺の坊主たちだって、同じだ。そこらにいる汚ないノラ猫や、ネズミやゴキブリ、カラスと、ナラ公園のシカはどこも変わらない。ただの動物だということが、たいせつだったんだ。犯人がだれかなんて、そんなこと！

〈だけど、みんな、とても悲しんだんでしょう？　みんなが悲しむようなことだったんでしょう？〉

ハトはせわしく歩きつづけている。

——悲しむなんて、たいしたことじゃないよ。シカが殺されて悲しいなんて言うやつほど、自分はなんて心の美しい人間なんだろうってうぬぼれているんだ。そして、犯人退治に夢中になる。どうしようもないやつらだよ！

〈でも、まだわたしにはよくわからない！　あんたの言う通りだとしても、どうして、あんたがシカを殺さなければならなかったの？　どうして？〉

森生は深い溜息を肩から吐き出し、半分、泣いているような声で答えた。

――ぼくにある人が教えてくれた。ここには古い、古い時間が流れつづけているんだって。いろんな神さまと仏さまを守ってきた特別な場所なんだって。それで、今のぼくみたいにサワラヌ神ニタタリナシの扱いを受ける人たちもいつの間にか、生んでしまったって。今はもう、そんなのは昔の話になったって言うけど、でも、先生たちはなんだか神経質に気をつかっている。サベツはいけませんってよく言われるし、じゃあ、今でもなにか残っているのか、と思いたくなる。それで、オババに聞いても、さあ、昔はそんな風に言われる場所もあったけどねえって言うだけで、ちっともわからない。……でも、ここには青ミドロみたいなものがこびりついているんだ。青ミドロのにおいがする。……東京の大学で勉強をしているお兄さんがいる同級生の家に遊びに行って、そのお兄さんにぼくは聞いたんだ。ここにはどんな人たちがいたの、古い時間のなかで、なにが起きたの、ぼくが知りたいと思うことが見えないままなんだけどって。そうしたらお兄さんは少し考えこんでいたけど、オババとはちがって、ちゃんと答えてくれた。でも子ども向けに、大昔のすごくわかりやすい話をたったひとつだけ、教えてくれただけだった。……

ハトは赤い二本の脚でコンクリートの表面を交互にこすりながら、注意深く、森生の話に耳を傾ける。森生は低い声で語る。

大昔、シカを神さまの使いと信じる人たちがナラを支配しつづけていた。それで、シカを殺したら死刑、けがをさせても逮捕して、その人の家を取りこわしたり、焼いてしまうことにした。シカを守る人たち、「犯人」を見つけて逮捕する人たち、さらに刑を行なう人たち、そして、死んだシカを預かる人たち、それぞれ役目がはっきり区別されていたらしいけれど、とにかく、そうした役目を専門に果たす人たちが必要になった。シカが病死しても同じ。それは神聖な仕事だったし、その人たちがいなかったら、神さまの使い、つまり、神さまを守れなかった。えらい人たちにとっては、それはどんなことよりも大切な問題だった。だから、その人たちを大切に扱えばいいのに、実際は、面倒でいやな部分を押しつけて、都合よくこき使っているだけだった。大昔のそのころは、食べるものに困る人が多くて、シカはよく殺され、食料にされていた。だから、シカを守る仕事はきびしい仕事だった。ふつうの人たちはシカを守る人たちをこわがり、そして、サワラヌ神ニタタリナシ、と思うようになった。……そういう時代もあったとか。大昔の、大昔の話。

——……でも、ナラじゃ今でも、シカは特別に大切にされている。今でも、こんな大昔の話が忘れられてはいない。そういうことだったんだ。だったら、ぼくが全部、消してやる。この青ミドロを退治してやる。そう思った。ぼくじゃなくてもよかったんだけど、だれかがやってくれるのをただ待っているのも、あてにならないから。……でも、シカ一頭ぐらいじゃ、なんの効きめもないことがよくわかった。今は、ナラのふつうの人たちが大昔の、シカを人間よりも大切にしたえらい人たちそっくりになっている。……じゃ、どうしたらいいんだ。あの大仏！　あれを倒せばいいんだ。あれをぶっこわすしかない。そしたら今度こそ、ナラの青ミドロはきれいに消えてなくなる。ぼくはあれがずっとこわくて、いやでしかたなかった。あの大仏はぼくみたいな逃げ場のない人間たちを、アリか、ハエのようにしか見ていない。そして、アリやハエどもは青ミドロのなかでさっさと腐ってしまえってせせら笑っている。このあいだ、どこか遠い外国の砂漠でも、石の大仏がぶっこわされた。そうだよ、もっともっと、あんなものはこわすべきなんだ。……でも、それにはどうしたらいいのか、登山ナイフじゃ、大仏はこわせないし、ダイナマイトがきっと必要なんだろうけど、そんなもの、どこで手に入れたらいいのか、見当もつかない。……

息を大きく吸いこんでから森生はうなだれて、黙りこんだ。ハトは翼をひろげて、一メートルほど飛びあがってから、森生の伸ばした足のうえにとまった。

〈大仏をこわしたら、あんたはこのナラで生きていけるの？　そうなの？　ナラの大仏って、たしか、とても大きくて、とても有名なものだったわね。大仏がなくなれば、ナラは変わるって、あんたは言いたいのね！　ナラの大仏ってシカを信じたえらい人が作ったものなの？　えらい人って、大きなものを作るのが大好きなのねえ。……でも、モリオ！　ねえ、あんたはそんなにナラが嫌いなの？　ナラって、そんなにいやなところなの？　ねえ、モリオ！　モリオ！〉

森生の鼻は赤くなり、細い眼が涙でふくらんでいた。とっさに森生はハトに両手を伸ばして、その体をつかんだ。

——うるせえな！　もとは、あんたのせいじゃないか。あんな男といいかげんに子どもを作って、そのうえ、さっさと死にやがって！

手につかんだハトを乱暴に振りまわし、森生は泣き声に近い声を張りあげた。指先に、ハトの体温が羽根の柔らかさとともに熱く、脈を打って伝わる。シカよりも、はるかに小さな生きもの。それでも、指先の感触は森生にオスジカの体の記憶を呼び起こし、それで一層、乱暴な力が指にこもった。

〈眼がまわる！　やめて、やめて！　苦しい！……〉

森生はなにも言わずに、ふと両手を開いた。ハトの体は瞬間、森生の腿に落ちかかってから、すぐさまひろげた羽根を騒がしく上下に動かし、森生の頭上に飛びあがった。

〈……まだ、眼がまわっている！　モリオ、ハトなんてすぐに死んじゃうのよ。気をつけて！　ハトを殺したって、なんの自慢にもならない。それに、なんでわたしのせいにするの！　それを言いたくて、わたしを呼んだの？　モリオ、そうなの？〉

顔をあげて、森生はハトの飛ぶ姿を見つめた。灰色にくすんだ空がまぶしい。

――……そうなのかもしれない。でも、もちろん、それだけじゃない。……ごめんね、もう、あんなことはしないから、ここにおりてきて。ぼくのそばに戻ってきて。

〈ほんとに、あんなのは、もういやよ！　ハトがかわいそう。勝手にわたしが体を借りているだけでも、このハトには災難なのに。〉

ハトはふたたび、森生の足もとにおりてきた。

〈……それで、わたしのせいってどういう意味なの？　モリオ、わたしがいいかげんに子どもを作ったって、そんなはずないでしょう！〉

――……ねえ、お母さん、……

森生はハトの母にさりげなく問いかける。

——……お母さんはどのくらい、おぼえているの？　ぼくを産んだときのこともおぼえている？　あの男、チチのこともおぼえている？

ハトは森生の顔を見上げてから、もう一度、羽根をひろげ、今度は、森生の右肩にとまった。意外な重さに森生はおびえを感じ、思わず、肩のハトに顔を向ける。すると、ハトの赤いくちばしが頰に当たり、あわてて、また顔を前に戻す。ハトの母は森生の耳の穴をくちばしで突つくようにして、その息づかいまで一緒に、声を注ぎこむ。

〈このほうが、わたしには話しやすい。声をむりに、大きくしなくてすむ。……あんたはわたしにそういうことを聞いてみたかったのね。母親の話というものを、一度は確認しておきたかったのね。……そうねえ、ちょっと待って、できるだけ思い出してみるから。いろいろなことをもう、思い出しはじめているのよ、モリオ！　だから、少しだけ待ってて！〉

3

森生の母の霊は十二歳の息子の世界を丹念に、自分のからっぽの水面に映しだそうとする。記憶を重ねるために、人間たちは生きているのかもしれない。この世に生まれてから、たった十二年しか過ごしていない森生なのに、なんと複雑にからみ合った膨大な量の記憶を重ねていることだろう！　色とりどりの雲のような記憶が思わず見とれるほどの奥行きと動きを見せている。

母の霊の、無色透明な水面にまず、緑の色が映しだされる。明かるい緑。暗い緑。やわらかな緑。固い緑。つづけて、ピンクの色。これもさまざまな色合いにひかる。青い線がするすると伸び、自在に動いて、その一部分は緑の色を通り抜ける。すると、緑の色は細かく分解し、虫のように飛び跳ねはじめる。さらに、赤い線も現われ、またたくうちに、ひとつの風景が作りだされていく。それは森生の求める風景にちがいなかったし、そのながめは母の霊に喜びという感情を伝える。

そもそもなぜ、森生はこの霊を必要とし、呼び寄せたのか。その答が水面の風景にはっきりと描きだされている。この世に生きていたときの、森生の母の姿。赤ん坊の森生を胸に抱く母。分娩台で真青になって、出産の最後の段階にうめく母。大きなおなかで道を歩く母。

遠慮がちにもうひとり、男の姿も浮かびあがってくる。細長い顔に、細長い体。眼も細く、鼻も細い。森生の父親になった男にちがいない。森生はこの父を嫌っている。母が死んだあと、自分の生まれ育ったこのナラに森生を放りだしてしまったから。生き残った側は、たいてい、損な役まわりを引き受けなければならない。いくら父を嫌っていても、森生の顔は父に似ているし、母にも似ている。顔の上半分は父、下半分は母、髪の毛は母、耳の形は父。体つきなどはもっと成長しなければ、どちらに似ているのかわからない。

母の卵子に父の精子がたどり着き、細胞分裂がはじまった結果、今の森生ができあがった。その事実を、森生の顔から否応なく納得させられる。受精の瞬間から、母は母となり、父は父となった。と言っても、父と母はその瞬間に気がつかなかったし、期待していたわけでもなかった。そのうち森生という子どもが生まれるだろうなどとは互いに夢にも思いつかないまま、街を歩きまわり、冗談を言い合い、食事をし、酒を飲み、父の車で旅行にも出かけていた。

はじめて父と母が出会ったのが別の場所だったら、森生はこの世に誕生しなかったのだろうか。

母はある日、森のなかを散歩していた。父も同じ時間に、同じ森を散歩していた。五月、新鮮な緑が森全体を輝かせ、小鳥たちがその輝きのなかでさえずり、リスたちがせっせと駆けまわる、そんな時期だった。

その森が、どこの国のなんという名前で呼ばれるところなのか、森生は父から聞いて知っている。でも、そこを訪れたことはない。観光客向けのパンフレットに載せられた写真を見ただけ。その写真の緑の色、光線のやわらかさ、散歩を楽しむ白人の男女や子どもたちのきらきらした輝きに森生は見とれ、自分の両親の出会いを現実離れした美しい彩りのなかに思い描くようになっていた。

父は森のなかをひとりで歩いている。休みの日なので、着古したトレーナーを着て、近くのパン屋で買ってきた、昼ごはんのクロワッサンとサンドイッチの入った袋をぶら下げている。父は森のそばにある事務所で、日本からの駐在員として働いていた。もう二年めになる。妻は東京で働いていたので、いわゆる単身赴任だったが、子どもがいないから夫婦という実感も薄く、外国での一人の生活を基本的には気楽に楽しんでいた。

そして五月の日曜日、短かい春を経て突然、初夏のまばゆさのなかに自分がいることに気がついて、父は森で昼ごはんを食べることにした。この地の人たちは五月になると早くも夏のバカンスに胸を弾ませはじめ、森のなかで、上半身を裸にして日光浴を楽しんだりする。日本から来た父も森のなかでパンを食べながら、リスや小鳥たち、それにハトに囲まれ、パン屑《くず》を投げてやると、外国語を使って暮らさなければならない毎日の体のこりがほぐれていくのを感じた。あるていど話せるようになっても、外国語はどこまでも外国語だった。それに父は日本の会社に属する会社員らしく、外国語は仕事に必要な範囲だけ身につければ充分、という考えの持ち主でもあった。

母も森のなかをひとりで歩いている。母は二十九歳という年齢。父よりも六歳年下だった。父から見ても、だれが見ても、その若さにかげりはなかったのに、本人は人生というものに疲れた、暗い影を背負った中年女の気分に沈んでいた。東京でせっかく就職した会社が給料不払いになり、それから知り合いのレストランで働かせてもらったり、貸ビデオ屋の店員にもなった。お金をとにかく貯めた。父親はもとからいなかったし、母親は数年前に新しい相手を見つけて、結婚していた。そのとき、母親から手渡された多少のお金に自分の貯金を足して、その額が目標になんとか届いたところで、母は思いきって、森のある外国の都会に出かけた。半年間の語学研修にその後の人生へのよりどころを託して。でも母は森生という、まったく別の人生のよりどころを作って、日本に帰る結果になったのだった。

語学研修の成果は一応、活かされ、「高級婦人服」を扱う外国ブランドの会社に潜りこむことができ、どうにかこれで森生の母として生活をつづけられるかもしれないと安心しはじめたころになって、どこまでも運の悪い母は胃ガンであっけなく死んでしまった。

その日、森を歩いていた母もパンの入った袋をぶら下げていた。勤勉な学生として毎日を過ごしていたので、見かけも学生となにも変わらなかった。化粧はせず、髪は短かく刈りあげ、

Tシャツにモンペのようなパンツ。自分の人生がかかっていると思うから、さすがに母は外国語の勉強にかつての大学受験よりもはるかに熱心に取り組んでいた。せっかく母親が学費を用意してくれた受験のときもこれだけ勉強していれば、どんな難関大学にだって合格でき、一流企業のエリート社員になれただろうに、と自分で溜息をつかずにいられない勉強ぶりだった。

そんな毎日のなか、五月の、すでに夏を思わせるあざやかな日射しは、母を突然の歓喜に似た気分に誘いこんだ。森の新緑が作る影は細かく震え、鋭い日射しがその隙間に揺れる。そして、木と土のにおい。裸足になって、森のなかを駆けまわりたくなった。子どものころのように、木をよじ登り、葉の茂りのなかに身を埋めたくなった。夜の長い冬を越し、なにもかも勝手がちがう外国の都会でめまいと震えを抱えながら、大学で中級まで習ったことのある外国語にしがみついているうちに、本当に突然、母の世界に夏の輝きが降り注いできたのだった。ああ、なんとかなるのかもしれない！　くたびれた母の顔（母が自分でそう思っていただけなのだが）がその日、森のなかで楽天的にほどけかかっていた。

五月に入っての、願ってもない天気の日曜日。そのような日は、多くの人たちが光とにおいに誘われて、森に迷いこむ。乳母車に赤ん坊を乗せ、話に熱中しながら歩く若い両親。眼の見えない老女の手を引く中年の男。犬と駆けまわる幼い子どもたち。ジョギングの若者たち。スズカケの大木の下では、人形劇がはじまっている。別の場所では、風船やワタ菓子を売っている。

父は空いているベンチをようやく見つけて、少し、急ぎ足でそこに近づいた。母も同じベンチを見つけ、近づいた。ぐずぐずしていると、すぐほかの人に占領されてしまう。そして、ベンチの前でふたりは立ち止まり、顔を見合わせた。はじめは、自分のじゃまをする相手を腹立たしくにらみつけ、それから、互いに東洋人だと気がつくと、曖昧な微笑を浮かべ、それまでの敵意はなかったことにした。東洋人同士だとその都会ではなにはともあれ、かばい合わなければならないという義務感に似た感情をうながされる。まして、日本人同士だったら。

どちらが先に、口を開いたのだったろう。母か父、どちらかがまず用心深く、外国語で、失礼しました、あなたはもしかしたら、日本人？　と言った。

母のほうはそうした質問にときどき、ちがいます、と答え、相手の好奇心から逃げだしていた。面倒だったし、中国人やベトナム人に化けることを楽しんでもいた。でも、そのときは思わず、日本人であることを認めてしまった。父のほうははじめから、日本人以外の者に化ける気はなく、だからもし、父がこの質問を受けていたら、むしろ大喜びでうなずいていただろう。どちらにせよ、そんなやりとりで、父と母は互いに日本人だと知り、つぎの会話からは日本語を使いはじめた。

あなたもお昼を？　だったら、もっといい場所を探して、一緒に食べませんか？

きっかけは、このレベルの平凡な出会いなのだった。でもこの森という場が、ふたりにはとりわけ意味深く感じられ、物語とはこうしてはじまるのだと信じさせた。実際には、「旅先の恋愛」と変わらなかったのに、旅行しているのではなく、ここに自分たちは滞在しているというプライドがあったので、もっと重要な出会いなのにちがいないと受けとめた。もっとも、ふたりとも同じほどに、そう信じたのかどうかはわからない。父にはすでに妻がいたのだから、はじめから母よりも多少、この出会いに冷静だったのかもしれない。

それでもとにかく、ふたりはこの五月の森の、新緑に囲まれたささやかなピクニックを楽しみ、電話番号を教え合い、それからというもの、二、三日に一度は連絡を取り合いはじめたのだった。外国の都会にひとりでいると不安をいつも引きずっていなければならないのが、ふたりになると、どの道を歩いても好奇心がかきたてられ、どのレストランに入っても食欲が刺激され、それまでまったく無関心だった古い教会や小さな美術館にさえ興味が湧いてくる。父は自分の車を持っていたので、田舎にも、地つづきのとなりの国にも容易に行けた。

森生も知っているように、母はそののち、森でのこうした出会いがあったからこそ、この子どもが生まれたという思いをこめて、自分の産んだ赤ん坊に「森生」という名前をつけた。母はひとりでその名前を考え、役所に届け、父はあとから知らせを受けただけだった。でも、少なくともそのとき、父は名前の由来をすぐに了解することはできただろう。

母の予定では、あと二カ月経つと、日本に戻らなければならなかった。父のほうは、海外赴任は通常三年と決まっていたので、なにごともなければ、まだたっぷり一年半はこの都会で働きつづけなければならなかった。はじめからわかっていたことなので、一年半引く二カ月の、一年と四カ月の滞在のずれを互いに嘆くわけにはいかなかった。父が母に隠していることは、なにもなかった。妻なる女が日本には存在し、半年に一度、この都会に顔を見せること。妻と仲が悪いわけではないということ。父はもともと、真面目な、おとなしい男だった。

母には当然、日本に帰りたくないという思いがあった。この都会で父と過ごす時間に執着した。東京に戻っても、住む場所からまたひとりで探さなければならない。仕事も見つけなければならない。といって、ずるずると父のそばに居つづけたとしても、お金まで出してもらうわけにはいかない。五月の森で父と出会ってから二カ月後に、母はいっさい、泣き言を洩らさず、父になにひとつ約束を強要しないまま、最後の日に、バカンスでひとけのなくなった都会のレストランで高価な日本料理を父にごちそうしてもらってから、父の車で空港に向かった。チェックインを済ませ、コーヒーを飲み、時間を見計らって、父と別れた。日本人同士の作法として抱き合いもせず、さりげなく握手だけをして、じゃあ、元気でね、と笑顔で手を振りながら言い、手荷物検査の列に並んだ。

そこまで母はむりをしなくてもよかったのかもしれない。日本に帰りたくない、あなたのそばにいたい、と父としてはやはり、言葉だけでも言ってほしい気持があったのではないか。そんな類いの女の陳腐なせりふが、男の耳には案外、心地よくひびくものなのに。父はあっさりしすぎる母の態度に拍子抜けして、自分はほんの気晴らし相手だったわけだと落胆した。日本に帰ってからも、母とぜひ、つき合いをつづけようというつもりはまったくなかったにせよ、やはり落胆はした。そして母のほうでは父のそうした考えがわかっていただけに、父に泣き顔など決して見せたくなかった。外国での出会いは魔法のようなもの。日本に戻れば魔法は終わる。母は飛行機のなかで、自分にそう言い聞かせつづけていた。でも、離陸してからはじめの一時間ほどは眼から涙がこぼれつづけた。頭とはべつに、父の存在になじんでしまった体が、父との別れをなかなか受け入れようとはしなかった。

母は運がよかったのか悪かったのか、森生が今こうして生きていることを考えれば、運が悪かったとは言いにくくなる。とは言え、一般的にはかなり運が悪いとしか判断されない成り行きなのだった。日本に戻り、新しい就職口がようやく決まったところで、母は自分が妊娠していることに気がついた。避妊には父とふたりで極力気を配っていたはずなのに、わずかな時間のずれをねらって、父の精子は母の卵子にたどり着いてしまった。当然、中絶するべき妊娠だった。父にわざわざ知らせるまでもない。それなのに、なぜ出産に至る結果となったのか。

勤めはじめた会社が外資系だったので、独身の女性社員が妊娠しても、結婚している場合と変わらない出産育児に伴う特別措置が保障されていたこと、言うまでもなく、この事実も現実的に、母の判断を大きく左右した。けれども、父との出会いが外国の都市だったこと、母の思いのなかではその重要性が光を放ちつづけていた。出会いの特別な意味が妊娠によって証明されたかのようだった。あの輝かしい五月の森は本当に、新しい物語のはじまりだった！　そんなことはない、東京で会おうがどこで会おうが同じこと、といくら自分に言い聞かせても、母はその思いから逃がれることができなかった。実際あの森にしろ、休日の昼間以外はひとりで行くべきではないとされている場所なのだった。街なかでは出没を許されない性を売る女たちや女装の男たちが、その森を縄張りにしていると聞かされていた。朝になればあちこちにコンドームが落ちている森は決して、童話の舞台などではなかった。

父には知らせないまま、母はおなかに胎児を育てつづけた。父から国際電話がかかってくれば、あるいは手紙かファクスを送ってくれれば、すなおな形で知らせることになるだろう、とは思っていた。ところが、父は母になんの連絡もよこさなかった。個人的なメールもまだ、普及していなかった。父にとって、母とのつき合いは空港で見送ったときに終わっていた。魔法は確実に終わっていたのだ。それで母も帰国してから、自分の新しい住所と電話番号をたまたま手もとにあった和紙のハガキに書いて送っただけで、就職先が決まっても、そのことをいちいち伝えはしなかった。父と母はすでにちがう世界で、それぞれ生きはじめていた。でも妊娠についてはさすがに知らせておく必要がある、と三十歳になろうとする母は考えてはいたのだった。

　胎児の成長の速さを、母は知らなかった。自分の妊娠を知ってからすぐに胎児は七カ月、八カ月の大きさに育ち、出産間近という態勢に入ってしまい、今さら、どんな言葉でなにも知らずにいる父に伝えればいいのか、見つけだすことができなくなってしまった。

　母は結局、父を無視したまま、森生を出産した。

　そんな母にはつまり、父への「愛情」が欠如していたにちがいない、と父にとって、このことはのちに、疑いのトゲになりつづけた。愛情というものはこうした場合、あとさき考えず、相手に自分の悩み、苦しみ、痛みを浴びせるものではなかったのか。それなのに、母は父を求めようとはしなかった。いちばん大切なときに、父を見捨てたのだ。もし、母が悩みを訴えていたら、自分はどんな助言を与えていたのか、母の希望に寄りそって森生の誕生を受け入れていたのか、父の関心はそうした部分を省略し、母が自分を見捨てた事実に集中しつづけた。

　母にはただ、父をうろたえさせたくない、という思いがあるだけなのだった。少なくとも、そのつもりだった。受精自体は二人の責任かもしれないが、出産は母ひとりで負うべき責任だと考えていた。将来というものを共有しない二人のつながりだったのだから。それでどうして、父へのまじめな愛情など、はじめから持ち合わせていなかった、などと解釈されてしまうのだろう。

　のち、母は自分を暗くにらみつけるだけの父に、このように訴えた。

　胃ガンの手術を受ける前、すでに帰国していた父にはじめて母は連絡をとり、森生の手を引いて、父が指定したファミリーレストランに行った。

そんなに無責任なことだった？　もちろん、あなたには困ったことで、こんな病気にまでわたしがなってしまって、迷惑どころの話じゃないのはよくわかるけど、わたしだって病気にはなりたくなかったし、あなたを困らせることだけはしたくない、と思いつづけていた。それがわたしの責任なんだ、と信じていたんだけど。だって、あの森であなたと出会えたことを大切に守りたかった。とてもわたしは楽しかった。うれしかった。そう思うことが、まちがっていたの？

母は森生が生まれてからの、さまざまな心配ごとは、父になにも言わなかった。森生の股関節がはずれていたので歩行に支障が出るのではないか、と気をもんだこと。森生を預ける保育園がなかなか見つからず、専門のベビーシッターを雇うほどのゆとりもなく、今でも預かってもらっている保育園の近所に引越しをしてまで、むりやり入園させたこと。森生が引きつけを起こし、このまま死ぬんじゃないかと思ったときのこと。母ひとりでは歯医者に行くのも、森生を抱く自分の写真を撮るのもむずかしくて困惑したことも。森生の口が遅く、二歳になった今でも、マンマしか言えずにいることも、母は父に話さなかった。

父と母のふたりにとって、日本のファミリーレストランでの再会は、すぐにでも逃げだしたくなるような最悪のひとときだった。二歳の森生はそのとき、マンマ、マンマとひとり言をつぶやきながら、ひとりでアイスクリームをなめていた。父は青ざめ、腹を立て、母を呪い、自分をも呪った。

こんな子どもがとっくに生まれていたというだけでも重大すぎる問題なのに、その母親がもうすぐガンで死ぬかもしれないから、そうしたら父が引きとって育ててやってほしい、などと言われたら、とりあえず、頭のなかが嵐になるほかないではないか。言い争いなどをしても意味がない。言葉も出てこない。うなるようにしてとりあえず、愛についての「論争」を少しだけ交わし、森生の顔をろくに見ず、頭を撫でもせず、ガンだからと言って死ぬとはかぎらないんだから、とよそよそしく言い、飲みさしのコーヒーを残して、父は母と森生のもとから立ち去っていった。

なぜ、逃げてはいけない？　そのとき、父は激しいめまいのなかで、そうつぶやいていた。逃げられるさ。おれとはなんの関係もなく、あの女は子どもをひとりで産んだのだから。法的に訴えることだって、できないはずだ。タイミングも悪かったと言うべきなのだろう、父のほうでも子どもがひとり、一年前に生まれていた。せめて、父に子どもがいないときだったならば。

こうして、あの美しい森の輝きはすっかり踏みにじられてしまった。そんな結果しか残さなくても、母はやはり父に会わなければならなかったのだし、このとき、父と会っておいたことは、なんといっても死ぬときの母の慰めとなったのだった。

「予言」通りに、母はそれから五カ月後にこの世を去った。年齢が若いだけに、進行の速いガンだった。森生の成長記録と、今後、森生を育てるにあたっての細かい注意事項、そして小さな写真アルバムが、二歳の森生とともに残された。父は逃げだすことができなかった。母の手書きの遺言状が、父を縛りつけた。母の母親がその遺言状を持って、父を探しだし、家庭裁判所に強制的に呼びだし、母から父への親権の移行を果たした。母の母親はもし、できることなら、森生を自分が育てたいと思ってはいた。子どもたちを抱えたやもめ男と結婚してしまった我が身がうらめしかった。といって、森生のためにその男と離婚する勇気までは出なかった。今の家族を大切に守るほかない。そんなくやしさが、森生の父への恨みにすり替っていた。

とんでもない災難に巻きこまれた父は腹を立てる余裕もなく、ただ途方に暮れた。自分の家庭に森生を引きとることは、どうしてもできない。そうしたら、妻と子どもは必ず、自分から離れていく。父は髪の毛が白くなり、人相が変わるほど悩み苦しんだ末に、自分の母親に森生を押しつけるという打開策にやっとたどり着いた。ナラの古い家に、父の母親はひとりで住みつづけている。父は自分の母親とソリが合わず、父親が少し前に死んでからは、母親に電話ひとつかけていない。でも、今はそんなことを気にしている場合ではない。父は母親にまず短い手紙を書き、その返事を待たずに、森生を連れて、ナラに向かった。

森生自身はその「旅行」について、新幹線にはじめて乗ったというぼんやりした記憶しか持ち合わせていない。乗りもの酔いですぐに森生の気分が悪くなり、アタミでいったん降り、ハママツでも降り、という父にとっては、三歳になったばかりの乗りものに弱い幼児の世話に追われる、苦労だらけの「旅行」ではあった。

真青な顔で、自分の足で歩くこともできなくなった森生は父に抱かれて、ナラ市内にある祖母の家まで運ばれた。その日から、森生は「ナラの子ども」として生きることになった。

ここから先は、森生自身の話になる。

最後に、母の葬式を森生のために語っておくべきなのだろうか。森生が聞き知っている以上のことを死んだ母が知っているわけではないのだが、森生はそれを母に語ってもらいたいと切実に願っているようなので。

母の葬式は地元の区の斎場で行なわれた。ほかに適当な場所はなかった。と言っても、さびしい葬式になったという意味ではない。それどころか若い女性を見送るにふさわしい、華やかで、にぎやかな葬式になった。涙も盛大に流されたが、色とりどりの花も溢《あふ》れていた。母の会社の人たち、学校時代、アルバイト時代の友だち、森生の通っていた保育園からは保母たちと子どもたち、その親たちも参列した。もちろん、母の母親をはじめとする、わずかな数の親戚も駆けつけ、母が森生と住んでいたアパートの人たち、近くの商店の人たちも、これはなかば好奇心で集まった。会社でいちばん親しかった同僚が葬式の演出に心をくだいた。会社のお金で花屋一軒分に相当するような量の花を買いこみ、会場を花だらけにした。母の音楽の好みがだれに聞いてもはっきりしなかったので、仲間と相談のうえ、ポリネシアの民族音楽を流すことにした。のびのびと陽気なひびきがあり、コバルトブルーの海の波音が聞こえてくる音楽はきっと、母の気に入るにちがいない、という判断からだった。

無宗教の葬式だったから、儀式としてなにひとつ決まりはなかった。母の同僚たちは派手な花のレイを作って、祭壇の母の写真をそれで飾った。アパートの隣人のひとりがなにを思ったのか、たくさんの風船を運びこんだ。森生をはじめとする子どもたちは大喜びで、風船と遊びはじめた。保育園の保母と親たちはいなり寿司とフルーツポンチを大量に作ってきた。

泣き声に加え、笑い声も多い葬式だった。まだ若い母の死を嘆く思いはどれだけにぎやかな演出をしても、どれだけ派手な飾りつけをしても遠ざけることはできず、笑い声と泣き声が重なり合ってひびきつづけた。友だちとはしゃいでいる森生の姿はひときわ、おとなたちの笑い声と泣き声のにぎやかなコーラスを誘いだした。そして最後の別れのときは、泣き声の大波が母の遺体を取り巻いた。森生もこのときだけはまわりに釣られて、声を張りあげ泣き叫んだ。それでさらに、母を囲む泣き声の波は大きくなった。

火葬場は斎場のなかにあるので、遺体が骨になるまで、ほとんど全員が斎場に残って、いなり寿司とフルーツポンチを口に運び、お茶を飲んだ。母の母親は森生を膝に抱き、母のお墓の問題にひとりで頭を悩ませていた。母の母親の故郷には古い墓があるが、そこに納められているのは母の知らない人ばかりで、その郷里にもなじみはない。新しい墓を東京の近辺に買い求めるお金も、母の母親にはない。料金が安めの納骨堂を探すしかなかった。母の母親は今の家族と住む家にしばらくの間、森生を預かっていたのだが、それだけでも、かなり居心地が悪かった。そのうえ、娘の不吉な骨壺まで長期間、置きつづけるわけにはいかないのだった。

焼きあがった白い骨を骨壺に納める儀式にも、参列者のほとんどが参加した。最後に、花や風船が配られた。森生も欲しがったので、母の母親は黄色い風船をもらい、骨壺を入れた木箱を蔽う白いカバーの飾りひもにその糸を結びつけた。母の母親と森生が黒い車に乗りこむと、黄色い風船が車の窓から外に浮かび出て、保育園の子どもたちがそれをうらやましそうに見送った。ほかの子どもはお骨を持ってはいなかったし、黒い車に乗ることもできなかった。

参列者の群れから遠のいていく車の窓に黄色い風船は気ままに揺れつづけ、車の屋根の高さまで浮かびあがったり、うしろの窓まで流されたりして、あたかも参列者たちに向かって陽気に別れを告げているように見えた。

4

話し終えたハトは喉を鳴らし、首を胴体に埋めて、ピンクに縁取りされたまぶたを閉じた。

――なんだ、それでめでたし、めでたしで終わってしまうのかよ。

森生は口を思いきりゆがめ、肩にとまっているハトを左手で乱暴に払い落として立ちあがった。ハトはあわてて羽根をひろげ地面に一度おりたってから、改めて上空に飛び、旋回をはじめた。

〈もう乱暴はしないって、さっき言ったばかりなのに！　なにを怒ってるの？　めでたし、めでたし、なんて、だれも言ってないじゃない。〉

ナップザックを拾いあげ、ペットボトルの残りの水を一口だけ飲んでから、森生はカンナの咲く小さな花壇に向かって、とりあえず歩きだした。

――……葬式のことも、新幹線のこともほとんどなんにもおぼえていないけど、ここに来た最初のころ、とんでもないところに連れられてきたということだけはわかって、泣きつづけていたのはおぼえてる。においとか、音とか、ぼくのいた東京とはまったくちがう。オババの言葉もなにを言ってるんだか、さっぱりわからなかった。空の色も、木の形も、日の光も、なにもかもちがう。ぼくを東京の乳児院にでも入れてくれたほうが、よっぽどよかったんだ。チチなんかにぼくを引き渡すなんて……。せめて、チチがナラの出身だってことぐらい、ちゃんとお母さんは調べておくべきだった。

森生の頭上から、ハトの声が返ってくる。

〈そんなの、ムリよ！　東京で出会ったとしても、どこで生まれたかなんて、必要がないかぎり、いちいち聞きやしないわ。外国にいたら、なおさら！　それに、もしナラに生まれたと聞いたって、きっと気にもしなかったわ。〉

——だけど、知らなかったんだろう？

オレンジと黄色のカンナの花が暑苦しく身を寄せ合って、のっぺりした花弁をひろげていた。森生はまず、オレンジの花弁に触ってみた。どうして、これほどみっともない花がわざわざこんなところに咲いているんだろう、と不思議な気がした。

〈もちろん、知らなかった。なにも知らなかった！　わたしがそのうち、死ななければならないということも。モリオがナラで育てられることになるなんてことも、夢にも考えなかった！〉

——それで、こういうことになってしまったんだ。こんないやなところに、ぼくは閉じこめられたんだ。……

森生はつぶやきながら、カンナの花弁を一枚一枚、引きちぎりはじめた。

——……みんな、無責任すぎる。……東京のオバアだって、結局、ぼくを見捨てたし、……チチもさっさと逃げやがったし……。

〈花をちぎるのは、やめなさい！　花にツミはないわ！〉

すでに、森生はオレンジの花を全部、ちぎり終わっていた。舌打ちをして、花壇の裏手の自転車置き場に進んだ。

〈でも、こちらのおばあさんはあんたをかわいがってくれてるんじゃないの？〉

――ぼくたちは見捨てられた者同士だからね、いつも、チチの悪口を言い合って、気晴らしししているよ。

〈まあ、そうなの！　でも、そんなに悪く言ったら、あの人がかわいそう！　昔のわたしがとても好きだった人なのに。好きじゃなかったら、子どもを産む気になんかなれない。〉

青い波板の屋根がついた自転車置き場には、銀色や青や白の古びた自転車が十台ほど並んでいた。そのひとつひとつを点検するように、森生は右手でハンドルを撫で、それからベルを軽く鳴らしてみる。チリリリ、とそれは思いがけなく甲高い音をひびかせた。ハトは最初の自転車のサドルに舞いおりて、神経質に首を伸び縮みさせ、赤い眼で森生の表情を見守る。

――そんなことを言ってるから、お母さんもバカを見るんだ。あいつの考えていることは、自分のことばっかり！　お金は送ってくるけど、ぼくのところに来たのは、今まででたった四回なんだから。

チリリリ、とつぎの自転車のベルを鳴らす。

――……こっちに来てすぐに、ぼくがハシカになったときと……、ぼくがときどき引きつけを起こすから京都の大学病院で脳波を調べてもらうほうがいいってことになって、その病院に連れていってくれたときと……、
チリリリ、と三番めの自転車のベル。ハトも翼をひろげ、森生を先まわりして、ちょうど真中辺りの自転車のサドルに自分の位置を変えた。

――……それから、ぼくが小学校に入ったときと……、オババがギックリ腰で動けなくなっ

たときにヘルパーさんの手配をしに来たのと……、たったそれだけだよ。……たった四回！ ぼくはそのあいだに、三歳から十二歳になった。

チリリリリ、と四番めのベルを、森生は腹立ちまぎれに長く鳴らす。

――……そして、これからはもっと、知らんふりをするに決まっている。ぼくだって、あんなやつの顔、見たくないから、それでかまわないけど、オババはものすごく恨んでるよ。薄情で、一人っ子なのに母親を母親とも思わない。金でなんでも解決がつくと思っている。あれは東京にタマシイを売ってしまった裏切り者だって。

ジイジイジイ、と五番めのベルは故障しているのか、低くこもった音しか出さなかった。ハンドルにも車体にもよく見ると、サビが出ている。

――だけど、このナラに生まれたやつだから、こんなことが平気でできるんだよ、きっと。ナラに預けたんだから、もう大丈夫だって、すっかり安心してやがる。なにが大丈夫なんだ！ 冗談じゃないよ！

チリリリ、とつぎの自転車のベルは澄んだ音を出した。

〈……でも、でも、モリオ！ それは、お父さんにとって自分のお母さんがいる場所だからでしょ？ あんたのお父さんとしては、とても自然なことよ。あんたの顔をもっと見たいと思っても、いろいろとむずかしい事情があるのよ、きっと。……〉

チリリリ……

〈……どっちにしろ、ナラがそんなにいやなら、六年後にここを出ていけばいいじゃない。三年後にだって、うまくいけば、出ていけるわ。あとほんの少しよ！〉

チリリリリ……

――もう遅いんだよ！　遅すぎる！　ぼくはもう、シカ殺しの犯人なんだ。死刑になるか、ナラをぶっこわすか、どっちかしかないんだ。ぼくは死刑になるために、生まれてきたのかよ！　いやだ、そんなの！

チリリリ、とベルを鳴らしながら、森生はうなり声をあげ泣きだした。いったん泣きはじめると、母の霊への甘えも手伝うのか、涙が重い雫《しずく》になってつぎつぎ流れ落ちた。体の痛みをこらえるようなうなり声も大きくなる。

〈モリオ！　モリオ！　わたしも泣きたくなる。シカを殺したぐらいで、死刑になるわけないでしょ？　しっかりして！　今は時代がちがうわ。でも、あんたにはもう、逃げ場がないの？……もう、遅すぎるの？　本当に？　わたしのせっかく産んだ子どもがこんなに泣きつづけなければならないなんて。あんたの笑顔を見せてほしいのに。……モリオ！　ねえ、わたしはどうしたらいいの？　わたしになにができるの？〉

森生はしゃくりあげながら、悲鳴に似た声を出した。

――だから……、だから……、お母さん、あの大仏をこわしてよ！　ぼくにはむりだけど……、お母さんにはできるだろ？　ぼくは、あの大仏がこわい。ぼくを殺しに来るんだ。ぼくを見張りつづけているんだ！

〈モリオ！　大仏なんてこわがることないわ。あれは生きものじゃないもの！　でも、ちょっと静かにして。だれかがこっちに来る。自転車の持ち主じゃないかしら。泣きやまないと、変に思われるわ。ねえ、ここを離れたほうがいいかもしれない。〉

あわててTシャツの裾で顔の涙と鼻汁を拭い取ってから、森生はまわりを見渡した。膝までのジーンズにだぶだぶの水色のTシャツを着た若い女がショッピングカートを引きずって、こちらに向かって歩いてくる。この建物の住人なのかもしれない。一羽の平凡なハトと一人の小学生の姿に気がついたところで、いちいち騒ぎだすはずはなかったが、ハトの母と森生はとっさにおびえを感じ、急いで、黒い戸口に向かった。

外の道はあいかわらず静かだった。さっきまでのアブラゼミの代りに、ミンミンゼミの鳴き声が耳を打った。空全体が灰色にくすんでいた。

近くの電線にいったん羽根を休めたハトは喉を鳴らしながらふたたび舞いあがり、森生の頭上をゆっくり飛びまわった。

〈ねえ、モリオ！　大仏はどこにあるの？　まず、見ておきたい。〉

――ここからすぐだよ。じゃ、お母さん、ぼくを助けてくれるの？

自分で頼んでおきながら、森生は驚いて、ハトを見上げた。

〈わたしにできることかどうか、それはわからない。今のわたしはただのハトで、このままじゃ、なんの力もないもの。でも、なにごとも工夫次第でしょう！〉

――ほんとに？　なんだか信じらんないや。

〈とにかく、大仏がどこにあるのか教えてよ！〉

泣いたばかりの、森生のこわばった顔に臆病な微笑が浮かんだ。ハトの母のために左の方角を指さし、速足で歩きはじめる。

――まず、こっちに行って、それから右に曲がるとバス通りに出て、そこからちょっと行けばすぐに、大仏にぶつかるよ。でも、あそこにはいつも、観光客がうじゃうじゃいるんだ。あそこに行ったら、ぼくたち、こんな風にはしゃべれなくなる。……お母さんだって、昔、見に来たことがあるはずだよ、日本中から中学生や高校生が修学旅行で見に来た時代があったって聞いたことがある。

大きな輪を描きながら、ハトは森生のあとを追ってくる。ハトとの距離が大きくなっても、母の声は耳のそばに聞こえつづけた。

〈……そうねえ、でも、もう忘れてしまった。ほんとに、大昔のことだもの！　もともと興味がなかったのかもしれないわね。わたしも東京の子どもだったから、お寺よりデパートのほうが好きだった。大仏より、忠犬ハチ公のほうがまだしも好きだった！〉

黒い小型の乗用車が森生のうしろから迫ってきて、森生たちには無関心のまま追い越していった。オオサカのナンバープレートだった。道の曲がり角には、青いクリーニング屋の車が停まっている。野球帽をかぶった青年と白っぽいワンピースをだらしなく着た女ふたりが、その車の前で立ち話をしているのが見えた。すでに、四時近くの時刻になっているのだろうか。森生が家を出たのは、昼のソーメンをオババとすすってからの二時ごろだった。一日分の熱気が不透明に街を包みこみはじめている。

――……ナラって古い墓地みたいなところなんだ。苔の生えた、こわれかかった寺がおばけみたいにたくさん、居残っている。そんなのも全部、きれいにこわしてやりたいけど、数が多すぎてきりがない。大仏がここの親分なんだから、大仏さえこわせば、ほかのおばけみたいな寺もきっと、びっくりして消えてしまうよ。……でも、大仏をこわしたら、今度こそ本当に死刑かな。大仏って、国宝なんだ。お母さんはもう死んでいるから、そんなことはへっちゃらなんだね。

森生のつぶやく声に、ハトは羽ばたきの音とともに答える。

〈もちろん、わたしには死刑なんて関係のないことだけど、あんただっていくら国宝をこわしたところで、死刑にはならないと思うわ。シカみたいな生きものを殺すほうが、よっぽどわたしにはこわい。どんな小さな生きものでも、死んだわたしにとっては光のかたまり、熱の渦よ。今のわたしみたいに、そのなかに入れてもらうと、だからとても苦しい。疲れるのよ。でも、人の手で作られたものは、わたしよりももっと冷たくて、からっぽ。そんなものはいくらこわしてもかまわない。生きものを殺すのとはわけがちがうもの。でも、どうやったらこわせるのか、けっこう、それがむずかしいんだけど！〉

曲がり角が近づき、ハトも森生も口を閉ざした。右に急いで曲がると、傾きはじめた日の光に背中を照らされ、森生の影が路上に伸びた。熱気の靄《もや》がいよいよ濃くなり、ミンミンゼミの声がそのなかで押しつぶされそうにひびく。

三十メートルほど黙って歩いてから、森生は注意深く口を開いた。

――……あのさ、ぼくのなかに、お母さんが入るってことはできないの？　それができるんなら、ぼくたちはずっと一緒にいられると思うんだけど。

ハトは上空を高く低く、前にうしろに、いかにも気持よさそうに飛びまわっている。

〈……そうねえ！　それはできるけれど、でも、できないの。だって、あんたがわたしを呼んだのよ。呼んだひとと話をするためには、ほかの体を借りなくちゃ。わたしがモリオの体に入ってしまったら、モリオと話ができなくなってしまう。モリオはそのあいだ、ぐっすり眠った状態になって、わたしのことはわからなくなるし、わたしはわたしでモリオを見つけることができなくなる。……それに、あんたにとっていいことじゃないわ！　あんたの大切な時間がそのぶん、消えることになるんだもの。そんなこと、わたしにはできない！〉

――ふうん、そうなのかなあ。じゃ、このままでもいいから、ずっとぼくのそばにいることはできる？　ハト一羽ぐらいなら、ぼくにだって飼えるよ。だれも変には思わないだろうし……。

中学生の乗った自転車が三台つながり、正面から向かってきて、すばやく走り去っていった。茶色の汚ないネコが家の陰で四本の脚を横に投げだして寝ている。

〈それもだめ！　わたしはハトじゃないのよ。すぐに、わたしは消えなくちゃいけないの。〉

――すぐに？

森生の声は思わず、大きくなった。

〈今すぐ、という意味じゃないわ、安心して！　でも、死んだ霊は生きている人たちにとっては、ちょうど夢のようなもの。それを忘れないで。わたしは死んで、モリオは生きつづけている。できれば避けたいことだったけど、モリオが死んで、わたしが生き残るよりはよほどましだった。わたしはそう思っているわ、モリオ！　それで、わたしたちは別れることになったけど、いつまでもそのことを恨んだり、歎《なげ》いたりしないほうがいいのよ。どんなに歎いたって、なにも変わらないんだから。……わたしは死んだ。でも、モリオも必ず、いつかは死ぬ。死なない人はいないの。死ぬって、とっても当たり前のこと。モリオ！　だから、わたしを引き留めようとしちゃだめ。夢や虹のように、そのときが来たら、わたしは消えるの。あんたに呼ばれることも、たぶん、これでおしまい。でも、がっかりしないで！　せっかく呼ばれたのに、中途はんぱに消えることはないから。わたしだって、少しでも長く、モリオのそばにいたい！モリオはわたしの大切な、たったひとりの子どもなんだもの！〉

うなだれて歩く森生の眼には、また涙が溢れてきた。もちろん、母の霊が言う通りなのだ。母がこの世に生き返ったわけではない。そのように納得できるだけに、母の霊が消えたあとのさびしさを今から、おそれずにいられなかった。

観光客らしい高校生ぐらいの女の子が三人、白いアイスキャンデーをかじりながら、前方から近づいてきた。三人そろって濃い色のサングラスをかけているので、どんな顔なのかよくわからない。ステテコ姿の腰の曲がった老人が、土埃の立つ道に青いホースで水をまいている。サングラスの三人組とすれちがい、しばらくしてから、森生は上空にいるはずのハトを見上げた。前のほうを見ても、うしろの空を見ても、その姿が見えない。あわてて、森生はもう一度、自分のまわりの空を見渡した。

〈……ここよ。わたしはここよ！　わたしが消えるのは、まだ先のこと！〉

笑いを含んだハトの声にうながされ、右手の瓦屋根を見やった。午後の日射しを受けてまばゆくひかるテレビアンテナの足もとに、ハトは羽根を休ませていた。なんの特徴もないハト。ほかのハトが近づいてきたら、どれが母のハトなのか、見分けをつけることはできそうにない。

〈……このハトはもう、そんなに若くないから、すぐに疲れて、休みたくなるらしいの。あんまりむりをさせても、かわいそうだし……。あんたを見失なうことはないから、どんどん先に

行って！〉

――でも、鳥って一応、飛ぶのが好きなんじゃないの？

足を速めながら、森生は聞いた。

〈……たぶんね。わたしは鳥じゃないから、わからない。でも、空を飛ぶときはたしかに、体が歌でもうたっているように風のなかを流れていくわ。とっても、すてきな気分！　これがハトなんかじゃなくて、ワシとか、サギだったら、もっともっと気持がいいんでしょうね！〉

言い終わらないうちに、ハトはふたたび空に舞いあがり、すぐさま森生に追いつき、先に飛んでいった。

――空を飛べたらいいなってぼくも思うけど、鳥にはなりたくない。くちばしが苦手なんだ。

〈でも、くちばしって便利よ。とても細かいものもかんたんについばめるし、体を掻くと気持がいいし！〉

森生の体に、また汗が噴き出てきた。

――でもさ、お母さん……、ぼくが生まれたとき、どんなことを思ったの？　すごくうれしかった？

ハトは上空をUターンして、森生の頭上に戻ってくる。

〈さあ、どうだったのかしら。……とってもほっとして、ずっと前から知っている赤ちゃんとまた、会えたって、そんななつかしい気持だったのかもしれない。わたしにとてもよく似ていたという意味ではないのよ。だって、顔なんてまだ、はっきりわからないもの。あんたの体全体が、ああ、これはわたしがすでに知っているものだって、わたしに感じさせたの。はじめて

の赤ちゃんだとは思えなかったのよ！〉

——ぼくも、お母さんの声を聞いて、同じことを思ったのかな。これはずっと前から知っているなつかしいお母さんだって……。

〈そうね、そうだったのかもしれない！〉

ハトの笑い声がくすぐったく、森生の耳もとにひびいた。

バス通りに出た。右に曲がり、つぎの角まで進む。車の数が増え、今までのようにのんびり歩きつづけることができなくなった。路線バスに加え、観光バスもこの道を通る。観光客が乗る乗用車も行き交う。その道を急いで歩き、左の道に入った。車の数が減って、急に静かになった。道の両側に木々の緑が茂り、ツクツクホーシの声が耳に入ってくる。

汗の染みですでに黒ずんでいるTシャツで顔の汗をもう一度、拭ってから、森生はナップザックの水を取りだし、喉に流しこんだ。

——もうすぐだよ。でも、ここから先は観光客が多くなるから、用心しなくちゃ。裏道から行けば、団体客とはぶつからないと思うけど。……お母さんも水を飲む？

〈ありがとう、でも、いいわ。ここには池があるから、それで充分！　ねえ、向こうに、ものすごく大きな屋根が見える。大きすぎて、こわいぐらい。ハトなんか、勝手に近づけないような黒い屋根！　金色にひかる帽子みたいなものがふたつ乗っかっている！　あのなかに、大仏がいるのね。……あんな建物のなかにあるんじゃ、大仏をこわすのはすごくむずかしいかもしれない。……モリオ！　もう場所はわかったから、あんたはあそこまでわざわざ行く必要はないわ。わたしひとりのほうが動きやすいし。……これから調べてみて、どうすればいいか、考

えてみるわ。なにか方法はあるはずだから。〉

ハトはゆっくり旋回しながら、森生のそばに立つ松の枝にとまった。日の光をまともに受けて、その丸い眼は金色に光り、羽根も金属のように輝いて見えた。

――じゃ、ぼくはここで待っていればいいの？

〈何時間も待たせることになるかもしれないから、あしたの朝、大仏の前で会うことにしましょう！　あんたはまだ子どもなんだもの、家に戻って、ちゃんと夜のごはんを食べて、ゆっくり寝なくちゃ。わかったわね！〉

森生は眉を寄せ、少し考えこんでからうなずいた。

――……お母さんと離れたくはないんだけど、わかったよ。このまま消えたりしないよね。

〈大事な約束があるのに、勝手に消えることはできないわ。心配しないで！　わたしはあんたのことしか考えていない。モリオ！　モリオはわたしの子どもなんだもの。二歳までしか一緒に生きられなかった子どもなんだもの！〉

ハトは首を大きく前後に振り、胸をふくらませて、森生を見つめた。

――ほんとだよ、さっさと死んじゃって……。お母さんだって、死にたくはなかったんだろうけど……。じゃあ、あした、八時に大仏の前で待ってる。だけど、お母さん、ハトに時刻がわかるの？

〈だれかの腕時計を見るから、大丈夫！　さあ、わたしはこれから忙しいわ。気をつけて帰りなさい。あんた、疲れた顔しているわよ。今晩はもう、なにも考えずに安心して寝るのよ。……じゃあね、あしたの朝、大仏の前で！〉

羽根を広げ、ハトは松の枝から飛びたち、いったん森生の頭上をまわってから、灰色の空を大仏殿の方角にまっすぐ悠々と向かっていった。その姿はすぐに黒い点になり、消えてしまう。地上に取り残された森生は溜息を洩らし、汗で蒸れてむずがゆくなっている頭を左手で乱暴に掻きむしった。ミンミンゼミとツクツクホーシの鳴き声が遠く近くにいくつも重なって聞こえてくる。木立の向こうに、四、五人の人影が見える。

森生はうつむいて、足もとの砂利を見つめ、それから軽く眼をつむった。ハトの丸い眼がほの明かるいまぶたの裏に、ぽつんとふたつ並んで金と赤と交互にひかっていた。今までハトの母と話していたことがもはや、夢のなかの出来事としか思えなくなっていた。

5

その夜、森生は久しぶりに充ち足りた思いで眠りに落ちた。枕に頬を押しつけた顔には、安心しきった子どもらしい微笑さえ浮かんでいた。ハトの母と話すことができたのが事実か夢か、そんな区別さえどうでもいいと思えるほど、森生はハトの言葉から慰めのぬくもりを与えられていた。おいしいものをたっぷり食べた満足感を味わいながら、その消化のために、頭も体もうっとりと麻痺しているようだった。

翌朝も早い時間から気温が高くなり、真夏の日射しが白く地面に照り返した。

森生は七時過ぎに眼をさますとすぐに服を着て、顔を洗い、食卓に置いてあったパンをかじってから、台所で冷蔵庫の牛乳を飲んだ。そのときちょうど、祖母が台所に入ってきたので、図書館に行ってくる、と言い置き、あわてて家をとび出た。ハトの母との約束はもちろん、なにが起ころうと守らなければならない。でも、その約束の意味には、森生は無関心だった。寝ている間の安心感がまだ体を包んでいて、それまで森生を苦しめつづけていたナラの青ミドロが夢のなかに消えてしまったかのようだった。ハトの母さえも、森生の夢のなかで羽ばたいているだけ。でもその夢が、けさの森生を一筋に、大仏に引き寄せていた。

トウダイ寺の大仏殿は朝七時半から扉を開き、参拝客を迎え入れる。ナラ観光の目玉なので、人がいつでも溢れている。日本だけではなく、外国からも団体の観光客がつぎつぎにバスで押し寄せる。それでも朝八時のトウダイ寺にはさすがに、人の数はまばらだった。

きのうと同じ道を急ぎ足にたどって、森生は横手から大仏殿の前に出た。ナラに住んでいても、めったにここまで来ることはなかった。地元の子どもがサッカーの練習をしたり、歌をうたいながらなわとびを楽しむような場所ではない。小学校低学年のころに、学校から教師に引率されて見学に来たことがあったが、言うまでもなく、大き過ぎる大仏や大仏殿は山の黒い影のようにしか感じられず、広い参道をうろうろするハトやシカを追いかけ、大きな灯籠に小石を投げつけ、白い壁を爪で引っかくのに忙しいだけだった。教師の説明など、耳に入るはずもない。それでも六年生になるまでの間には、社会科の授業で毎年、大仏についての知識を少しずつ吹きこまれ、一方で参道に並ぶみやげもの屋、食べもの屋をうろつき、まわりの池や庭で遊ぶうちに、知らず知らず、大仏が身近に感じられるようにはなっていた。大仏そのものというわけではなく、ダイブツと呼ぶことで漠然と示すことができる一定の地域に親しんできたのだった。

それにしても今まで、肝心の大仏をどれだけ正確に、くわしく見てきたのか、森生は大仏殿に登る階段の前にたたずみ、朝日の届かない堂内の暗がりを見つめながら、何度も首を傾げた。まわりの空気にはすっかりなじんでいるのに、その真中のいちばん大切な部分が抜け落ち、穴があいている。森生の死んだ母のように、からっぽの穴として森生の体の内側に住みついてしまっていた。母のほうはとりあえず声しか聞こえない霊ではあっても、そしてきのうのハトが夢ではなかったと言いきれる自信もないけれど、森生の願い通りに呼び寄せることができ、穴にようやくかさぶたのようなものができた気はする。でも、大仏はそうはいかない。

大仏は巨大な人形だと言えるのだろうか。人形の霊と、死んだ人間の霊とはまったく別の場所に漂っているとしか思えない。大仏の場合は、大昔のブッダと呼ばれた外国人を記念して作られたというのだから、ブッダという人の霊とどこかで結びついていることになる。いくら霊でも、千年、それとも二千年経てば、人間だったころの言葉は空中の埃になって消え失せ、霊という存在ですらなくなってしまうのではないか。それとはべつに、人形の霊というものがあるのだとしたら、それはいったい、どんな夢に似ているのだろう。人間の霊よりも複雑なデコボコのある、長い夢なのだろうか。

〈……モリオ！　モリオ！　モリオ！〉

きのうと同じ、多少せっかちなリズムを持つハトの声が、ふと、森生の耳たぶを撫でるように聞こえてきた。森生の体は急に熱くなった。きのうの出来事は夢ではなかった！　母の霊は勝手に消え去らなかった！　きのうの夕方から、ハトの母がどのようにしてハトの体のなかで知恵をしぼり、どんな相手に相談し、協力を乞い、そうして計画の実行のためにどれだけの汗を流し、眠る時間もないまま、小さなハトの体に受ける苦痛をこらえたか、森生の想像力はその方向に動かなかった。ハトの母の声をもう一度、自分の耳で受けとることができた。その喜びと驚きで、森生の眼に早くも涙が浮かんでいた。

〈……モリオ！　おはよう！　わたしの姿が見えなくても、探そうとしないで！　今はそんなことはどうでもいいの。あんたとの約束はちゃんと果たすから。……その場所から階段を登って、扉のところまでいらっしゃい。あぶないから、なかには入っちゃだめ。入り口のところからでも、よく見えるから。……いいわね。こっちも準備完了！　しっかり見ているのよ！　なにが起きても、逃げだしちゃだめよ！〉

あわてて眼もとをこすり、火照《ほて》った顔を上向けて、森生は板戸が開放されている高い敷居の部分まで進んだ。なかに入るなということは、敷居の外側に留まっていろという意味なのだろう。けれども、そこからでは堂内の暗さに眼を慣らすことはむずかしく、なかの灯明や金色にひかるものが闇をまだらに破っているさまが眼の底に映るばかりだった。堂内を歩く参拝客はいなかった。

やがて上のほうから、ひんやりした風が吹きはじめた。森生はしゃがんで、敷居に両手を置き、堂内に頭だけを突き入れる形で、黒々とした大仏の顔に眼を向けた。そんな無理な姿勢では、視野の隅に大仏の顔をとらえることしかできない。大仏の顔の、さらに上の天井の辺りに、丸くて大きな影が見える。冷たい風の勢いが増していた。真夏なのに、冬の嵐のように、森生の鼻や耳を白く凍らせていく。天井の影を見届けたくて、森生は敷居に体を横向きに置き、左手で上半身を支えながら、顔を天井に向けた。風の冷たさに、眼を細めずにいられない。

大仏の頭とほぼ同じ大きさの黒い球が天井に浮かんでいた。それがくるくると高速で回転している。なんだろう、あんなもの、大仏殿の天井にあったっけ。森生がそう思ったのと同時に、黒い球が大仏の頭にぶつかり、轟音《ごうおん》と激しい震動が湧き起こった。森生の体はその反動で、敷居の外に跳ね飛ばされた。森生が体を起こす間にも、音はますます大きな音にひろがり、震動も激しくなり、大小の金属片、木片、そして黄色を帯びた煙を際限なく吐き出しつづけた。

大仏が空を割る声、地の底をえぐる声で叫んでいた。大仏がひとつの滝になって、流れ落ちていった。

滝のその流れにさからい、森生は手探りでもう一度、敷居に体を乗せ、抱きついた。頭に、肩に、背中に、重く固いものや、軽くて大きなものがぶつかってきた。重いものが体に当たると、そのたびに、自分の骨が折れていくような痛みに襲われる。喉を刺激するにおいに、涙がこぼれる。それでも、森生は大仏殿の敷居にしがみつきつづけた。母の霊に言われた以上、ここから逃げだすことはできない。これでもし死んだとしても、お母さんと同じ死霊に、ぼくもなるだけじゃないか。

崩れていく大仏から、長い時間を経たさまざまなかけらと煙の渦が放たれ、そこに森生の体も吸いこまれていく。

大仏がこなごなになっていく。

でも、本当に？

森生は今さらのようにびっくりして、涙にふくらんだ眼を大きく見開いた。黄色の煙のなかに、金属片、木片と混ざって、人の声のかけらも飛び交っているのが見えた。カラスのような黒い声のかけらもあった。白玉に似たかけらもあった。夜明けの空の青。ぐみの実の赤。春の野の緑。それぞれの色の声がひびき合い、もつれ合って、動物の群れのように先を争って、大仏殿の外に流れ出ていった。

カミぞしるらん、カスガノのナラのみやこにトシをへて、さかりふけいくヤエザクラヤエザクラ、ちればぞささそふ、ささそへばぞちるはほどなくツユのミの、カゼをまつまのほどばかり……

大施主ノ聖武天皇ハ救世観音、良弁僧正ハ弥勒ナリ、婆羅門僧正ハ普賢、行基菩薩ハ文殊ナリ、カヨウノ権者共ノ寄ヨリ集リテ、作供養セラレシナリ……

……ここにあわれをとどめしは、冥途にましますす母上さまにてとどめたり。えんま大王のおん前にて涙をながし、はちすのこうべを地につけ、十《とお》の蓮華をもみあわせ、「さてみずから、娑婆に忘れ形見をひとり持ちて候が、まま母が讒《ざん》により、ただいま一命とられ候。すこしのいとま、たびたまえ。一命たすけ申さん」と、涙とともに申さるる。大宮《だいぐう》きこしめし、「わが苦しみはかなしまず、子ゆえの闇にまようとは、御身がことを申すかや。いかに視る目、娑婆に死骸があるか見てまいれ」……

神ならば　ゆららさららと
おりたまへ
いかなる神か
もの恥ぢはする…

……南円堂々童子参申、夜前神鹿一頭於壇上死了、片足無之、令申唐院退之畢、毎度如此穢物ハ申両律院、自彼方退之例也、仍今朝申送唐院了、於堂童子者穢物不綺之、神事故也……

……ナラのミヤコの東の山に、ひとつの寺ありき。号《な》をば金鷲《こんす》といひき。金鷲ウバソク、この山寺に住しき。故《そゑ》にこれをもて字《あざな》としき。いまは東大寺となる。いまだ大寺をつくらずありしときの聖武天皇の御世に、金鷲、行者をもつてつねにとどまりて道を修せり。その山寺にひとはしらの執金剛神の壖像《せふざう》をおきまつる。行者、神王のこむらより縄をかけて引き、ねがひて昼夜に憩はず。ときにこむらより光をはなち、おほとのにいたる。天皇おどろきあやしび、使をつかはして……

もとよりツヅミは、波の音、
よせては岸を、どうどは打ち、
天雲まよふ、ナルカミの、
とどろとどろと、鳴るときは、
降りくる雨は、
はらはらはらと、小笹の竹の、
ササラをすり、池のこほりの、
とうとうと、ツヅミをまた打ち、
ササラをなほすり、
狂言ながらも、法《のり》の道、
いまはボダイの、岸によせくる、
舟のうちより、
ていとうとうちつれて……

……非人二千八ヲ集テ、ソノ西ノ野ニテ南北ニナラフ、十座ニ居タリ、午剋ニ面々ニ米一斗フクロニ入テ、又ヒカサ一、ムシロ一枚六尺・ウチワ一・アサナヘ一・ハリ・イト・ヒキレ二・モチヰ一枚・白一ノワリコ一合……

非人皆以持斎、面々前々ニミアカシ進之、此等ヲ供之時奏音楽、ソノ後、聖人タチ大行道ヲスル也……

……光明皇后、東大寺・法華寺、カヤウノ寺々作ラセ給ヒテ後、「吾功徳、皆作り満ツ」ト思召ケルニ、空ノ上、雲ノ中ニ声有リテ、告テ言ク。「汝功徳、イマダ不レ満」ト告ケリ。后ノ宣ク。「何功徳カ不ヌレ作功徳候」ト答給ケレバ、「温室ノ功徳也」ト告ケリ。サテ、彼所ニ湯屋ヲ建テテ、湯ヲ沸サセ給ヒテ、「今日始テ湯浴者有ラハ、吾ミツカラ垢摺ラム」ト誓ハセ給ケリ。カカルホドニ、清水坂ノ者ノ、ユユシゲナル、一人出来テ、ハヰヲリテ、無二左右一浴居タリ。カカル無差ノ功徳ナレバ、イフベキナラデ見居タルホドニ、〔此カタイ〕「サテ早々《トクトク》、后、吾背摺ラセ給ヘ」ト申ケレバ、皇后、思召煩ケリ。〔サコソ、チカヒハタテサセ給ケレドモ、サスガアサマシク、ユユシクヲボシメサルルホドニ……

とうとうたらりたらりら
たららたららたらりをりん
たらりらり
なよを
あなおもしろ、あなたのし……

千歳の野干・変
化の野干、しか
るべき人の心に
なりて千種につ
き、わがよきこ
とを心に示した
まへや、コウコ
ウ、聞せたまへ
や、コウコウ、
欲せ給へや、コ
ウコウ、思せた

まへや、コウコ
ウ、狂わいたま
へや、コウコウ、
迷いたまへや、
コウコウ……

……春にもなれば、十二の卵《かいご》を生みそろえ、父鳥母鳥喜びをなす折からに、猛火手近う燃えくれば、父鳥母鳥悲しみて、谷水を含み取り、卵のまわりを湿せども、猛火手近う強ければ、十二の卵を母鳥が、両の羽交いに巻き込うで、雄鳥と、嘴を食いようて、引いて逃げんとせしけれ、イバラムグラに、かけられて、退《の》くべきようのあらざれば、父鳥はしゆつけつき、向かいのはばたに飛びうつり、「来いや来たれや、母鳥よ。命があればば子をばもうけてまたも見る。その子捨ててたてよ」と呼ぶ。母鳥これを聞くよりも、「情けないとよ父鳥よ。十二の卵のその中に、一つ巣ごもりになる

だにも、世にもふびんと思いしに、この子におい
ては え捨てまい」と、おのれと野火に焼け死する。
父鳥これを悲しみて、嘴を鳴らし翼をたたき、呪
うようこそあわれなり……

なよや
あなおもしろ
あなたのし……

あかぼしは明星は
くはや
ここなりや
なにしかも今宵《ま》の月の
ただここに坐すや
ただここに坐すや
ただここに
ただここに坐すや……

若聖主賢卿、承成我願
恒将福慶、永護国家
若愚君拙臣、改替我願
毎起大禍、永滅子孫

てぃつくてて、してて、
てぃつくてて、してて、
つくど、つくど、てぃつくどに、
ふほつ、ほつほほ、
ちやんちやんちやん、
ちやちやしちやちや、
ちやちやちやうんうちやうんう、
りんりりんりろらうろらう、
ひゆやらいるろうの、ひい……

……南に死屍墳墓あり、亡魂を救う媒たり
北に疥癩の屋舎あり、宿罪を懺ゆる便を
得る……

……キハメテ穢気《キタナゲ》ナル女ノ、子ヲ抱タル、一ノ犬ヲ具シテ、寂照が前ニ出来ヌ。コノ女、瘡《カサ》カキテ穢気ナル事限リナシ。コレヲ見ル人ドモ、穢ガリテ追ヒノノシル。寂照、コレヲ制シテ、女ニ食物ヲ与ヘテ返シヤル。シカルニ、コノ女ノ云ク、「我が身ニ瘡アリテ、イトタヘガタクワビシケレバ、湯浴ムガタメニ参ツル也。湯ノ功、少シ我レニ浴シ給ヘ」ト。人ドモ、コレヲ聞テノノシリテ追フ。女、追ハレテ後ノ方ニ逃去テ、ヒソカニ湯屋ニ入テ、子ヲ抱キナガラ、犬ヲ具シテ、サフメカシテ湯ヲ浴ム。人ドモ、コレヲ聞テ、「打追ハム」ト云ヒテ、湯屋ニ入テ見レバ、掻消ツヤウニ失ヌ。ソノ時ニ、人々驚キアヤシムデ、出テ見廻セバ、檐《のき》ヨリ上様ニ、紫ノ雲、光リテ昇レリ……

ただここに
ただここに坐すや……

ルリの浄土はいさぎよし
月の光はさやかにて
像法転ずる末の世に
あまねく照らせば
底もなし……

ここなりや
なにしかも今宵の月の
ただここに坐すや
ただここに坐すや
ただここに
ただここに……

II

1　タカマド山

道は、山のなかにつづいていた。

ふもとの斜面には、おびただしい数の丸い墓石がしらじらとひかり、枯れた草がからみ合って風に踊るさまが、生きものめいて見える。体に切り傷を刻むような冷たい風が、山道を歩く母子にまともに吹きつける。北風が吹くたび、墓地を遠くに囲む山の木々は一斉にどよめき、黄色の枯葉を宙に吐きだす。

秋と言うよりは、季節はもう、冬に入っているのだろうか。

母は麻の服に、わらの蓑《みの》で身を守り、足もとはわらじ、すねには布の脚絆《きやはん》を巻いているものの、ウールの服や革のブーツに比べれば、いかにも寒々しい。山の風はわらの蓑などせせら笑って、母の肌を直接、針のように突き刺す。子はまだ自分の足では歩けず、マンマの一言も話せない赤ん坊だった。体をぼろきれで丹念に巻かれ、母の胸に抱かれているので、母よりはずっと体温が守られ、そのほの赤い顔に微笑を浮かべ眠りつづけている。一方の母の蒼ざめた顔は、鼻先と頬だけが寒さのために赤い色にひかり、唇は土色にひび割れ、そのうえ、眼のまわりもただれてしまっている。うしろに結んだ長い髪が風に吹きさらされ、そそけ立つ。

母は疲れきっていた。寒風で身が凍え、意識も風に吹き飛ばされ、空腹も痛みも感じなくなっている。母はそれでも、縁のただれた両眼を大きく見開き、怒りの光を放って、まわりの墓地や、山道の先に見える寺の山門をにらみつけながら、歩きつづけた。眼をつむればすぐさま、体が崩れ落ち、深い眠りに閉ざされて、しらじらとひかる墓地に吸いこまれていく。それゆえ、母は眼を閉じない。母は怒りに支えられて、眼を見開きつづける。

そんな母の胸で、子はまつげをときどき震わせ、充ち足りた顔で眠りつづける。それは、小さな寝息を洩らすだけの、静かな眠りではなかった。微笑を浮かべた口もとがもぐもぐむにゃむにゃと動きつづけ、そこからは、この世を捨て去った老人がひとりで果てしなく歌う声のようにも、長い病気で苦しみつづける人のうわ言のようにも、あるいは、秋のさまざまな虫たちの重なり合った鳴き声のようにも聞こえるどこかさびしげな声が、強弱の抑揚をつけ絶え間なく流れつづけている。人間のふつうの赤ん坊の声には、どうしても聞こえない。大きな声ではないはずなのに、その声のひびきは遠くにまで達する。百メートルどころか、一キロも離れた場所に住む人までが、この声に耳を占領され、不安に心を乱されて、毎夜、眠れなくなったと訴えるほど、人の耳という耳に、この声はまっすぐな細い線になって入りこんでいった。

——……お母さん、ぼく、こんな赤ちゃんになってしまったんだね。でも、前のこと、もう思い出せなくなっている。お母さんにぼくはずっと、こうして抱かれていたの？　お母さん、とても疲れているみたいだ。ぼくたち、どこから来たの？　どこへ行こうとしているの？　ここはずいぶん、さびしいところだねえ。

子がもうひとつの、声としては外にひびかない声で母にささやきかけた。あいかわらず、激しい怒りに眼をひからせながら、母も土色の唇をほとんど動かさないまま、ひそやかな声を子に返した。

——ここはナラのタカマド山よ。昔、ナラには大きな大きな仏像があったんだけど、今はもう、消えてしまった。わたしたちがそう願ったから。そのために、わたしたちはこの道を歩きつづけなければならない。勝手に道を変えることもできない。

——ぼくたちはとても悪いことをしたの？　ぼくたち、ツミビトなの？

——……さあ、悪いことってなんなのかしらね。わたしにもわからない。この世に生きつづけたいと願うことがツミなら、わたしたちはたしかにツミビトなんだろうけど。

——ここは墓地なのかな。死んだ人たちの霊がいっぱい揺れながら、ぼくたちを見つめているよ。うれしそうに笑っている子どもの霊もいるし、涙を流しすぎて青い魚みたいになった霊もいる。いやだなあ、首に穴のあいたのや、頭のないのもいるよ。

——……そう、あんたには見えるのね。わたしには見えない。……古い墓地だし、ここで死刑になったツミビトも多かったらしいから、いったい、どれだけの霊がひしめいているのやら、見当もつかない。……

母と子は寺の山門にたどり着いた。そこから、急な石段がつづく。石段の両脇に常緑樹、落葉樹が入り混じって枝葉を重ねているので、墓地は見えにくくなり、母を苦しめていた寒風もさえぎられた。母はそこでいったん足をとめ、赤ん坊を胸に抱き直して、蓑を胸の前にかき寄せた。

——ここは、死人のための山。ナラには、ほかにもこうした山はあるけれど、これだけ深い山はここだけ。だから、わたしはここに来た。あんたをどこかに捨てなければならないから。

——なんだ、ぼくもここで死ぬのか。でも、お母さんは？　お母さんは自分が生き残るために、ぼくを殺すの？

母は涙を浮かべ、溜息を洩らす。

——それができないから、こうしてわたしの眼はただれてしまったし、ここに来るまでも遠い道を迷いながら歩きつづけてきたのよ。でも、あんたはキンギョ丸。わたしはアコウ。どこまで逃げようが、わたしたちは自分ではなにも変えられない。

自分の言葉に自分でうなずいてから、母は寺の境内に向かって、石段を登りはじめた。石段は長い年月を経て土に風化しはじめ、隙間には草が茂り、ひとつひとつの石が別々の角度にかしいでいる。今にも、崩れそうな石もある。すでに、下の段に落ちてしまった石もある。足もとによほど気をつけて登らなければ、母は子を抱いたまま、山道を転げ落ちることになる。

——キンギョ丸とアコウなんて、どっちも変な名前だねえ。そんなの聞いたこと、ないや。

——でも、ずっと昔から、わたしたちはそう呼ばれつづけているの。いろいろなお話がわたしたちの名前に縫いつけられているみたいだけど、その全部をわたしたちがたどる時間はないわ。あんたはこの世に生まれたばかりの、小さなキンギョ丸。わたしはそのキンギョ丸をこれから捨て去るアコウ。この山にならきっと、捨てられる。そんな母親として、わたしは生きつづけている。……

アコウの胸で眠るキンギョ丸は秋の虫のような、老人の歌声のような、赤ん坊らしくない声を弱く強く、この山道にも放ちつづけている。

アコウの住む村の人たちはこれを「夜泣き」だと決めつけたのだった。ただの夜泣きではないことは、だれもが承知していた。生まれたばかりの赤ん坊がいくら泣きわめいたところで、一キロも離れた家のなかに閉じこもる人の耳まで痛くするはずはない。それまで忘れていた気の咎《とが》めが掘り起こされ、眠れないままに、取り戻しようのない過ぎ去った時間に涙を流す、などということも起こるはずがない。それでも、「夜泣き」と称するほかなかった。赤ん坊がむやみやたらに声を放ちつづける。これを「夜泣き」と呼ぶ以外、どんな言葉があるだろうか。

このような夜泣きをする子は村にわざわいをもたらす、と村人たちははじめのうち、ささやき交わし、やがてその声はひとつのひびきに高まって、その赤ん坊を捨てろ、と夫を持たない母親のアコウを責めたてるようになった。赤ん坊を捨てなければ、アコウだけではなく、アコウの主人であるトウシン大夫もともに村から追い出すことになる。もちろん、そんな法律はどこにもなかった。村人たちがみな不眠症になり、健康を害して、仕事ができなくなる。つまり、村人たちの生活が破壊されようとしているのだ。赤ん坊の声の正体を分析してみようという心のゆとりもなかった。村にとってまがまがしいものであると村人全員が一致して認めれば、即刻、それは村のために排除しなければならない。紙に書かれた法律などよりも、村を救うための処分はいかなる同情も例外も許さない、厳しい取り決めなのだった。

アコウの赤ん坊に対する処分は、トウシン大夫を巻き添えにしているところが巧妙だった。アコウひとりならば、赤ん坊を抱いていつでも村を離れることはできた。もともと、アコウは外から流れてきたヨソモノなのだった。小さな舟に閉じこめられ、遠い外国からはるばる流れ着いたという伝説が、アコウにははじめからつきまとっていた。子どものときから体が大きく、力も強く、眼つきが鋭かったために、小さな村に住む村人たちの想像力を刺激しつづける奇妙な娘として成長しなければならなかった。そんなアコウをトウシン大夫は身内に引き取って、下女として養ってきた。大きな体で力持ちなので、三、四歳のころからアコウはおとなの男並みに、薪を割ったし、石を運び、穴を掘った。トウシン大夫は金持ちで、多くの人をその屋敷で使っていたが、ほかの物語に出てくるような残酷な雇い主ではなかった。自分のもとで健康に育つアコウを、本当の養女のように扱っていた。アコウは食べものにも、着るものにも、不足したことはなかった。アコウが五歳になったころ、大夫は琴を習わせようと思いついた。この子も女ゆえ、琴さえ巧みに弾けるようになれば、好運な縁に恵まれないともかぎらない。琴だけではなく、文字を教えてやってもいい。

　トウシン大夫のせっかくの慈愛に充ちた考えだったが、アコウは琴をやわらかにかきなでるような繊細さをわずかなりとも持ち合わせず、重いナタを振りまわして丸太を刻む力仕事に魅力を感じていた。男たちのなかに混じって、イノシシやシカを追いかけるほうが性に合っていた。なにしろ、生まれたときから、力がありあまっていたのだ。その結果、大夫の養女に昇格することはできず、下女のまま、大夫の屋敷で働きつづけることになったが、アコウは大夫を慕い、大夫の喜ぶ顔を見たいと願いつづけていた。いつの日か、自分を育ててくれた大夫の恩に報いたいと念じていた。大夫はアコウにとって、親よりももっと意味が深く大きな存在だった。親は子を産む。でも、その子を舟に乗せて捨てることもする。親と言えど、自分の都合でしか生きてはいない。

アコウにとって、この世のだれよりも大切に思うトウシン大夫だった。キンギョ丸の「夜泣き」のために、どうしてトウシン大夫まで代々住みつづけてきた村から追われなければならないというのか。それだけは決して起こってはならないことだった。村人たちの取り決めがあまりに理不尽だといくら腹を立てても、取り決めは変えられない。大夫がアコウを救ってくれたからこそ、キンギョ丸もこの世に生まれ出ることができた。それならば、大夫の身を守るために、キンギョ丸はその命を犠牲にしなければならない。

この結論に達するのに時間はかからず、迷いもなくアコウはキンギョ丸を抱いて、村を出た。トウシン大夫にも、身内のだれにも、別れを告げなかった。荷物と呼べるものはなにも持たず、キンギョ丸の体ひとつが唯一の大切な荷物と言えた。村を離れ、一日二日と歩きつづけ、夜は野に眠り、木の実をかじり、川の魚を捕まえては生のまま食いちぎり、キンギョ丸には乳を吸わせ、一週間、とにかく無我夢中で歩きつづけた。この七日間はさしたる困難や苦痛を感じずに、一日一日を過ごしていた。なにもむずかしいことはなかった。少なくとも、その日までは。

一週間歩きつづけ、村につながっていた最後の見えない糸も切れた、と足を止め、息をついたアコウに突然、真暗な闇のかたまりが襲ってきた。なにか見えないかといくら眼を見開いても、深々とせめぎ合う影の動きしか見えない。手探りでその影をかきわけて進むと、ひとつひとつの影がキンギョ丸の青い色に変わり果てた死骸を映しだす。冷たく硬直した死骸。紫色に腐った肉が溶け、白骨がむき出しになっていく。アコウはそんな死骸の影に囲まれ、悲しみよりも恐怖で泣きださずにいられなかった。キンギョ丸は死ななければならない。どの方向を見ても、キンギョ丸を救う道は見つからない。アコウの髪はさかだち、喉からは呻《うめ》き声がひびいた。アコウの眼からは、穴のあいた水道管のように涙が噴き出て、胸もとのキンギョ丸の頭を濡らしつづけた。

キンギョ丸や、おまえはその変な「夜泣き」をどうして、やめられないの。笑いながら「夜泣き」をつづけるなんて、やっぱり、おまえは人間の子じゃないんだねえ。

アコウは泣きながら、キンギョ丸に語りかける。人間の子ではないとしても、母のアコウは人間にほかならないので、母から見れば、やはり人間の子にちがいない。母の子宮に宿り、産道をたどってこの世に生まれ出て、早速、母の乳を吸いはじめた。

アコウの妊娠についても、例によって、村人たちの想像力を思うさま発揮した伝説が伝えられていた。十五、六の娘盛りになっても、力自慢の大女アコウに恋の歌を捧げようという物好きな男はひとりも現われなかった。日に焼けて肌は黒くなり、手足の筋肉もたくましく、手の指までが太くなり、マメでかたくなっている。これじゃ、かわいそうに、結婚はあきらめたほうがいい、とトウシン大夫もそのころには思い定めていた。でもアコウ自身は鼻息荒く、こんな腰抜けどもはわたしの相手じゃない、とまわりの男たちに対する軽蔑の思いを深めていくばかりだった。

アコウは理想の高い娘なのだった。たくましい体には似合わない夢見がちなオトメでもあった。ミナシゴという生い立ちに加え、体が大きすぎるため、外国人だなどと決めつけられて育てば、孤独になじんで、空想を友として楽しむようにならざるをえない。似た年ごろの女友だちよりも、ずっと年下の少女たちから慕われていた。男よりも安全で親切な、頼りになるアコウ姉さん、とみなされ、アコウもその期待に多少は応えて、少女たちの悩みを聞いてやったりしたが、それはあくまでも、一方的なサービスでしかなかった。

アコウが実際には、どのようにして妊娠したのか、赤子のタネを与えたのはどこの男だったのか、ついにだれにもわからなかった。トウシン大夫にさえ、アコウは口を閉ざしていた。アコウはある日、村人たちにとってはまったく唐突に、丸く突き出たおなかを自分の両手で重そうに抱えながら、力士そっくりなガニ股で村の道を歩いていたのだった。

娯楽に乏しい村人たちは、この姿からアコウにまつわる新しい伝説を作りだした。

ミナシゴの外国人のくせに、プライドばかり高い大女のアコウは、ちっぽけな人間の男など相手にしていられないと高慢にも思い決め、あろうことか、天空を照らす太陽から直接、子を授かろうともくろんだ。願いごとがかなうと言い伝えられている二十三夜の日、下女部屋のある棟の屋根にアコウは登り、テングがはくような高ゲタをはき、水を張った行水用の大桶を頭に乗せて、祈願をはじめた。水をたっぷり入れた大桶は五十キロ以上の重さになり、たとえ本物の力士だろうと、そんな芸当は十分とつづけられなかったにちがいない。ところが大女のアコウは三十分経っても、一時間、二時間経っても、平然と大桶を頭に乗せたまま、屋根のうえに立ちつくしていた。三時間経って、その日の太陽が傾き、地上に近づくにつれ、金色に輝きはじめた。その光がアコウの頭に乗せた大桶の水を照らし、一匹の金魚に姿を変えた。まばゆく黄金色に輝く金魚は身をくねらせながら、アコウの胎内に潜りこんでいった。それから十月十日経って、金魚は人間のキンギョ丸となってこの世に生まれ出た。

アコウ自身も、この話が気に入っていた。本当に、そのような手段で女が妊娠できるものならば！　精子と卵子などという言葉こそ、当時のアコウは知らなかったが、受胎の仕組みはすでに了解していた。犬の交じわりも、馬の交じわりもよく見かけるし、カエルですら、まるで人間のように体を重ねて、卵を産む。まわりの女たちも、トウシン大夫の娘たちも、男たちと交じわる姿を隠そうとはしない。一応、物蔭に隠れてはいるけれど、なにかの拍子にうっかりのぞいてしまうことになる。やがて、女たちは妊娠したと騒ぎはじめる。ほかの村でも、女たちは男たちを呼び寄せては、妊娠しつづけている。どんな姫君でも同じこと。女の妊娠に、神秘的なところはなにもない。

西陽の光で受胎したという話をアコウは否定しようとはしなかったし、村人たちが好奇に充ちた面持ちでキンギョ丸の顔をこわごわのぞきこむのを見ているうちに、アコウも次第に、その気になりはじめた。実際の事情がどうであれ、アコウにとってキンギョ丸が特別な子どもであることにちがいはなかった。太陽の申し子と自分から信じられるほどに。

そう言えば、おなかにいたころから、このキンギョ丸は老人が歌うような、秋の虫が鳴くような声を洩らしつづけていたのではなかったか。生まれる前から、この世の嘆き、苦しみ、喜びを感じ取り、それに反応して、この世にメッセージを送っていたのではないか。どんなにこの世界が涙に溢れていようと、苦痛が横たわっていようと、喜びや美しさがつかの間のものであろうと、それでもぼくはこれから生まれていくよ！　この世界のひとりになって生きてみたい！　こんなメッセージが、アコウの耳にも届いていたのではなかったか。

キンギョ丸はにこにこ笑いながら、この世に誕生し、あいかわらず、歌声に似たメッセージを送りつづけ、そうしてそのために今、母の手で殺されようとしている。なぜ、キンギョ丸はこの世に生まれるつもりになったのか。これほどまでにはかない生でも、それでもこの世界に触れることができて、満足だというのだろうか。キンギョ丸よ、母は村を出たものの、おまえを捨てられないまま、髪をさかだて、涙で眼がゆがみ、足からは血を流して、山中の道を歩きつづけている。せめて、母の苦しみを受けて、おまえはその顔をしかめることもできないのか。おまえのその澄んだ眼に、一滴の涙さえ浮かべようとはしてくれないのか。

山の道を経て、アコウは寺の境内にたどり着いた。ここにはエンマ堂や、タイシ堂があるが、それは無視して、ナラの町を見下ろす崖の際《きわ》にたたずんだ。寒風が下界から吹きあげてくる。アコウは胸のキンギョ丸を抱いたまま、いったん、しゃがみこみ、蓑で自分の体を包み直した。しらじらとひろがる墓地の向こうに川の流れが一筋ひかり、人家の屋根がひしめき合ってつづく。町はずれの、貧しい家ばかり。左手には畑がひろがり、用水池がところどころに白くひかっている。銀色にけむる眺めの果てに、山の影が薄く浮かぶのが見える。フタカミの山か、カツラギの山か。フタカミの山には、権力争いで殺された皇子の墓があるというし、カツラギの山には、ヤマトの人々に滅ぼされたツチグモたちの怨霊が住みついているという。そして今、アコウが身を置くタカマド山は、ナラの人々を葬るところ。病気で死んだ人。いさかいで殺された人。飢えて死んだ人。罪を問われ、刑死した人。自分から命を絶った人。思いがけない事故で死んだ人。そして、母に捨てられ、命を失なう子もここにいる。残った母も生きてはいられまい。

下界からの寒風にさらされた顔が凍り、ひび割れ、その割れめから、黒ずんだ血がにじみ出てくる。血はアコウのただれた眼に流れこみ、口のなかにも入りこむ。ぼろきれにくるまれて眠るキンギョ丸の顔にもしたたり落ちる。

——……ねえ、お母さん。でも、どうしてぼくたち、このまま逃げちゃいけないの？　村の人たちはもう、どこにもいないんだし、このまま山の奥に隠れ住むことだってできるよ。アコウだ、キンギョ丸だって名前も捨てちゃえばいい。ヤマンバとキンタロウになるのも、おもしろそうだよ。

子の声がキンギョ丸の体から聞こえてくる。

——だって、それじゃ話がめちゃくちゃになるわ。ここはナラの山で、関東のアシガラ山とはちがうもの。……ナラは大昔に死んだ人たちの呪いがどこに行っても地中の虫が鳴くように聞こえてくるところ。呪いをそうして閉じこめたのは、あんたが以前、言っていたように、あの大仏だったのかもしれない。高さ十五メートルの仏像は昔の人にとって、外国から渡ってきた、まがまがしい怪物でしかなかった。昔のヤマトの天皇はそんな大仏を作って、地中から聞こえる呪いの声に蓋をしてしまった。……どの山にも、死者の呪いが生きつづけている。この山には、エンマ堂がある。地獄への入り口というわけ。実際には、地獄に落ちることもできないたくさんの霊がうろうろしているのだけど。……ナラはそういうところ。天皇がミヤコを北のほうに移してしまってからというもの、ナラの時間は大仏に蓋をされたまま流れなくなってしまった。アコウとキンギョ丸も止まった時間のなかで、ぐるぐると同じ道をたどりつづける。……

アコウは立ちあがり、さらに山の奥めざして歩きはじめる。

——それじゃ、ぼくは何度殺されても生き返るの？　何度も殺さなければならないお母さんは大変だねえ。

——アコウはツチグモの仲間だったから、そんな運命になるのはしかたがないことなの。これからあんたは土のなか深く埋められるんだけど、ツチグモが母親なんだから、これも当然と言えば当然の成り行き。でもあんたは土のなかから生まれる夏の虫のように、やがて地上に出てきて、お坊さんに拾われることになっている。それから、あんたもお坊さんになって、はるばる天竺《てんじく》まで行くことになる。そしてこの山にまた戻ってきて、ここを死んだ人を葬る場所と定める。そんな話も語られている。

——それまで、ここは墓地じゃなかったってこと？

——さあ……、あんたがいなくたって、ここは墓地になっていたと思うけど……。なにしろ、アコウとキンギョ丸は時代なんて関係なく、長い道を歩きつづけているから、どこがはじまりということもないし、終わりもない。

——でも、大仏にははじまりもあれば、終わりもあるってわけなんだね？

——そうなのかもしれないけれど、それほど単純なものでもないみたい……。

寺から先には、ケモノ道だけが深い木立におおわれた暗がりのなかにつづく。足もとの枯葉も岩も、山の霧に濡れていた。どんなケモノに出会わないともかぎらない。クマもいれば、オオカミもいる。イノシシだって、まともに出会ったらこわい。毒ヘビも隠れているだろうし、ヒルも降ってくるだろう。力持ちの大女だったアコウも今は、食べるものに事欠き、悲嘆に沈み、大切なキンギョ丸を抱きつづける力さえ失ないかけている。山道をたどる足はもつれ、もし、クマに襲われれば、一瞬でその瘠《や》せ細った体はガラスの破片になって飛び散ってしまいそうだった。

キンギョ丸を早く捨てなければならない。ここまで来れば、どこに捨ててもかまわない。キンギョ丸を捨てる前に、ケモノに襲われ、母だけが死ぬようなことがあってはならないのだ。うかうかしていると、夜の闇に閉ざされてしまうことにもなる。キンギョ丸が土のなかにこの母の手で埋められなかったら、この世に蘇ることもできなくなるし、「夜泣き」がじつは、ありがたいお経だったという話も消え、キンギョ丸はただの夜泣きぐせの赤ん坊で終わってしまう。唐を経て天竺まで行ったキンギョ丸が、日本に戻ってから救った多くの人たちを見捨てることになる。さまざまな伝説もいったい、どうなるのか。このアコウとキンギョ丸だって、そうした伝説のひとつにちがいない。とすれば、アコウも煙のごとく、たちどころに消え失せなければならないのだろうか。

考えだすと、わけがわからなくなる。とにかくキンギョ丸を話の筋にしたがって、早く捨てることだ。ひときわ大きな松の木が見えたので、アコウは我が子をその根もとに埋める決心をした。のんびり迷っている場合ではない。体力が尽き果てたこの母は、今にも行き倒れの死体になりかねない。山の霧は深くなり、その陰気な暗がりに押しつぶされて、息も苦しい。そんなアコウの胸もとに抱かれているキンギョ丸はと言えば、例の、一筋にさびしいひびきの「夜泣き」を、心地よさげに眠りながらふたたび、はじめている。その正体はありがたいお経だと知っても、今のアコウの耳にはちっとも慰めのひびきには聞こえない。母の業《ごう》の深さを子であるキンギョ丸が哀れみ、母というもの、女というものはなぜかくも救いのない苦しみをみずから増やすばかりの存在なのだろうか、とまるでひとごとのように嘆いているとしか聞くことができない。キンギョ丸よ、おまえが女だったら、こんな「夜泣き」はしなかったんだろうね。おまえは自分がどれほど残酷にこの母を追いつめているか、考えてみようともしない。女の業と言われても、わたしにはさっぱり意味がわからない。そんなことを言うから、仏教はきらい。お経もいやだ。わたしは仏教につぶされたツチグモの仲間だし、おまえにだって、半分はツチグモの血が流れているはずなのに。

アコウは松の根もとにしゃがんで、キンギョ丸をまず地面に寝かせてから、両手を犬のように動かし、一心に穴を掘りはじめた。畑の土とはちがい、石だらけの、木の根が縦横に走る固い土で、女が素手で穴を掘るには、もともとむりがあった。アコウの爪は割れ、指先が血で赤く濡れていく。指先の痛みは全身から苦痛の声が洩れるほどに鋭い。アコウの眼はかすみ、きつく嚙みしめた歯ぐきからも血が流れ出る。そのかたわらで、あいかわらずキンギョ丸は「夜泣き」をつづけている。……

母というもの、女というものはなんと悲惨なものであることよ。子を孕《はら》み、産んだのも、我執のなせるわざ。その子を今、山中に埋め、見殺しにするのも、我執の行きつく果て。母というもの、女というものにとって、男を愛し、子を愛すとは、おのが胸にその体を抱きしめ、鼻と口をふさぎ、体の骨という骨を押し砕き、まわりに崩れ落ちた骨片を甘い蜜であるかのように眼を細めて吸いながら、おや、愛する男がもういない、愛する子が消えてしまった、と不意にさびしくなり、腹が立ち、なんという不当な仕打ち！　と泣きわめいて、天地を呪う、そのようなもの。母というものの、女というものの、正視に耐えない浅ましさよ。我が子を生きたまま、土のなかに埋めるため、穴を掘るその指から冥界の炎が燃え、眼からも、口からも、炎が躍り出る。たとえ、このような邪悪な姿に成り果てていようとも、子にとって、母は母でありつづけ、母よ、母よ、と慕い、追い求めなければならないというこの悲哀にまさる悲哀から、人間たちはついに逃がれるすべはないのか。……

穴を掘りつづけるアコウの耳に、キンギョ丸の「夜泣き」はこうした言葉になってひびきつづけた。なにを言うか！　怒りに勢いづいて、すでに感覚を失なっているアコウの指先に力がこもり、その結果、一センチほど、穴の底が深くなった。おまえの母がこんなに苦しんでいるというのに！　さらに、一センチ。穴が深くなる。そりゃ、浅ましいだろうよ。悲惨だろうよ。邪悪にすら見えるだろうよ！　勢いがつのり、ここで五センチも掘り進んだ。母だからこそ、これほどに浅ましくもなることができるというものではないか。爪がはがれ、歯が抜け落ち、眼がつぶれる責苦をこうして受け入れているんじゃないか！　穴の深さはようやく、赤ん坊の体の厚みに近づいてきた。あと少し。アコウは今や、その眼から血を吹きこぼし、口からも血を吐き出しながら、老いた病気の犬のように穴を掘りつづける。

――お母さん！　お母さん！　ぼくはキンギョ丸みたいなことは思わないよ。でもねえ……、このアコウはどう見ても、土に埋められた子どもの死骸を掘り起こそうとしているようにしか見えない。これから埋められることになっているぼくまでが、こわくなってくる。掘り起こされる子どもの体はもうウジ虫だらけになって、まわりの木や草がみんな枯れてしまいそうなひどいにおいに腐っている。お母さんはこんなアコウとちがうよね。お母さんはアコウなんて名前じゃなかったし、第一、生きている時代もちがう。そのはずだ。だけど、わからなくなってきた。なんの関係がなくても、それでも、アコウがぼくのお母さんで、ぼくはキンギョ丸なの？　どう区別をつけたらいいの？

苦しみの果てに、呻き声のほかにには声が出なくなったアコウは穴を掘る手を止め、キンギョ丸に赤い眼の光だけで答える。

――……今のわたしはアコウだし、あんたはキンギョ丸よ。区別なんかつけられない。だって、わたしたちはこのナラから大仏をなくしてしまったんだもの。

――どうして、そんなことをしたの？　なんのため？

アコウは長い溜息を洩らし、指先に血のひかる両手でキンギョ丸の体を抱きあげた。

――なんのためだったか……。そう、ひとつだけ確かに言えるのは、わたしがあんたの母だったから。あんたはわたしがこの世に産んだたったひとりの子どもだったから。……

もう一度、すすり泣くような溜息をついてから、アコウは自分の掘った穴のなかに、キンギョ丸の体を置いた。とたんに、キンギョ丸はふたたび、例の「夜泣き」をはじめる。充分な乳が出なくなって久しいのに、空腹を訴えて、本当の泣き声を出すこともなかったキンギョ丸。オムツなどもあててはいないから、母の胸に抱かれている間、オシッコやウンコを好きなだけ垂れ流し、母の体を汚すのが当然なのに、入るものがないので出るものもなくなるとでもいうのか、それらしいもので母を悩まさないまま、この日まですこやかに眠りつづけてきたキンギョ丸。あまりに申しぶんのない子なので、人間の子ではなく、やはり精霊の子なのだろうか、とこの母に思わせるキンギョ丸。それにしても、この「夜泣き」さえなければ。

アコウはキンギョ丸の体に、冷たく湿った山の土を両手で一すくいずつ、振りかけていく。

まず、胸のうえに一すくい。よく肥った小さな足に一すくい。股のうえに一すくい。右の肩、左の肩に一すくいずつ。キンギョ丸は微笑を浮かべた表情を変えることなく、山の重い霧に、その「夜泣き」を歌声のごとくひびかせつづける。

キンギョ丸よ、わたしはおまえの母として生きてきた……。

アコウは泣き声とも、呻き声ともつかない声を出し、縁のただれた眼からウミに似た赤い涙を流す。涙が湧くと、眼が新たな痛みに襲われる。涙など、この体からとっくに涸《か》れ果てていても当然なのに、いったい、どこに涙になる水分が隠されているというのか。

キンギョ丸や、どうしてわたしはおまえの母になったんだろうねえ。こんなに早く、おまえと別れなければならないと、もし知っていたら、それでもわたしはおまえを産んでいたのだろうか。……ああ、わたしはなんて無意味なことを考えているのだろう。なにが先に待ちかまえているか、なにひとつ知らず、自分に都合のいいことばかりを期待してはばからない、楽観主義のかたまりが、人間というものだったのに。

キンギョ丸の体のほぼ全体が、土に隠された。土には、小石も混じっている。地中に身をひそめていた小さな虫もまぎれこんでいる。キンギョ丸がせめて、土のなかで退屈しないように、虫たちを一匹でも多く、この土に埋めこんでおいてやりたい。黒い虫。赤い虫。粉のように小さな、白い虫もいる。よくよく見れば、ずいぶんいろんな虫が土のなかでひっそりと生きているものなんだねえ。

アコウはキンギョ丸の右の頬に、ほんの少しの土を振りかける。つづけて、左の頬。キンギョ丸は「夜泣き」をひびかせながら、土のなかで身じろぎもしない。山の石ころだらけの土はさぞかし冷たかろうに。それとも案外、暖かいのだろうか。土のなかでこうして虫たちは生き、冬の間、土にもぐって眠るヘビやカエルもいるというではないか。

——……ねえ、どうせぼくを殺すんなら、ぐずぐずしないで、早く終わらせてよ。

キンギョ丸の「夜泣き」に重ね、もうひとつの子の声がアコウの耳を打つ。一瞬、アコウはヘビの声を聞いたような恐怖を感じ、辺りを見渡し、それから土の下にのぞくキンギョ丸の顔を見つめた。なんという小さな口。なんという小さな鼻。

——いくらためらったところで、ぼくを殺すことに変わりはないんでしょう？　殺されるぼくの身にもなってよ。こんな赤ん坊でも、決して気分のいいことじゃないんだから。子のためを思いつづけるはずの母親も、こうなると、自分勝手なものだね。つまらない感傷はうるさいだけだ。

これもキンギョ丸の声なのだろうか。「夜泣き」の声は、まだつづいている。「夜泣き」のほうは、この母を嘆き悲しみ、もうひとつの声はひややかに母を突き放す。ふたつの声はひとつに縒《よ》り合わさって、アコウの、感覚を失なった体を絞めあげていく。

キンギョ丸の小さな口もとに、アコウは一すくいの土を落とした。つづけて、小さな鼻のうえ。眼のうえ。キンギョ丸の顔が隠されていく。それでもキンギョ丸は笑みを浮かべて、満足そうに眠りつづけている。アコウはせっせと、土をキンギョ丸の体全体にも振り落としはじめる。

——……ほら、まだ息ができるよ。顔のうえに、もっと土をかけなくちゃ、ぼくは死ぬことができない。

アコウの喉から、うなり声がしたたり落ちる。

——うるさい！　うるさい！　我が子を殺すときぐらい、わたしをひとりにしといて！

そして、キンギョ丸の顔の部分につぎからつぎに、土を投げ落とす。

——……ああ、その調子だよ。……土が重くて……、お母さん……、これでまた、お別れだね。……お母さん……、ぼくを産んだこと、後悔していない……だろうね……。ぼく……、だんだん……思い出して……きた……

もうひとつの声が消えていった。

今は、「夜泣き」の声のみが、自分自身の死に対してすら無関心に、土の層につぶされ、いくらかくぐもったひびきに変わって、タカマド山の木々の間を流れつづけている。

……女というもの、母というものはたとえ、地獄に落ちようとも、我が子よ！　我が子よ！と恥じらいもなく、醜く叫びつづけることよ。我が子のためならば、ほかのすべての子を殺す冷酷さもいとわず、また、我が子なればこそ、と自分の手でその命を奪う非情のきわみにもためらいを感じない。女というもの、母というものは、なぜ、かくも愚かしいのか。女というもの、母というものはなにゆえ、祈るすべを知らないのか。我が子のために嘆き悲しまなければならない本当の理由を、おのが胸に問うことはないのか。我れにも母があり、その母にも母があったことを、どのように受けとめているのであろうか。女というもの、母というものが、げに呪わしい。女というもの、母というものが、げに悲しい。……

アコウは四つん這いになって、土のなかのキンギョ丸から遠ざかり、土の新しい盛りあがりが見えなくなったところで、地面に顔を押しつけ、土を噛みながら、かすれた声で泣きはじめた。

あの声を、わたしは埋め去りたかっただけなのに！　それなのに、あの子は死んで、「夜泣き」だけは生きつづけている！　「ありがたいお経」は、どこまでも生きつづける！　坊さんがここに来るまで、わたしはあの子を救いだすこともできない。わたしが女だから、母だから、あの子をただ殺すのみ。我が子と幽明界《さかい》を異にするばかり。後悔？　あの子を産んで、後悔する？　なにを後悔するというのか。生まれ変わったとしても、男になどなりたくない。女に生まれたのも、母になったのも、ただの偶然にはちがいない。なんの意味があろうか。でも、その無意味を喜ぶことも、嘆き悲しむことも女であるがため、母であるがために知らされる。

ああ！　ああ！　地獄からだろうと、わたしは叫びたい。

我が子よ！　我が子よ！

わたしは祈らない。子を産んで、子を失なったから、わたしは叫ぶ。叫びつづける。

我が子よ！　我が子よ！

2　ナラ坂

真夏の坂道を泣きながら歩くのは、ひとりの瘠せ細った、はだか同然の子どもだった。ハンニャ寺から長い坂道はだらだらと北の山中につづく。坂道をくだれば小さな橋を渡って、トウダイ寺の転害門にいたる。寺から山中につながる坂道は、ナラ坂とかなり大ざっぱな呼ばれ方をされている。寺の北側の、木立が深くなった辺りに軒の低い連屋がつづき、そこに住む者たちは「坂の者」と、これも漠然と呼ばれる。子どもはその連屋のなかでもひときわみすぼらしい一隅に寝起きすることを許されていた。

真夏の坂道は日の光で白く照らされ、子どものはだしの足裏をその熱でイバラの棘のように刺す。子どもには親というものがいなかった。おまけに、耳も聞こえなかった。どこにも行くところがなければ、ハンニャ寺に連れて行くしかない。寺の深い慈悲で、この子にも生き残る道が与えられよう。そのように、村の人たちが取り決めた。

そうして、このコドクの子どもは生きのびてきた。

今、坂道を泣きながら歩く子どもの両腕には、一匹のケモノが大切に抱かれていた。黄色の毛に包まれたそのケモノは犬でもなく、キツネでもない。毛並のあちこちに血のこびりついたメスのイタチだった。森でクマに襲われ、イタチは大けがをした。それからずっと高熱がつづき、傷口からバイキンでも入ったのか、ときおり、激しく体を痙攣させるようになっていた。子どもにはそのイタチを抱きつづける以外に、どうしたらいいのかわからなかった。イタチは明きらかに、死に近づいていた。子どもにとって、イタチはイタチではなかった。コドクの子どもではあったが、死んだ母はイタチとなって冥界からこの世に戻り、子どもに寄り添ってきたのだった。母なるイタチまでがもし、死んでしまったら、いくらハンニャ寺の名高い慈悲があろうとも、生きつづけることはできなくなる。生きつづけるための頼りがすべて消え去ってしまう。それほどに子どもはイタチを慕い、支えにしてきた。

イタチを抱いた子どもは、坂道を登りながら声を放って泣きつづけた。その泣き声で木立のセミたちは鳴きやみ、子どもの小さな体を見送った。犬たちも耳を垂らし、イタチを抱く子どもを避けて通り過ぎて行った。寺に水を運ぶ女たちは、いつもイタチを連れ歩く子どもを見知っていたので、いよいよあのイタチは死んだか、と眉をひそめ、互いにうなずき合いながらすれちがって行った。子どもの泣き声は坂道に沿って流れる小川の水面にひびき、真夏の暑さを避け川底で眠っていた魚たちの眼を醒《さ》ました。川の向こうの田んぼにまで、その声はひろがっていく。寺の僧たちの耳にも泣き声は届き、溜息を誘いだした。あの子を悲しみから救ってやりたいが、イタチが相手じゃ、どうすることもできない。なんと言っても子どもなのだから、そのうち泣きつかれて、あきらめることだろう。

イタチの耳にももちろん、子どもの泣き声はうるさすぎるほどひびいていた。先細った命をさらに、乱暴な勢いで削り取ろうとする泣き声。泣かずにいられないのはよくわかるけれど、いくらなんでも、これは耐えられない。高熱に呻きながら、イタチは子どもに語りかける。子どもの耳にではなく、子どもの頭のなかに、直接、言葉を注ぎこむ。母なるイタチと子どもがこうして会話をつづけていることも、そして、そもそもイタチが子の母であることも、二人だけの秘密だった。もし、人に知られたら、イタチは悪霊がついたとして殺されるのかもしれないし、あるいは子どもとのコンビで、サルまわしならぬ新手の「イタチまわし」としてこき使われるのかもしれない。いずれにせよ、だれにも知らさずにおけば、自分たちの無事は守られつづける、とイタチと子どもは用心深く言い合わせていた。

〈ねえ、アイゴや……、もう泣きやみなさい。泣きやまなくちゃ、わたしのために……、お願いだから……〉

イタチのヒゲがかすかに動き、アイゴなる名前の子どもの指に触れた。アイゴは母の声に驚いて、胸もとの母の顔をのぞきこんだ。泣き声がとだえても、涙は両眼から重い粒になって落ちつづけ、母の乾いた鼻を濡らしていく。

〈だって、せっかくの湯にお母さんを入れてくれないなんて……、お母さんが死んじゃうかもしれないっていうのに……〉

アイゴの泣き声は大きなしゃっくりに変わって、母なるイタチの体はそのしゃっくりのたびに地震のように揺り動かされる。母は苦痛に眼をつむり、それから苦笑を洩らした。健康な子どもとはこんなもの。病人をいたわるつもりが、動きのひとつひとつはいたわりに必要な静けさを守ることができず、病人をかえって苦しめてしまう。でも、そうした子どもの力強さは同時に、母であるわたしの胸の思いにやすらぎも与えてくれる。ああ、この子どもはなんと新鮮な、力ある命なのだろう!

〈でも、イタチはイタチ。人間のための湯には入れない……〉

母の瘠せ細った尾が苦しげに揺れる。ふたたび、痙攣がはじまりそうだった。

〈ぼくのお母さんなのに……。ゴミみたいに、ぼくたちを放りだした。もう死んでしまったイタチみたいに投げ捨てた。〉

〈……ウツセミノ借レル身ナレバ露霜ノ消ヌルガゴトク……〉

母なるイタチはあえぎながらつぶやき、それから突然、背を反らし、四本の脚を突き伸ばし、口から泡を噴きだした。痙攣の発作がはじまった。アイゴの両手のなかで、イタチの体は上下に震え、大きな魚のように跳ねあがる。うっかりすると、その体を地面に落としかねない。アイゴはあわてて両手にイタチを抱き直し、力をこめて自分の胸に押しつけ、それからふたたび、泣き声を放ちはじめた。痙攣はいつも長くて十分ほどでおさまる。今度も、そうにちがいない。とは言え、発作のたびに残り少ない体力が奪われ、衰弱していく。母の体はあと何回の発作に耐えられることだろう。十回?　いや、五回?　三回?

夏の日射しよりも熱い母なるイタチの顔に頰をすり寄せ、アイゴは森のケモノが吠えるように泣く。泣きつつも、先を急いで歩きつづけた。キジが鋭い声とともに飛びあがり、空からアイゴを見送った。その声とアイゴの泣き声に驚き、山のシカたちがおどおどとまわりを見まわし、サルたちは歯を剝きだした。岩のかげで自分の子たちに乳を呑ませていた母グマは眉をひそめて、顔を上向けた。真夏の白昼、近くの人里は静まっていた。農家の人たちは家のなかで暑さをしのぎ、子どもたちは昼寝をする。坂道を行き交う人もほとんどいない。この日の、寺の湯施行《ゆせぎょう》はすでに終わり、連屋に住む人たちも、十八間戸に住む病人たちも、湯浴《あ》みのあと、そのまま境内の木陰に留まり、休息の安らぎを楽しんでいる。十八間戸の重病人たちはとくに、湯の効験でそれぞれの病気がわずかなりとも快方に向かうという夢のなかで、おだやかな寝息を立てている。病人たちにとって、月に二回のなによりも心慰む、そしてこの世に生きつづけたいという願いを取り戻す、大切な治療の日なのだった。

アイゴも連屋に住みつく身として当然、寺の湯施行に親しんできた常連のひとりだった。寺で飼う牛の世話に加え、カスガのシカが死ねばその死体を処理する手伝いに追い立てられる、そんな日々のなか、寺の湯施行が近くなると、自分から釜の火焚きのために、山で薪を集めたし、川からの水運びにも加わった。ナラには、トウダイ寺に大きな湯屋が設けられ、ほかのいくつかの寺にも湯屋がある。でも、連屋と十八間戸の者たちが受けられる湯施行はこの寺の湯屋に限られていた。連屋に住む者はコツジキ、カタイなどと呼ばれ、町の人たち、村の人たちは同じ湯を使うことをいやがったし、まして、十八間戸の病人たちはその病気ゆえに、他の湯屋には近づくこともできなかった。たとえ近づきたいと願っても、すでにその体力が失なわれている重病人ばかりが十八間戸には収容されている。病人たちはこの寺の湯屋まで体を運ぶのにさえ、寺の見習い僧や、連屋の者たちの手を借りなければならない。

寒さのために、手足や顔がひび割れてしまう冬はアイゴにとってとりわけ、寺の湯施行が楽しみな時期だった。湯の蒸気で思う存分に全身の毛穴をひろげ、汗を流す心地よさは、もしかしたらおとなよりも子どものほうがより確かなものとして味わうことができるのかもしれない。

蒸気にうっとりしてから、湯壺の湯を体にかけると、体の奥で氷の粒になっていた体温がとけひろがり、春の暖かさが訪れる。そして回復力の早い子どものこと、手足と顔のひびはすぐさま、きれいに消えてしまう。なめらかになった自分の肌を触り、アイゴはうれしくなって笑顔になる。その日だけは、大切な母なるイタチの体を撫でるのにも、ひび割れの痛みに顔をしかめなくてすむ。牛の体を洗う水の冷たさも感じなくなる。しかし翌日には早くも、春の暖かさは遠のいてしまい、新たなひびが入りはじめ、二週間経つころには、自分の着物にうっかり触れただけでも息を止めずにいられない痛みに苦しむようになっている。すると、寺の湯施行の日が巡ってくる。

ところが本当の春が来て、夏が近づくにつれ、ひび割れの痛みを忘れてしまうと、アイゴは湯施行のありがたさも現金に忘れていった。川の水、池の水のほうがてっとり早いし、蒸し暑い日にはよほど気持がいい。夏の盛りはなおさらのこと、おとなたちも健康であるかぎり、雨を溜めた水や川の水を頭からかぶるほうを好んだ。寺の湯施行に集まる人の数は、冬の十分の一ほどに減ってしまう。それでももちろん、湯施行が夏休みに入るなどということはなかった。十八間戸の重病人たちにとって、湯施行は最後に残された治療であり、祈願だった。真夏の湯施行はそれで他の季節よりもよほど静粛な、信仰心の金色の雲に包まれた場となる。連屋の者たちは病人たちの敬虔な祈りをじゃましないよう、この真夏だけは声をひそめ、しずしずと歩き、自分たちの番がまわってくるまで、病人たちの介護にもつとめる。そんな場に、けさはアイゴがイタチを抱いて駆けこみ、まっさおになった顔で、病人たちの間にむりやり割りこもうとしたのだ。

言うまでもなく、アイゴの母なるイタチは寺の湯施行にその日まで近づくことがなかった。イタチはイタチ、一介のケモノなのだ。祈ることも知らなければ、救われるべきタマシイというものも持ち合わせてはいない。そのようにみなされているケモノであるからには、人間のための湯施行にあずかる必要もないし、ホトケの慈悲に溢れたせっかくの湯がケモノ臭さに濁り、その効験もだいなしになろうというもの。そもそも、母なるイタチ自身も湯に入りたいとは思いつきもしなかったから、湯施行に近づけなくても一向、つらいともさびしいとも感じなかった。ケモノが自分の体を清めるときは、その舌をつかうものなのだ。ノミもとれるし、大抵の傷もなおってしまう。もちろん、川で泳ぐのも得意とするところだった。ついでに、カエルやヘビを見つければ、それで腹を充たす。水鳥も、魚も食べる。冬の間、我が子のひび割れをいくらイタチの舌でなめてやっても治すことができず、イタチと人間とのちがいを思い知らされた母なるイタチは、人間とは不自由なものよ、とつぶやきながら、湯施行に向かうアイゴを見送り、ピンクに頰をひからせて戻ってくるアイゴを微笑とともに出迎えた。

けさもし、痙攣を起こしていなければ、イタチを湯施行に連れて行こうとする我が子の無謀をなんとしてでも許すはずはなかった。あしたの湯施行に行けば、お母さんの体はなおるかもしれない、とゆうべ、アイゴが眼に涙を溜めて言ったとき、イタチは苦しくあえぎながら答えた。

〈なにを言いだすのやら。そんなことをしたら、おまえがつらい思いをするだけ。それに、わたしの体にあの湯はなんの役にも立たない。〉

湯にまつわる奇跡の話がいくつも絵に描かれ伝えられている、とアイゴは母なるイタチに主張した。だれもが思わず逃げだす悪臭を放ち、全身がまるで腐った野菜クズそっくりに黒くただれた女が、湯施行に集まった人たちにうとまれ追い立てられようとしていたのを、ある高僧のとりなしで湯を浴びることができた。するとたちまち、湯屋は地上のどんな花のかおりよりもかぐわしくなり、女はまばゆく金色に輝くボサツに変身して、天に昇っていったという話。

追い立てられる者ほど湯の奇跡は実現されるんだ、とアイゴが熱心に言うと、母なるイタチは思わず、ヒゲを震わせて、喉の奥に笑い声をひびかせた。

〈でも、それだって人間の話。イタチがボサツになるなんて話は聞いたことがない。それに、奇跡は夢のなかの出来事で、わたしたちの毎日の生活とは縁がない。〉

このようにゆうべ、言い聞かせておいたのに、けさの母の痙攣にアイゴの頭は真白になり、死んじゃいやだ！　死んじゃいやだ！　と呪文のように胸の裡《うち》でくり返しながら、やみくもに救いを求めて、寺の湯施行の場に駆けこんでしまった。そして、母なるイタチがさとしたように、奇跡は起こらなかった。起こるはずもない。話に語られるような高僧はいったい、どこにいるというのだろう。イタチがボサツに成り変われるものなら、いっそ、イタチの体から死せる母の霊を取りだし、生きていたころの人間の体をもう一度、与えてほしい。母なるイタチは意識を取り戻したとき、つくづく溜息を洩らさずにいられなかった。ボサツならぬ、なんの取り柄もない愚かな人間の母として、毛皮に包まれていない腕で我が子を抱き、鋭い爪のない指先で撫でてやれるものならば。

湯屋に集まっていた人々ははじめ、アイゴがイタチを抱きしめているのを見て、それぞれ笑いながら手真似で、イタチが一緒じゃ湯浴みはできないぞ、とアイゴに伝えた。それでもアイゴが歯を食いしばったまま、イタチを一心に抱きつづけているので、人々は苛立ちを見せはじめた。そのイタチは死にかけているんじゃないか。なぜ、抱きつづけている。まさか、イタチごときを湯屋に入れようと思っているんじゃないだろうな。とんでもないことを思いつく子どもだ！　なんてガンコな顔をしているんだろう。耳の聞こえない子はこれだから困る。だめだ！　なにも聞こえないんだから、言葉で忠告することもできない。こうなったら、実力行使しかない。死にかけたイタチはさっさと捨ててやろうじゃないか！

二、三人の男たちがアイゴにとってはまったく突然に、汗臭く、日に焼けた大きな手を母なるイタチに伸ばしてきた。その手は乱暴にイタチの頭をつかみ、尾を引っ張り、アイゴの胸を押しやろうとする。アイゴはびっくりして、素早くその場から逃げだした。でも、アイゴとしてはこのまま湯屋から去ることもできない。釜の焚き口で火の番をしている寺の見習い坊主に体をぶつけるようにしてすり寄り、イタチを両手に差しだしながら、しきりに頭を下げて見せた。見習い坊主ははじめ、アイゴがイタチを自分にプレゼントしようとしているのかと思い、そんなもの、いらないよ、と苦笑しながら首を横に振った。アイゴは湯屋を眼で示し、どうか、このイタチにも湯浴みをさせてやってください、とすすり泣きをはじめ、何度も両手のイタチを湯屋のほうに向ける動作を重ねた。それでようやく、見習い坊主は子どもの願いを理解した。と同時に、表情が変わり、肘でじゃけんにアイゴの体を押しのけた。耳が聞こえない子ども相手だから、そうしたほうがてっとり早いと思ったらしい。アイゴは反動で尻もちをつき、地面に後頭部を激しく打った。その痛みに頭のなかが火花だらけになって、眼も見えにくくなったけれど、母なるイタチを自分が手放していることに気がつき、あわててイタチを胸に抱きあげた。

寺の僧たちが湯屋から少し離れた木立のもとで、読経をつづけていた。アイゴは眼のなかの火花をこらえ、僧たちのもとに駆けていき、しきりにイタチを差し向けながら、ついに耐えられなくなって大きな泣き声を放った。僧たちはイタチを抱いたアイゴの姿をはじめから認めていたので、すでに事情を察していた。今までどれほど、アイゴがイタチに執着し、心の頼りにしてきたか、それもよく知っていたので、イタチの湯浴みを泣きながら頼みこむアイゴの姿を見るのは切なく、しのびなかった。だが、所詮は子どもの願いごとにすぎない。聞き届けるわけにはいかないし、ここでいつまでも泣きつづけられても困る。それにしても、なんと悲しげに、なんといちずにこの子どもは泣くことか。

僧たちは心をオニにして、下働きの男たちにアイゴを寺の外に追い払うことを命じた。しかたがなかろう、今は、寺の大事な行事である湯施行の最中なのだ。病人たちのさわりにもなる。決して頭の悪い子ではない。明日になれば、自分の愚かさに気がつくだろう。

イタチを胸に抱いたまま、アイゴはまるでただの土くれのように、ただの木の株のように、二人の男の手で持ちあげられ、大またの足で運ばれて、寺の山門の外に捨て去られた。アイゴは寺の断固たる方針をそのようにして悟らされた。母なるイタチを抱きしめ、絶望の泣き声を放ちながら、坂道をたどり、寺から遠ざかった。発作の過ぎた母なるイタチはその泣き声にもかかわらず、深い眠りに落ちていた。発作のあとは、いつも眠りの穴にまず転がり落ち、アイゴが体を揺さぶっても、思いきりヒゲを引っ張っても、その穴から母をすくいあげることはできなかった。

アイゴは白く乾ききった坂道を登りながら、泣き声を放ちつづけた。荷車の重い車輪のあとが、その道に二筋の溝を深く刻みこんでいる。車輪に引きつぶされたヘビの死体。石のうえで、日の光をその体に溜めこむ虹色のトカゲ。よく見れば、馬のひづめのあとも道の表面には数えきれないほど残され、馬のフン、牛のフンも水気を失なって、地面に散りひろがっている。ふだんは人や車の往来がにぎやかな道だった。このまま北に進みつづければ、いつかはミヤコに至り着く。ミヤコの南にあたるから、ナラは南都とも呼ばれる。でも、アイゴは途中で道をそれ、木立に包まれた道をたどっていく。十八間戸がそのさきには建っていた。母なるイタチの体はすっかり瘠せ細ったとは言え、それでも子どものアイゴにはかなりの重さがあった。腕がしびれ、背中が痛く、足もともふらついた。でも、どんなことがあっても、母を地面に落としてはならない。アイゴの歩みは遅くなっていく。十八間戸の屋根がもう見えていても、そこに容易に近づくことはできなかった。

歩みが遅くなればなるほど、アイゴの泣き声はいよいよ大きくなった。道に羽根を休めていたトンボが驚いて逃げ去っていき、草むらのカエルも干からびた田んぼのほうに退散した。アイゴの泣き声はとっくに十八間戸の屋根まで届いているのだろうに、白壁のその建物はなんの動きも見せず、静まりかえっている。自分の泣き声に身を託して、十八間戸まで宙を飛んで行けるものならば。そんな思いに、アイゴの泣き声は一層、大きくなる。自分の泣き声は体に伝わる振動で、アイゴ自身にも感じとることができた。

腕のなかのイタチは軽くまぶたを震わせながら、まだ眠りつづけていた。ヒゲがしおれ、鼻が乾いて粉を吹き、毛並も雨に濡れたように湿って、まばらに固まっている。首から肩にかけて傷口が開き、腐臭を放つ。腰骨も砕けているらしく、うしろの脚がそれぞれこわれた人形のように頼りなく揺れていた。このイタチが母なら、アイゴにとって、寺は父のような場所だった。父に認められてはじめて、子どもは社会の一員として生きていくことができる。父を敬うがごとく、寺を敬ってきた。ホトケとかボサツの意味もよく理解できないまま、憧れ慕ってきた。それは光そのものであり、大空のひろがりのようなものだった。でも今のアイゴにとって、大空は閉ざされ、光は消えてしまった。闇がひろがり、坂道が一本だけそこに白く浮かびあがっていた。そして、アイゴと母なるイタチ以外の命ある者が消え去ってしまった。

十八間戸の庭に、アイゴは泣きながら入って行く。めまいがして、日の光にあぶられた地面に坐りこんだ。膝のうえにイタチの体を注意深く置き、それから改めて、泣き声を放った。ほとんどの病人はまだ、寺の湯施行から戻っていない。けれども、無人というわけではなかった。湯施行にすら行けなくなった、死を待つばかりの病人が残っていたし、十八間戸に収容されていたのが運良く命拾いをした者たちが数人、自分から進んで十八間戸に留まり、信仰を深めながら雑用に従事していた。そのひとりがまずアイゴの泣き声に引き寄せられ、竹の庭ボウキを持ったまま、アイゴに近づいた。裏の井戸で、病人たちの体を蔽う麻布の類いを洗っていた女たちも濡れた手のまま、アイゴに近寄った。

十八間戸は重病人が収容される、実質は死を迎えるためのホスピスのような場所なので、子どもがやたらに外から遊びに来てはいけないとされていて、アイゴも気軽に立ち寄ることはなかった。それでも、病人たちと世話人たちとは湯施行でいつも顔を合わせていたし、おりおり寺で行なわれるほかの行事にも同じ顔が並んだ。寺の僧から手振りで指示され、アイゴが十八間戸まで薪や米、麦を届けることもあった。十八間戸の透明な空気が、アイゴは他のどの場所よりも気に入っていた。すでに自分の死を受け入れながら、この世での家族の縁も断ち、なおかつ、自分たちにあてがわれた小さな部屋で、いつこの世を去る日が訪れるのかわからないまま、ひっそりと生きつづけている病人たちのアイゴを見つめるまなざしは、山の湧き水のように静かに澄んでいた。入院したばかりの病人ははじめのうち、世を恨み、我が身を嘆き、なかには逃げだす人さえいたが、それで病気という現実から逃げだせるわけではなく、やがて、どの病人も自分の死という静寂に包まれて生きるようになる。母なるイタチもこの静寂を自分のふるさととしてなつかしんでいた。

〈死そのものはちっとも、おそろしいものじゃない。病気の苦しさのなかでだんだん、自分が生きたいと願っていたそもそもの理由はなんだったんだろう、と考えずにいられなくなる。理由なんか、とくになかったじゃないか、と思うようになる。与えられた生を生き、与えられた死を死ぬだけ。もちろん、自分の幼い子を残して死ぬ場合は、わたしみたいにこの世をなかなか忘れられないものだけど……〉

竹ボウキを持った男がアイゴの肩を指先で叩き、いったい、どうしたのか、とその表情で問いかけた。二人の女たちはアイゴの前にしゃがみこみ、膝のうえに眠るイタチを仔細に観察した。イタチは明きらかに死にかけていた。でも、この子はここになにを求めてきたのか。三人のおとなに囲まれ、アイゴはきょとんと泣きやみ、それから急いで、母なるイタチを胸に抱き、立ちあがった。三人のおとなは驚いて、少しあとずさる。住人が湯施行に出かけている間、からっぽになった部屋は板戸を開け放たれていた。夏の強い日射しに部屋のなかをさらせば、日光消毒になる。そのうちのひとつの部屋にアイゴは駆け入って、病人のにおいが染みこんだムシロに母なるイタチをそっと置き、自分はそのかたわらに坐りこんだ。そして、あとを追ってきた三人のおとなに手を合わせ、何度も頭を下げた。

三人のおとなは顔を見合わせ、ムシロに寝るイタチを見つめ、アイゴの願いを理解した。でも、おとなたちにとって、それはいかにも子どもらしい、現実をむじゃきに無視した願いだった。アイゴが真剣であればあるほど、おとなたちはほほえまずにいられない。イタチはただのケモノなのだ。十八間戸にケモノのための場所などはなかった。十八の部屋しかここにはなく、いくら伝染性の重病人に限定していても、そうした病人たちすらすべては収容しきれずにいる。十八間戸に入れないまま、村や町からも閉めだされ、不幸にも山中で行き倒れになる病人もじつは少なくない。その亡骸を見つけ次第、寺ではねんごろに経をあげ、成仏を祈るのだが、とにかく人間でさえそのありさま、ケモノのイタチはケモノらしく、山の穴のなかで死なせなければならない。

耳の聞こえないアイゴのために、三人のおとなはそろって、首を大きく横に振って見せた。笑みを見せたら、この子は期待を持ってしまうだろうから、と三人とも厳しくアイゴをにらみ、眉間にしわを寄せ、女のひとりは鼻にまでしわを作って、右手をうちわのように振ってやった。ところが、耳だけではなく眼までが見えなくなったように、アイゴはそんな反応には知らんふりで、それまでの仕種を変えようとしない。泣き疲れた顔が赤く火照り、涙のあとが頬の汚れを洗い流しているので、その顔には縞模様ができている。

アイゴとしては、母なるイタチが寺の湯施行から容赦なく追い払われたのは、なんの用意もなくいきなり湯屋に近づこうとしたからであって、この十八間戸の病人という資格が得られれば、今からでも湯施行の残り湯ぐらいにはあずかることができるのではないか、そんなわずかな可能性にしがみつかずにいられなかったのだ。母なるイタチだろうが、もちろん、ケモノにちがいない。でも、十八間戸にいったん収容されれば、農民も墓掘りも染屋も金持ちの商人も、貴族や僧でさえ、まったく同じ十八間戸の病者たちとして扱われるようになる。十八間戸はこの世からあの世に少しだけはみ出てしまったところだった。それならば、人間もイタチも、それともニワトリ、ネズミ、そんな区別もここでは問われないはず。まして、これは母なるイタチなのだ。以前に死んだ人間の母が我が子のアイゴを思うあまりに、エンマさまに特別に頼みこんで、この世に戻ってきた化身であるイタチ。このまま死なせてしまったら、いったい、母はどこに落とされることになるのだろう。エンマさまにすらその行方が見えなくなってしまう。

三人のおとなはアイゴの聞きわけのなさに溜息をつき、これはむりやりにでも、アイゴとイタチを外に引きずりだすしかなさそうだと思い決めた。耳が聞こえないのでは、これ以上、説得の方法も見つからない。

男が先頭に立って、アイゴが居坐っている部屋に踏みこもうとした。それを見て、とっさにアイゴは母なるイタチを自分の体で蔽い隠した。このまま、小さなぬか袋のようにおとなたちの手でさっさと運び去られ、さっきと同じように、門の外へ投げだされるのか。そう思ったとき、おとなたちの動きが突然、止まり、それからあわただしくアイゴとイタチのそばから三人のおとなは立ち去っていった。

ていた。

母なるイタチの口が開き、乾いた鼻がうごめいた。

〈ああ、おまえの体が重くて、苦しい……〉

あわててアイゴは体を起こして、母の顔をのぞきこんだ。灰色にくすんだ眼がようやく開いている。

〈ああ……〉

〈お母さん！　気分はどう？〉

アイゴは母なるイタチにほほえみかけた。イタチはまばたきをして、耳を震わせ、辺りの様子を探りはじめた。小さな部屋のなかに寝かされているのは、すぐにわかる。壁の向こうから、複数の人たちの声が聞こえてくる。アイゴの耳に、その声は聞こえない。

〈……だれかが死んだらしい。これから急いで、お寺に死体を運んで、湯屋で清めてやらなければ、と相談している。けさの湯施行にやはり連れて行けばよかった、死ぬ前に、体を清めてほしかっただろうに、と悔やむ声も聞こえる。でもまだ、タマシイは体から離れていない。急いで、お寺に運んでやろう。アイゴを追いだすのは、それからだ。……アイゴや、ここは十八間戸。おまえはわたしと一緒にここの病人になれば、わたしに湯浴みをさせることができると考えたんだね。〉

アイゴはうなずき返した。早速、その顔は泣きべそに変わっている。

〈……だけど、ほかにどうしたらいいの？　ここにも奇跡の話があるんだよ。昔のおキサキさまがここに来て、病気の人の世話をしたんだ。そうしたらボサツさまが現われたって。〉

〈それはたぶん、別の時代の、別の場所の話。空の虹に本当に登れるんだと言い触らすような話。……アイゴや、わたしたちは今のうちに早く、ここを逃げださなければ。ここは病いを治すところじゃなくて、すべてをあきらめ、死を待つだけの場所。わたしはイタチだからどうせすぐに放りだされるだろうけど、ここにはいろいろな伝染病のもとがたくさん空中に舞っている。どんな病人も区別なくここに収容するから、ここで新しい病気をもらい、さらにもっとほかの病気ももらうことになって、どんな人だってそれじゃ助からない。病気はいろいろな方法で伝わる。空気で伝わったり、触るとうつったり、なめ合うとうつったり。わたしたちだって、ここでどんな病気をもらうかわからない。〉

〈でも、さっきのおじさんたちは平気で、ここにいるよ。〉

狭い部屋の空気を熱心に見つめながら、アイゴは母に問う。

〈あの人たちはそれこそ奇跡的に病気が治った人たちだから、もう二度と病気に負けない特別な体になっている。さあ、ここを出なければ。おまえまで病気になったらどうするの……〉

アイゴは大きく息を吐き出して、母なるイタチを両手で抱き、部屋の外に出た。死者に付き添って、あの三人のおとなはすでに寺に向かったのだろうか。小さな十八の部屋が横に並ぶ建物に、人の影は見えなかった。男の持っていた竹ボウキが道具小屋の戸に立てかけられている。十八間戸の木戸の外に出ると、厚く生い茂った木々の葉が頭上を蔽い、アイゴもイタチも全身、緑の影に染まった。木立に乱反射するセミの鳴き声は、アイゴの耳には入らない。

〈……だけど、どこへ行けばいいの？　ぼくはほかの場所をひとつも知らない。〉

〈山には、熱いお湯が自然に湧き出ているところがある。ケモノたちはそこで湯浴みをして、病気や、ケガを治している。シカも、クマも、キツネも、リスも、オオカミも、コウモリでさ

えも！〉

その湯こそが、本物の薬効を持つ湯であり、古くから人間たちも山の本物の湯を頼って、病気でもけがでも老衰でもなんでも治してきた。寺の湯などはその真似事にすぎない。ただの湯でも確かに体は清潔になり、血行が良くなる。さらに、心持ちがそれで明かるくなれば多少の体力もよみがえって、症状が軽くなるということはあるかもしれない。もちろん、湯はないよりはましというもの。でも、山の湯のようなわけにはいかない。山の湯に入れば、動かなかった脚が動き、閉ざされていた眼が開き、腐り果てていた皮膚が新しく生まれ変わる。それを聞き知りながら、人間たちは哀れなるかな、里から山奥の湯まで毎日通うことのできる強い脚に恵まれていないし、その時間を確保する自由も与えられていない。コツジキは長吏に支配され、長吏は寺の別当に支配され、その別当はカスガの寺に支配され、カスガの寺はミヤコの天皇に支配されている。そして、ミヤコの天皇こそ、すべてにおいて自由かと言えば、さにあらず、あたかも富と権力を持つ人間と対立するかのような底意地の悪い神々に支配されている。いくら大きな仏像を作ろうが、天皇にも伝染病がうつるし、死ぬときは死ぬ。天皇もどれだけ胸の底の底では、その身を一匹のケモノに変えて、自由に山の湯に通いたいと願っていることか！

アイゴは早速、母なるイタチに道を聞きながら、ケモノにしか知られていないという山の湯をめざして歩きはじめた。自由であるべきケモノの身でありながら、母なるイタチは今、自分の脚で山中を走ることができない。アイゴに運んでもらうしかない我が身を、イタチは呪う。アイゴはひ弱な人間の子どもだった。人間はどうして二本の脚だけで歩くようになったのだろう。その効率の悪さと言ったら！　おまけに、今のアイゴはかなり疲れ、腹も減り、足もとがおぼつかなくなっている。もどかしい思いで、母なるイタチはアイゴの胸のなかで、傷の痛みをこらえつづけた。熱のために、喉も渇く。それでも、母なるイタチはなにひとつアイゴに不満を洩らさなかった。この母を、人間の母としてはとっくに死んでしまったこの母をいちずに思いつづけるアイゴほど、愛らしく、尊くさえ感じられる人間がほかにいるはずもない。

そうした思いのなかで、イタチは痙攣の発作をふたたび起こし、そのまま土のなかの幼虫さながら眠りの厚い殻に閉ざされていった。

山中の湯について、アイゴももちろん、その効能をいつからか、ヒジリが示す絵などで教えられてはいた。でも、そこは母が言うようにあまりに遠い。人間たちはその湯について、伝説として言い伝えているのみだった。正確な場所を知る者もいなければ、道も見失なわれて久しい。いつしか、山の湯はケモノが行くところ、人間は寺の湯施行にかぎる、と人間たちは思いなし、あえてケモノの湯をめざそうとする人間も絶えてしまった。やがて、ケモノの湯に人間が近づくと、ケモノの神にたたられてたちどころに人間は殺されてしまう、という言い伝えも生まれた。

今までアイゴもこのケモノの湯を、母のために思いつかずにいた。母なるイタチに教えられてはじめて、自分のまちがいに気づかされた。母はいったいケモノなのか、人間なのか。ケモノである母の体を抱きながら、人間である母を救うことばかり考えていた。人間の言葉を話すから、子である自分が人間だから、その母も人間なのだと受けとめていた。確かに、この世でアイゴを孕み産んだのは、正真正銘、人間の母なのだった。けれども人間の母はこの世を去り、一人この世に残された我が子を思うあまりに、エンマさまの特別な許しを得て冥界からこの世に戻ってきた。しかし、その母はイタチの身となるほかなかった。イタチの母は人間の言葉でアイゴに苦痛を訴える。慰めを与える。忠告もする。それでも体はイタチとして生きている。イタチ以外の何者でもない。母の命を救いたかったら、ケモノのための湯を探し求めるべきなのだった。どうしてこんな簡単なことがわからなかったのだろう。母なるイタチから学ぶべきことは、まだきっと無数にある。

ミヤコに向かう坂道を横切り、アイゴは山のなかを歩きつづけた。母なるイタチに聞かなければそれと気がつくことのなかった、かすかな細い道が森のなかにつづいていた。青い草がやわらかに倒れ、イバラの蔓《つる》がそっと取り除かれている。木立の樹皮がほんのわずかに艶を持ち、湯への道の方向を指し示していた。木立の枝が揺れると、アイゴの体に日の光が小石のようにぶつかってきた。鳥が羽ばたけば、濃淡の緑の影が震え、その合間に、ルリ色だの、赤だの、鮮やかな色が見え隠れした。さまざまな色のチョウが不意にアイゴのまわりに漂い現われる。花の蜜を吸っていたハチが面白半分に、アイゴのあとを追ってくる。

母なるイタチは発作のあとの、深い眠りのなかにいた。湯への道をたどるのに、今はもう、母の助けを借りる必要がなかった。ケモノしか知らない山の湯、と母は言ったが、鳥や虫はどうなのだろう。アイゴは首をかしげて、チョウの舞いを見つめた。動物のような毛皮を持たなくとも、ケモノの仲間として、鳥も虫も山の湯に親しんでいるということなのか。

鳥たち、虫たちの多い湯への道で、アイゴはケモノとは出会わなかった。小さなケモノたちが頭上の枝から枝を伝わり、傷ついたイタチを抱いて歩くアイゴの姿を見守りつづけていたのかもしれないが、アイゴはその気配に気がつかなかった。木の葉がときおり、だれかの手でばらまかれるようにまとめて舞い落ちてきたり、小さな木の実、木の枝までが落ちてきても、アイゴはそれを鳥たちのしわざだとしか思わなかった。鳥だけでも、どれほどの種類の鳥たちが湯への道を楽しげに飛び交っていたことだろう！　アイゴがよく知っているヤマバトもキジもホトトギスもいた。オレンジ色の喉がめだつキビタキもいた。モズもいれば、小さなメジロ、ヤマガラもいた。ほかにも、エメラルドグリーンの鳥や、黄色の鳥もいたし、赤い尾の長い鳥もいた。

アイゴは空腹だったし、歩き疲れてもいた。母なるイタチの重みで、腕もしびれている。それでも鳥たち、虫たちに眼を奪われながら、湯への道を進むアイゴの胸は弾んでいた。ホトトギスがアイゴを導くように、道の先をゆっくり飛んでいく。黄色の小鳥がアイゴの体のまわりをせわしく飛びまわる。木立のうえを斜めに、赤い尾の鳥がかすめていく。と思えば、アイゴの眼の前に垂れさがる木の枝に止まって、いぶかしげに首をひねり、アイゴを見送る緑色のずんぐりした鳥もいた。

チョウも鳥に劣らずにぎやかだった。こんなにさまざまなチョウが、この山のなかに隠れていたとは！　小さなチョウ、大きなチョウ。ルリ色のチョウ。縞模様のチョウに、目玉の模様が羽根についたチョウ。真黒なアゲハチョウもゆらりゆらりと、アイゴの前に現われては消えた。赤や緑の小さなチョウが風に身をまかせる花びらのように、木立のなかの細い道に舞う。そこに混じって、小さなクモまでが宙に踊っていた。アイゴの足もとでは、トカゲが草むらから跳びだし、バッタたちがあわてて逃げだしていった。カタツムリが角を長く伸ばしてアイゴを見送り、木の幹に貼りついていたクワガタが体を震わせる。

湯が近づいてきたことは、鳥や虫の数で知ることができた。まるで、鳥たちの、チョウたちのありとあらゆる色にかがやく羽根に乗せられて、宙を進むような心地だった。こんな場所が山のなかにあるなんて、きっとナラのだれも知らないんだろうな。アイゴは笑みを浮かべ、鳥や虫の一羽一匹に親しみをこめた挨拶をした。ひときわ大きなトンボがその挨拶に、銀色にひかる目玉をぐるりと回転させ飛び去っていく。すばしこい小鳥たちがアイゴの頭のうえを光の矢のようにかすめていく。

それにしても、ケモノの姿がまったく見えない。アイゴは腕に抱えた母なるイタチの顔をのぞきこんだ。ケモノたちの湯であり、この道は湯に通うケモノたちが踏みかためた道であると、ケモノの一員である母は教えてくれたのではなかったか。ところが、今この道を鳥と虫に囲まれて歩んでいると、ケモノの類いは母なるイタチがここにいるばかりで、この体が生臭いケモノのにおいを身勝手にまき散らしているような、居心地の悪さを感じさせられる。ケモノの道でそんな妙なことが起こるはずはない。道をまちがえたのだろうか。

母なるイタチのヒゲが一本ずつ、神経質に震えはじめている。眠りの深い海からだいぶ、アイゴの待ち侘《わ》びる岸辺に近づいているらしい。

〈お母さん……、ねえ、お母さん……、そろそろ起きてよ。ねえ、この道でよかったの？　お母さんったら！〉

イタチは呻き声を洩らし、小さく口を開け、息を吸いこんだ。と同時に、灰色の眼を開き、長々と息を吐きだした。

〈ああ、アイゴ……、もう山の湯に着いたの？　気のせいか、なんだかとても気分がいい……〉

〈まだだよ。それより、ぼく、道をまちがえていない？　でも、道は一本しかなかったんだから……〉

母の声を聞くことができた安堵《あんど》の思いで母なるイタチの頭に自分の頬をすり寄せながら、アイゴは母にささやきかけた。母なるイタチは眼をはっきり開いた。まわりの鳥やチョウの色さまざまにきらめく姿を見届けると、そのヒゲと耳が立ち、尾が揺れた。

〈まちがいない！　ほら、山の湯のいいにおいもする。おまえの鼻じゃ、わからないかもしれないけれど……〉

〈ふうん、そうなのかなあ……〉

半信半疑でつぶやきながらも、アイゴは眼の前の鳥たち、虫たちに見とれていた。その数は増えていく一方だった。ワシのような大きな鳥が突然、左のほうから羽ばたきの風をまき起こして、アイゴの行く手を横切っていった。びっくりして立ち止まったアイゴの眼にはじめて、赤や黄の大振りな花が寄り集まって咲く広場が見えた。山の木立に包まれた広場の真中に、別の種類の木々が生い茂っている。そこには、アイゴの見たことのない真赤な果実が太陽の日射しを受けて、赤い小さな炎のようにひかっていた。

〈あそこだね！　花がいっぱい、くだものがいっぱいだよ！〉

母なるイタチは微笑とともにうなずいた。

〈……やっと着いた。でも、アイゴや、あのくだものは毒があるから、食べちゃいけない。あれは悪い人間たちから山の湯を守るためのくだもの。悪い人間ほど、こわいものはないから

〈……〉

〈ぼくはおなかがぺこぺこなのに……〉

今まで忘れていた空腹を急に思い出し、アイゴは溜息をついた。とは言え、空腹はアイゴにとってなじみが深く、空腹に対するがまん強さは充分に養われている。いよいよとなれば土くれだって、腹の足しにはなる。そして今はまだ、それほどまでに追いつめられているわけではなかった。

アイゴは足を速めて、広場の花のなかを突き進んだ。鳥や虫たちはアイゴのまわりから離れていった。赤い果実の木の茂みに向かう鳥もいたし、広場をうれしげにまわるチョウもいた。山の木立に戻っていく鳥の群れも見えた。アイゴはためらうことなく、赤い果実の茂みに近づいた。よく見ると、ここにも細い小道ができていた。枝の重なりに半円の形に隙間があいていて、そこが入り口だった。アイゴは身を屈《かが》めて、そこから小道に入った。茂みのなかの小道は三メートルとつづかず、アイゴはあっけなく、岩に囲まれた山の湯の前に出た。

岩はさほど大きなものではなかったが、それでもアイゴの背丈では、岩の内側まで見届けることはできない。アイゴの耳には、音が聞こえない。その代り、眼はよく見えるし、なにかが動く気配には敏感だった。今、岩の内側から水のしぶきの跳ねるのが見えるし、なにものかが立ち騒ぐ気配も感じられた。

〈……だれか、いるみたい。〉

アイゴがつぶやくと、母なるイタチは頓着なく、アイゴをうながす。

〈少なくとも、人間じゃないから大丈夫。〉

岩の連なりが低くなっている箇所を見つけて、アイゴは慎重に一足ずつ、そこを越え、岩の内側におり立った。白い靄のような湯気が渦巻き、ひしめいていた。先客が確かにそのなかで、湯とたわむれているらしい。でも、その姿はぼんやりとした影にしか見えなかった。

母なるイタチには一人で湯に入る力が残されていない。アイゴもともに湯に入って、イタチの体を湯に浸すしかない。この湯に人間が入ってもいいものなのかどうか、でも、ほかに方法がないのだからしかたがない。せめて、垢光りするぼろきれ同然の着物は脱いでおこうと思い、母なるイタチを岩のうえに横たえてからすばやく、アイゴはまっぱだかになり、もう一度しっかり胸に母を抱いて、湯のなかに、というより、実際には白い靄しか見えなかったので、雲のなかに入っていくような気分で岩をおりた。三歩、四歩。まだ、湯にたどり着かない。六歩、七歩、八歩で、ようやく足の先が湯に濡れた。思っていたほど熱い湯ではなかったが、それでも固いマメだらけになっている足が急速にほどけてふくらんでいく心地よい感触があった。

そう言えば、アイゴにしてもいったい、どれだけ湯に入らない日々を過ごしてきたことだろう。春になってから湯施行に近づかず、川の水、池の水で満足していた。けれども、久しぶりに味わう湯の感触はやわらかく、皮膚というものが消えていくように感じられる。まして、これは本物の山の湯だった。この世に生きるはかない命を哀れんで、地の底から地上に送りこまれる恵みの湯。どのような重病や重傷もこれなら必ず、快方に向かうはず、とアイゴはすぐさま納得した。

母なるイタチの傷ついた体を胸に抱きしめ、少しずつ、湯のなかに身を浸していった。母は口を開き、眼は閉じて、湯を存分に味わおうとする。湯が傷口にしみる痛みもない。ヒゲが細かく震えて、黒い鼻が湯気で濡れていく。

〈ああ、ああ……、いい気持……。空ヨリ花降リ、地ハ動キ、仏ノ光ハ世ヲ照ラシ……。ああ、本当に、ルリの浄土をちょっとだけわけていただいたような気分……〉

アイゴも母に劣らず、うっとりしながらつぶやいた。

〈……ふたりでまた、駆けっこができるようになるね。ふたりでまた、ネズミを追いかけようね……〉

〈ホトケハ常ニイマセドモ、現ナラヌゾ、アワレナル……。こうしていると、わたしがまだ、生きていたころもありありと思い出されてくる。……おまえの父とはじめて出会ったのも、緑がすきとおってひかる五月の美しい森のなかだった。初夏の光が、わたしの体の内側まで照らしていた。そう、まるで今のような不思議な喜ばしさに、わたしは包まれていた。リスがいた。肌の白い子ども、茶色い子ども、黒い子ども、わたしたちみたいなのも、いろんな子どもたちがみんな、ほとんどはだかになって走りまわっていた。子どもなんて、それまでちっとも好きじゃなかったのに、その子どもたちに囲まれて、おまえの父と出会ったから、それでわたしはおまえの母となることを、ホトケの言葉を聞くように受け入れたのだったか……。おまえの父は明きらかに、おまえの父としてわたしの前に現われた。わたしたちはそれで、互いに持っていたパンを交換した。わたしはぶどうパンが好きだったからぶどうパンを、おまえの父は特別においしいクロワッサンをわたしに渡した。……ああ、あのときも鳥が鳴いていた。なんという名前の鳥だったんだろう。……すでにそのときから、おまえはわたしの体のなかに生きはじめていた。眼に見えない大きさの金の粒のように。……おまえの父とわたしは田舎の教会に行ったことがある。小さな石造りの教会だった。ものすごく肥ったおばあさんが番をしていた。わたしたちはそこでろうそくを買って、それぞれ火を点《とも》して祭壇に捧げた。おまえの父はなにを祈ったのか、わたしはなにを祈ったのか、もちろん、おまえのために、まだ金の粒だったおまえのために、ふたりは祈った。それと知らずに。おまえの誕生の可能性に気づこうともしないままに。……ああ、おまえの父がわたしに語ったことがある。おまえの父は子どものころ、カスガのシカを殺したと。その耳を切り取った報いで、長いあいだ、耳が聞こえなくなったと。なぜ、そんなことをしてしまったのか、おまえの父はおとなになっても苦しみつづけ、わたしに語るときに涙をこぼしていた……〉

〈お母さん……、それはぼくのお父さんの話じゃないよ。たぶん、それは……〉

湯が大きく波立ち、アイゴの言葉は断ち切られた。白い湯気から、鳥の顔がアイゴのすぐ近くに現われ出た。つづけて、二羽の鳥の顔も並んだ。いや、鳥ではなかった。黄色いくちばしはついているが、眼と耳はむしろ、サルに似ている。そしてその顔は人間とそっくりな首につながっていた。

〈やい、ケモノのにおいがすると思っていたら、やっぱり、ここにいた。〉

〈テング！　なんとテングとは！〉

母なるイタチは叫び、震えはじめた。

〈しかり、われらはテングよ。テングの湯浴みの日はケモノらは近づけないことになっておる。テングは地上を這いまわる者らとは異なる存在であるがゆえに。しかるに、ここにイタチが湯浴みをしておる。〉

アイゴも当然、びっくりしたものの、母なるイタチの危険を察し、その体を胸に抱き直して身構え、それからふと首をかしげた。

〈あれ、ぼくにもテングの声が聞こえている。ぼくはお母さんとしか、話ができないはずなのに……〉

頭の毛の赤いテングがくちばしを開いて、カラスとそっくりな声で笑った。ほかの一羽がまん丸な金色の眼を少し細めて、アイゴを見つめた。

〈しかり、われらはテングであり、人間の愚かしい発語方法を必要としていない。くわうるに、おまえもテングの仲間である。言葉が通じるのは当然のことわり。〉

〈変なことを言ったら承知しないぞ！　ぼくは正真正銘の人間だ。テングなんかであるものか！〉

アイゴは強気に言い返した。それでも、母なるイタチを守らなければならないし、テングの威力も見当がつかなかったので、湯のなかをあとずさりしはじめた。隙を見て逃げだすつもりで、すばやくうしろの岩を振り返った。

それまで、くちばしを開かなかったいちばん大きなテングが背中の羽根をひろげて、五十羽のカラスが同時に鳴きわめくような大声を張りあげた。

〈われらから逃げること、あたわず！　そのイタチをわれらに渡すべし！　ちょうど、湯上がりになにか新鮮な肉を食したいところであった。おまえにもイタチの脚一本ぐらいは与えてやる。〉

母なるイタチを抱きしめ、アイゴは夢中で湯から駆け出ようとした。と同時に、頭の赤いテングが湯の音と羽音をひびかせて舞いあがり、アイゴの抱くイタチを力まかせにもぎ取った。激しい痛みにアイゴは悲鳴をあげた。母なるイタチの体とともに、アイゴの右腕も消え失せていた。腕の付け根から、湯全体が赤く染まるような量の血が音をたてて噴き出た。

〈やや、なんたる愚かさ！　イタチからなにゆえ、おまえは手を放さなかったのか。早く、この湯に傷口をひたすべし。〉

別のテングが落胆の声をあげた。

〈おお、このイタチ、骨と皮ばかり。いかにもまずそうであるぞ。〉

痛みのなかで、アイゴは叫んだ。

〈返してよ！　ぼくに返して！　ぼくの腕はあげるから、そのイタチは返して！〉

〈……思エバ、涙ゾオサエアエヌ、ハカナクコノ世ヲ過グシテハ、イツカハ浄土ニマイルベキ……〉

母なるイタチのあえかな歌声が湯気のなかを漂い流れた。

〈ほ、このイタチ、なにやらまっこうくさい歌をくちずさんでおる。ますます、食欲が落ちるよのう。〉

〈だから、早く返せ！　返せ！〉

アイゴの叫びは苦痛の呻き声のようにしかひびかなかった。眼がかすみ、体から力が抜けていく。そして、湯のなかに体が少しずつ沈みはじめた。

〈……イツカハ浄土ニマイルベキ、サレド、ヨロズノ仏ニウトマレテ、後生ワガ身ヲイカニセン……〉

湯のなかには、やわらかな舌が待ち受けていて、それがアイゴの傷口を早速、丹念になめはじめた。痛いことは痛い。でも、痛みは少しずつ棘を失ない、こそばゆさに変わっていく。

〈イタチは返さぬ。そして、われらはイタチを食う。ひどい味であろうが、なにかしらの栄養にはなる。おまえもイタチを食えば、腕をもとに戻してやる。それから、おまえはめでたくもわれら一族に加えられる。おまえの人間の口はくちばしに変わり、背には羽根も生えてくる。安心するがよい。〉

いちばん大きなテングの声が湯を波立て、まわりの岩を震わせる。

〈テングなんか、いやだ！　お母さんを返せ！〉

テングたちのカラスにそっくりな笑い声が湯の波をさらに大きくした。

〈おまえはイタチごときケモノを母と呼ぶか。なにゆえの心の迷いか。心の病いか。ならば、ますますおまえはわれら一族に迎えられるべきであるぞ。テングに心の迷いも、病いもなきがゆえに。〉

傷口の痛みがやわらいでいくのにつれ、アイゴは母なるイタチを失なうおそれに圧倒され、泣きださずにいられなかった。泣きながら、なおもわめきつづけた。

〈いやだ！　返せ！　返せ！　お母さんを返せ！〉

〈聞くに耐えぬ言葉であるぞ。もし、おまえがイタチを母と呼びつづけ、われらとともにイタチを食わぬなら、われらはおまえのこの腕と、残りのその体も食わねばならぬ。われらは元来、人肉は好まぬ。されど、食うべきときは食う。われらは仏法にさからう天の魔であるがゆえに。さてさて、心病む童よ、われらに食われるか、われら一族の者となるか。〉

〈……無垢ノ浄土ハウトケレド、仏ノ光ハ世ヲ照ラシ、いたちモ仏ニナリニケリ……、アイゴや、もはやイタチの身を惜しむことはない。我が身をこそ、惜しみなさい。おまえの体にこそ、わたしは生きつづける。アイゴと言えば、そもそもテングとまちがえられたこともある子どもの名前。いっそ、本当のテングになるのも、おまえのエニシというものかもしれない。テングの我が子を思うと、母の心はむしろ、楽しく躍るというもの。……タラララ、タラリヤリン……いたちモ浄土ニマイラバヤ、るりノ浄土ハイサギヨシ……ナヨヤ、ナヨナ、タラリヤリン、タララタララ、タタリラリ……〉

母の声は湯気のなかにひろがり、上空に吸いこまれていく。

アイゴは泣き声を全身からしぼりだした。湯を囲む林からすべての赤い実をもぎ取る勢いで泣きはじめた。山の木立が揺れ、鳥たちがおびえて空に飛びあがる。虫たちが地に潜る。アイゴは泣きつづけた。アイゴの体は大きな黒い影に包まれていく。

アイゴはただ、泣き声を果てもなく、とどろかせつづけた。

3　ヨシノ

恋しとよ　恋しとよ　ゆかしとよ
逢はばや　見ばや　見ばや　見えばや

雪の凍てつくヨシノの峯に少女は立ち、歌いはじめた。月の光を受け、氷になった雪は薄い透明な水色にひかっている。その光のなかに立つと、体が宙に浮いていくようで胸の悲しみとは別に、タマシイが体から漂い出るとはこのような気分なんだろうか、とめまいを感じた。

雪と月の光ははるばると地と空を明かるく照らしだし、この峯につづく峯々の影もはっきりと浮かびあがらせる。遠い峯の木々さえ、たてに走る水色の光として見わけられた。岩のひとつひとつは水色の粒状にかがやき、凍った滝も矢の形にひかる。峯々は少女のまわりに、大きな氷の波のようにひろがっていた。どこまで、このヨシノの峯々はつづくものやら。

少女は峯に立ち、ひとりで歌いつづけた。さえぎるもののない峯には、氷の冷たさをたっぷりと吸いこんだ風が直接、吹きつけてくる。少女の肩までの長さの髪は風に流されたまま凍り、顔も手足も氷に変わっていく。ワラグツを履いていたはずなのに、峯に登る途中で、雪に奪われてしまった。氷にはだしの足裏が裂かれ、血が流れだし、峯から見おろすと、凍った雪の斜面に少女のここまでたどってきた跡が赤い色にはっきりと見えた。峯に立っている間にも、少女の足から血は流れつづけて、峯の色を変えていく。頭に乗せていたはずの笠も消えていた。

少女は高いソプラノの声で歌いつづけた。声だけは凍りつかずに、峯々に、谷に流れていく。峯々を渡る声は月の光に吸い寄せられ、谷にひびく歌声は谺《こだま》を返した。ときどき、木の枝から雪のかたまりが落ち、なにかの声が一瞬、ひびいた。すると、別の峯でも、何者かが驚いて叫び返す。少女は口を開けたまま、少しの間、耳を澄ました。だれかがわたしを呼んでいるのではないか。あの子がわたしを呼ぶ声なのではないか。

けれども、すぐに谷からの谺は消え、峯々からひびく声も夜空に消えていった。歌わない口もとはたちまち、凍っていく。少女はふたたび、歌いはじめた。

恋しとよ　恋しとよ　ゆかしとよ
逢はばや　見ばや　見ばや　見えばや

両耳を切り取られたシカが、谷底で歌いはじめた。

谷川の両岸には大きな岩が連なり、木々の黒い影がその岩を蔽う。闇のなかのところどころに氷になった雪を青くひからせる山の斜面が、谷底のシカの視界を両側から挟みこんでいた。月の光はこの谷底までは届かず、まして星はひとつも見えない。谷の凍りついた川から、ぽんやりと淡い光がひろがる。シダの葉の形に水が凍って両岸の岩に貼りつき、それが重なり合って川を閉ざしている。青く見える氷の下に、川の水はかすかに流れつづけているらしい。シカはその水音を聞きながら、声高く歌いつづけた。

いくらシカといえど、凍った谷川を、しかも夜の闇のなかをひとりで歩くのは、心細く、足もともおぼつかなかった。氷はすべりやすい。大きな岩を跳び越えることはできない。うっかり重心を失なえば、川を閉ざす氷に落ちてしまい、氷が割れ、氷の下を流れる水にさらわれることだろう。シカは身動きがつかなくなっていた。岩の隙間をなんとか見つけ、雪深い山の斜面を登るべきなのだろうか。山のうえのほうに、母はさまよっているのかもしれない。でも、どの山なのか。川のこちら側か、あちら側の山か。それぞれの山はさらに、ほかの山に重なり、どこまで行けば、このヨシノの山は尽きるのか。

両耳を切り取られたシカは谷底からは見えない夜空に向けて、一心に歌いつづけた。歌声が母の耳に届くことを期待しつつ。ときおり、川の凍った表面に氷のかたまりが落ち、山の斜面が雪を払い落としてざわついた。遠く近く、なにかの声がひびくときもある。そのたびに、シカは母の叫び声かと思い、息をとめた。風が吹き抜けていく。氷の粒となった雪が青い幻のように川の表面を、山の斜面を、深い溜息とともに走り去る。シカはその動きを眼で追っては、落胆して涙を流した。母はどこに行ってしまったのか。はなればなれになったまま、山中で凍死しなければならないというのだろうか。

シカの体にも、頭に伸びかかっている角にも、氷の粒が青白く貼りついていた。顔も、ヒゲも青白く凍り、シカは青い色のケモノに変わってしまった。体を震わせても、氷の粒は落ちない。次第に、その冷たさを体の内側にしみこませていく。四本の脚がすでに、氷の棒になったかのように固く動かなくなっている。青白い氷に包まれた眼もかすんでいく。このまま氷になって、母と離れてひとりで死ぬわけにはいかない。それで、シカは歌う。歌声は氷に割れめを作って、体の奥で消えかかろうとしている体温を呼びさます。そして、体の動きを誘いだす。あきらめて、じっと立ちつくしたまま、自分の死を待っていてはいけないのだ。母はそんなことを期待していない。生きよ。生きのびて、母を見つけよ。ヨシノの山のどこかをひとりでさまよう母は、自分からはぐれてしまった我が子に呼びかけつづけている。

生きよ。母を見出すためにも。まだ、終えてはならない命なのだから。生きのびよ。シカは歌いながら、体を一度大きく震わせ、岩の隙間を探しながら、谷川の凍った岸をゆっくり歩きはじめた。その丸い眼から転がり落ちる涙が乾いた音をひびかせて、川面を閉ざす氷に跳ね散っていった。

恋しとよ　恋しとよ　ゆかしとよ
逢はばや　見ばや　見ばや　見えばや

月の光を受けて、少女は峯で歌いつづけた。ヨシノの山中の、どのような遠くの場所に我が子がさまよっていようとも、この声が必ず、届くように。そして、同じ山中のどれほど遠くからであろうと、どれほどかすかにひびく声であろうとも、それが我が子の母を呼ぶ声であるならば、決して聞き逃がすことがあってはならない。凍りついた耳を注意深く澄ましながら、少女は水色の氷の風のなかで歌いつづけた。

いつの世のことだったか、少女はひとりの子を産んだ母なのだった。その我が子を連れ、ヨシノの山中に逃がれてきた。戦争があり、我が子の父親だった男、少女の愛人だった男は殺された。確か、そんなことがあったのだった。敵は子の命をも奪おうとした。子の父親であり愛人だった男の一門を絶やさないため、などという大層な考えとは無縁に、とにかく自分がせっかく産んで、ここまで育ててきた子を、男たちの権力争いのために殺されてたまるものか、とヨシノの山に逃げこんだ。そういうことだったのではないのだろうか。

山中で敵の追っ手を振りきることができたらば、我が子はこの世の聖域であるはずの寺に預けるつもりでいた。それが無力な母に考えられる、我が子の命を守るためのいちばん確実な方法だった。子は山深い寺で安全に育てられる。テングたちがそこには跳梁しているので、木から木に飛び移り、空に高く舞いあがって、一日で異国を巡って戻ってくるすべを、子はテングたちから学ぶことだろう。海の底に沈む貝のくしゃみを聞き届け、月に咲く花のメシベがまき散らす花粉までも見届けることができるよう、たっぷり時間をかけてテングたちは訓練してくれることだろう。そうなれば、凡俗な人間である敵など、なにもおそれる必要はなくなる。母として、そんな考えにとりつかれていたのだったろうか。少なくとも、そのような記憶が少女の水色に凍った、肩までの髪の毛に残されていた。

山中深く、我が子とともに雪を掻きわけ、氷に足をすべらせて、逃げつづけてきた。そこから先の記憶がねじれて、赤い血の流れる足の痛みに留まる別の記憶に移り変わってしまう。我が子のはずが我が子ではなく愛人の男となって、同行はもはや、ここまで、と少女をむりやり追い返そうとしたのだった。そんなバカな、と少女はただ、呆気にとられて、我が子だったはずの男の顔を見つめ、自分でも気がつかないうちに涙をこぼした。男の顔を見れば見るほど、我が子なのか、愛人なのか、見分けがつかなくなっていく。少女にとって、それは同じことだったのかもしれない。とは言え、男はあくまでも少女よりも力の強い、社会的地位もある一人前の男として、少女に命じるばかりだった。女の身にはケガレがあるゆえ、この神聖な山をこれ以上、おまえとともに進むわけにはいかない、おまえはひとりでミヤコに戻れ、と。

　記憶のどこかが狂っているのだろうか。あまりに道理が通らない。男というものを、あるいは女というものを意識しすぎた、不自然にゆがんだ記憶に思えてならない。でも、とにかくそのようなことがあったという記憶が、足から流れる血の流れのなかにたゆたっていた。

　男はミヤコから逃げ、カマクラからも逃げつづける二重の裏切り者として、まずはヨシノの山中に身を隠したのだった。そんな男でも、メカケの遊女よりははるかに社会的地位を誇ることのできる立場で生きつづけるものらしい。ケガレある女を連れていたら、とうていぶじには、このヨシノを越えられまい。神の怒りを招く前に、女のケガレを払い落とし、精進潔斎につとめて、ヨシノを越えるしかない。つらいだろうが、ここは納得して、ひとりでミヤコに戻ってくれ。いや、戻らなければならない。

　少女にはケガレの意味がわからなかった。したがって、男の怯えも理解できなかった。この男は少女の産んだ我が子ではなかったのか。その命を守ろうとする母を、今さら、女のケガレと言いたてて、冬の山中にむざむざ捨て去ろうというのか。この母がいなければ、とっくに殺されていた身だというのに、今は、自分が逃げのびるために、もっともらしい理屈をひねくりだして、母を切り捨てようとする。男とはなんと身勝手な理屈に逃げこむ生きものであろうか。
とは言っても、このときの少女は男にとって母ならぬ、メカケにすぎない身だったので、このように生意気な反論はできず、泣きながら男と別れなければならなかった。いざとなれば男にもさすがにためらいが生まれ、少女が立ち去ろうとすれば、男は追ってきて、少し先の難所を越えるまで見送ろうと言い、いよいよ別れたのちも、男は少女に向かって叫びつづけた。その叫び声が少女の身を暖かく包み、ふもとまで安全に送り届けるとでも信じているかのように。

恋しとよおおおい！　恋しとよおおおおいいい！

少女の頭上に、水色にかがやく星が流れた。人間の声そのものがぬくもりを伝えるはずはない。人間の声が鳥の大きな翼になって、なにか重さのあるものを実際に運べるわけでもない。音の波である声は一定の距離が尽きれば、なにひとつあとに残さず消えてしまう。だれにも人間の声をその手でつかみとることはできない。けれども、特別な時間から特別な思いが抽出され、結晶して発せられる声はちがう。それは夜の星々を揺るがし、地上の山々を裂き、川の流れを生きもののように躍りあがらせる。今、少女が峯から投げかけている歌声も、少女が聞きとろうと願っている声も、そうした特別な種類の声なのだった。男が自分の都合で振り捨てた女に未練を起こして叫ぶような、そんな濁った声とは似ても似つかない歌声。
でも、それはいったい、どんな特別な時間から、どんな特別な相手に向けられている歌声なのだったろう。

木の枝から転がり落ちてきた氷のかたまりが、歌いつづける少女の眼の前で形を変えていった。胸にヨダレかけをつけた小さな男の子が四つん這いから体を起こし、少女に両手を差しのべ、一歩、二歩とおぼつかなく歩み寄ってきた。それは少女の、もうひとつの、そしていちばん大切な記憶だった。少女は氷でできた幼児の姿に見入り、思わずほほえみながら、これがわたしの探している我が子、わたしはこの子を愛し、そして、この世を去ったのだった、と自分に言い聞かせた。氷の子どもに呼びかけたくなってから、首をかしげた。わたしはこの子をどんな名で呼んでいたのだったろう。ウシワカ？　アイゴ？　いやいや、モリオ！　そう、大切な我が子は、モリオという名前だった！

少女がその名で早速、呼びかけようとすると、氷の幼児はいっぺんに崩れ、白い雪けむりになって、峯からなだれ落ちていった。つづけて、別の氷のかたまりが少女の頭上から落ちてきた。今度は、二人の子どもの姿が現われた。さっきよりは大きな四、五歳の男の子と、七、八歳の、顔がそっくりな女の子。二人の子どものまわりに、青い芝生がひろがった。芝生は急な斜面になっていて、子どもたちは手を使わずに一気にそこを駆けのぼる競走に熱中している。年長の女の子がまず、斜面を登りつめ、笑いながら男の子が追いつくのを待つ。赤く火照った子どもたちの顔に汗がひかる。二人とも色ちがいのスニーカーとソックスを脱ぎ捨て、はだしになっている。男の子は灰色のTシャツに紺の半ズボン、女の子は肩で紐を結ぶ木綿のサンドレス。赤い地に白い水玉模様のその服はすでに肩紐がほどけ、ななめに体からずり落ちそうになっている。

氷の作りだした真夏の記憶に、少女の眼から大きな涙の粒がつぎからつぎにこぼれ出た。その涙も、真夏のように熱い。少女の凍った顔を溶かし、足もとの雪も溶かしていく。あの服がわたしは大好きだった！　でも、いつもすぐに、だらしなくなってしまい、母に怒られていたものだった。そしてモリオはどうしていつも、紺の半ズボンしか身につけようとしなかったのだろう。四歳、五歳に育ったモリオ。実際には二歳からあとのモリオを知らないはずなのに、わたしの記憶にはどの年齢のモリオの姿も鮮明に刻みこまれている。わたしたちはいつも、なんと一緒に遊びつづけたことだろう！　どんな場所にも行き、楽しみを見つけだしていた。でもとくに好きだったのは、水と木と草だった！

眼の前では、斜面の最後の部分をモリオが姉さながらの母に手を引っ張ってもらい、ついに斜面を登りきっていた。そこから斜面の反対側を見渡すと、草地がひろがり、小川が流れ、水車小屋も一軒見える。牛が一頭、そのすぐそばで眠っている。ガチョウの一群れが牛のまわりを騒がしくうろつき、水車小屋の屋根にはクジャクがまばゆくその尾をひろげている。そして、草地の手前をキツネが大急ぎで横切っていく。モリオと母は手をつないだまま、肩を上下させてあえぎながら、笑い声をあげる。そして、まっすぐ草地に駆けおりていく。

これはどこで見た風景だったろう。モリオに買ってやった絵本のなかの風景だったかもしれない。それとも、どこか外国で実際に見た風景だったか。少女が涙をこぼしながら見つめるうちに、二人の子どもの姿はみるみる草地のなかに吸いこまれ、風景そのものも縮み、もとの氷に戻ろうとしはじめた。

少女は叫び声をあげ、子どもたちのあとを追って、走りだした。自分の大切な記憶に置き去りにされたくなかった。せっかく見つけた記憶が遠のいていく。いつも、いつも遠のいていく。

でも、今度こそ追いつきたい。人が死んでも、記憶はいつまでも生きつづけると言うではないか。わたしの記憶という記憶はすべて雪けむりとなって、谷間に落ちていかなければならないのか。ひとつでもいいから、わたしは自分の好きな記憶をこの手に、あるいはこの足に結びつけておきたい。いつでも撫でられるように。いつでも連れて歩けるように。

少女は氷の真夏を走る子どもたちを追って、月の光に照らされた峯から氷の山道を駆けおりていった。少女の両足から流れ出る血が二筋、凍りついた雪のなかに溝を残した。

恋しとよ　恋しとよ　ゆかしとよ
逢はばや　見ばや　見ばや　見えばや

両耳を切られたシカは氷にすべっては横倒しに倒れ、体に傷を増やしながら、谷の岩をのぼり、山道を探しつづけた。傷の痛みは氷の矢尻のように、体の奥深く食いこんでいく。歌いつづける体力も奪われていく。それでも歌声だけは絶やすわけにいかなかった。歌声のほかに、母を求めるどんな手段がシカの身にあるだろう。四本の脚はすでに、体の重みを支えることもむずかしくなっていた。何度も岩に思いきりぶつけた頭の角は根もとから折れてしまい、折れ口から血がにじみ出ている。体がついに動かなくなっても、母を呼ぶ歌声はヨシノの山にひびかせつづけなければならない。そしてもし、そのまま息絶えてしまったとしても、白く凍った死体から歌声だけは流れ、母を呼びつづける。

氷になった自分の死体を思い浮かべ、シカは氷に包まれた体を震わせた。まだ、死にたくない。とりわけ、こんな冬の山で死ぬのはいやだ。死体になった我が子を見つけても、母は無力に嘆き悲しむだけ。我が子の命をいくら母でも呼び戻すことはできない。死んだ我が子を抱きしめても、その体を暖めることはできない。生きていてこそ、母は我が子を救うことができる。

歌いながら、シカは母の手触りを思い出そうとした。母の手は赤ん坊にとって大きくて、まるで春の野山のように暖かくやわらかい。その手で我が子をどんなときにも守りつづける。母とは、そのようなものではなかったか。母の吐く息も暖かい。母の眼も暖かい。母とは、なによりも暖かいもの。暖かさで我が子を包むもの。それなのにどうして、暖かな母は真冬の山のなかで我が子を見失なってしまったのか。シカには、その理由が思いつかなかった。それとも、子である自分があとさき考えずに、なにかを見つけて走りだし、道に迷ったのだったか。たとえば、凍りついた山中に一輪の、赤い花を見つけたのか。黄色のチョウのあとを追いかけようとしたのか。

花もチョウも、こんな冬の氷に閉ざされた山に現われるはずがない。幻に惑わされ、母を見失なってしまったということになるのだろうか。でも、そんな幻から我が子を守るのも、母の役目だったはず。子どもはいつだって、幻に囲まれている。おとなだってそうかもしれないけれど、その百倍の幻が子どもを待ちかまえつづけている。

シカの前に、新しい岩が現われた。テングが斧で切り取ったとしか思えないたいらな断面が五メートルもの高さに立ちはだかっている。氷に包まれてひかるその岩の足もとを、シカはおびえてうなだれながら、右に歩いてみた。耳を切り取られ、母を見失なったこのシカのために、いずれ、どこかで大岩はあとずさりをして、山を登る道を開いてくれることだろう。それにしても、なにがこの身に起こって、両方の耳を切り取られたのか、それもシカには思い出せなくなっていた。そもそも、シカである自分にとって、シカの身にふさわしい記憶が残されていない。シカのようなケモノにも、なにがしかの記憶がありそうなものなのに。

無数の氷の粒だけが意地悪くひかる闇のなかで、シカは歌いつづけ、脚を進めた。四本の脚がばらばらに震えた。ひづめはとっくに割れて、剝き出しになった白い骨で直接、氷のうえを歩いているとしか思えない痛みが全身を貫く。母といつになったら会えるのだろう。

母よ、母よ。シカは泣きながら、母の面影を氷の闇に思い浮かべようとした。しかし、形あるものはなにも浮かびあがってこない。ぬくもりがなつかしい。安らかな眠りが恋しい。腹が充ちた満足感、なにもかもが許されているという安心感が恋しい。母さえそばにいてくれれば、氷の冬は去り、山も消え、暖かな日だまりでうっとり眠っていられる。いや、今の今、こんな思いもただの夢。母もまた、氷に閉ざされ、足から血を流して、見失なった子を追い求めつづけるはかないひとつの命にすぎない。母はどんな姿で山中をさまよっているのか。シカの母ならば、母もシカの身なのか。

シカの頭は混乱し、歌声も頼りなく揺れ動いた。ああ、母がシカだろうが、一匹のクモだろうが、一枚の枯葉だろうが、それがなにを意味するだろう！　母という存在、母と呼べるもの、子と呼んでくれるもの、それがただ恋しい。それだけのこと。もし、このまま凍え死ぬのなら、せめて母に見守られて死にたい。逆に母が死ぬのなら、子である自分が見送りたい。ともにこの世に生きつづけられるものなら、それに越したことはないけれど、ともに死ぬのでもかまわない。母が、子が、どこかにいるはずなのに見つけられずにいる、こんな状態がなによりも呪わしく、苦しい。母よ！　母に会いたい！　母を見つけだしたい！

大きな岩が急に姿を消し、雪に押しつぶされた木立が現われた。青くひかる割れめがところどころに走っていた。山の木々にわずかな隙間を見つけて射しこむ月の光だった。木々の枝から、雪のかたまりが重い音をひびかせて落ちる。遠くに、夜の生きものが鳴き騒ぐ。母が自分を呼ぶ声か、とシカは息を止め、立ちすくんだ。山のうえから風が吹き寄せる。木々が一瞬、氷の夢からめざめ、この世の苦痛を思い出して呻き声を洩らす。青い雪けむりが山の斜面一帯に立ちこめる。

立ちすくんだままのシカの眼前に、金色にかがやくものが浮かびあがった。びっくりしたシカは涙に包まれた眼を見開く。それはユリの花にも見えたし、夏の夜にしか飛びまわらないはずのガにも見えた。雪けむりのなかでくるくるとまわりつづけるので、形を見わけるのがむずかしい。ユリにしろ、ガにしろ、幻にちがいなかった。そうとわかっていても、なにもかもが凍った冬の山であまりにそれは晴れやかにかがやき、花弁のような、羽根のようなものをしなやかにたなびかせて宙を舞うので、シカの丸い眼はそこから逃がれることができなくなった。それは音もなく、みるみるシカに近づいてくる。近づいているのではなく、その大きさをふくらませているのだった。

シカはめまいをこらえて、金色のものを見つめつづけた。中心に、シカを呼び寄せる人の手のように光の糸がうごめいていた。ガの触角かもしれない、とシカは思った。でもすぐに、ユリのメシベにも見える、と思い直した。ユリの花のような、ガのような金色のものは、今はシカの体よりも大きくなっていた。そしてあいかわらず、やわらかく静かにまわりつづけている。

真中の光の糸が、金色の丸い時計に変わった。金のチェーンにぶら下がって揺れつづける女性用のペンダント時計。葉の模様が刻みこまれた蓋をずらすと、小さな文字盤が現われる。赤ん坊が口に入れ、しゃぶるには、ちょうど適当な大きさであり、形だった。シカの口はその感触を思い出した。甘い味がするはずはなかったのに、口のなかに甘みがひろがった。シカが赤ん坊のころ、いつも時間に追われていた母は胸にこのペンダント時計をぶら下げ、赤ん坊を抱いて走りまわっていたのだ。そうして、赤ん坊は自分の顔の前で揺れる時計を、母の乳首とはどこも似ていないのに、喜んでしゃぶっていた。

時計の甘みに満足して、赤ん坊はめったに泣かず、手足を乱暴に動かすこともなかった。金色の時計はやがて動かなくなった。針が動かなくても、時計の甘みに変わりはない。いったい、いつごろまで赤ん坊は時計をしゃぶりつづけていたのだろう。大きな前歯が生えても、自分の足で歩けるようになっても、時計だけはしゃぶりつづけていたのだったろうか。でもある日、とうとう母はペンダント時計がこわれていることに気がつき、どこかに投げ置いて、そのまま見失なってしまったということだったのか。あの時計さえ、母の代りに残されていれば！

シカは知らず知らずのうちに、口を突きだし、眼の前に回転しつづける金色の時計を吸いこもうとした。あの甘みをもう一度、味わいたい。母の顔も、声も思い出すことのできない子なのだから。母と別れたとき、あまりに幼すぎた子なのだから。シカは一歩、前に脚を動かした。

とたんに、金色の時計は細かく震えはじめ、多くの線にわかれて、シカが眼を見張っているうちに、それは十本、二十本のトウモロコシの株に形を変えていった。真夏の空を突き刺す勢いで、トウモロコシは重い実をその幹にたっぷり抱えこみ、畑に生えそろっている。トウモロコシそのものに、なにかしるしがついているわけではない。空が特別な色にひかっているわけでもない。それでも、シカにはそれがどこのトウモロコシ畑なのか、見わけることができた。幼いころ、そこは奥深い、ヒミツのいっぱい隠された森そのものなのだった。虫たちが羽根をひろげて、一斉に声をかけてきた。卵を抱く鳥がこわい顔で、静かに！　と叱りつけた。茶色のヘビが大急ぎでもっと奥のほうに姿を消していった。森全体が、なつかしいにおいに包まれていた。

トウモロコシの金色にかがやく葉がざわめき、ひとりの見知らぬ女の子が日に焼けた黒い顔をのぞかせた。シカに向かって、トウモロコシの実にそっくりな歯を見せ、笑いかける。そのそばの葉も大きく揺れて、もうひとり、こちらはなつかしい顔の若い女が顔を見せた。その女もトウモロコシのような笑みを浮かべ、シカを見つめる。女の顔のうしろに、小さな子どもの顔も見えた。背負い紐が女の胸に食いこみ、乳房が絞りこまれて、木綿の白いブラウスの胸にふたつの尖った山を作っている。女と二人の子どもは髪の毛にそれぞれトウモロコシのヒゲをまつわりつかせ、シカを呼ぶように笑いつづける。

母なのだろうか。シカは疑い、すぐに打ち消した。女の顔はだれよりも見慣れた祖母の顔にちがいなかった。とすると、女が背負っている小さな子どもが、父、ということになる。見知らぬ女の子はずっと昔に病気で死んだという父の姉なのかもしれない。祖母のしなびた乳房の感触が、シカによみがえった。そんな乳房しかもう、残されていなかった。それでも、乳房にはちがいない。お風呂に入るたびに、祖母の乳房を片方ずつ引っ張って遊んだ。その祖母のにおいは、トウモロコシ畑のにおいだった。家の裏の空地に、毎年、祖母はトウモロコシを育てつづけていた。お金になるわけでもない。トウモロコシばかりを食べつづけることもできない。特別な理由はなかった。トウモロコシ畑はとにかく、町なかに住んではいても祖母の夏にとって、家の裏手にあるべきものなのだった。トマトやキューリ、ナスの栽培の可能性を祖母は無視しつづけていた。

オババ！

シカは祖母の若さに見とれながら、つぶやいた。

オババ、ぼくをまだ、おぼえてくれてるの？

色の黒い見知らぬ女の子がトウモロコシの歯をのぞかせて、笑い声を洩らした。

おぼえているもなにも、おまえはなにしろ、この世にまだ生きているじゃないの！　オババ、つまりわたしの母は孫のおまえの体を毎日、洗いつづけてきたんじゃないの！　わたしは赤ん坊のときに死んでしまったから、この世に記憶を残すひまもなかった。でも、記憶などなくたって、ほら、わたしはこうして、わたしの死んだあとに生まれたおまえのことまでちゃんと知っている！　だから、おまえも自分の母の記憶がないことを嘆く必要はない。記憶は食べものにならないし、靴のように足を守ってもくれない。わたしの弟、こいつ、そのことだけはよくわかっていた。わたしが死んでも、父親が死んでも、記憶なんてじゃまなものが少なくて、やれ、助かった、とほっとしていた。薄情なのではなく、正直なだけ。荷物が多すぎると、生きるのも疲れて、いやになる。生きつづけるだけで精いっぱいだというのに！

女の子は噴きだし、大声で笑いはじめた。

そうだ！　精いっぱいなんだ！

祖母の背の小さな子どもがわめいた。

祖母はなにも言わずに、微笑をシカに送りつづけている。

女の子の笑い声は止まず、その姿は次第に、白く乾いた枯葉に変わっていった。トウモロコシ畑も消え、真夏の空は灰色にかすんで、祖母の微笑が少しずつ、縮んでいく。シカの眼に新しい涙が溢れた。雪を吹き渡る風が、シカに押し寄せてきた。祖母はきっと、あの古い家で今も待ちつづけていることだろう。いつになったら、あの家に戻れるのか。そんな日はもう、巡ってこないのかもしれない。氷に閉ざされたこの山で、母を見つけないかぎり、さまよい歩きつづけなければならないのだから。そして、母を見つける可能性はじつのところ、まったくないのだから。

シカは呻き、真冬の夜の底にひかる氷の色を見つめた。ああ！　オババのことなど、思い出さなければよかった！　記憶などなにもないほうが、本当にまだしも楽だった！　立ちつくしていると、脚が凍り、尾が凍りついていく。青い雪けむりがシカの体をおおい、細かな氷の粒を全身に置き残していった。

耳を切り取られたシカは体を思いきり震わせ、涙を雪に流しつつ、ふたたび、夜の山を登りはじめた。シカに許されていることはほかにないので、母よ、母よ、とひたすら呼びかける歌を今にも崩れそうな高い声でうたいながら、上も下も氷に厚く包まれた山を登っていくしかない。氷の山は月の光にところどころ鋭く突き刺され、青の濃淡にひかっていた。

母よ！　この夜が明けることはもうないのか！　朝というもの、春というものは、もう二度と現われることはないのか。母よ！　祖母よ！　もう、あのトウモロコシも食べられないのか。

トウモロコシにはもう、うんざりだと文句を言いつづけていたけれど、じつはあのトウモロコシを食べあきることはなかった。祖母よ！　爪の短かい、シミのある祖母の手よ！　春の野山のように暖かな祖母の手よ！　いや、母の手よ！　母よ！　母を見失なったのではなく、子である自分が母をどこかに捨て去ったのだったか。その呪いを今、受けているのか。

恋しとよ　恋しとよ　ゆかしとよ
在りのすさみの憎きだに
在りきののちは恋しきに
逢はばや　見ばや　見ばや　見えばや

雪に隠された岩に足を取られて、少女は倒れ、地面の氷に思いきり、顔と胸を打った。氷の冷たさは服の布地を破り、顔を何か所も深く切り裂いた。氷の痛みと冷たさに、体を動かすことができない。切り傷から流れ出る血だけが、氷にひろがっていった。なんと愚かな。少女は痛みよりもくやしさに、声を放って泣いた。涙が血と混じりながら流れ落ち、氷を溶かして、またすぐに凍りついていく。なんと愚かな！　あれがわたしの記憶であるはずはなかった。いつか見たことがある、幼い夢。今になってもまだ、わたしは夢を追いつづけようとして、転んでしまった。わたしのそばには、モリオもだれもいない。モリオの姿もまた、わたしの夢。
少女は泣きながら両手でまわりの雪を掻きまぜ、両足で氷を蹴った。体を動かすと、鋭い痛みがあちこちで眼をさます。このまま氷に身をまかせていたら、確実に、そして素早く、体が凍っていく。少女は苦痛をこらえて体を起こし、氷の山をながめ、空を見上げた。めまいがした。雪を乗せた木々の枝の向こうに見え隠れする空に、星が踊り、月がピンポン玉のように跳ねているのが、涙に疲れた少女の眼に映った。天の川らしい白い帯が天に波打つのも見える。天はあのように騒いで、なにを地上に伝えようとしているのだろう。天が騒げば騒ぐほど、ヨシノの山は氷に沈んで静まりかえっていく。ヒコボシとオリヒメもあれでは、天の川の岸辺に近づくことさえできまい。夜の山を迷いつづけるこの母と子のように、いくら歌声を互いにひびかせても、空しく白い光のなかに消えてしまう。それでも、わたしたちは歌いつづけなければならない。ヒコボシとオリヒメが果てしなく相手を呼びながら天の川の両岸をさまよいつづけるように。

星々と月の騒ぐ夜空を見つめながら、少女は歌いはじめた。氷で傷ついた顔は赤く濡れている。口を開くと、その顔がばらばらに割れていく。でも、声にはひびが入らず、澄んだひびきを残していた。

いつの世のことだったか、ひとりの母がいた。子はまだ、子宮に眠っていたので、そのかすかな心臓の音に子の父はまだ気がついていなかった。五月のかがやく森からヨシノの山まで父は母をともない逃がれてきて、毎夜、母の体を抱くことで凍える風に耐えつづけていた。あな愛し、と熱い息とともにささやきかけながら。父には父の事情があった。ヨシノの山を越え、北につづく道をたどらなければ、生きのびることは許されない。なにが敵なのか味方なのか、その見分けがつかなくなった。それこそが父の背負ったツミなのだった。

父はヨシノにまず逃げこんだ。愛しい母も言うまでもなく、連れていった。父の身を献身的に守りつづけようとする武士や僧兵もいた。そして凍りついた山中を難渋するうち、女のケガレが父の山越えをさまたげているのではないか、という不安に男たちはとりつかれはじめ、父もその不安に血走った眼で母を見つめることしかできなくなった。愛しい女ではあった。だが、男をかくもその愛しさでまどわせつづける女というもの、それこそが女のケガレと言われているものなのだろう。愛しくて、愛しくて、女の体に埋もれているとき、男は無力な小鳥のヒナになってしまう。父の身辺を守る男たちはそろっていさぎよく女を断っているのに、どうして父ひとりだけ、心弱くも女のケガレにしがみつくことが見逃がされるだろうか。

自分で重要な局面を判断し、決意するという訓練に欠けている父だった。だれかに頼り、守られるのが当然、という御曹司としての生き方をつづけていた。家庭の安らぎには縁が薄かったが、敵味方の双方にとって重要な利用価値があるとされていたので、父の身そのものは手厚く保護されつづけた。それに比べ、母は両親の素姓も定かではなく、社会的身分として数えられることもない一介の白拍子。チョウのように、虹のように、あでやかに歌い踊り、鼓を打って、男を誘いこむ。ていつくてて、してて、踊ろとままよ、はねぎろとままよ、一夜は抱いて寝ずものを、などと享楽の歌声をひびかせ、男の思考力を奪い去る。ていつくてて、してて、ていつくてて、してて……。

いつの世のことだったか、ひとりの母がいた。その腹に子の息づいていることを子の父に知られぬまま、雪の凍りつくヨシノの山中をひとりでさまよい歩いた。母の身は氷に傷つき、寒さにひび割れ、髪も氷におおわれたが、胎《はら》の子はぬくぬくと育ちつづけた。母の体にわずかに残されている命を、子は容赦なく貪欲に吸い取っていく。新しくこの世に生まれ出ようとする生命は残酷なほどにたくましい。かつて、この自分も同様な貪欲さで母の体から生まれ出たのだったろう。冬山を迷いつづける母の腹はみるみるふくらみ、乳房が張った。熱を持つ乳首からは、白い乳らしい液がにじみ出た。

雪に閉じこめられた山中で、しかもたったひとりで出産することになろうとは、夢にさえ考えもしなかった。けれども、母自身のとまどいをよそに、新しい生命を育むため、母体となった体は確信を持って力強く形を変え、営みの方向も切り替えていく。子を孕むとは、人間の移ろいやすい感情などきれいさっぱり蹴散らしてしまう川の激流のようなものだった。寒さも、心細さも忘れ、母は自分の体のなかを流れる激しい生命の流れに圧倒されながら、山を歩きつづけた。凍った雪は母の足と言わず、顔と言わず、大小の傷を刻みこみ、流れ出る血は足もとの雪を赤く染めた。夜の山は雪と月の光で、淡い水色に照らしだされる。

母は歩きつづけた。股の間から、夏の日射しを思い出させる熱い水が流れ出て、まわりの雪を溶かしていった。腹の痛みはかなり前からはじまっていた。でも、それが陣痛と呼ばれる痛みなのかどうか、なにしろはじめて経験することだし、聞く人もいないので、判断がつかなかった。とは言え、言葉などなにひとつ知らなくても、子が生まれるときは生まれる。体のなかから熱い水が流れたのは、いよいよ子の生まれるしるしにちがいない。体の外側は氷にひび割れているというのに、内側にこれほどの熱い水を溜めていたとは、と母は驚き、地面に湯気を放つ水たまりのなかにしゃがみこんだ。腹が硬くなり、息が苦しくなる。母は手近な木の枝にしがみついて、息苦しさから逃がれたい一心で、腹に力を入れた。まだ、なにも股から出てこない。腹の痛みが遠のき、一息つく。するとまた、腹が硬くなる。体の中身すべてを股から押し出したい。からっぽになり、透明な皮になって、水に溶けてしまいたい。母はいきむ。子を産もうとしていることも忘れ、ただ軽くなりたい一心で、何度もいきみつづけた。そして、とうとう体の中身が股の間に、大きな魚に似た重い感触で押し出された。それに勢いを得、母は呻き声とともに、最後の力を腹に集中させた。体の中身がぬらりと抜け落ちたのと同時に、体の裏表が反転し、今まで、氷に傷ついていた皮膚が体の内側に隠された気がした。

母の足もとには、血の色の混じった水たまりのなかで紫色の生きものがあお向けにうごめいていた。ヘソから青く脈打つ紐が伸び、母の股につながっている。母は紫色の生きものを抱きあげ、顔をのぞきこんだ。皺だらけの青黒い、しかめ面の顔。それでも確かに、ケモノとちがう人間の顔だった。母の腹がもう一度、痛み、体に残されていた胎盤が股から吐き出される。母は赤子のヘソにつながる紐を歯で食いちぎり、紫色の赤子の尻を思いきり叩いた。一度、二度、三度めで、赤子は突然、口を開け、泣き声を出した。はじめは少しくぐもっていた声が一声ずつ、はっきりと高い泣き声に変わっていく。体の色も赤く変化した。赤子の口のなかも赤い。握りしめて震わせている小さな両手も赤くなる。

母ははじめて微笑を浮かべ、赤子の血で汚れた体を足もとに溜まった水で洗いはじめた。早くも、その水は凍りはじめている。赤子の泣き声はさらに大きくなる。そのひびきを受けて山の木々に積っていた雪がつぎつぎに落ち、斜面を転がり落ちていった。

自分も血の混じった、シャーベット状になった水のなかに寝そべり、母は梢越しに夜空をながめた。あれほど騒いでいた星と月が今は静かにまどろみはじめていた。泣きつづける赤子に顔を向けた。これが我が子、我が息子。今こそ、そう思ってもいいのだろうか。たった今、自分の体から出てきた赤子なのだから。母は笑みを浮かべながら、口を開けて泣く赤子に見とれつづけた。だれの手も借りず、山の一匹の生きものとして産み落とした赤子だからこそ、我が子と思いなすことに、かえってためらいを感じる。この子はむしろ、自然の恵みによってこの世に送りだされてきたと思えてならない。山の子ども。星々の子ども。冬の森の子ども。

母は眠気におそわれ、赤子の体に手を添えたまま、天の星々とともに、心地よいまどろみに落ちていった。

恋しとよ　恋しとよ　ゆかしとよ
飽かで離れし面影を
いつの世にかは忘るべき
逢はばや　見ばや　見ばや　見えばや

凍った雪の壁に閉ざされ、両耳を切り取られたシカは青い氷のケモノになって歌いつづけた。頭を揺らし、脚を前後に震わせ、自分の歌声に合わせて踊りはじめる。踊りとは見えない体の動きにすぎなくとも、シカとしては、死を追い払う最後の踊りにちがいなかった。踊り歌うシカのまわりに、さまざまな色の花が咲きそろい、それぞれの歌を夢見るようにひびかせていた。歌と歌がぶつかり合い、もつれ合い、シカの吸う空気を減らしていった。

シカを殺し、耳を切り取った男の子の歌も聞こえた。

ハトの体を借りて、せわしく歌う母の歌も聞こえた。

祖母の歌声、父の歌声までが聞こえた。

すぐには思い出せない女の歌声。幼稚園のときの先生が歌っているのだろうか。

犬の歌声も聞こえる。園庭に一時期、つながれていた黒いノラ犬だろうか。モリオ、モリオ、とその犬はいつも哀れっぽく園庭の隅で叫んでいた。

親の都合でどこかに転校していったクラスの男の子の、泣きじゃくりながら歌う声も聞こえてきた。

兄が病死したと泣く女の子の歌声。

交通事故で片方の足が義足に替わった男の子の歌声。

ヤケドのあとを治すのに、何度も入退院をくり返していた女の子の歌声。

となりの家でいつも昼からひとりで酔っ払い、そしてひとりで死んでいった老人の歌声。


……


シカは思い出した。かつて集めつづけていた歌に楽しいひびきの歌は含まれていなかった。なにかを嘆き悲しみ、なにかを求める歌ばかりをかき集めていた。シカは今、その歌に囲まれ、踊らされていた。なにかを求めつづけ、なにかから逃げつづけてきた。今となっては、青くひかる雪のなかで、マボロシの花しか見えない。山を登っていたはずなのに、木立の枝も見えないし、夜空も見えない。山の音も聞こえず、まわりにひしめき合う雑多な歌声だけがひびき、シカの息を奪い取ろうとする。

それでも、シカは歌いつづけた。凍った青い体で踊りつづけた。青い体がやがてひび割れ、細かな雪けむりになっても、なにかを恋う歌を一心にうたい、ぎくしゃくと踊りつづけた。

恋しとよ　恋しとよ　ゆかしとよ
ていつくてて　してて
ていつくてて　してて
もとより鼓は波の音
寄せては岸をどうとは打ち
天雲まよふ鳴神の
とどろとどろと鳴るときは
降り来る雨ははらはらと
恋しとよ　恋しとよ　ゆかしとよ
逢はばや　見ばや　見ばや　見えばや

いつの世のことだったか、少女は森の子どもの手を引いて、森のなかを歩いていた。森の子どもは生まれてから今までずっと、森のなかを歩きつづけてきたので、歩くのをいやがることは一度もなかった。サルさながら木の枝から枝へと渡ることもできたし、ヘビさながら地面を這って、木の根の隙間に身を隠すこともできた。ただ、言葉だけがその口から出てこなかった。森のなかにいるかぎり、言葉は必要でもなかった。少女は森の子どもとはちがい、かつては言葉を持っていた。けれども、森の子どもとふたりで生きるようになってから、言葉というものがその体から消え去っていった。言葉の世界とは別の時間を、少女は森の子どもとともに生きはじめた。言葉の何十倍もの数の生きものに、森は充たされていた。何百倍もの虫が生きていた。どの虫がおいしくて、どの虫が苦いか、どの草が甘く、どの木の実が渋いか、少女は森の子どもから教わった。

森に雨が降り、風が吹き、嵐に大木が倒されることもあった。冬が過ぎ去れば、黒い地面が現われ、緑の草の芽が土を破る。木々も芽をのぞかせる。谷川の氷がすっかり消えるころになると、草や木の花が咲き、虫が生まれ、生きものたちが森を駆けまわった。鳥たちがさえずりながら、虫たちを追う。木々は冬の雪の重みを忘れ、緑の葉をひからせる。暖かな雨が降り注ぎ、やがて、夏の光が射しこんできた。夏に生まれる大きな虫たちが、木々にしがみついた。トカゲやヘビが陽光を体に溜めこんだ。嵐がいくつか過ぎ去って、緑の色が黄や赤に移り変わっていく。リスたちは大急ぎで、木の実を集めはじめた。風が冷たくなるにつれ、虫たちの命も消え去っていく。木々の葉が落ちつくしたころ、雪がひそやかに森のなかに忍びこんできて、やがて森を占領し、地面も木々も包みこみ凍らせていった。

こうして少女は森の子どもと三度の冬と二度の秋夏を森のなかで過ごした。でも、三度めの春を迎えることはできなかった。少女の命が春を間近に尽きてしまった。森の雪はまだ、凍ったままで、生きものたちは穴の奥で眠りつづけていた。

命が尽きた少女はなおも、森をさまよいつづけた。同じ森にいるはずなのに、森の子どもを見つけることができなかった。少女は森の子どもを呼びつづけた。歌声ならば生死のへだてを突き抜けるのではないか、と念じつつ。東京という都会にある狭い部屋に暮らし、電車に毎日乗り、紙オムツも使って、スーパーで買った出来合いの惣菜で食事を間に合わせる日も多く、休みの日には喫茶店やデパートで時を過ごし、小さな保育園で催す四季の行事を楽しみに生きていたという記憶があるにもかかわらず、どうして森の記憶にかくも圧倒されつづけているのか、と不審な思いを肌にまとわせつつ。

森の記憶では、森の子どもの母はおかっぱ頭の、胸のふくらみもまだ見えない少女に戻っている。そのことをしかし、少女は当然のことと受けとめていた。

少女は透明な声で歌をうたい、その歌に合わせ、頭を左右に曲げて、踊りはじめる。両手をひろげ、体をひねり、足踏みをする。大きな涙の粒が少女のまわりにきらきらと飛び散った。

恋しとよ
恋しとよ
ゆかしとよ
逢はばや
見ばや
見ばや
見えばや

III

カササギ

1

山をくだり、さらにくだりつづけると、木々の花が咲きはじめ、群れはじめた。

春という季節が山のふもとでは、とっくにはじまっていた。白くひかる空を背景に、花々はすきとおって水の色に見える。互いに押し合いへし合いしながら、板戸に寝かせられている老女の顔をのぞきこみ、その水色の花々は笑い声を洩らした。老女は花々に、かすかな微笑を返す。

板戸を運ぶのは、六人の女たちだった。女たちは花の群れに髪の毛をそよがせ、麻の着物の裾を躍らせ、声をそろえて歌いながら、ふもとに向かう足をいよいよ速めた。雪の残る奥山から山道をたどりつづけ、冬の世界を抜けて、春の花にやわらかく沈む目的の場所ももう間近だった。

えいさらえい　えいさらえい！
一引き引いては　千僧供養
二引き引いては　万僧供養
えいさらえい　えいさらえい！
心はものに狂わねど
姿を狂気にもてないて
引けよ　引けよ　子どもども
ものに狂うてみしょうぞ
えいさらえい　えいさらえい！

板戸で運ばれる老女の白髪が、春の風になびく。皺が深く刻まれた顔に、小さな眼だけが花の色を映してかがやいている。老女の死期が迫っていた。山に身を閉ざして生きる老女には、自分の死が夜空の月のように明かるくはっきりと見えた。死までの距離を正確に測ることができた。老女の年齢と死は決して反撥《はんぱつ》し合うものではなかった。そもそも、山のなかも死に近い場所なのだった。山に入った女たちは人間の世界に別れを告げ、ときおり、人間たちの村に神々の使者としておりて行き、その歌声をひびかせ、舞いを見せる。山で死ぬことは、冬の雪が溶け、谷川に流れこむのと同じこと、夏の夕立に木の葉が打たれ、地面に落ちるのと変わらない変化にすぎなかった。老女はしかし、死ぬ前にふもとにおりることを望んだ。ふもとにひろがる広大なダイジョウ院の庭園でぜひ死にたい、と願った。

そんな不自然な要求は冗談にしか聞こえない、と仲間の女たちははじめ、老女の願いを聞いても笑うだけだった。我がもの顔にダイジョウ院がいくらお金を注ぎこもうと、千人、万人の下人を使いつぶそうと、庭園の木や池には生命が宿らない。池の魚も木々に鳴く鳥も庭にいるかぎりは、まがいもの。山に生きるわたしたちがいちばん、近づきたくない場所。死ぬには、いちばんふさわしくない場所。

だからこそ、わたしはあそこで死にたい。老女は答えた。老婆のこんな垢だらけの、腐りかけた死骸を見つけたら、あの気どった僧どもがどれほどうろたえることか。大切な庭園にあるまじきケガレに困惑することか。ケガレなど、もう時代遅れの観念だというのに。老女はさらにつけ加えた。わたしの息子のひとりはあそこに生きて死んだ。なぜそのように生きて死んだのか、わたしは今でも、答を求めようとしている。答などあるはずのないナゾなのに。なによりも望ましい、山でのわたしの死がそのナゾに引きずりおろされる。わたしは山をおり、あの呪わしい庭園で死ななければならない。

女たちは深くうなずき、すでに自分の足で立つこともできなくなっている死期の迫った老女を早速、板戸に乗せて、夜のうちに山をくだりはじめた。やがて空が白み、雪が消え、若葉の色がかがやきはじめた。太陽が登るにつれ、足もとの草がのび、色とりどりの花が開いた。チョウが舞い、虫たちが跳びはね、その虫を食べる鳥たちの鳴き声がひびいた。春の遅い山の空気に親しんだ女たちの体を、汗が濡らす。しかし、板戸に寝る老女にはその気温の変化を感じることができない。暑さ、寒さ、痛みというもの、悲しみというものさえ、老女の死にかかった体から消え失せている。死んだ息子から預けられたナゾの苦しみだけが、氷のかけらとして最後に残されていた。

カスガの山にたどり着き、女たちはその山頂でいったん、足をとめた。そこからは黒々とした大仏殿の屋根も、コウフク寺の塔も見えた。

──寺も町もここから見ると、静かで平和そのもの。

──ミヤコじゃ、御所まで焼けたというのに。

──ここだって、あちこち燃やされている。

──下界では、人間たちの欲が血走って、殺し合いがくり返される。

──近ごろは山も、例外ではない。神人も衆徒も、悪党といっしょになって、人の血にとりつかれている。

板戸に横たわる老女もカスガの山からのながめに見入った。老いて弱った眼にぼんやりと緑に埋まった寺の屋根が映り、町屋のくすんだ灰色の影もそれと見わけることができた。金色にひかって見えるのが、コウフク寺の塔だろうか。その南一帯に、ダイジョウ院の庭園がひろがる。裏手には、カササギ集落がつづく。二十年以上も住みなれたカササギ集落だった。でも、今の老女には山のほうがなつかしい。下界では住人が始終入れ替わり、家も焼けたりこわされたりして、道筋までが変わってしまう。老女もカササギ集落のなかで、ひとつの家におちついて住みつづけていたわけではなかった。変わらないのは寺であり、庭園のたたずまいだった。でも、百年、千年の単位で考えれば、寺も庭園もいやおうなく姿を変えていくにちがいない。

それにしてもどうして、カササギという名前であの地区が呼ばれるようになったのだろう。焦点のぼけた老女の視野に、数羽のカササギが青みを帯びた翼を大きくひろげて飛び交いはじめる。黄色のくちばしが長く突き出て、翼も左右に長く、春の空にゆるやかに舞う。

かささぎノ渡セル橋ニ置ク霜ノ白キヲ見レバ夜ゾ更ケニケル

こんな古い時代の歌も、老女の記憶によみがえる。七夕の夜に、ヒコボシとオリヒメのため、カササギがあの翼で天の川に橋を作ったという。そしてほかの日は、ナラのカササギ集落でのんびりとエサをついばんでいたというのだろうか。天の川まで飛ぶのは、いくらカササギとい えど、簡単なことではなかったはず。山よりも高い天の川は氷の川。カササギの翼は凍りつき、こなごなに割れてしまうのではないか。

老女は溜息をつく。わたしにはカササギ集落にまつわるこんな話はふさわしくない。でも、そこで生まれたあの子はカササギそのものだった。本性がカササギだったから、あの子はわたしの手が届かないところに消え失せてしまったのか。

えいさらえい　えいさらえい！
心はものに狂わねど
姿を狂気にもてないて
引けよ　引けよ　子どもども
ものに狂うてみしょうぞ
えいさらえい　えいさらえい！

女たちはふたたび、急ぎ足に板戸に寝る老女を運びはじめた。春の色に染まったカスガの山はとりわけ急いで通り過ぎなければならなかった。カスガの神人や僧があわただしく行き交い、花の時期ゆえ、貴族が従者をしたがえてミヤコからはるばる花見を楽しみに来ているかもしれない。山の奥からくだってきた女たちはそれだけでも、不審の眼で見られることだろう。万が一、呼びとめられ、どこになんの目的で行こうとしているのか、と問われたら、言い逃がれはむずかしい。女たちの歌声もささやくような声に変わっていた。それでも歌うことは必要だった。歌わなければ、足に力が入らない。歌わなければ、耳が閉ざされ、道を見失なってしまう。

薄いピンクの花びらが風に乗り、空に踊って、女たちの髪に降り注ぐ。春の色にかがやく足もとの草にも、花びらが泳ぐ。女たちは花びらの海をまっすぐ、ひとかたまりの船になって全速力で突き進んだ。六人の黒い髪の毛が船の旗のように流れる。その船はあまりに速く動くので、花びらのなかで淡い影にしか見えなかった。そして、板戸に寝る老女の眼には、花びらが急流になって流れつづけ、自分の体は川底に沈んだまま、動きを止めてしまったかのように感じられた。眼の前の流れから花びらが振り落とされ、老女の頬、唇、胸にも落ちてくる。やがて、花びらはその数を増し、老女の体も顔もおおい隠していく。老女は花びらのかげで、微笑を浮かべつづけた。

カスガの山を女たちはぶじに通り抜け、速度を落とさずにまっすぐ、庭園をめざした。コウフク寺ダイジョウ院の庭園は広大すぎて、山の側にまでは垣をまわしていない。たとえ、まわしてあったとしても、山に住みなれた女たちにはイバラの茂みほどの障害にもならなかった。

どちらにせよ、庭園の外側も、カスガの山も、その奥の山もすべて、コウフク寺の領地なのだった。ダイジョウ院のまわりには網代垣《あじろがき》が作られ、出入り口も設けられてはいるけれど、それはひなびた雰囲気を演出するための、装飾の意味合いしか持っていなかった。まして、山側には境界というものは見当たらず、山を一気にくだり、まわりの木の種類がいつの間にか変わったと気づいたときはすでに、そこは庭園の領域に変わっている。境界は確かにあるのに、それは巧妙に隠されていた。

女たちは花びらに包まれたまま、一陣の風として庭園のなかに入りこみ、池のほとりに影を作る松林までためらいもなく進みつづけた。さすがに庭園のなかでは、ささやき声の歌も出なくなり、今は、息だけで歌をうたう。それでも、六人の女たちの口の動きは乱れなかった。女たちの耳には、あいかわらず自分たちの歌がウグイスの鳴き声にも負けずひびきつづけた。庭園には人の気配が感じられなかった。でも、油断はできない。見まわりの眼がどこかでひかっている。今は、昼をまわった時刻。夜になるまで待てば、より安心にはちがいなかったが、その間に、板戸でせっかく運んできた老女が死んでしまうかもしれないのだった。

松林のなかにもぐりこんで、女たちは板戸を地面におろした。そして、老女の体を板戸から土に移し、老女には一言も声をかけず、老女の顔を名残りに見つめることもせず、かがめた腰を伸ばすとそのまま六人そろって、からになった板戸とともに一陣の風のように走り去っていった。死を迎える老女への別れの挨拶は、山ですでに済ませていた。山をくだりはじめたとき、板戸のうえの老女は六人の仲間にとって、冷たいムクロになり変わり、庭園までの道のりは野辺送りにほかならなかった。

2

ひとり松林に取り残された老女はしばらく、花びらに隠されて眠りつづけた。息の気配もなく、体のぬくみも消え去っていた。まわりの虫たちも小鳥も、ここに人間がひとり寝ていることに気がつかなかった。池の魚も岸辺の変化に気がつかず、老女と同じように池の底で眠りつづけた。池の向こう側の雑舎《ぞうしゃ》の庭に寝そべる犬たちも春のやわらかなにおいのほかにはなにも嗅ぎ取らずに、安心しきってその腹を日の光にさらしていた。そして花びらがここにも降りそそぐ。

やがて、老女の眼が静かに開いた。鼻からかすかな息が吐き出され、数枚の花びらがほんの五センチほど浮かびあがって、また、老女の顔の別の場所に舞い落ちた。ゆっくりと老女は顔の向きを変え、池の水面を見つめた。午後の陽が白く反射して、老女の眼に痛みを与えた。老女は時間をかけて、体の向きをも変えていく。かすかなその動きに、やはり虫の一匹すら気がつくことはなかった。老女は池のまぶしい水面を熱心に見つめつづけた。花びらが水面にも落ち、島のまわりや岸辺に寄り集まって、一枚の布のように波打っている。水鳥たちが水面に浮かびながらまどろむ。水面を走る虫もいれば、水面すれすれに飛び去っていく虫もいる。ミツバチの羽音がここかしこにひびき、ウグイスの鳴き声が池を囲んで重なり合う。

老女の体は少しずつ、池に近づいていた。ほんのわずかな動きをくり返し、三センチ、五センチと池ににじり寄る。草の花々がにぎやかに咲きひろがり、水辺に近づくにつれ、細長い葉を垂らす白い花が増えていく。老女は白い花の一輪に眼を向けた。老女には、花の名前がわからない。でも、それは珍しい花ではない。アセビの花をもっと小さくしたような形。死んだ息子が幼いころ、白という言葉をおぼえ、この花をシロリと、どういうわけかリの音をつけて呼んでいた。

シロリ、シロリ、シロリ……。

老女の記憶とともに、二歳の子の姿が白い花から歌声のようにこぼれ出てきた。

これで、ひとつ、見つけだした。

老女は静かに、長い息を洩らした。死期の迫ったひからびた顔は変わらず、皺の奥の小さな眼の光だけが強くなった。

シロリ、シロリ、シロリ……。

この子にもわたしの子として、野の花として生きていた時期が確かにあったのだ。息子自身もその時期を忘れはしない。忘れるはずがない……。

シロリ、シロリと記憶のなかの声がひびくなか、まだ二歳の子は青い地に白い花が散る、くたびれた生地の着物に身を包み、はだしの足で母に近づいてくる。父の着ていた小袖から母の手で縫い直した着物だった。裾がすり切れているのも承知のうえで、この子に着せていた。幼い子には古い布のほうが軽くてやわらかいので、たとえ新しい布があったとしても、この子のためにそれを使いはしなかっただろう。

シロリ、シロリという幼い声は消え、子は母の前に立ち止まった。そして、母に両手を差しのべる。よく肥った白い肌に、頬と唇が火照るようにかがやいている。切れ長の涼しい眼は父ゆずりだった。豊かな黒い髪は母ゆずり。父と母それぞれに似ているのに、父よりも母よりも顔立ちの美しさがきわだっていた。母はどれだけ、この子を得たことに喜びを感じ、慰めを得ていたことか。

——お母さん……、さあ、起きて。

子の声にうながされ、死にかかった老女の体から若い母のやわらかな手が伸び、子のいかにも小さな湿った手を握りしめた。つづけて若い母の頭が現われ、上半身が抜け出て、子どもの手を握ったまま、若い母は二本の足で立ちあがった。

——また会えたのね！　会えると信じてはいたけれど。

笑いながら、若い母は子にささやきかけ、その体を胸もとに抱きあげた。なんという重さ、体の熱さ！　母はそのなつかしさにしがみつく。この重さこそが、子の命だった。熱こそが、子に約束されたこの世での時間だった。

母に抱かれた二歳の子は母の顔を自分のやわらかな手で撫でながら、ふと夢からさめたように、足もとに横たわる老女の影を見つめてつぶやいた。

——ねえ、お母さん、ぼくたちはこれからふたりで思い出さなければいけないんだね。なにがどのように起こったのか、記憶はひとつだけじゃないということを。

若い母は子に頬ずりをして答える。

——そう……、今のわたしたちはふたりとも、いつかどこかで死んだことのある身。これからもさらに死をくり返し、そのたびに、記憶が重ねられていく。やがて見分けがつかなくなり、記憶の渦から逃げだしたくなる。でも、それは許されない。わたしたちは母と子として、いつだったか、この世に生きていた。その意味を、わたしたちは見つけなければならない。

——意味なんてなにもなくても、たがいに追い求めずにいられないという意味……。ぼくたちにはいつも、ふたりで生きる時間が足りなかった。別れて生きなければならない時間ばかりがたっぷり与えられた。ぼくたちの記憶はひとつの流れとしては、残されていない。

子はまわりを漂う花びらを眼で追いながら、母にささやき返した。母はうなずき、子に語る。

——たとえば、ここは今、春。おまえは二歳。向こうから、だれかが歩いてくる。あれがだれだか、今のおまえにはよくわかるはず。……

母は松林の奥を見つめ、子をしっかりと抱き直した。子も口を閉ざし、松林のなかをこちらに進んでくる人影を見守る。

黒い絹の衣を花びらの舞う風になびかせ、数人の僧がひとかたまりになって、まっすぐ歩いてきた。その一団に囲まれて、丸めたばかりの青い頭と金色の絹の衣をかがやかせた青年僧がまわりを珍しそうに見渡しながら歩いてくる。顔には薄く白粉を塗ってあるが、眉は剃り落としていない。まわりの僧たちになにか話しかけられても、青年僧はうわの空で答え、松の梢を見あげたり、足もとの白い花を見つめたり、かと思えば、木々の間を飛び交うチョウに思わず手を伸ばしたりしている。

その青年僧のせわしく動く眼が、池のほとりに立つ母と子の姿をとらえ、そこから動かなくなった。僧たちに囲まれながら、青年僧は母と子に近づいた。青年僧の眼に映る母と子の姿は、古い池の底から浮かびあがってきた水の霊そのものだった。化粧をしていない母の黒い髪はその肩を包み、腰を包んで、濃紺の色にひかっている。紫の麻衣も水のなかをそよぐように流れ、白い胸もととはだしの二本の足があらわになっている。そして、女が胸に抱く子ども。涼しくひかるその眼が、青年僧の眼とぶつかり合った。子どもの白い素肌とあざやかな紅色の唇が、青年僧の眼にまぶしい。子どもの黒い髪もその母と同じに、星空の光を放っている。

子どもの美しさに加え、その表情の不思議さも青年僧を驚かせた。まだ幼い子のはずなのに、この世のヒミツのすべてを知りつくしているかのような、深い叡智にその眼がかがやいているではないか。あたかも、フゲンボサツであるかのように。ミロクボサツであるかのように。

ちょうどそのとき、池の光が母と子の姿に映り、特別なひかり方をしていたのかもしれない。風に花びらが舞い、白や黄のチョウも母と子を囲んでいた。もし、そのときひとりだったら、青年僧はその場にひざまずき、母と子を拝んでいたかもしれない。少なくとも、そのときの青年僧には母子を拝みたいという衝動があった。しかし、まわりに僧たちがいることを思い出し、冷静を装って、青年僧は僧たちに尋ねた。

あれはいったい、なにものなのだろうか。

僧たちは身分の高いこの青年僧に、にこりともせずにしずしずと答えた。

あれはカササギのマタシロウの妻、ならびに二番めの子と見えます。

カササギのマタシロウ……、あの男か。

はい、ただちに追い払わせましょう。二度とここに迷いこまぬよう、厳重に注意しておきます。

青年僧は顔をゆがめ、つぶやき返す。

追い払うことはない。そっとしておけ。たびたび現われるようなら、注意してやればいい。

あの母と子は……、今、死者のように美しい。

僧たちは苦笑して、頭をさげる。青年僧は母と子の姿に背を向け、松林から立ち去っていった。母は子にささやきかける。

――……こんな出会いが、おまえとあの門主とのあいだにあったのかもしれない。なかったのかもしれない。たった二歳のおまえはなにもおぼえていないし、わたしにもわからない。でもダイジョウ院門主ジンソンがこのころからおまえを見知っていたことはまちがいない。おまえの父マタシロウが門主自身の口から直接、聞いているのだから。

子を胸に抱いたまま、母は青年僧たちが去った方向とは反対側に歩きはじめた。花びらが気ままにまわりを漂い、池の水面は鋭い光を放つ。その光を受け、子は眼を細めてつぶやいた。

――そうだね、こんなことがあったのかもしれない。ぼくの記憶は、ここに留まりつづけているみたいだ。ぼくはここでぼくの死を見つけ、近づきはじめた。でも、ここで見つけたものは、それだけだったんだろうか。少なくとも、ぼくはこの庭園のなかのかぎられた時間を生きていたらしい。

母は首をかしげ、それから口を開いた。右の頬に黒い髪が流れる。

――おまえはこの庭園の裏手にあるカササギという集落で生まれた。おまえにはたしかに、一軒の小さな家があり、父と母、そして兄もいた。けれども、カササギという土地そのものはダイジョウ院門主のものだったし、庭園も門主のものだった。品物のように売り買いされる下人ではなかったにせよ、結局のところ、わたしたちはこの庭園の木に巣を作った鳥と同じで、門主ジンソンの意向にしたがうほかなかった。それでも、カササギで生まれ育ったからには、愛着も生まれる。愛着から誇りも生まれる。父はこのカササギにおちつく前から、カササギのマタシロウと呼ばれていた。南のほうにある田舎の領地もカササギと呼ばれ、おまえの父はそこに住んでいたから。カササギ……、その田舎にはカササギがたくさん舞っていたということなのか。

母はカササギの姿を求めるように空を見渡した。もちろん、それらしい鳥の影は見えない。カササギとはどんな鳥なのか、それすらこの母には正確な知識がない。どうやら青い翼を持つサギらしいが、カラスに似た高麗烏のことなのかもしれない。でも、大昔にはまだカラスに似たほうの鳥は日本に渡ってはいなかったとか。

そんなことには頓着なく、子は母とともに空を見上げながら問いかける。風に取り残された花びらがまばゆい空のあちこちに漂っている。

——あちこちに、カササギという場所があるんだねえ。

——カササギという名の領地があって、そこの住人がコウフク寺のもとで働かなければならなくなったから、こっちのカササギに移ってきた。でも、わたしも田舎のほうのカササギについては、なにも知らない。こっちのカササギにおまえの父が移り住むようになってから、わたしははじめておまえの父を知ったのだから。

池のほとりをまわり、もうひとつの松林を通り抜けて、庭園の外に出た。網代垣に沿った静かな道を西にしばらく歩くと、母と子の住むカササギの小さな集落が埃っぽい風のなかに見えてきた。そこはナラの町並みのはずれでもあった。

子がにっこり笑い、母に語りかけた。

——ああ、ぼくが生まれたのは、あそこなんだね。本当に、庭園のすぐそばだ！　子どものころ、ここが大好きだった。その記憶を取り戻して、ぼくの体が今、うきうきしているよ。……三歳、四歳と大きくなると、ぼくは町も走りまわったけれど、庭園にも始終、遊びに来ていた。近所の子どもたちは近づこうとしなかったから、ぼくはひとりで遊びに来た。五歳、六歳になっても、どうしてぼくひとりだけ、庭園で遊んでいるのか、いぶかしく思うことはなかった。門主というえらい人が庭園のどこかにいることはなんとなく知っていたけれど、テングのボスみたいにしか感じていなかった。でも、門主のほうはずっと、庭のどこかからぼくを観察していたんだね。あのジンソンのことだから、小まめに観察記録を書きしるしていたのかもしれない。本当にこのぼくを自分のものにする価値があるかどうか、注意深く検討するために。でも、変だねえ。そんなころから、ジンソンはぼくを父と母のものではなく、自分のものだと思っていたんだろうか。

急に思いついたように、子は眉をひそめて、驚いた声を出した。黒い髪を風にたなびかせる母は微笑を返して、答える。

——そういう時代だったから。でも、おまえの父に対する遠慮というのか、配慮がないわけではなかった。むしろ、神経質なほど、気をつかっていた。あれほどの身分の人が、おまえの父をいつもおそれていた。それも、時代のせいだったのか。

悲しげな、重い溜息を子は洩らし、ひとり言のようにつぶやく。

——あのころの庭園がどんなだったか、ぼんやりとしか思い出せなくなっている。以前は庭園というよりまるで荒野のようで、ケモノやヘビがいっぱい、草も伸び放題のところだった。だからこそぼくはあの場所に飽きることがなかったんだろうね。ゼンアミ……そう、あの男が庭園をすっかり作り変えたとき、ジンソンもだれもかれもほめたたえていたけれど、ぼくはさびしくて、がっかりしていた。もちろん、ゼンアミの庭園はみごとだった。そっちははっきりと思い出せる。鬼が棲むと言われた鬼棲山から大小ふたつの池に至るまで、新しく生まれ変わった庭園の一本一本の木も、ひとつひとつの岩も、池の水さえも自然に土から現われたかのような調和のなかにあった。

子はもう一度、溜息をつく。

——……だから、ぼくも当然、言葉が奪われるほど感嘆し、人間にとって最も基本的な、そして魅惑的な行為が、庭を作ることだと思った。本物の自然は人間を拒み、憎む。力弱い人間は自然に好きなように翻弄され、踏みにじられる。でも、自然にはとくべつな美しさもある。偶然にできた岩、山中の草木、滝や池に出会うと、人は自然界の神々の美しさを思い知らされる。その美しい部分のみを組み合わせた人工の宇宙を、人間は自分の手で作ろうとしはじめる。神々の怒りに触れないよう、特別な呪法と数学的な計算をほどこしながら。庭とはそういうものだった、とあのだれよりも頭がよく、深い知識を持ち、そして自然のあらゆる美しさを知りつくした魔法使いのようなゼンアミがぼくに教えてくれた。ぼくはゼンアミに弟子入りしたくなったほどだ。でも、そんな思いと同時に、ゼンアミが改修する前の荒れた庭園が恋しいという思いも捨てきれなかった。庭園が崩れ、そこから荒ぶる神々が戻ってきて、人間のさかしらな試みをせせら笑う。庭園はなすすべもなく滅びていく。以前は、そんな庭園だった。……ちがうかな。ぼくにはその記憶が残っていて、昔の草ぼうぼうの庭が大好きだったという気がしてならないんだけど。

話すうちに子の体は次第に大きくなり、母は重みに耐えられなくなって、その体を地面におろした。母と子はすでに、集落のなかにつづく細い路地をたどっていた。

歩きながら、母は乱れた自分の髪と着物を整え、改めて子の手を握りしめる。

――おまえがそう思うのなら、それで充分。おまえはあの庭の子どもだった。庭という場所には山とちがって、人間のさまざまな過去が眠っている。ムグラに包まれ、イバラがはびこり、池の水が腐って青ミドロにおおわれても、人間のにおいは深い地下の水のにおいのように漂いつづける。そのにおいをおまえは嗅いでいたのかもしれない。

手入れがされないまま隙間だらけになっている柴垣の前で、母は足を止め、子もそのかたわらにたたずんだ。子は七歳ほどの少年に育っている。

――さあ、この家がおまえの家。庭とは呼べないかもしれないけれど、ささやかな庭がここにもある。父が山で見つけてきた花もある。父が働いていたフクチ院からわけていただいたウメの木もある。わたしが市で衝動買いをした小さなカエデもある。

柴垣の戸を開け、なかに入ると、茶色い犬が七歳の子にとびかかってきた。子は笑い声をあげ、犬を抱きとめた。犬は体を震わせ尾を振りたてて、子の顔を嘗《な》めまわす。

――おまえはクリだね！　ぼくをよくおぼえていたね！

――この犬はおまえの子分だったもの。それでだったのか、おまえが家を出ていってからすぐに、死んでしまった。いくらおまえを呼んでも、ダイジョウ院の寝殿にいるおまえの耳にその声は届かなかったから。

細長い庭を横切って、板壁の家のなかに母は入っていく。犬にまとわりつかれながら、子もなかに入った。土間があり、板の間がつづく。家のなかはかなり暗い。道具らしいものもほとんど見当たらない。母は板の間にあがり、炉端に片膝を立てて坐りこんでから、炉の灰を掻きわけて火種を掘りだした。子は土間で犬を自分の背に乗せたり腹に乗せたり、あるいは犬の体を抱きあげたりしている。

母は灰のなかの火種に語りかけるように、口を開く。

——……おまえの父マタシロウはかつて、フクチ院という、ダイジョウ院に所属する寺で働いていた。おまえの兄マタロクは、父のよく知るサカイの塩商人の家に住みこみはじめた。あとの子どもたちはみな、生まれてすぐに死んでしまった。でも、おまえとおまえの兄ふたりはぶじに育ってくれた。のみならず、それぞれ父と母の生活を豊かにしてくれた。でも、それがよかったのか、今のわたしにはわからないし、当時のわたしにもわからなかった。

この言葉に子は母を振り向き、犬の頭を撫でてから、母の坐る炉のそばににじり寄った。そして、改めて家のなかを見渡した。犬は土間に留まり、前脚をそろえて母と子の姿を熱心に見つめつづける。

——ここがぼくの家。……でも、ここでぼくは暮らしたことがない。そうだよね。

灰から掘り起こした火種にわらを置き、息を吹きかけながら、母は答えた。

——おまえがわたしたち父と母のもとを去ってまもなく、それまでの貧しい家からこの家に越してきた。だから、おまえの家にはちがいないけれど、おまえ自身はこの家になじみがないはず。

——ぼくの家とつぶやくと、玄関にはガラスの入ったアルミサッシの引き戸があって、南に向いた茶の間にテレビがあり、電気炊飯器もあるし、電子レンジもあって、腰がすぐに痛くなるオババがいつも丸い食卓を占領し、ひとりでなにかを食べていたり、縫いものやお金の計算なんかをしていた、そんな家しかぼくの頭には思い浮かばない。オババは、ぼくの祖母。ダイジョウ院のほかに、ぼくには祖母と暮らした家の記憶しか残されていない。その家なら眼をつむっていても、タタミのどの部分に穴があいているとか、廊下の板のどこが軋《きし》むとか、それぞれの場所のにおいも嗅ぎわけることができるよ。

わらが燃えはじめ、母はつづけてそこに、細い木切れを何本か置く。小さな火が母の顔をほのかに照らしだした。

——わたしはその家を知らない。でも、おまえのその記憶につながる時間が、わたしのさまざまな記憶の底にも流れつづけている。わたしの記憶に木洩れ日のように明かるく射しこんでくる遠い未来の記憶は、おまえが自分の体よりも大きなクマのぬいぐるみにもたれかかり、自分で哺乳瓶を持ってミルクを一心に飲んでいた姿。おまえが生まれてからまだ半年しか経っていなかったのだろうか。そのぬいぐるみがまるでおまえの父のようで、そう言えば、顔まで似ていると、わたしは笑いださずにいられなかった。……もうひとつの記憶も浮かびあがってくる。二歳になったおまえは保育園からの帰り道、ミツバチを道沿いの生け垣に見つけたかと思うと、わたしが止める間もなく、手を伸ばして、ミツバチをつかまえてしまった。ミツバチは驚いて、おまえの手のひらを刺した。おまえもびっくりして、大声で泣きだした。ほんの一瞬のことだった。泣きわめくおまえを抱いて、わたしは医者に駆けこんだ。ミツバチに刺されたおまえの小さな熱い手が、わたしの胸のなかでわたしに鋭い痛みを訴えつづけている。ミツバチに刺されたあとの赤い腫れは、おまえのやわらかな手の形まで変えてしまっていた。細い木切れに火が移るのを、母とともに見つめる子の体は少しずつ大きくなりつづけ、今は十二歳の少年に育っていた。骨が細く、肌も白いまま、切れ長の眼に悲しみの黒い光と炎の赤い光がちろちろと交叉して踊る。

——……そして、お父さんがどこかにいるはずなのに、いつもお父さんの姿は、ぼくには見えなかった。

眉根を寄せて、母は子の横顔を見やった。

——それは、もしかしたらわたしがそのようにしてしまったということなのかもしれないね。でも、ほかにどうすることができただろう。同じ親でも、父と母はちがうもの。今になっても、わたしには父というものの意味が理解できずにいる。このカササギでのおまえの父マタシロウも、父であることを放棄した。おまえのためと思えばこその選択だったし、おまえの父にはほかの道が残されていなかったとはいえ……。

母は炉の火に五徳を置き、そこに水の入った鉄瓶をのせてから家のなかを見渡し、子が大きくなったぶん、年老いた犬が四本の脚を横に投げ出して眠っているのを見届けてから、子の顔に眼を戻した。子も母の顔を見つめ返す。

——カササギのおまえの父について、まず、おまえに話しておきたい。おまえの父、そして、その妻として生きたわたしという女をもおまえとともに見つめ直したい。おまえの父はすでにこの世を去り、わたしももうすぐ、死ぬ。父よりも母よりも先にはやばやと死んだおまえとこうして話すとき、わたしはおまえのそのまなざしから、おまえの父を思い出さずにいられない。

おまえがいなければ思い出すこともないのに。おまえはわたしの子。でも、父の子でもあることを、おまえ自身がわたしに訴えつづける。たとえ、おまえの記憶に父の姿、父の声がなにひとつ残されていないとしても。

3

おまえの父はカササギのマタシロウと呼ばれた馬借《ばしやく》のひとりだった。母は当時の父を直接には知らない。きっと小柄ながら健康な体に恵まれた、おまえと同じ涼しげで切れ長な眼の、無口な少年だったのだろう。陽気で、酒や女を好む男の多い馬借たちとちがって、おまえの父は陰気な印象をまわりに与えていたのかもしれない。本当は陰気というより、考え深いタチで、ひまなときは近所の寺で字を習い、物語や古い歌集を読むほどになっていたらしい。脳細胞を刺激する勉強が楽しくてしかたがない。そんなところも、おまえは父とよく似ている。また脳細胞の出来がよほどよいらしくて、習ったことがすべて身についていく。そうして、おまえの父の眼に世のなかというものが見えてきた。そんなものが見えてしまうと、苦しみがはじまるだけ。おまえもまた、父と同じように、その苦しみを自分で呼び寄せてしまった。

馬借を父親として生まれれば、子も馬借になるほかない。父マタシロウははじめ自分の父親の見習いとして、ヤマトと港町サカイを峠の道をたどって往復しはじめた。サカイには大きな塩問屋があった。自分の才覚と運を支えに下人の身から成りあがった男が、そこの主人だった。そして、その家は父マタシロウの遠い親戚筋の家でもあった。下人の馬借にとって、サカイでときめく塩問屋とそのようなつながりを持っていたことは、特権のひとつにちがいなかった。父はその恩恵で、少しずつ小金を貯めることができた。

ヤマトの田舎にいたらわからない世のなかの動きが、サカイという大都会に出ると、露骨なまでにはっきりと姿を現わす。そのころは、と言うより、そのころからおまえの死んだのちの今にいたるまでと言うべきなのだろうけれど、飢饉がつづき、伝染病がひろがる世のなかに、多くの戦さがつづいた。将軍や天皇がいても、どっちもどっち、自分たちの身勝手な欲に揺れ動き、武士たちの殺し合いを止めるどころか、あおりつづけた。でもやがて、こんなでくのぼうたちは自分から身をほろぼしていく。そのでくのぼうたちをせせら笑いながら、サカイでは下人などという身分を無視して、金持ちに成りあがる商売人たちがせっせと一層の金もうけにはげんでいた。サドに流されたあのゼアミに代わって、オンアミのごとき猿楽師がもてはやされるようになっていた。将軍がこのオンアミの舞台に夢中になり、いくらでもお金をつぎこんでいるという評判は、おまえの父マタシロウの耳にもにぎやかに入ってきた。

オンアミのような才能もなく、商売のきっかけもつかめない者たちは土一揆を起こし、高利貸しの倉を襲って焼き捨てた。馬借たちもしばしば、一揆を起こした。馬借たちがいっせいに仕事を放りだしてしまえば、たちまち交通路が閉ざされ、情報と生活必需品が断たれることになる。農民も馬借もそれだけの組織力を持つようになっていた。そして一揆を起こせば、年貢を減らさせることも、自分たちの身をしばりつける借金を帳消しにできることも知った。

おまえの父マタシロウが一人前の馬借として、一頭の馬と組んで峠を越えはじめたころ、オオツでも、オウミでも、ヤマシロでも、土一揆や、馬借一揆がつづいていた。それでも将軍たちはのんきに、ミヤコの貴族のマネゴトにはげみつづけ、天皇は天皇で将軍の力を無視はできないので、将軍たちにおべっかを使いつづけていた。そう言えば、追われる身になった南朝の残党がミヤコの清涼殿に火をつけ、三種の神器を奪ってヨシノに逃げ戻った、などという騒ぎも起こったものだった。いつまでも、なにをしているんだか、とおとなの馬借たちは笑い話の新しいタネができたとばかりに、酒に酔いながら、おなかを抱えて笑っていた。三種の神器だとよ。あいつら、サルとおんなじだな。天皇や将軍なんてものが何人いようが、どうでもいいや。馬借がいなけりゃ、あいつら、食いものも手に入らなくなるというのに。……

このような話を、母はおまえの父マタシロウから聞かされたことがある。でも、忘れてしまった部分も、知らない部分もある。全部が全部事実だというわけではない。それでもおまえの父が当時、なにを見、なにを感じていたのか、父とともに暮らしつづけた母にとって、想像することはむずかしくない。ある一人の人間と出会えば、その過去の時間をも手渡されることになる。おまえも今、この母から過去の時間を手渡されているのだし、おまえからもわたしはおまえの過ぎ去った時を受け取ろうとしている。

おまえの父マタシロウは、馬借だった。

馬借にとって、馬はなによりも大切な、親方からの預かりものだった。自分の手で毎日、世話をつづければ、人間の家族よりも愛しい自分の分身に感じられ、言葉も理解できるようになる。

ある日、父マタシロウは重い荷を乗せた馬を引いて、いつもの通り、峠道にさしかかった。

それはきょうのような春の日だったかもしれない。歩きつづけていると、汗ばんでくる。サクラの花が散りはじめ、空は白くかすんでいる。木々の葉がだいぶ、緑濃くなり、鳥たちも気持よさげにさえずる。馬とマタシロウが特別に気に入っていた、姿のよい大きなクヌギの木があった。馬とマタシロウはその木蔭で必ず、一休みすることに決めていた。そこを過ぎれば、もうヤマトを見ることはできなくなる。タツタ川の水がそこから、か細くひかって見えた。

マタシロウは馬とともに木蔭に入って、竹筒の水を喉に流し、右手の手甲《てっこう》で汗を拭った。春の色にかすむヤマトを見おろしながら、マタシロウが深い溜息をつくと、馬がその顔を近づけてきて、そっと語りかけた。

〈……なあ、マタシロウよ。どうにもならないなどと、そんなことはないぞ。なにしろ、おまえはまだ若い。試すべきことはなんでも試すがいい。失敗したところで、今の馬借の身より下に落ちるおそれだけはない。失敗をおそれるのは、権力を握った者たち、金をかき集めた者たち。おまえはさいわい、その両方ともに縁がない。溢れるほどおまえが持ち合わせているのは、若さのみ。なあ、マタシロウよ。若さとは、時間がたくさんあるということだぞ。何回、失敗しても、おまえはそれでもまだ、おれのような年寄りになってはいないだろう。駄馬の年寄りほど情けないものはないぞ。それでも、こんな駄馬にも母に守られていた子どもの時代があった。トンボにも、カエルにもびっくりしていた幼いころから、次第に、筋肉に力がついてきて、母よりも速く野を走ることができるようになったその時期の自分が、今のおれにはまぶしくかがやいている。それに重ねて、今のおまえも老駄馬のおれにはまぶしいぞ。〉

確かに、マタシロウはまだ十七歳という年齢だった。とは言え、当時は十七歳という年齢は、結婚して子がいてもおかしくはないおとなの立場だった。勉強が大好きなマタシロウには、その事実が憂鬱のタネだった。

マタシロウは愛する馬の鼻面を撫でながら、もう一度、さらに深い溜息をついた。

――でもなあ、おれもおまえと変わりはしないんだよ。うかうかとこうして、おとなになり、馬借のひとりとしてこの峠道を通いつづけ、そのまま年老いていく自分の単純な時間がありありと見えてしまう。もちろん、おまえといっしょに働くのは楽しいし、春が来て、花と若葉を喜んでいるうちに、暑さに眼がくらむ真夏になり、やがて山が錦に飾られる秋が訪れ、そうして雪の冷たさに苦しめられる冬が来る、こんな四季の変化もおれはきらいじゃない。そのときそのときの喜びというものがある。でも、その喜びに気持を奪われているうちに、おまえのような馬も、おれのような人間も、気がついたら年寄りになっていて、あとは死ぬばかりということになる。そもそも生きるとはそういうものだと言われても、そしておれも頭ではそのように納得してはいるんだが、でも、そんなものなのか、と落胆の思いが湧いてしまうのも事実なんだ。おまえはいつも、こうしておれのそばにいるが、所有者はべつにいる。それと同じように、おれも両親の家に住んではいるが、おれの所有者は両親じゃない。

まわりをせわしく飛び交うミツバチをなつかしげにながめ、馬は少しだけ黄色い歯をのぞかせ、マツゲを震わせて、マタシロウにほほえみかける。

〈今のままなら、それはそうかもしれない。おれもおまえもだれかの所有物として、利用しつくされて死ぬだけなんだろう。だが、マタシロウよ、馬とちがって人間たちは貨幣というものを作りだした。そして今や、貨幣が身分までも変える力を持ちはじめているんだぞ。おまえがおれの持ち主になりたかったら、親方から金で買い取りさえすればいい。簡単なことだ。いくら払えば取り引きが成立するのか、それはまたべつの話だ。よいか、マタシロウ、おまえとおれは同じ立場だとおまえはいうが、断じてそれはちがうぞ。馬はいくら働いても、賃金はもらえず、したがって貯金をすることもできない。馬にはこの四本の脚しか、頼りになるものはない。おれがもし自分の立場を変えたかったら、そばにいる人間を――誓って、これはおまえのことではないが――思いきり蹴って、逃げだすというヤバンな方法しか持ち合わせてはいない。マタシロウよ、おまえは少ない額とは言え、賃金を払ってもらえる人間のひとり、しかも、若さという充分な時間にまで恵まれているんじゃないか。おまえとこうして働けなくなるのはさびしいが、どちらにせよ、おれはまもなく廃馬になる。食肉になる部分などどこにもないだろうが、それでも解体されればなにかの役には立つにちがいない。おまえとの別れにはとっくに覚悟をつけているんだぞ。おれのような老駄馬に未練を感じることはない。思いつくかぎりのことをおまえは試みろ。そのためにこそ、おまえは自分の脳みそをきたえつづけてきたのではなかったのか。〉

マタシロウの耳にしか聞こえない、馬の貴重なアドヴァイスだった。老いて白くかすんだマツゲのかげで、静かな知恵の色にひかる馬の眼が、そのようにマタシロウに語りかけていた。

おまえの父マタシロウはそれからもあいかわらず、馬と毎日、サカイとヤマトをつなぐ峠道をたどりつづけた。マタシロウは注意深く、自分がいったい、なにを望んでいるのか、そのためになにをすればいいのか、考えに考えた。仕事をなまけたり、よその土地に逃げだすのは、馬にもできる方法にすぎなかった。ノラ馬になってしまえば、どんな連中につかまって石で殺されても、ムチで打たれて酷使されても、文句は言えない。所有者があってこそ、その身は守られる。所有されていることが、すなわち社会的な身分というものなのだった。ひとの馬が欲しければ、お金で買いとる。すると、馬の所有者が代わり、所有者の身分に馬の境遇も左右される。人間もまた同じこと。

おまえの父マタシロウはものは試しと、とにかく在地の豪族である自分の主人の家に行ってみた。直接、主人に会うことはできなかったが、その内儀の、すでに五十になる女が庭先で会ってくれた。マタシロウはじつに勉強熱心で、馬借のままにしておくのが惜しい、とつねづね、村の寺の僧から内儀は聞かされていたので、マタシロウの話に喜んで耳を貸すことにした。その内儀にはもしかしたら、息子がいなかったのかもしれない。息子に恵まれなければ、豪族という身分を守るために、夫は新しい女を家に入れて、息子を作ろうとする。そんな事情が内儀の背後にはあったのだろうか。どのような時代でも、それは女にとって気持の弾む状態であるはずはない。

だけど、お母さんだって、ひとの夫である人と子どもを作ったことがあるんじゃなかったっけ、とおまえはふと首を傾げてつぶやく。

そう言えば、そうだった。……いつだったか、そんなことがあり、わたしはおまえの母となった。それが責められるべきことだったのかどうか、今でもわたしには判断できない。けれども、これは弁解で言うのではないが、このおまえの父マタシロウの生きた時代の、権力を持つ家にとっては、当然、事情が異なっていた。天皇の家でも、将軍の家でも、女にとって息子を産むのがまずはじめに果たすべき身分の確保であり、息子を産まない女は容赦なくゴミ穴に捨てられてしまう。それにしても、人間の世界ではどうして、男たちは権力を握りはじめると、女をウシかニワトリのように、一方的に自分の都合で飼いたいと願うのだろう。女も権力を握れば、同じ所有欲に駆られるのだろうか。

それはともかく、このようなことを疑いたくなるほど、マタシロウの話を聞いた内儀は、なんてとんでもないことを言いだすのやら、と笑い飛ばしたりはせず、マタシロウの身になって答を見つけてやりたいと考えた。

——もし、おまえが本当に、わたしたちの下人であることから解き放たれ、自由の身となって生きたいと願うのなら、このわたしがおまえに約束してやろう。十貫のお金をそろえたら、おまえは自分自身をわたしたちから買い取ることができる。わたしは決して、この約束を裏切るまい。だからおまえも仕事にできるだけはげんで、十貫のお金を作るがいい。その日が来るのを、わたしも楽しみに待とう。

おまえの父マタシロウにとって、このとき、はじめて自分の願いが具体的な数字となって、眼の前に現われたのだった。それまでマタシロウの頭をおおっていた不透明な雲が吹き払われ、十貫という目標が自分にほほえみかけているのがはっきりと見えた。この内儀が本気で約束をしたことにおいて、そしてあとになっても気持を変えず、さらには、夫を説得し、ふたりの連名でマタシロウの身をマタシロウに売る正式な書類をまんまと作りあげたことにおいて、マタシロウはまったく好運だった。馬が言っていた通りだった、とマタシロウは納得した。お金の力というものを生まれてはじめて実際に教えられた。

十貫というお金は、馬借として働く下人にとって見たこともない大金だった。けれどもマタシロウはむしろ、その額の大きさに誇らしさを感じていた。それだけの価値が自分にはあるとみなされたのだった。もし、五百文などと言われたら、どれほど惨めな思いを味わわされていたことだろう。自分で自分を買い取ったあと、それからどうするのか、さすがにそこまでは考えが及ばないまま、おまえの父マタシロウはマジナイのように、十貫、十貫、とのべつつぶやきながら、むりにむりを重ね、がむしゃらに働きはじめた。

十貫は実際、どのていどのお金だったのか、当時の将軍がキタノ天満宮からミヤコに大きな岩を運んだとき、車の借料としてカワラモノに一貫のお金を払ったという記録が残されているというから、マタシロウはひとりでその十倍の仕事をしなければ十貫のお金など、とうてい手にすることはできないという計算になる。それでもとにかく、現実のお金にはちがいなかった。十文に十文を重ねていけば百文になり、百文はいつか千文、つまり一貫になる。

マタシロウは金になりそうな大きな仕事に自分から名乗りをあげ、仲間の仕事も肩代りしはじめた。また、遠い親戚のサカイの塩問屋から大陸渡りのゾウゲやヒスイの小さな飾りものを預かり、ナラのトウダイ寺やコウフク寺などの僧たちに高く売りつけて、その儲けの一部を塩問屋から受けとる、というようなサイド・ビジネスも手がけたのかもしれない。地道に働くだけでは、たった五年で十貫のお金を貯めることは不可能だったにちがいない。言うまでもなく、馬もマタシロウに与えられた目標のために、その年老いた体を惜しみなく提供し、なおかつ、愛するマタシロウをはげましつづけた。
〈金の亡者、守銭奴と言いたいやつには、言わせておけ。馬とちがって、貨幣というものを考えだした人間は、一生に一度は貨幣と真剣に戦わなければならない運命にあるぞ。貨幣で馬や土地まで買える、と人間たちは一方的に決め、馬や土地の立場など無視して取り引きをするようになった、その事実に対する責任があるぞ。マタシロウよ、今、おまえがなしとげようとしていることは、貨幣にふりまわされる人間たちに、その貨幣にはこんな使い方もあるのだ、と教えることになるだろう。おれも馬と生まれたからには、人間には運ぶことのできない重さの荷物を運びつづけ、ある日力尽きて死ぬことになんの心残りもない。いくらでも、おれをこき使ってくれ。マタシロウよ、おれが生きているうちに、おまえの夢がかなうといいのだが。〉

五年の間にマタシロウは二十二歳の青年になり、馬以外の友人も女もいないまま、一心不乱に働きつづけ、そうしてある日、とうとう貯金の額が十貫に達した。と言っても当時はお金を預ける銀行などはないので、銀行の預金通帳にその額が記されたわけではなかった。たぶん、おまえの父マタシロウはサカイの塩問屋に自分のお金を預け、ささやかな利殖の便宜もはかってもらっていたのだろう。そのころ、サカイの大商人たちはアジア全域を対象とした国際資本家でもあった。マタシロウのお金は外国への貿易船に対する投資のなかに紛れこんでいたのかもしれない。おまえの父マタシロウのこの五年間は、経済学の初歩を勉強する特別な期間だったとも言えるだろうか。

ねえ、だけどそのころ、お母さんはどこで、なにをしていたの、とおまえはわたしに尋ねる。

わたし、……おまえの母であるわたしはマタシロウより、七歳も年下だった。どこで、なにをしていたのかと問われても、この集落で生まれ、フクチ院の下女として働いていただけの少女が、おまえにわざわざ語るほどの日々を送っていたはずもない。両親もフクチ院で働いていたから、わたしもいつの間にか同じところで働きはじめたまでのこと。おまえの父マタシロウのように、自分の人生を自分で変えることができるとは、少なくとも、そのころのわたしにはユメにも思いつかない可能性だった。もちろん、わたしだけではなく、ほかのほとんどの人たちもそんな可能性とは縁のないまま、不満と憧れを呑みこんで、毎日毎日を小さな喜び、悲しみに追われて生きていたのだけれど。

お母さんはどんなことが好きな女の子だったの、ぼくとなかよく遊べるような女の子だったのかな、とおまえは問う。

おまえがたくさんの友だちとにぎやかに遊ぶよりも、ひとりで泥をこねたり、虫を気長に観察するのが好きだったように、母も都会の子どもだったけれど、ひとりで木登りをするのが好きだったし、カエルやネコを追いかけまわし、ああ、そう言えば、押し花も楽しんでいた。古い新聞紙の間に花をはさんで、石を置いておくと、色の変わらない、たいらな花ができる。草や木の実ではよく遊んだ。シロツメクサを編んで頭に乗せ、ドングリでコマを作り、花びらでジュースを作った。ジュズ玉と呼んでいた草の実を糸でつないで、長いネックレスにした。雪が降れば、お盆のうえに雪をかため、アオキの赤い実を眼にしたウサギを作った。なんというありきたりで、古典的な遊びばかりだったろう！　それでも、そんなことが子どものころは楽しくてしかたがなかった。ササ舟を池に流し、ササで作った笛を吹いて喜んでいた。それぞれにちがう高さに鳴るササ笛をとりそろえて、なんとかそれでメロディを吹くことはできないものか、と熱中していた。

おまえにはそのような母を想像することは少しもむずかしくないにちがいない。おまえもきっと同じような遊びに喜びを感じていたのだろうから。

絵本とかテレビというものを見て楽しんでいた時代でも、あるいは寺のマンダラや勧進猿楽を遠くからながめていた時代でも、子どもの胸に不思議な光を射し入れる憧れは別のものではなかった。それがなにかはわからない。でも自分の日常には決して姿を現わさない色がどこかにあり、音がある。そこには、特別な人間が特別な時間に生きている。ササ笛を鳴らしながら、わたしはミコたちの舞いや歌に見とれ、聞き入っていた。アルキと呼ばれる女たちの語るシントク丸とオトヒメの話などは、何度聞いても涙が出たものだった。ママハハが憎くて、オトヒメ、がんばれ！　と思わず、声援を送った。……通らせたもうはどこどこぞ。ナガラの橋をうちわたり、先をいずくとお問いある。オオタの宿、チリかき流すアクタ川、先をいずくとお問いある。……今でも、わたしはその一部をこうして口ずさむことができる！

もう、おまえには察しがついただろうか。

十五歳の娘になったわたしがはじめて、おまえの父マタシロウを知ったとき、マタシロウはわたしにとって、特別な時間を生きてきた特別な人間のひとりにほかならなかった。カササギのマタシロウは、すでにそのころ、物語のような憧れの光に包まれた人物になっていた。しかもマタシロウには、まだ、妻がいなかった。娘たちにとって、どれだけ気になる男だったか、おまえにも想像がつくにちがいない。

ここにひとつの記録が残されている。ダイジョウ院の記録係がマタシロウ本人から預かった放状《はなちじょう》を書き写しておき、それがたまたま散失せず、五百年以上の年月を超えて伝えられた。マタシロウ自身にもそればかりは予想できなかっただろう。

「鵲ノ又四郎ヲ十貫ニ売申、軈《ヤガテ》又四郎ニ売申、更々ケコウアルマシク候、猶々永代売也

嘉吉三年（一四四三）六月廿八日」

この文章のあとに、「上田行春」という主人の名と判、その妻については「内カタ」とだけあり、判がやはり捺《お》されている。父マタシロウはこれを油紙に包んで、蓋のついた壺に入れ、家の塗籠《ぬりごめ》に大切に保管しつづけた。マタシロウが死んだとき、亡骸とともにその柩《ひつぎ》に放状もこのわたしが入れてやったという記憶がある。

おまえの父マタシロウとの約束を守り、あの内儀が大まじめにこれを書きつけ、自分の夫にサインを強制し、それぞれの判を捺してから、マタシロウの貯めた十貫のお金と引き替えに、証書としてマタシロウに手渡したのだったろうか。よくもおまえはこれほどの約束を実現させたものだね、夫もおまえをほめていました、これでもう、おまえにはこわいものがない、ただし、この放状はなくさぬように、などとれいれいしく、なおかつ笑みを含んで内儀はマタシロウに

話しかけもしただろう。マタシロウのほうは夢が実現したこのとき、緊張しすぎて、青ざめた顔をこわばらせているだけだったにちがいない。まして、放状の不思議な文章を読んで、それをおもしろく感じるゆとりなどあるはずもなかった。このあと、馬のもとに駆けつけ、放状を馬に見せてやったときにようやくマタシロウは自分の解放を多少は実感できたのかもしれない。

この話はたちまち、ヤマトで評判になり、サカイにまで語りひろめられた。十貫で自分の身を買いとった男の話は、身分の高い者をも身分の低い者をも喜ばせた。なるほど、身分とはそのていどの表札みたいなものだった、とつぶやく者もいれば、身分こそが財産なのだ、下人のマタシロウで十貫なら、ずっと身分の高い自分だったらいくらになるのだろう、とそっと計算してみる者もいた。そして、自由の身となったマタシロウはさて、これからどうするのか、と物語を楽しむかのように、人々の好奇心を誘い、退屈を忘れさせた。

マタシロウの解放にまっさきに反応したのが、在地の領主だった。この報告を聞き、そんな取り引きはあるまじきこと、下人がいくら金を積もうが下人であることには変わりない、こうした例を作れば、世のなかが乱れるばかり、マタシロウの解放はなかったこととすべし、とマタシロウの元主人に言い渡した。領主を怒らせれば、配下の兵士を向けられるかもしれない。しかし元主人の内儀は少しもおそれずに、自分の夫をはげまし適切な対処法を教えた。つまり、ここは冷静に、マタシロウに渡したあの放状の写しを領主に示し、相手がたとえ下人であろうとも、こうして正式な領収書である書状を作り、相手に渡してしまった以上、これを今さら無効にすることはできない、この効力を一方的に破棄したりすれば、それこそ世のなかの秩序をわれわれが破ることになる、とこのように言いつづけるしかない。

マタシロウの元主人夫婦は実際、領主のもとに出向き、自分たちの発行した放状の正当性をごく静かな口調で訴えた。当然領主はすぐには納得しなかった。反論することもむずかしいが、領主としての常識が抵抗しつづけた。下人は下人ではないか。身分というものは人としての宿命ではなかったのか。元主人夫婦は粘り強く、三度も領主との会見をくり返し、これでもし、マタシロウを下人に戻したら、大きな馬借一揆が必ず起こる、と最後にほのめかしたのが効いたのだったか、領主自身の手で、将来にわたりこの件に異議をさしはさまぬとの書状が書き記されるに至った。以前の放状と合わせ、この書状もマタシロウの手に渡された。

どちらにせよ、領主から見れば、下人ひとりの身を巡る些細な問題ではあったのだ。そして現実を見れば、マタシロウの例が世のなかを変えるほどの影響力を持っていたわけでもなかった。まず、十貫という金額を聞き知って、それじゃ自分も貯めてみようか、と思う下人身分の者はほとんどひとりもいなかった。地道に働いているだけでは、決して貯まりそうにない大金にちがいなかったし、もしそれだけの金を貯めたところで、マタシロウのように自分の身を買い取ってどうなるというのだろう。だれにも保護されない境遇に落ちるだけのことなのではないか。世のなかはなにごとも持ちつ持たれつ。馬借なら馬借であることにプライドを持って生きる方がいさぎよいのではないか。そうした疑問がマタシロウの思いきった行動を語る人々の口もとに漂いはじめていた。

おまえの父マタシロウはこれからどうなるのか、人々の好奇心のなかで、本人にも自分の行方に見当がつかないまま、今までと変わらず両親の家に留まりつづけた。自由の身になったとは言え、生活費は必要なので、馬借の仕事はつづけていた。ただし、正式な馬借としてではなく、客分の形で働かせてもらっていたらしい。身分がこれからどう変わるのか不明な状態では、ヤマトの馬借衆としても正式な仲間とはみなしがたい。客分の身ではもはや、自分専用の馬も持てなかった。それまでのマタシロウの親友だった馬がどうなったのかもわからない。マタシロウの願いがかなったのを知ったとたんに気が抜けて、それからほどなく死んでしまったのかもしれない。

マタシロウはたしかに、自由の身にはなった。けれども、これは自分の意志で好きな身分、職を選べるという意味の自由ではなかった。どんな場所で、どんな仕事をして、どんな生活を送るのか、それは気ままな思いつきで個人が決めることではなかった。どの土地でもそこに生きつづけることは、真剣な営みなのだった。例外を許そうとしない、その真剣な人々のつながりのなかに、おまえの父マタシロウの得た自由はあった。

自分の身を自分で買い取ったマタシロウは、在地の長《おさ》を支配する領主をさらに支配する、コウフク寺ダイジョウ院門主ジンソンから、新しい身分を定められるのを辛抱強く待ちつづけなければならなかった。もし、マタシロウが十貫の百倍、千倍のお金を用意でき、ダイジョウ院にワイロを渡したとして、それでまったく別種の身分、農民とか、寺の門徒になれたのか、それは疑わしい。とりあえず個人の所有物ではなくなったというだけで、カナサギのマタシロウには下人の枠を破ることは不可能なのだった。

マタシロウの生まれ育ったカサザギという土地はほかの土地とともに、ダイジョウ院の直轄領だった。したがって、そこに住む人間たちも最終的にダイジョウ院に所属していることになる。ダイジョウ院とは、ミヤコの大貴族か皇族のだれかが門主になって、ヤマトを支配する門跡寺院であり、もうひとつの門跡寺院イチジョウ院とこのダイジョウ院がヤマトとミヤコを結ぶカナメとなっていた。寺とは言っても、ミヤコに通じる門跡寺院は官庁のような組織で運営されていたので、カササギのマタシロウにどのような身分を与えるのが適当なのか決定をくだすまで、何日も、何カ月も、のろのろとむだな時間を慣例としてついやさなければならなかった。さまざまな部署に書類がまわされ、いくつもの長々しい会議が重ねられ、ときには置き去りにされたり、わざとあとまわしにされたりしながら、ようやく最後の署名を記す門主のところまで書類が届く。

父マタシロウは宙吊りの身で、人々の眼にさらされながら待ちつづけた。そしてある日とうとう、ダイジョウ院に呼ばれ、新しい身分が言い渡された。今後、マタシロウは、「散所のナカマ」となり、フクチ院の寺主リュウシュンに奉仕せよ、との内容だった。フクチ院はダイジョウ院の坊官で、代々の門跡のボダイを守る寺でもあった。マタシロウは馬借だった者としては異例に読み書きにすぐれ、自分の身を自分で買い取ったという計画性、その努力も評価されるゆえ、フクチ院の書類管理の仕事にたずさわるのがよかろう、とこれはマタシロウの身を新しく預かった、フクチ院のリュウシュンが取り決めたことだった。この決定に、マタシロウとしては否も応もなかった。それにしても、馬借からフクチ院へという職替えはやはり、例外的な昇格ではあったのだろうか。

こうして、父マタシロウは馬と歩き慣れた峠道に別れを告げ、それまでまったく縁のなかった貴族の世界のはじっこで生きることになった。ダイジョウ院、フクチ院に隣接したこのカササギ集落に小さな家も与えられ、ほどなく、おまえの母と結婚した。

父は母をどのようにして知ったのか。カスガの山で、あるいはタカマド山で、たまたまふたりきりで出会い、日の光に木々の葉が照らされ、かぐわしい風が吹き、小鳥の鳴き声にも包まれて、互いの顔を思いがけず見つめ合ったから、それで、父は父となり、母は母となった、ということにしておいてもかまわない。もちろん、小さな集落に住んでいて、すでに顔は互いに見知ってはいた。まして、おまえの父はだれもがその名を知るカササギのマタシロウだった。母は父と見つめ合ったとき、二人の間におまえの兄とおまえの新しい二つの命が息づくのを感じずにいられなかった。息子たちのたどるべき時間が鳥の空を飛ぶ姿のように、母の眼をかすめ、おまえの死の痛みも、母の体に走った。

おまえがこの世に生まれた年、ダイジョウ院門主ジンソンは、まだ十七歳の青年だった。ジンソンはおまえの父マタシロウの身分決定にサインをしているが、そのころはまだ、人形と変わらない存在だった。けれども時とともに当然、ジンソンもおまえも成長をつづける。十五年後、おまえは十五歳のみずみずしい青年に育ち、そしてジンソンは自分の地位の意味を知りつくした三十二歳の「本物の門主」となっていた。十年前の土一揆で建物の大部分を焼失したダイジョウ院の復興を大切な自分の仕事と心得、同時に、自分が愛しつづけることのできる相手をも定めた。それが、十五歳に育ったおまえだった。フクチ院のリュウシュンを通じ、ジンソンはマタシロウにおまえを「近侍の小者」として求め、父マタシロウはおまえをジンソンにゆずり渡した。……

4

――それから、ぼくはジンソンによって、アイミツ丸という名前で呼ばれはじめた。

炉にかけた鉄瓶がさかんに吹きだす湯気を見つめながら、子はつぶやいた。母は湯呑みにその湯を注いで子に渡し、自分も湯に息を吹きかけながらすすりはじめた。土間に眠る年老いた犬は子の声が聞こえるたび、耳を片方ずつ立てるが、すぐにまた、眠りに落ちていく。

――……それにしても、自分の本当の名前がどうしても思い出せないのは、どうしてだろう。十五歳から、アイミツ丸とだれからも呼ばれつづけ、十年ほど経って得度し、今度は、ジョウアミという法名に変わり、その法名を引きずったまま、ぼくは自分からこの世を去った。それははっきりと今、思い出せる。お母さんがぼくの記憶の一部を掘り起こしてくれた。ジョウアミとのつきあいはたったの二年、アイミツ丸とのつきあいはほぼ十年、でも、それまでの十五年はなんと呼ばれていたんだろう。父がマタシロウで、兄がマタロクだったのなら、ぼくの名はマタハチだったのか。でも、ぼくは元服前にアイミツ丸になってしまったから、マタハチと名のる機会さえ与えられないままだったのかな。

これを聞き、母は静かに笑い声をあげた。

――おまえの本当の名は、だれがどう言おうが、モリオ。わたしの記憶が、モリオというその名を呼び戻す。わたしにとって、実際に呼びかける時間がいちばん短かく、おまえが振り向いてくれる回数があまりに少なかった名前。だからこそ、わたしはこの名にいつまでも執着せずにいられなくなる。

母から渡された湯呑みのなかをのぞいたまま、モリオという名の子は自分の名を声に出してくり返す。

——……モリオ、……モリオ、ぼくはモリオ。……森で生まれた子だったから、モリオ。……そうだったね。新緑がかがやく五月の森。……でも、なんだか、ぼんやりしているなあ。お母さんの名前も思い出せない。どんな名前だったっけ。

——女の名など、いつの時代もいいかげんなもの。おまえもなんとでも呼べばいい。とは言っても、それではおまえを困らせることになるのだろうから、トランという名を選んでおくことにしようか。

湯呑みから顔をあげて、モリオはくすくす笑いだした。

——トラン……。よりによって、なんてへんてこな名前なんだ！

母と眼が合うと、しかし、すぐに笑いやみ、うなずき返した。

——でも、ぼくはその名前をたしかによく知っているし、お母さんにこそ、その名前はふさわしいと納得できる。……トランは幾百年と生きつづけた女。ヨシノに住み、キンプ山《せん》に女の身ながら登ろうとして、雷に打たれ、ついに至りえず、その杖は木となり、岩にしがみついた爪あともいまだに残されているとか。ねえ、そうだったね。……あるいは、山崩れで死んだとも伝えられているし、ある高僧に色じかけで言い寄り、入山しようとしたとも伝えられている。そんな女の名前だったね。そうしてぼくのお母さんであるトランも夫の死後、ヨシノに入り、ミコのひとりとして踊り、歌いつづけていたんじゃなかったっけ。

母トランは顔を外に振り向け、夕闇の透明な空を見やった。遠く近くに、寺の鐘がひびき、その音に反応した鳥たちの声が聞こえた。

——お母さん……、ここからはお母さんの記憶にぼくの記憶も重ね合わせなければならないね。ぼくだけの記憶として残されている部分もあるんだから。

暗くなりはじめた部屋のなかで、炉の炎がかがやきを増していた。その炎に顔を戻して、母トランはいったん眼をつむり、それから、ゆっくり言葉をたぐりだす。

——……かつて、遠い未来の昔、わたしはガンという病気になり、まだ二歳のおまえをこの世に残して死んだことがあった。そのわたしには、夫というものがいなかった。五月の森で出会ったおまえの父はどこかに消えてしまった。わたしはおまえをひとりで育てなければならなかった。容易なことではなかったし、わたしはくたびれ果てていた。でも、喜びに支えられたその疲労に不満はなかったし、呪うこともなかった。でも、病気だけは、病気で死ぬことだけは、呪わずにいられなかった。おまえはまだたったの二歳、こんなときに死ね、とどんな神がわたしに命じているのか、同じ病気で死ぬにしても、あとせめて十年後だったら、五年後だったら、いや、最低ぎりぎり三年後だったならば、とわたしの体は病気の苦痛とともに叫びつづけていた。わたしは自分の長くはない生涯を隅から隅まで点検し、病気の理由を探した。人にほめられるような少女ではなかったにしても、二歳の子を残して死ななければならないほどのツミを犯したとも思えない。小学生のころの万引き、自分の母親に本を投げつけたこと、ハムスターを殺してしまったこと、学校をさぼって、男友だちと行き当たりばったりに旅行に出たこと……、どれもいかにも平凡で、ささやかなアヤマチ。おまえの父と出会い、おまえをひとりで産んだことがなによりも許されぬツミだったから、それでわたしはたった二歳のおまえを残して死ななければならないと定められたのか。でもたとえおまえを産まなくても、わたしは死ぬことに定まっていたのではなかったか。たまたま人生のどこかで、森に迷いこみ、あるひとりの男と出会い、子をなした、それだけのことがツミとして、わたしの体に刻み残されるとは、どうしてもわたしには思えなかった。やがて、病気の苦痛はこうしたことを考えつづける余力を、わたしから奪い去っていった。麻酔で眠りつづけるわたしは、ある日、夢を見た。それはとても単純な夢だった。光と闇のふたつの部分があり、その両方で二歳のおまえが笑っている。闇のほうでは、青い闇の子として、光のほうでは、まばゆく金色にかがやく光の子として。でも、それはべつべつのおまえではなく、ひとりのおまえ、モリオという名のわたしの幼い男の子だった。わたしはその夢を抱きながら、都心の病院の一室で息を引き取ったのだった。……

母トランは口を閉ざした。

しばらく考えこむように、子モリオはうなだれていたが、体の奥に沈んでいた息を吐きだすために肩をせりあげ、眼を大きく見開いて、母に、というよりは炎に向けて、低い声で語りはじめた。

……二歳のモリオは母トランの胸に抱かれ、ダイジョウ院の池の光に見とれていた。

春のやわらかな日射しにサクラの花びらが散り、たった二歳でも、春の美しさを知ることはできた。母とふたりでそのように過ごすひとときが、どれほど貴重なものか、二歳のモリオにもわかっていた。だからこそひとしお、池が反射する春の光は美しく、母の体のにおいとそれはひとつに混ざり合い、二歳のモリオを恍惚とさせた。

その場がダイジョウ院の庭園であることを、ふたりは忘れ去っていた。どこであろうが、春の美しさには変わりがない。道の水たまりを見ても、ふたりはやはり、同じように見とれていただろう。けれども、ダイジョウ院の持ち主にとって、そこがどこであるか、忘れるわけにはいかなかった。そのころ、十九歳だったジンソンは勉強と執務の合間に、気晴らしと運動を兼ねて、庭園を散歩することを定例としていた。そんなことももちろん、トランとモリオの知る由のないことだった。

ジンソンの父は関白という、貴族としては最高の地位まで登りつめた人物であり、高名な古典学者でもあった。あるいは、すぐれた古典学者だったから、関白という地位を与えられたのかもしれない。全三十巻もの源氏物語についての評釈書を書きあげたというのだから、その内容はともかく、どう考えても並はずれた努力家にはちがいなかった。そんな父を持てば、当然、息子も甘やかせてはもらえない。ジンソンは幼少のころから一に勉強、二に勉強という禁欲的な日々を強いられ、ダイジョウ院門主に選ばれてからはさらに、ジンソンの勉強の量は増えた。そこから逃げだすすべもないから、おとなしく、自分に与えられた厳しいノルマを果たしていく。それだけ勉強を押しつけられれば、あるていどの知識と忍耐力は身につく。しかし、ジンソンは父親のような学者タイプではなく、風流を愛し、当時、持てはやされていた連歌に打ちこむようになった。でも、その才能にもあまり恵まれてはいなかった。ダイジョウ院門主の義務として、ジンソンは来る日も来る日も、日録を書き記しつづけた。日録を書き残すために、ダイジョウ院門主ジンソンは生きていたと言えるのかもしれない。

まだ、猛勉強に明け暮れていた十九歳のジンソンは、その日、少し眼がおかしくなっていたのだろうか。母トランに抱かれた二歳のモリオを池のほとりで見かけたとき、ジンソンは不吉な美しい幻を見たと思いこんだ。ダイジョウ院の古い池にはあのような霊が生きていた、とめまいを感じた。

十九歳のジンソンはまず、母トランの姿に見入った。白粉も紅も必要としないきわめて美しい女だったからという理由よりも、その表情にジンソンの胸は波立った。この世のなにものにも無関心であるかのような、そして、死者たちの声につねに耳を傾けているかのような、冷ややかでありながら、静かな悲しみをたたえた、若い母親には似つかわしくない表情だった。その女が胸に抱く幼児が同様の表情を浮かべているのに気づいたとき、ジンソンは息が苦しくなり、あれは鬼神のたぐいか、それともボサツなのか、とほとんど苦しみと変わらないトキメキに襲われた。トキメキは疑いでもあった。あれはカササギのマタシロウの妻子だと聞かされても、ただの人間であるはずはない、という疑いを、ジンソンは捨てられなくなった。

母トランと二歳のモリオにとって、ふたたび味わうことのない春のこよなく美しい貴重なひとときは、ジンソンにとっては疑いとトキメキのはじまりになり、それはモリオの死につながる結果となった。

やがて、モリオは犬を連れて、庭園をひとりで駆けまわるようになった。無邪気に楽しげに笑っていても、その切れ長な眼にはあいかわらず、悲しみの色がひかりつづけている。不思議なことには、いくら外で遊んでいても、ほかの子どものように日に焼けたりせず、青ざめた白い肌のままだった。そして唇はそのなかに秘めた汁を思わず吸いたくなるような、野イチゴの赤にかがやいていた。荒れた庭の草むらのなかで、そんなモリオがヘビやトカゲとたわむれ、トンボを追い、野ウサギやイタチと駆けっこをする姿は、ジンソンの眼に、未知の、魅惑的なケモノの一種として映っていたのだろうか。

農民たちの恨みがひとかたまりになった土一揆によって、ダイジョウ院の大半が燃え落ちるという騒ぎが起こり、そののち、建物がつぎつぎと再建された。そして、モリオは七、八歳に育ち、遊んでばかりいるわけにはいかなくなって、フクチ院の火の番や、水を運ぶ手伝いなどを義務づけられた。その一方で、同じカササギ集落に住むヒジリから読み書きを学びはじめた。それは、父マタシロウの方針でもあった。父マタシロウの価値観として、読み書きは言うに及ばず、おもだった古典ぐらいは鑑賞できる素養も、人間が人間らしく生きていくためにぜひとも、身につけるべきものなのだった。父マタシロウ自身もその素養の恩恵で、フクチ院の仕事を得ることができた。山の風に吹きさらされずにすみ、雪のなかを馬とともにあえぎながら歩かずにすむ今の仕事を、父マタシロウは当然のことながら、自分の誇りとしていた。

モリオも勉強はきらいではなかった。母も言うように、そんなところは父と似ていたのかもしれない。年々、モリオの勉強は進み、十五歳の元服をむかえるころには、とりあえず、稚拙な歌を自分でひねり出すぐらいのレベルに達していた。モリオの勉強ぶりを伝え聞いたジンソンは、いよいよあの少年が自分にふさわしい者になろうとしている、これこそホトケの導き、とさぞ満足を味わっていたことだろう。

モリオを自分のものにしたい。自分のトキメキでもあるあの疑いを自分の手が届かないところに放っておくことはできない。ジンソンはいつごろから、そんな願いをはっきりと持ちはじめたのだろう。自分の抱えつづける疑いは、恋と呼ぶべきものだった、といつごろ、ジンソンは自覚しはじめたのか。そして、いったいいつ、父マタシロウにジンソンは、ぜひモリオを「近侍の小者」として召し抱えたいという意向を伝えたのだったか。

父マタシロウはじつは、かなり前から、ジンソンからの依頼を受け、母トランとも相談を重ねていたのかもしれない。そのようにモリオがはじめて思いついたのは、すでに、ジンソンのもとに身を移し、アイミツ丸と名を変えさせられてからのことだった。

5

子モリオの声は消え、炉の木切れが火にはぜる音にうながされ、母トランの声が家の暗がりに流れはじめる。

……モリオが欲しい！

ジンソンのこの声は、寝ている間も母トランの耳にひびきつづけ、眠りを奪った。昼間、水汲みに汗を流していても耳もとから離れず、頭痛を呼び、体から肉を削ぎ落とした。

モリオが欲しい！

モリオが欲しい！

その声は一年間ひびきつづけたのだった。そして、おまえの父マタシロウとて、悩むだけは悩んだ。長男マタロクは早くに、サカイの塩問屋に手放している。せめて次男ひとりだけはカササギに残ってほしいし、孫も作ってほしい。

しかし、とモリオが十五歳になった正月に、おまえの父マタシロウは悩んだ末の最終決断を酒に酔って赤くなった顔で、トランに告げた。以前は、酒など金と時間のむだとばかりに、まったく受けつけなかったマタシロウだったが、このころには散所のつき合いなどで、量はわずかながらも酒の酔いを楽しみはじめていた。もともと、トランのほうが酒には強く、父マタシロウと同席する場で酒が出されれば、代りに酒を喉に流しこんで、顔色ひとつ変えず、マタシロウの背後に坐りこんでいた。

——しかし……門主さまの最も身近につかえることになるのだから、モリオは貴族僧同然の身として生きつづけるにちがいない。いや、あの賢いモリオのことだ、門主さまの厚い庇護が得られれば、当代一流の人物たちと知り合い、文章も、考えもみがき抜かれ、第二の「夢中問答」、あるいは、第二の「方丈記」を書きはじめる可能性だって大いにある。

トランは冷たく言い返した。

——第二、第二、とあなたはそんなに、第二がお好きだったんですか。「夢中問答」も、「方丈記」も、世のなかにひとつだけのもの。同じように、モリオもモリオとして生きるひとりの人間。チャンスが欲しければ、自分で見つけてきます。ダイジョウ院などに入ってしまったら、女を知らぬまま生き、ホトケから離れることもできなくなる。自分から望んでの出家と、この話はまったくちがいます。

マタシロウは妻トランを赤い顔でにらみつけた。夫婦になったころは、このトランもまだ十五歳の恥かしがりの娘だった。うわさに名高いカササギのマタシロウにおびえるかのごとく、少し離れたところから、マタシロウの歩く姿、坐る姿にこっそり見とれていたものだった。それがある日、まともに眼と眼が合ってしまった。トランはマタシロウから眼をそらせなくなり、マタシロウも目玉を動かせなくなってしまった。

トランは静かな、というか、静かすぎる女だった。なにしろ、ほとんどおしゃべりというものをしない。マタシロウも口数の多いタチではなかったから、夜、ふたりで同じ部屋にいても、会話はなにもないまま、外のフクロウやオオカミの鳴き声がふたりの耳にひびくだけだった。子が生まれてから、どんな女でもそうなのかもしれないが、トランも自分の子の姿ばかりを追い、マタシロウは置き去りにしはじめた。そしてたまにトランがマタシロウを見つめていると思えば、その眼にはどうも批判的なトゲが含まれていた。結局のところ、自分の妻でありながら、トランはいつも自分の手が届かない場所にいるという苦く、腹立たしく、そして心細い感触につきまとわれ、だからこそトランをいつまでも恋しく思う気持が、はなはだ理不尽ながら、マタシロウの胸に生きつづけていた。

——第二の、という言葉をそんなつもりで言ったのではない。つまり、言葉のアヤというものだ。チャンスに恵まれさえすれば、モリオはどれだけ大きな人物になり得るか、モリオにはその素質があり、門主さまはそれをみごとに見抜かれたのだろう、とおれは言いたかったのだ。そうした運を呼ぶのも才能のひとつ。芸ごとや頭脳にいくら秀でていても、運に恵まれない者はその芽を伸ばしようがない。それが世の現実ではないか。コウフク寺をあやつる力を持つあの門主さまにモリオが見込まれたのは、モリオの父としてこのうえなく光栄なことなのだ。おまえにはあの門主さまの権威のほどがよくわかってはいないらしい。

トランはうなずき、静かに答えた。

——あなたのことですから、もう心は決まっているのでしょう。それにわたしたちの立場など、所詮、頼りないもの。もし、この話を断われば、いずれわたしたちはこのカサギにはいられなくなるかもしれない。モリオが十五歳になるまで待ってもらうのが、わたしたちにできる精いっぱいの抵抗だったのです。それに、モリオ自身もいずれ、父の決断に感謝する日が来るのかもしれません。それでもわたしはあなたに言っておきたい。わたしはモリオの母として、この話には反対です。モリオの人生がこのような形で決まってしまうことがつらいし、女とはどのようなものか、自分の息子が知らないまま、生きつづけることも、女のはしくれであるわたしにはつらい。そしてなによりも、不吉な予感からわたしは逃がれることができない。母親の直観は案外、まちがってはいないものなのです。わたしは悪い夢ばかりを見つづけている。モリオがダイジョウ院のあの池で水死している夢。カスガのシカに突き殺される夢。山で雷に打たれ、黒焦げの死体になる夢。……

マタシロウは笑い声をあげた。母親とはなんと突拍子もない迷いごとにとりつかれるものか、という男としての優越感にあふれた笑いだった。女と男はたしかにちがう。このトランもみごとに女らしい不安におののいていることよ、と酒に酔っているマタシロウは思い、そうしたら、にわかに情を交わしたくなって、乱暴に、一方的にその欲を果たしてしまった。そのまますぐに眠りこんだマタシロウのいびきを聞きながら、トランのほうこそ思わずにいられなかった。

まことに男なるもの、ばかばかしく単純な生きものであることよ、と。

おまえの父マタシロウの方針は、こうして決まった。もう母トランの意見など聞く耳を持たなくなった。そして、トランもその話については、口を閉ざした。今さらなにを言っても、事態を変えることは不可能だったから。この世のほかに、モリオとのつながりがあることを知っていたから。

内々に、マタシロウの承諾がフクチ院からジンソンに伝えられた。ジンソンはもちろん、すこぶる満足だったにちがいない。元服はしないまま、モリオがダイジョウ院に入る日は、その年の十一月と定まった。モリオ自身にはぎりぎりまで知らせないでおく、ただ、あまりに唐突な環境の変化は当人の精神状態に好ましくない影響を与えるかもしれないので、半年ほど前から、ダイジョウ院の寝殿に出入りさせるがよい、とのジンソンの提案が示された。

フクチ院のリュウシュンはそれを受け、ホトトギスの鳴きはじめたころから、公私の書状を持たせたり、自分の供として連れていったりして、ジンソンの住まいである寝殿にモリオが出入りする機会を増やしつづけた。寝殿の奥まで入ることはさすがにまだ、かなわなかったが、ジンソン側近の僧たちが愛想よく、フクチ院の小童にすぎないモリオに水菓子を与え、ダイジョウ院所蔵の絵巻を見せることもあれば、新しく完成したばかりの持仏堂の本尊まで拝ませることもあり、さすがにモリオ自身も、正体不明の大きな変化を予感せずにいられなくなっていた。

6

モリオがはじめて、ダイジョウ院門主ジンソンの希望と父マタシロウの承諾を正式に知らされたのは、十一月に入ってからだった。二週間ほど経ち、いよいよダイジョウ院からの正式な書状を父マタシロウが受け、その日のうちに承諾書を返し、五日後には、ジンソンのもとにモリオが移り住むというあわただしい日程が強行された。

モリオが最初に感じたのは、ああ、やっぱり、という納得だった。そして、もう逃げることはできない、と悟った。ジンソンの寝殿での特別扱いを、その意味はわからなかったし、わかろうともしないまま、モリオはむしろ得意になって受け入れてきたのだった。ダイジョウ院のこの僧たちに自分はとくに高く評価され、なにかを期待されているらしい、とだれにでもあるだろううぬぼれが刺激されていた。その子どもっぽいうぬぼれが恥かしかった。なんの考えもなく、だれがこんななんの地位もない少年をちやほやするだろう。自分の無知を思い知らされたモリオは、無知に対する自分自身の義務としてジンソンの申し入れを受け入れた。

十一月二十八日の夕方、モリオはフクチ院の召次《めしつぎ》代表につきそわれ、ジンソンの前にはじめて引き出された。言うまでもなく、互いに何度も遠くから見かけているので、初対面というわけではなかった。しかし、間近に顔を合わせ、言葉を交わしたことはまだ、一度もなかった。三十二歳のヤマトの支配者であるジンソンの声はヤナギの枝のように細いけれど、したたかな強いひびきを持っていた。モリオの無知の代償として与えられた新しい名は、「アイミツ丸」

という童名だった。モリオはその日から、もう一度、アイミツ丸なる名のもとに、子ども時代をくり返さなければならなくなった。

「寛正二年（一四六一）十一月二十八日より、アイミツ丸人身一切をジンソンが所有する」という書状、ならびに、「フクチ院リュウシュンとマタシロウの関係は主従であり、マタシロウはリュウシュンの下人ではない」との折紙も、ジンソンからマタシロウ、リュウシュンそれぞれ宛てに発行され、ダイジョウ院の正式な記録に書き写された。新しく生まれたアイミツ丸の父親の身分に、ジンソンは慎重な気配りを見せたことになる。そうした手つづきを終えたのち、アイミツ丸ことモリオはジンソンの寝殿内に用意された自分の部屋に入った。

その夜、湯殿でアイミツ丸の体は丹念に清められ、眉を剃り落とされ、生まれてはじめて手に触れる絹の夜着を着せられた。アイミツ丸の身のまわりの世話をするのは、まだ十二、三歳ほどの、二人の小坊主だった。さらに、ダイジョウ院での生活指導を受け持つ老人僧もつけられた。アイミツ丸とモリオの世界はあまりに遠く隔たりすぎていて、ジンソンとしても、自分にふさわしいアイミツ丸ができあがるまで、しばらく辛抱しなければならなかった。

アイミツ丸がジンソンにはじめて呼ばれたのは、年が変わってからのことだった。正月定例の行事を終え、ケガレを避けなければならない松の内が過ぎたある夜、ジンソンの意向がアイミツ丸にそっと、伝えられた。あわただしく真新しい夜着に着替えさせられ、アイミツ丸は冷えきった廊下の板を踏んで、ジンソンの部屋に渡った。小さな灯明がひとつ点るだけの暗い部屋で屏風に身を隠して、ジンソンは真っ白なシトネに坐り、アイミツ丸を待っていた。

その夜明け、ジンソンは眠りかけているアイミツ丸の耳に、夢にとけこむ声でささやいた。

――おまえの白い肌は手に触れても涼しく、絹よりも軽く、おまえの髪の毛も、体の部分に茂る豊かな毛もこのうえなくかぐわしい。……

アイミツ丸の手足、一本一本の指、うなじから背中、尻の形、そしてまだ少年のままの、ピンクの色にひかるペニス、そのすべてがジンソンに深い喜びを与えたのだった。

しかしアイミツ丸ことモリオにとってその夜は、夢マボロシとしか思えない一夜だった。香りの高い、繊細な糸に巻きつかれ、おぼろな白い雲に包まれたかと思えば、思いがけない強い光に体を突き刺され、銀色の水に押し流されもすれば、春の突風に巻きあげられもした。

その夜からつづけて、アイミツ丸はジンソンの部屋に呼ばれて通うようになり、しばらくすると、アイミツ丸の部屋にジンソンが忍んで来ることもあったり、アイミツ丸がジンソンの部屋に留まりつづけることもめずらしくはなくなった。

母トランの不吉な予想をよそに、ジンソンは自分の長年のトキメキと疑い、つまりアイミツ丸をようやく得た達成感にひたすら没頭し、アイミツ丸ことモリオもまた、ジンソンの手に翻弄される自分の体そのものに驚きつつ、それまで知ることのなかった種類の喜びと恥じらいに執着を感じはじめた。貴族という不思議な人種に眼を見張りながら、自分ごときの人間が軽々しく反撥するような相手ではない、と思い知らされてもいた。父マタシロウなどとちがって、ジンソンはいびきもかかず、寝返りも打たず、寝ている間はあお向けに、まるで死んだ人さながらの静かさで眠る。起きている間は、声を荒らげてどなる、ということもなかった。ジンソンが口にする言葉も、顔に浮かべる表情も、ほんのさざ波ていどの微妙なほのめかしに終始し、はじめのうち、アイミツ丸ことモリオにはそれを読み取れず、うろたえることもしばしばだった。そんな折りも、ジンソンは苛立ちを見せない。感情というものをいかに皮膚の内側に隠せるか、そのわざを誇るのが、貴族という人たちのようだった。また、体の動き、手の動きもできるだけ静かにそよがせ、なびかせるのが、貴族たるユエンとなるらしかった。

ジンソンはアイミツ丸の体ばかりではなく、やがて、ともに連歌を楽しめる日が来ることをも楽しみにしていた。そしてアイミツ丸もその期待に応えたいと願った。ジンソンを落胆させてはならない。いつの間にか、そう自分に言い聞かせるのが常となっていた。

日に日に、アイミツ丸の言葉は貴族風に改まった。立居振舞いがみがきあげられ、絹の衣も着慣れた。湯殿に毎日入り、栄養もよくなったので、アイミツ丸の肌はますます白くかがやき、顔の化粧が映え、青黒い地肌のジンソンを感嘆させた。

そしてこの年、アイミツ丸にジンソンがすこぶる満足した結果だったのだろう、父マタシロウに新しい職がジンソンによって与えられた。すなわち、父マタシロウには知らせないまま、ジンソンはヤマトの延年《えんねん》芸能集団のうち、管弦師の鼓打ちとして、元締めのトウダイ寺にマタシロウを推薦し、それが認可されたのだった。管弦師の定員は二十九名で、鼓打ちはそのうちの四名と決まっていた。たまたまそこに欠員があったので、まかり通ったことだった。父マタシロウはもちろん、鼓などさわったためしもなかったのだ。由緒あると信じられていた延年の鼓打ちはじつは、元馬借の一夜漬けのみで間に合う、ほんの形だけの音響効果にすぎなかったらしい。

ジンソンはそもそも、アイミツ丸の名誉のために父マタシロウの身分についての折紙を発行させていた。それは、アイミツ丸を召し抱えるジンソン自身の名誉にかかわる事柄でもあった。そしてアイミツ丸にすっかり親しむようになったこのころになって、ジンソンは父マタシロウの職に物足りなさを感じはじめたにちがいなかった。アイミツ丸に心を傾けるあまり、ジンソンはあの名高い連歌師ソウギの生い立ちにアイミツ丸の身を重ね合わせたくなったのかもしれない。ソウギは田舎をまわる猿楽師の子で、幼いころは、舞台でサルを演じていたとか。そんなうわさがひろがっていた。サルまで演じたカワラモノが天才ソウギとなって、世に現われた。まがまがしいまでの怪しい影を引きずったソウギは孤高の光を放ち、ジンソンも、アイミツ丸も、父マタシロウさえも、そして時の将軍までも、だれもかれも、その光に魅了されていたのだった。猿楽師はむりだとしても、せめて、父マタシロウを鼓打ちに仕立てることで、アイミツ丸の存在にソウギの不思議な光を添えてやることができるのではないか。ジンソンはある日、ふと思いつき、すると、自分のその思いつきがすっかり気に入って、早速、実行に移した。

かつて自分を自分で買い取った元馬借のマタシロウはいったい、この強制的な転職をどのように受けとめたのだろう。アイミツ丸ことモリオはその後、おりおり、父マタシロウが窮屈そうに鼓を打つ姿を見かけるたび、ひそかに気がかりな思いを抱かずにいられなかった。父マタシロウはへたくそな鼓を打ちながら、馬借だったころの自分を、そして親友だった老馬をなつかしみ、体のどこかに悲嘆の思いを奥深く隠しているのかもしれない、と。……

7

不吉な予感が、ここにひとつ姿をあらわした！

母トランはそのように受けとめていた。

母トランをおおう黒雲は、夫マタシロウがこの鼓打ちへの突然の任命を聞いて笑い声をあげなかったときからひろがりはじめた。マタシロウはくすりとも笑わなかった。馬をこよなく愛する馬借だったマタシロウ、自分を自分で買い取ったカササギのマタシロウはこの任命を滑稽に思わないのか。笑い飛ばす気力もなくなったのか。あの門主はよほどモリオが気に入ったと見えるな、父親の身まで飾りものにしようというのだから、と妻にだけは言い放ち、貴族たちの発想をおもしろがる器量を、マタシロウは失なってしまったというのか。

ジンソンによる推挙で正式な任命がおりたとあれば、それを受けるしかない。夫マタシロウが鼓打ちになること自体を、それゆえ、批難しようとは思わなかった。どちらにせよ、モリオをジンソンに引き渡したときから、いや、そのずっと前、幼いモリオをジンソンが庭園で見かけたときから、さらにもっと昔、マタシロウが、そしてトランがダイジョウ院所有の土地に生まれたときから、ジンソンの意向の内側で生きなければならない身と定まっていたのだ。

妻トランはマタシロウの笑い声を待ちつづけた。酒を飲んで酔えば、ふっと苦笑が洩れ出るのか、と夫の顔を見守りつづけた。一週間経ち、一カ月経つにつれ、トランの胸には嘆きの黒い雲が重くひろがりつづけた。三カ月も経ったころには、その雲は陰鬱な雨を降らせはじめた。

元馬借のマタシロウは笑わなかった。腹も立てず、恨みもしなかった。ジンソンの特別な推挙に感謝し、かしこまって任命を受けてから、延年装束のはでやかさに見とれ、鼓の特訓を早速、大まじめに受けはじめた。給料の増額も、マタシロウの胸をふくらませた。

ヤマトの延年管弦師には、だれもがなれるというものではない、とマタシロウは妻トランが一向に浮いた顔を見せないので、ここはひとつ、説明しておく必要があると思ったのか、ある日、トウダイ寺から貸し与えられた鼓の手入れをうやうやしい手つきでつづけながら、口を開いた。

――……本来、これは代々受けつがれるべき神職なのだ。今も、親代々、この職をつづけてきたという者が半数以上を占めている。新規の者を取りたてる場合には、その者についてきわだった信用がなければならない。その特権として、大仏を拝むこともできる。よいか、技術だけの問題ではないのだ。運だけの問題でもない。トウダイ寺の延年には、ヤマトの寺院全体のメンモクがかかっている。となれば、この国の安寧を支える重大な行事だということにもなる。だからこそ、それにふさわしい莫大な予算が毎年、計上され、舞台では縁起の物語が眼を見張る大がかりな装置で演じられるのだし、池には豪華な船が浮かべられ、管弦が奏でられる。まあ、おまえもこのようなことは知っているだろうが、おれがその一員に加えられたことに、祝いの言葉がまだ一度も、おまえのその口から出てこないのは、どういうことなのだ？

夫マタシロウにいくらなじられても、トランは無言を守りつづけた。伝説の青年カサギのマタシロウはどこに消え失せたのか、などとも言わなかったし、あのマタシロウならわたしの夫にしてもいいと思ったのに、などとも決して、口に出しては言わなかった。あんないばりくさった、大きいだけの大仏を拝んだところで、なんになるというのだろう。
マタシロウが打つへたな鼓の音を聞きながら、半年ほども経つころには、トランは別の鼓の音を自分の耳に引き寄せ、その音に聞き入るようになっていた。楽しげな歌声もそこにはひびく。

金《かね》の御嶽にあるミコの打つ鼓
打ちあげ　打ちおろし　おもしろや！
われらも参らばや！
ていとんとうともひびき鳴れ　ひびき鳴れ！
打つ鼓　いかに打てばか
この音《ね》の絶えせざるらむ！

モリオと会えなくなった母トランはやがて、この歌声と鼓の音に自分が呼ばれている気がしはじめた。ヨシノに行きたい。ヨシノであの人たちが待っている。もう若くはないのに、久世《くせ》舞いの舞々に加わったのも、一歩でも、二歩でも、ヨシノのミコたちに近づきたいという気持だったから、とおぼえている。夫が鼓打ちになったからこそ、妻トランもヤマトの舞々のひとりとして潜りこめたのだったけれど。
息子のモリオがダイジョウ院に入り、夫マタシロウが延年の鼓打ちになったため、いやでも母トランはミヤコでの出来事、世のなかの動きを夫の口から聞かざるをえなくなり、いずれモリオの身にも降りかかることだと思えば、それまでのように無関心ではいられなくなった。モリオがアイミツ丸に変身した年、ミヤコでは伝染病と貧しさがきわまっての餓えで死んだ者八万人以上にも及んだとか。土一揆は激しさを増して、完成したばかりの内裏の一部が燃え、ガンゴウ寺が燃え、ミヤコの町も三十余町にわたって炎に包まれたとか。肉食妻帯を許す、ヤバンな一向宗という新しい宗派が山火事のごとくひろがって、その取りつぶしの騒ぎがつづいているとか。

ヤマトでは、ヨシノの鉱山や森で働く者たちが、はじめ、この宗派を支えていたという話は、トランも以前から聞き知っていた。肉食がケガレであると決めつけられたところで、山に生きる者たちはケモノの肉を食べなければ生きのびることはできない。山で冬を過ごすには、ケモノの毛皮で身を守らなければならない。ケモノとともに、山で生きるこの人たちが伐りだした木材で、寺院や貴族の家が建てられる。そして、山の人たちはケガレた者として見捨てられる。新しい宗派の門徒がヨシノを中心に増えたのは、少なくとも、トランにとって意外なことではなかった。

そして言うまでもなく、武士たちの局地的な戦さがつづいていた。ひとつの権力争いが別の権力争いを呼び、その規模がひろがる一方らしい、とトランのまわりでも語る人が多かった。

今の将軍はずいぶん、猿楽やら、連歌が好きらしいな、と話しはじめる夫マタシロウの声も、トランの耳にすべりこんできた。

——なんでも、ミヤコのクラマ山で行なわれた勧進猿楽を、三日間まるまる、将軍は夫婦で楽しんだそうだ。演者は今をときめくオンアミ親子だよ。なにしろ、三日間だからな。褒美もさぞかし多かったことだろう。

マタシロウの声には、時の運に恵まれた者への単純なうらやましさがにじみ出ていた。延年の末席に連なる、にわか仕立ての鼓打ちにすぎない身であるのに、そんな話を聞くと、自分の鼓の音もいつか、将軍の耳に届いて、オボエがめでたくなるときが巡ってくるかもしれない、と一度はヤマトでうわさの的になったことのあるマタシロウの胸は騒ぎだすらしかった。

あるいは将軍主催の連歌の席に、例の天才ソウギが招かれたなどと聞くと、マタシロウはまたもやおちつかなくなって、ジンソンのもとにいるアイミツ丸ことモリオがもしや、連歌の道に突然、その才能を発揮しはじめたら、と夢想しはじめるのだった。

鼓を家で練習しながら、そのマタシロウはフクチ院とダイジョウ院の連絡係もつとめつづけていた。ダイジョウ院に行けば、モリオの様子を知ることができる。モリオと直接、話を交わす機会もあった。我が息子ながら、生まれながらの貴族であるかのごとく、化粧をほどこした顔に上品なたたずまいを身につけ、言葉づかいまでがちがっていて、父親としては、まずアイミツ丸なる名で息子を呼ばなければならないという変化にとまどいつつも、今や、光りかがやく息子の姿に見とれていた。

モリオはさまざまな分野の勉強に打ちこんでいるが、なかでも、連歌の特訓を受けている由。ジンソンも将軍も熱を入れている連歌であるからには、その道に才能をのばせば、モリオにとって、てっとり早く自分の身を救うことになる。ちょうど、あの天才ソウギのように。たとえ、相手が将軍でも自分の気が向かないときは、頼みに応じようとしないというソウギ。山の民のように所在が知れないというソウギ。深い山奥の風の音、夜空の星の声を聞き届けているというソウギ。そして、だれよりも古典の知識を持つというソウギ。そんなソウギのように。

父マタシロウは夢を追いつづけていた。

母トランは女の身であるがゆえ、アイミツ丸になったモリオに直接会うことは一切かなわなくなっていた。それでもはじめのうちは、モリオのために縫った浴衣や下着を、マタシロウに託してそっと届けてやることができた。モリオが病気になったと聞けば、トランは特製の粉薬や、山で見つけた木の根を届けた。禁じられてはいたが、その包みに短かい手紙を必ず、添えずにいられなかった。もし、見つかったとしても咎めが少なくてすむよう、それはごく短かい手紙、手紙というより、発句《ほっく》のような言葉を布切れや木切れに書きつらねたものにすぎなかった。

〈深き夜、モリオの笑う夢さめて、風の音に耳傾ける〉

あるいは、

〈雪積り、凍る木の枝にひとり見とれて〉

などと書き記す。

そして、アイミツ丸ことモリオからも似たような、たわむれの発句めいた返事がひそかに送られてきた。

〈木々の葉に雨音ひびく、光恋し〉

あるいは、

〈ほととぎす、なにを告げるか、母の声〉

あるいは、

〈花に風、ふと目ざめて知る雪の庭〉

などの言葉。

モリオから送られるこうした言葉に、母トランはほほえみ、そのときだけは心の安らぎを得ることができた。


しかし、母トランの不吉な予感はそれで消えるはずもなく、かえって黒雲の濃さを増していた。モリオがダイジョウ院に入ってから一年と少し経ったころ、庭園の大がかりな改修工事がはじめられ、二年半にわたって、その工事はつづいた。その間に、モリオはもうひとりのマタシロウ、つまり「カワラのマタシロウ」とのちに呼ばれる少年と知り合った。その少年マタシロウを見つめるモリオことアイミツ丸を、ジンソンは用心深く見守っていたにちがいない。けれども、庭園の工事が終われば、必ず、もうひとりのマタシロウは立ち去っていく。ところが、モリオの母トランはいつまでも、カササギ集落に留まりつづける。たとえ母トランが死んでも、それでも母トランはモリオにとっては生きつづける。庭園の工事が終わりに近づくにつれ、母トランとモリオのつながりに、ジンソンは強い敵意を感じはじめていたのではなかったか。

ジンソンはかつて、二歳のモリオを抱く若い母トランの姿を見届けていた。そのとき、ジンソンの眼をまず吸い寄せたのはモリオではなく、髪を風になびかせるトランの姿だった。二歳のモリオよりも母のほうがずっと体が大きいのだから、それが自然な視線の行方だったろう。そして、ジンソンは奇妙な気分を味わった。つづけて、二歳のモリオを見、その奇妙な気分はオノノキに変わった。決して鈍感ではないジンソンはそのとき、モリオと母トランの姿にまがまがしいものを感じ取り、生きている自分の身にとって、手の届きようのない空間を見てしまった、ということになるのだろうか。その日から、ジンソンはモリオから眼を離せなくなった。

ジンソンは母トランの姿を追い求めはしなかった。しかし、モリオの母として、トランを忘れることもなかった。ごくありきたりの母子のようでもある。だれも見つけることのできないヒミツをひそかに分かち持つ母子のようでもある。モリオをついに、自分のアイミツ丸として手に入れ、執着が深まれば深まるほど、ジンソンは母トランがすぐ近くに生きつづけていること、そのこと自体におそれを感じ、アイミツ丸のなかに生きつづけるトランの子モリオの息づかいに、不安を抱かずにいられなかったのかもしれない。

次第に、母トランがアイミツ丸ことモリオに品物を届ける道は厳しく閉ざされていった。まして、手紙を交わす隙間はどこを探しても見つからなくなった。父マタシロウでさえも、庭園の工事が終わってからは、アイミツ丸と直接に会うことがむずかしくなった。

しかし、どのようにジンソンが注意深く道を閉ざそうと、母トランはモリオを忘れはしないし、ジンソンが母トランに成り代わることは決して起こり得ないことなのだった。

そのようにして、アイミツ丸ならぬモリオはジンソンのもとで言葉を奪われ笑いを消されて追いつめられていった。

そんな時間をモリオはひとりでたどっていた。

8

あの庭園の工事が終わってからの八年間、アイミツ丸、そしてジョウアミとして生きたモリオはなにを見て、なにを考えて生きていたのだったろう。

アイミツ丸とともに、さらにジョウアミとともに、モリオは生きつづけていた。当然、そのはずなのだった。

ダイジョウ院で過ごした最初の四年間ほどは、アイミツ丸もモリオも庭園の改修工事にもっぱら身を寄せて生きていた。あの工事が果てなく、いつまでもつづいてさえいれば！ 土が掘られつづけ、木は移されつづけ、岩も転がされつづけていれば！

アイミツ丸はダイジョウ院門跡のジンソンを師として深く敬愛し、保護者として頼りにしていた。ジンソンの体温にも手の動きにもなじみ、おそれを知らぬ言い方をすれば、前世では仲むつまじい夫婦だったのか、とときに思いたくなるほどだった。しかし、アイミツ丸はアイミツ丸ひとりで生きているわけではなかった。モリオも生きつづけていた。


アイミツ丸ことモリオに与えられた部屋は、ジンソンの部屋と坪庭をはさんだ向かい側に位置していた。西の小池が見渡せる部屋で、のちに、その部屋でジンソン主催の、連歌の席が設けられたりもした。「近侍の小者」としては上等すぎる部屋だった。アイミツ丸はその部屋で先人の和歌を学び、物語を読み、漢籍も勉強した。勉強の科目の数だけ、専門の家庭教師が出入りした。ジンソンが好む連歌の練習には、特別に長い時間が当てられた。片や、モリオのほうは、部屋から外に出て、改修工事のさまをながめ、顔なじみになった男たちと声を交わし、とりわけマタシロウと呼ばれる少年に親しみを感じはじめていた。

少年マタシロウは庭園の工事を監督する作庭師ゼンアミの孫で、まだ十三、四歳の、元服したばかりのほんの子どもだった。

自分の父もマタシロウという名なのだ、とはじめてモリオが声をかけたとき、うれしいことに、こちらのマタシロウはにっこり笑って答えてくれた。

——はい、そのお名前だけは、この名を正式に授かったときに父からも、祖父からもよく聞かされております。カササギのマタシロウどのは自分を自分で買いとり、自分を解放したことで、ヤマトではだれもが知る伝説的な男であると。おまえも同じ名を受けるからには、カササギのマタシロウどのの精神をよく見習うようにと。

この少年の祖父ゼンアミに、庭園の改修工事が命じられたのは、アイミツ丸がダイジョウ院に入ったのと同じ年だった。そのタイミングがなにを意味しているのか、ただの偶然だったのか、モリオにはどちらとも判断するすべはない。

工事の準備期間として、最初の一年間は設計図のやりとりと、庭石や庭木を遠く近くの海辺と山中に探し求めることに費された。ゼンアミが庭の設計図を持ってくると、ジンソンはアイミツ丸を呼び、その設計図をともに検討するよう求めた。庭園という場所がことごとく人の手によって構成されているという事実を、アイミツ丸ことモリオはそのとき、はじめて知らされた。池の水は川から水路によって導かれ、砂利を積んだ浄水設備も用意されている。どの石も、どの木も、人の手を経ていないものはなかった。

——……池のほとりには、一メートルほどの丈がある岩を置きたいと存じます。これはトサの山奥に見られる、赤みを帯びた岩がよろしいでしょう。この位置ですと、岩は西日をまっすぐに受け、昼間は池の水面から日の光、夜は月かげの照り返しを受けることでしょう。岩に寄り添う松には、シオガマあたりの海岸に育つ、枝ののびのびと張ったクロマツを選ぶのがよろしいかと存じます。とくに、この大岩のわきにはぜひ、幹の直径三十センチはある大木を堂々と植えたいものでございます。

ゼンアミはこともなげに、こんなことをジンソンに語った。しかし、一メートルの高さがある岩など、いったいどのように運ぶというのだろう、とアイミツ丸＝モリオは呆れてその言葉を聞いていた。トサと言えば、海の向こうの国、海を越えてそんな大岩を運ぶなど、常識では考えられない。松の木にしても、大木は岩と変わらないぐらいに重い。そのうえ、ゼンアミの口ぶりでは、どこにどのような岩があり、木が生えているのか、すべてを自分の眼で確認しているらしい。姿のよい岩や木は山の奥深くにひそんでいる場合が多いだろうし、山と言ってももちろん、ひとつではない。どれだけの数の山が、ヤマトのまわりにひろがる陸地にそびえているのか、海岸はどこまでつづいているのか、そのすべてをゼンアミは知り尽しているという口調だった。

このゼンアミとは何者なのだろう、とアイミツ丸＝モリオは眼の前に坐る男の顔を改めて、観察せずにいられなかった。

日焼けした肌に、大きな黒い眼がそれ自体、別の生きもののようにひかっていた。肩の張った体はたくましく引きしまり、孫がいる年齢にはとても見えなかった。ゼンアミはめったに笑わないし、よけいな言葉も口にしない。ジンソンに頭をさげ、自分の描いた設計図をひろげるとすぐに、その説明をはじめた。追従《ついしょう》に慣れているジンソンだったが、ゼンアミの無愛想にはむしろ、おそれに似た敬意に圧倒されるらしく、自分も口をつぐんで、ゼンアミの設計図を熱心に見つめた。ときどき、うなずき返しながら、ゼンアミの説明を聞き終わると、長い映画を見終わったかのように、まず深い溜息を洩らし、アイミツ丸＝モリオを振り向いてようやく、笑顔になった。ゼンアミに語りかけるのは必ず、そのあとと決まっていた。どんな感想を述べるべきか、とジンソンの頭が働きはじめるのに多少の時間が必要だったのだろう。

ジンソンはおもむろに、その顔をゼンアミに向け、気むずかしげに声を低めて語りかける。たとえば、こんなふうに。

——赤い大岩とは、いささか、派手すぎはしないかな。むろん、その色味にもよるだろうが。ここがただの寺院でも貴族の家でもなく、門跡寺院であることを、くれぐれも忘れぬように。まあしかし、おまえはとっくにそんなことは承知しているにちがいない。すべて、おまえにまかせておこう。費用の点については、ほとんど制約はない。すでに何度も言ったことだが、人夫を何千人使うことになっても、それはどうとでもなる。ただ、くり返しになるが、ここがダイジョウ院であることをつねに留意しておいてほしい。ダイジョウ院の品格から考えると、東のこの位置にまで大岩を置くのは、どんなものだろう。つまり、そうした気がかりが生まれもするのだが、なにしろ、しろうとの意見なので聞き流してくれてかまわない。

なにか注文らしいことを言わなければ形がつかないから、こんな気おくれのした言い方をする。ゼンアミはそうすると、なるほど、おっしゃる通りなのかもしれません、ともっともらしくジンソンの言葉を受けとめ、検討するふりをして見せるが、それは単に礼儀としてであり、ジンソンの感想など、はじめから聞くつもりはなかった。ゼンアミが懸念していたのは、ジンソンによる費用の制限だけだったにちがいない。ゼンアミの構想は打ち合わせをくり返すたびに大きくふくらみ、まるでこの作庭工事にどれだけの費用をダイジョウ院の金庫から注ぎこませることが可能か、それをゼンアミは試したがっているようでもあった。

どちらにせよ、アイミツ丸＝モリオの立場からは、なにひとつ口をはさめなかった。と言って、むっつり黙っていることもできない。それでときどき、たわむれの言葉を差しはさんだ。たとえば、こんなふうに。

――ケモノたちやヘビの居場所も確保できたらいいですね。「ヘビの園」なんて、どうですか。あるいは、こんな冗談。

――語り伝えられる不思議なゾウなる生きものをここで飼ったら、毎日、見物人が集ってきますね。そうしたら、ゾウ使いにこのアイミツ丸が立候補しようかしら。

無責任な冗談に笑い声がひびきはじめたころ、設計の打ち合わせは一応、完了となり、ゼンアミは庭園に必要な木や岩をそれぞれの場所に確認してから搬送の手つづきをとるため、ヤマトの地から旅立っていった。そもそもゼンアミがどこの土地で生まれ、育った者か、その正体は孫のマタシロウですら知らずにいた。語る言葉はミヤコの庶民風でありながら、あちこちの土地で身についたとおぼしい、聞き慣れない言葉尻をのぞかせることもあった。ソウギのような旅芸人の子だったのか、遊行の僧に拾われた路傍の捨て子だったのか、異国から海を流れてきた子だったのか。

ゼンアミが姿を消したと言っても、連絡がとだえたわけではなかった。ジンソンに宛てた便りを届けるために、ゼンアミの息子、それとも孫がしばしばヤマトのダイジョウ院に現われ、ジンソンの返書を預かると、すぐさま、ゼンアミのもとに去っていった。息子も孫もゼンアミによく似ていたが、息子は小柄で、孫が三人のうちでいちばん大柄だった。祖父の苦労した時代を孫は知らずに育ったせいにちがいない。

ゼンアミからの便りは、理想的な岩を見つけた、運びだすには五十人の人夫を三カ月雇い入れる必要があるが、それでよろしいか、という殺風景で事務的な内容に徹していた。ジンソンとしては今さらゼンアミに抵抗することもできないので、決まり文句のように、人夫の件は了解、くれぐれも土地の神々を怒らせぬよう入念な儀式を行なってほしい、と返事を書くたびにくり返していた。

——それにしても、なんという達筆だろう。返事を自筆で書くのがためらわれる。

ジンソンが溜息をついて渡すゼンアミの手紙に記された字は確かに、アイミツ丸＝モリオの眼で見ても、タカの空を飛ぶ姿を思わせる、のびのびと流れる線の太い字だった。

——わざと電報のような文面にしてあるが、この男、じつは一流の歌人として通るほどの才も持っているにちがいない。あの息子や孫たちもどうも、眼のかがやきが特別で、ただものではないらしい。……

元関白の息子であるダイジョウ院門跡ジンソンは本気で、ゼンアミという存在におそれを感じていたのだった。決まりごとの内側に生きなければならない貴族、それも最上級の貴族だったからこそ、決まりごとの外側を駆けまわる天地のエネルギーには敏感だった。アイミツ丸＝モリオにジンソンが執着したのも同じ理由だったろうし、父マタシロウ、母トランにその身分から考えれば奇妙なほど、気を配りつづけていたのも、やはり、このふたりに野生のにおいを濃く感じていたからだったのだろう。

野生の価値を重んじると言っても、野卑な言葉やふるまい、においは我慢ならず、アイミツ丸＝モリオに対しても、野で遊びまわっていたころの魅力を求める一方で、ジンソン自身にとって好ましい洗練も求めるという矛盾がつきまとった。貴族の生活にできるだけとけこみ、なおかつ貴族のサルまねになってはならず、野のかおりを失なわずに、なおかつケモノのにおいは洗い流さなければならない。アイミツ丸がこんな矛盾を抱えながら十年間、とにかく生きつづけることができたのは、庭園の工事に、つまりはゼンアミたちにはじめのほぼ四年間を守られていたからなのだった。ゼンアミと息子、孫の三人はジンソンの望む矛盾をすでに知りつくし、巧妙に、狡猾に生きのびていた。

ゼンアミの孫と息子がいったい、どのようにゼンアミと連絡を取りつづけているのか、それもナゾだった。ゼンアミからの便りによれば、西の海、東や北の山々、南の島々にまで足を伸ばしているらしい。そのゼンアミとヤマトのダイジョウ院を結ぶために、少年マタシロウとその父親が特別な乗りものを使って街道をひたすら走り、山を駆け登る姿を、それとも、テングのごとく空を飛ぶ姿を想像しはじめると、アイミツ丸＝モリオは気味が悪くなった。少年マタシロウと話を交わしはじめても、ゼンアミたちの重要なヒミツに触れてしまいそうで、このナゾについてはついに聞く勇気が出なかった。

庭の工事の前段階としてまず、建物の工事がとり行なわれた。今までの池を思いきって大きくひろげ、さらに西側には、いくつかの小池を新しく設けるというので、一部の建物を犠牲にしなければならなかった。ジンソンとアイミツ丸が住む寝殿は生き残ることになっていたので、とりあえず、引越しのわずらわしさからは逃がれることができたが、寝殿の裏手につづく雑舎はすべて建て直さなければならず、また、鬼が棲むという名の山に建つ鐘楼や観音堂、そして僧たちの宿坊もこの際、新しい庭園に釣り合わせるために建て替えることになり、ダイジョウ院の日々はあわただしい騒音に乱されはじめた。

それにしても建物の工事も含め、工事全体の規模が大きすぎて、アイミツ丸＝モリオはその実現に必要な経費について、立ち止まって少し考えてみるということもできないままでいた。ジンソンの持つ権力とは、どのような欲望でも実現させてしまう神に似た力なのかもしれなかった。

アイミツ丸＝モリオはやがて、ヤマトのワカツキという村の年貢のうち、五石を年給としてダイジョウ院から受け取るようになり、そのことから、ワカツキという、場所もわからなければ聞いたこともない名前のその村も、ダイジョウ院の持ちものだった、と知らされた。そうした多くの村々からの年貢でダイジョウ院の収入が確保されているらしい。けれども、アイミツ丸なる「近侍の小者」などの手にその一部が渡っていると知ったら、年貢をおさめているワカツキの村人たちは腹を立てるどころではおさまるまい、とおちつかない気持にもなった。ジンソンにとってはたったの五石、でもカササギ集落などでは、五石もの米は空想の世界にしか思い描けない影にすぎなかった。米だけを食べる生活というものも、アイミツ丸＝モリオはダイジョウ院ではじめて経験したのだった。

当時のアイミツ丸＝モリオは毎日、さまざまな勉強をつづけていたが、経済と社会の仕組みを扱う科目はそこには欠けていた。そして勉強以外の時間はほとんど、ジンソンの相手についやされ、それも気楽に過ごせる時間ではなかった。ジンソンに嫌われてはならない。そうした思いがあるかぎり、緊張がいつも伴う。それも過度な緊張が。

昼のジンソンも、夜のジンソンも、アイミツ丸を観察し、試し、満足することをくり返していた。アイミツ丸の下腹に、貴重な氷の粒を置く。アイミツ丸はぶざまに騒ぎあわてはならない。氷の冷たさに身をくねらせ、これはヨシノから飛んできた氷でしょうか、ヨシノの悲しみが体に突き刺してきます、とジンソンに訴える。これでアイミツ丸は合格。ジンソンはほほ笑んで、アイミツ丸の氷に濡れた下腹を撫でながらつぶやく。

――氷の悲しみは、ヨシノにかぎったものではない。月は氷の国だというではないか。とすれば、これは月の光なのかもしれない。

ジンソンはアイミツ丸の体にこれ以上の乱暴な真似はしなかったし、奇妙な姿勢を無理強いもしなかった。それでも、とっさにこうした反応を見せなければならないという立場はやはり、不自然だった。これがモリオならば、とっさに大声で叫んで、なんてことをするんだよ、とさんざん腹を立てるところなのだった。ヨシノだ、月だ、などというやりとりに、モリオは呆れて、笑わずにいられない。

昼のジンソンは夜よりも厳しい顔を見せ、アイミツ丸の試験をつづけた。食事の間は、アイミツ丸の手の動き、口の動きを見つめ、ときどき、その魚はどこの川でどのような夢を見ていたのか、わかるだろうね、とか、この木の芽のにおいをおまえならどのように表現するのだろうか、などと問いかけてくる。庭園や、ガンゴウ寺の境内を並んで歩けば、それは連歌や短歌、たまには漢詩の練習の時間になった。アイミツ丸はつねに、合格点を守らなければならない。

ジンソンのためというよりも、自分自身のために。文芸の道に秀でることをジンソンが希望しているのなら、アイミツ丸はその道を進まなければならなかった。本から離れて、野に駆けだしたがるモリオが顔をのぞかせる自由な時間は、ほとんどどこにも残されていなかった。

アイミツ丸＝モリオがはたちになるころまで、ジンソンは公式の行事や自分の用向きに連れて行くことはしなかった。アイミツ丸＝モリオの存在がとっくに知られていても、ジンソンは公私の区別について、いかにも貴族の優等生らしくとても慎重だった。ダイジョウ院門主であるジンソンはかなり多忙で、イチジョウ院と交替で管理に当たっているコウフク寺にしばしば通っていた。もちろん、イチジョウ院にもよく行く。たまには、ミヤコまで出かけることもあった。ミヤコに行けば短かくて、十日間ほどは不在になる。けれどもその期間、ジンソンよりも厳しい家庭教師たちが入れかわり立ちかわり現われ、ひとりで過ごす時間をアイミツ丸＝モリオから奪い去った。そして食事のとき、着替えのとき、夜、眠っている間ですらも、世話係をつとめる小坊主たちがそばから離れなかった。ジンソンがせっかくいなくても、ダイジョウ院でモリオが自由に姿を現わすことはむずかしいままだった。

庭園の改修工事がゼンアミに命じられてからちょうど一年経つと、庭園の奥にゼンアミたちの仮小屋が作られ、まず、少年マタシロウとその父親がそこで寝泊りしながら、ゼンアミの帰りを待ちはじめた。庭園につながる山裾にも、気がつくといつの間にか、いくつもの小さな建物が現われ、男たちが住みついていた。今までの古い池に棲みつづけてきた魚や水鳥たち、水草、カメやカエルまでが注意深く集められて、どこかに運び去られた。位置を変えなければならない木々には荒縄が巻かれ、苔に包まれた池のほとりの砂利が洗われ、ひとつの場所に集められた。

そして、ほどなくゼンアミがダイジョウ院に戻ってきた。早速、ジンソンとの相談のうえ、吉日が選ばれ、工事開始のための祭祀がゼンアミを祭主としてとり行なわれた。ジンソン以下、ダイジョウ院に属する僧たちも下人も全員立ち会い、フクチ院やガンゴウ寺の僧も参列した。

ウメの花が咲きはじめるころだった。けれどもその日、春めいた光は暗い雲に隠されて、冬と変わらない冷たい風が吹きつづけ、祭祀の場所に立てられた四本のササが今にも倒れそうに揺れていた。門跡寺院が主催する大切な祭祀なので、祭祀の最初と最後に、ダイジョウ院の僧たちによる読経が庭園の湿った地面にひろがった。祭主ゼンアミの力強い祈願の声はそれとは対照的に、鋭い北風に乗って、空をおおう雲のかなたに飛び去っていった。地中の霊にもその声は届き、庭園の草木と岩だけではなく、カスガの山全体にひびいた。

塩と水で庭園の土が清められ、祭祀が終わると、母トランも含めた舞々の女たちが現われ、庭園をことほぐ歌をうたいながら、はなやかな装束の色をまき散らして、くるくると舞って見せた。

めでたかりけるときとかや
舞いのたもともかずかずの、かずかずの
いわおのうちにツル住めば
君萬歳とカメや住む

マツに幾千代、齢もひさしく
タケの園生の末葉もさかゆる
神いさめのマツリの儀式ぞ
めでたけれ！
めでたけれ！

9

……そう言われてみれば、そんなことがあったような気もする、と炉の炎を見つめつつ、母トランはつぶやく声を差しはさむ。

モリオが見ている前で、派手な装束を着て、若い女たちに混じって踊るのは、母としてかなり気恥かしいことだった。でも、モリオにぜひ見届けておいてもらいたいという思いも、片方にはあった。モリオの姿を自分の眼で確認もしたかった。モリオを見失なってから、二年近く経っていた。ダイジョウ院はすぐ近くなのに、そこに生きるモリオを見ることができない。墓石のまわりを巡りながら、冥界に遠く去ってしまった者を追い求めるような心地だった。でももちろん、ダイジョウ院は墓石ではない。生きているジンソンが支配する門跡寺院であり、モリオもそこで生きつづけている。それまでの荒れた庭が生まれ変わる作庭工事もジンソンの命令によってはじめられたのだったし、その機会に、母トランが舞々のひとりとして、ダイジョウ院のなかに入ることも許された。

舞々の出番はほんの短かい時間だった。ダイジョウ院の外で、長い間、待たされつづけ、風邪を引きそうだった。ついに舞々の女たちが呼び入れられ、白い砂のまかれた狭い場所に導かれた。伴奏もない、舞々だけの簡略な舞いだった。トランたちはすぐに、かじかんだ手を前に差しのべ、足踏みをして、歌をうたいはじめ、そしてそれはすぐに終わってしまった。時間にして、たぶん、ほんの十分間ほど。しかも舞っているときは、目玉をきょろきょろ動かすことはできない。モリオの姿はトランの眼の隅をかすめただけ。それでも、トランは見届けるべきものは見届け、そして口もとでは、モリオに向かって自分だけの歌をうたっていた。

めでたかりけるときとかや
舞いのたもともかずかずの、かずかずの
トランのうちにケモノ住めば
モリオを思うムシや住む
山に幾千代、雪もひさしく
森の暗がりにオオカミもさかゆる
ホトケから逃がれるトランぞ舞う
めでたけれ！
めでたけれ！

白い絹屋のなかで、顔に白粉を塗ったジンソンが椅子に坐り、その脇にモリオは立っていた。

モリオと母トランは、遠くへだてられていた。表情まではとても見分けられなかった。モリオのほうでも、どれが母トランなのか、わからなかったにちがいない。舞々たちは厚化粧を顔にほどこしていた。トランはそれでも、モリオの顔の青白さを見逃がさなかった。明かるいピンクの水干を着ていたが、母トランの眼には、モリオが病人のようにしか見えなかった。モリオが十歳のころ、ひどい下痢で苦しんだことがあったが、そのときと同じ顔だった。母トランはその瞬間、どれほど舞いの場から抜けだし、モリオに駆け寄って、ジンソンのもとから連れだしたかったことか。

舞々たちのもっと近く、絹屋の外側に、日焼けした黒い顔が力強くひかる祖父、父、子の三人組が並んで立っていた。顔がそっくりなので、三人のつながりを見まちがえようがなかった。その三人の眼がそろって、森の奥のノロシのようにかがやいている。そのかがやきがトランの胸に、ざわめきを誘い起こした。三人の六つの眼は舞々の女たちの体を突き抜け、くもり空のもとに沈む庭園の木々をまばゆく照らしだしていた。

ゼンアミなる人物を、トランはその日、自分の体で知ることができた。そして、ゼンアミの孫マタシロウとかつてのモリオを重ね合わせずにいられなかった。顔が似ているわけではない。少年マタシロウは真黒に日焼けしているし、少年時代からモリオは色の白い子どもだった。黒と白。闇と光。それはべつべつのものでありながら、しかし、ひとつの存在だった。

そんな夢を見たことがある、と母トランは思い出した。いつ、どこで見た夢だっただろう。かつてのモリオ、茂みのなかでヘビをつかみ振りまわしていたモリオが闇の子、そして光の子として、ササに囲まれたダイジョウ院庭園の祭祀の場にマボロシのごとく立ち現われるのを、母トランは見届けた。踊る手の指がなつかしさに震え、髪の毛が波打った。ジンソンの隣りに立っている今のモリオもかならずや、同じマボロシを少年マタシロウのあの眼のかがやきのうちに認め、羨望と喪失感を味わっているにちがいない。なつかしさに、モリオの肌も震えている。闇の子と光の子が一体となって生きていた時間は、もう決して戻らない。それは遠い未来の、とっくに終わってしまった夢だった。

母トランは悲しみを引きずりながら、その日、舞々の姿のまま、不吉な予感にますます押しつぶされて、ダイジョウ院から立ち去った。

10

母トランとモリオに見守られながら、炉の木切れは火花を散らして燃えつづける。土間では、老いた茶色の犬が深い眠りのなかで、死を迎えようとしている。

家の外では、雨が降りはじめ、屋根に雨粒の弾ける音がひびく。

モリオは顔をあげて、その音を眼で追い、それが木の実の落ちる音でもなければ、小さなケモノが跳びはねる音でもなく、雨の音にちがいないと納得してから、母トランの、白髪の混じりはじめた髪を見つめ、ふたたび、自分の記憶をたどりはじめる。

祭祀の行なわれたつぎの日から、まず、池の拡張工事がはじめられた。

今までの岩や木々が別の場所に移され、設計図にしたがった形に池の穴が掘られた。掘りだされた土は、ふたつの築山として生まれ変わる予定になっていた。各地方でゼンアミが見つけた岩と木が、その間に、つぎつぎと運びこまれてきた。三十人、五十人、あるいは、百人の集団が大木を荷車にのせて、大岩はゴロタにのせて、はるか遠くの山から海から何日もかけ、ダイジョウ院にたどり着く。人夫たちは土埃の雲に包まれ、日焼けと汚れとですっかり黒ずんだ顔に、眼と歯だけをひからせていた。せっかくはるばるヤマトまで来ても、人夫たちはコウフク寺の五重塔さえ見あげようともせず、ダイジョウ院から支払われた報酬をゼンアミの息子から受け取ると、たちまちのうちに、ダイジョウ院から立ち去っていった。

——せめて一晩ぐらい、ゆっくりここで休んでいけばいいのに……。

アイミツ丸＝モリオが人夫たちのうしろ姿を見送りながら、思わずつぶやいたことがあった。たまたま、かたわらにいた少年マタシロウが、その声に答えた。

——このような場所で、あの人たちはくつろぐことができません。ある場所がここから二時間ほどのところに用意されていて、食べものは言うまでもなく、お酒も出されますし、女たちもあの人たちを待っています。

驚いて、アイミツ丸＝モリオは振り向いた。髪にも服にも土の汚れをつけた少年マタシロウが、まじめくさった顔で見つめ返した。十五歳に充たない年齢でもアイミツ丸＝モリオとあまり背丈は変わらず、その筋肉は引きしまっていた。子どもの声でもなく、かと言っておとなになりきってはいない、ネコの毛並みのようなやわらかな声だった。アイミツ丸＝モリオはとまどいながら、とにかく笑い返した。

——それはそうですね、うかつにも、ここがお寺だということを忘れていました。お酒と女はどうしたって、あの人たちにとって、きびしい仕事を終えたあとの大きな喜びなのでしょう。

頬の肉がかがやく子どもの顔におとなびた表情を浮かべ、少年マタシロウはそっけなく答えた。

――でも、貴重な時間とお金をむだ使いすることを、あの人たちは好みません。たぶん、明日には、サカイかミヤコに出て、自分の家族に頼まれてきた品々を買いそろえ、あとは大急ぎでそれぞれの家に戻っていくはずです。もともと運搬の仕事を専門とする馬借が中心になっていますが、田畑で働いていたのを中断して、現金収入のために、今度の仕事を選ばないわけにはいかなかった者も少なくないのです。その人たちはとりわけ、鳥になってでも、村に一日も早く戻りたい一心でしょう。

――ああ、なるほど。……

アイミツ丸＝モリオは自分の世間知らずが恥かしくなり、赤くなった顔を少年マタシロウからそむけてしまった。少年マタシロウのぞんざいにひとつにまとめた髪の毛が草の茂みそっくりにばらばらな方向に跳ね、草木のにおいを放っていた。そんな少年マタシロウの眼には、絹の服を着こみ、白い顔に眉を描いたアイミツ丸の姿しか映っていない。そう気がつくと、アイミツ丸＝モリオはますます、体を縮めずにいられなかった。アイミツ丸の体と髪には香のにおいが漂い、それに慣れてしまった鼻は今さら、なにも感じなくなっているが、少年マタシロウはそんなにおいも不愉快なへだてとして感じているのかもしれない。そのうえ、アイミツ丸＝モリオの体はすでに少年のふくよかさを失ない、顔や脚にまばらな毛が生えはじめてもいた。今のところはまだ、糸クズのような毛にすぎないが、やがて、アイミツ丸などという名前におよそふさわしくない毛ずねになり、ヒゲが生えるのだろうかと思うと、不安になった。少年マタシロウの前では、そんな自分の体も意識せずにいられなくなる。

少年マタシロウにまっすぐ見つめられ、なにを言えばいいのかわからなくなったアイミツ丸＝モリオを救ってくれたのも、この少年マタシロウだった。少年マタシロウは突然、子どもらしい笑顔になり、アイミツ丸＝モリオに甘えるような口調で語りかけた。

――でも、わたしたちはそんな家というものを持っていません。だから、家に戻りたいというあの人たちの思いも、じつは理解できない。今のわたしたちには、この場所こそが自分の場所なのです。わたしたちのようなカワラモノはどこにでも行き、どこも振り返りません。どこでも自分の家です。でも、もちろん自分の家じゃない。

少年マタシロウの親しげな笑顔に誘われ、アイミツ丸＝モリオも微笑を取り戻し、うなずいた。

――人間の世界ではなく、自然をつかさどる神々に、あなたたちは直接、つながっているんですね。さもなければ、小さな木一本にすら背を向けられてしまう。門主さまもあなたたちについて感心なさっていました。

少年マタシロウはそんなことは当然だと言いたげに、簡単にうなずき返した。

――人間には足がありますが、木や岩には足がありませんから。けれど、それぞれのたどる時間がちがうだけで、大きなちがいがあるわけでもないのです。木も岩も声を持ち、眼を持ち、そして少しずつ、動きつづけています。……それでは。

アイミツ丸＝モリオがまだ、なにも答えないうちに、少年マタシロウは急に頭をさげ、その場から駆け去っていった。それでアイミツ丸＝モリオも、自分が家庭教師を部屋に待たせていることを思い出し、急ぎ足で庭から自室に戻った。

アイミツ丸＝モリオと少年マタシロウのふたりには、こんなかぎられた触れ合いしか許されないままだった。いつでも、庭のどこかでたまたま顔を合わせ、立ったまま言葉を交わす。そして、会話はふと、とぎれてしまう。それでも工事のつづいたほぼ二年の日々は、互いの親しみを少しずつ育てていた。二年と言えば、少年マタシロウは十三、四歳から十五、六歳に、アイミツ丸＝モリオは十六歳から十八、九歳に変わっているわけで、その年齢の変化もふたりのつながりを微妙に変えていた。

最初の春が過ぎて、雨の季節に入り、工事が休みになる日がつづいた。水鳥もカメもカエルも工事のために姿を消している庭園から人の気配までが消えてしまうと、耳が痛くなるほどの静寂がひろがった。屋根を撫でまわすような雨の音ばかりが、いらだたしく耳にこびりついた。

——妙なものだな。工事の音がなにも聞こえないと、自分だけが雨の幕のなかに取り残されてしまった気分になる。

工事中の庭に降りそそぐ雨脚の光をながめ、ジンソンまでが溜息をついた。

気の沈む梅雨がようやく明ければ、外での労働にはつらい夏がはじまる。しかしもちろん、ゼンアミたちは夏の暑さを苦にする顔など見せず、汗みずくになって、庭の工事をつづけた。上半身をはだかにした男たちの体は太陽の光をまともに受け、湯気にけむって見えた。梅雨の間に崩れた土が新たに掘り起こされ、片方には、その土で山が作られていく。川からこの庭まで水を導き入れる水路も新規に作られた。

土を掘る音に、毎日、モリオは聞き入っていた。乾いた土の表面に裂け目ができ、奥に眠っていた湿った土が突然、日の光にさらされる。そしてみるみるうちに、その土も水気を失ない、色を変えていく。男たちの鍬はリズムをつけて動く。ベテランの使う鍬の音は切れがよくて、気持がいい。モリオは隙を見つけては庭に出て、その仕事ぶりを自分の眼で見届けずにいられなかった。ほんの一分、二分でも、見届けておきたかった。作業をしている男たちはたとえ、門主のジンソンが仕事場に近づいても、いちいち挨拶などしない。互いがただの影であるかのように知らん顔で、調子をつけるための掛け声を放ちながら、鍬を動かしつづける。

ヤレナ、ソレナ、ヤレナ、ソレナ……。

黙ってそばに立つモリオも、その掛け声に自分の声をそっと重ねる。

土のなかからは、さまざまな生きものが出てきた。大きなミミズが身をくねらせ、あわてて湿った土のなかに戻ろうとする。カナヘビがびっくりして走りだす。地バチにムカデ、ゆっくり眠りつづけていたセミやクワガタなどの、ずんぐりした幼虫たち。モグラが転がり出ることもあったし、アリの巣にまともにぶつかり、アリたちが噴き出てくることもあった。生きものだけではなく、陶器の破片、木片、それに、小さな骨、大きな骨までが出てきた。人骨なのかもしれないし、ケモノの骨なのかもしれない。骨が出てきたときだけはさすがに、男たちの手が止まり、穴の脇に骨を取りわけて、合掌し一礼する。人骨にせよ、ケモノの骨にせよ、土のなかで長い間、その死を眠りつづけていたことには変わりない。日の光を浴びれば、悲しみ、恨みのひとかけらが目ざめてしまう。

青白い幼虫やモグラなどが出てくると、モリオの体が反射的に動いた。清潔なアイミツ丸の体は置き忘れ、モリオはすばやくモグラをつかみ、その感触を両手でしばし楽しむ。暗い土から急にまばゆい外界に放り出されたモグラはあまりのショックに、たいていは気を失なっている。そのとがった灰色の鼻も、長い爪のついたその手も、モリオには愛おしく思えてならなかった。幼虫たちは自分の身になにが起きているのかわからないまま干からびていくか、鳥のエサになってしまう。モリオは急いで、幼虫たちを手のひらにのせ、安全な場所に埋め直してやる。モリオの手は土だらけになり、絹の服も土に汚れてしまう。でも、モリオはそんなことに気づきもしなかった。

体があざやかな緑と青にひかるトカゲを追いかけているところを、少年マタシロウに見つかったこともあった。

——アイミツ丸さまは虫のたぐいがよほどお好きなんですね！　ほかのときとお顔がすっかり変わっていらっしゃる。

少年マタシロウは打ちとけた笑顔で、モリオに声をかけた。これはアイミツ丸ではなく、モリオなんだ、と少年マタシロウに教えたくなったが、それは言わずに、モリオも笑い声をあげて答えた。

——人間たちを見ているよりは、トカゲのほうがよっぽど楽しいとは思いませんか。人間の体はあんな色にひからないし、器用に切り離せるシッポも持っていない。

——トカゲもいいですが、鳥のほうがもっと胸がおどります。鳥が空を飛ぶ姿に、いつも見とれてしまいます。トカゲは地を這うだけですから、人間と大差ない生きものではないでしょうか。

少年マタシロウはかすかに眉をひそめ、その大きな眼を空に向けた。

――でも、人間には鳥のあとを追うことができない。

つられて、モリオも空を仰ぎ見ながら、冗談めかしてつぶやいた。

――だからこそ、わたしは鳥が好きなのです。地を這う生きものはいずれ、人間に支配されてしまいます。人間の欲望はどこまでもひろがり、いつかは、鳥たちをさえ支配するようになるのかもしれない。それでも、人間の欲と無縁に生きつづける鳥は残りつづけるでしょう。冬になると、北の国に大きな白い鳥が群れをなして、どこか遠い国から飛んでくるのをご存じでしょうか。サギよりもずっと大きくて、羽根をひろげて飛ぶさまは、雪の清らかさがそのまま命を得たようで、美しい大空の神として飛び去っていきます。アイミツ丸さまにもぜひ、あの鳥をお見せしたいものです！

眼を細めて、頭上の青空に少年マタシロウの語る巨大な白い鳥の姿を思い描き、モリオは溜息をついた。

――ここにいるかぎり、そんな鳥は決して見ることができない。わたしもあなたたちのように、さまざまな土地に行けるものなら！

日ごろの本音をつい口走ってしまったモリオから顔をそらして、少年マタシロウは急に冷ややかな声になって言い返した。

――気軽なことはおっしゃいませぬように。わたしどもは人間の仲間とはみなされない下賤の者。決まった家というものも持たず、土くれからわたしどもは生まれ、母を知りません。そんな下賤の者でも人間の世界では使いようがあるもの。荒ぶる自然の神々と交渉して、人間のための庭を作りあげる、その作庭のわざをわたしは卑下するつもりはありません。さまざまな土地に行くことのできる我が身に喜びも感じております。でも、人間の世界とは無縁な大鳥の姿を見ると、わたしの胸には悲嘆の風が吹き荒れます。なぜ、このような身であるのに、人間の体を与えられて生きているのだろうかと。……それでは。

いつもの例で、少年マタシロウは唐突に頭をさげ、モリオのもとから駆け去っていった。下唇を嚙んで、モリオはそのうしろ姿を見送った。体のどこを切ってもひとりの人間である少年マタシロウが、アイミツ丸＝モリオの身から見れば、どれだけまばゆく感じられることだろう。胸を張り、眼をひからせて、わたしは下賤の者、とこのモリオも言えるものなら！

少年マタシロウが大きな白い鳥になって、モリオがその背に乗り、北の空を飛んでいく。そんな夢を、アイミツ丸＝モリオは何度も見た。

北の風が空中の少年マタシロウとモリオの顔と体に当たり、地上すべての生きものが一斉に鳴きわめくような音をひびかせた。少年マタシロウとモリオは二人そろって口を引き結び、眼だけを大きく見開いていた。二人の眼は北の空かなたにかがやく銀色の星に向けられ、夜になれば、流星になってまっすぐ夜空を流れた。地上からその流星を見あげ、鳴き声をひびかせつづけているのは、地を這うアイミツ丸だった。

夢のなかでうっかり笑みを浮かべ、同じシトネに横たわるジンソンに見咎められた夜もあった。

——どんな心地よさを、夢で味わっていたのかな。夢占いをしてみようではないか。

アイミツ丸＝モリオは顔を赤らめ、とっさにこんな嘘をついた。

——他愛もない、子どもじみた夢です。わたしは空の白い雲に乗って、フジの山を見おろしていたのです。フジの山頂には、言い伝え通り、この世のもっとも美しい鳥よりも美しい天女たちが、きらきらとひかる氷の粒に囲まれて舞っていました。……

この嘘をジンソンはまともに受けとめ、しばし考えこんでから、微笑のうちにうなずき、アイミツ丸＝モリオの体を抱き寄せて、そのすべすべした尻を撫でながらささやきかけた。

――かなり凡庸なイメージではあるが、おまえにはふさわしい吉夢かもしれない。その天女に守られて、おまえは生きることになるという意味だろうか。

アイミツ丸＝モリオは声を出さずにうなずき返した。嘘の上塗りはそれ以上、できなかった。その心残りがあったからだったか、何日か経ってから、ジンソンの前でふと、思いつきの発句を口ずさんだ。

〈しらとりのつばさの音や北の星〉

ジンソンはこれを聞いて、またもや意味を勝手に取りちがえたまま、眼を細め、高い評価を与えた。それだけではなく、自分の参加する連歌の席でも、わたしが目をかけてやっている小者がこのような発句をたわむれに作ったと紹介し、そこでも大いに賞賛された、とアイミツ丸＝モリオに伝えた。ジンソンの解釈では、「しらとり」はヤマトタケルの化身を言い現わしているのだとか。

困惑しつつ、アイミツ丸＝モリオはある日機会を見つけて、肝心の少年マタシロウにこの発句を聞かせてみた。ちょうどそのとき、池の測量を再確認していた少年マタシロウは言うまでもなく、たちどころにほがらかな笑い声を返した。

――先日、お話しした白い鳥をおぼえていてくださったのですか。でも、「しらとりのつばさの風や北の海」のほうが、ぴったり合うと思いますけどね。

まだ、おとなになりきっていない声で、少年マタシロウはためらいもなく言ってのける。シャクにさわる一方で、感心しながら、アイミツ丸＝モリオは小声で伝えた。

――白い鳥の夢も見ました。その背に乗って、わたしは空を飛んでいた。……白い鳥は、あなたでした。

少年マタシロウはいったん眼を伏せて、それから改めてアイミツ丸＝モリオの顔をまともに見すえ、ささやきかけた。

――アイミツ丸さま。夢は夢でございます。わたしもいろいろな夢を見ます。この世そのものが夢、という考え方もあります。でも、その夢はわたしの夢、あるいはアイミツ丸さまの夢と同じものではありません。この世という夢からさめるには、わたしたちは死ぬほかないのです。……

アイミツ丸＝モリオは深くうなずき返し、思わず少年マタシロウの手を握りしめようとした。しかし、その瞬間すでに、少年マタシロウの姿は消えていた。

広大な池が掘りつづけられるうちに、季節は秋に変わり、冬に入って雪が降り積り、工事の男たちもゼンアミたちも雪の消えるまで一時的に、ダイジョウ院から去っていった。雪のない南の国で骨休めをしているのか、それとも、より深い雪山に閉じこもって、神々にその身をゆだねているのか。

やがてトサミズキやサンシュユが咲きはじめたころ、ゼンアミたちは戻ってきて、庭園はにぎやかさを取り戻した。新たな木々や岩が運びこまれてきた。ようやく掘り終えた池に砂利が敷きつめられ、さらに漆喰で塗りかためられて、いよいよ川の水が地中に設けられた水路を経て流しこまれたのが、春から夏を経て、秋の青空がさわやかにひろがる時期だった。それから、池のなかの島に渡る橋や釣殿が建てられ、ツツジ、ヤマブキ、ハギなどの花木が植えられた。庭園の改修工事は最終段階に入っていた。

そして、少年マタシロウとその父が、ゼンアミを残し、アイミツ丸＝モリオの気がつかないうちに、ダイジョウ院を立ち去っていった。

11

――ああ、聞こえる！　あの遠くて近い歌声が聞こえてきた！　おまえにも聞こえるはずだけど。

母トランはふと、炉の炎から顔をあげ、モリオに笑いかける。モリオは口を閉ざして、外にひびく雨の音に聞き入る。雨は激しさを増し、ふたりのいる小さな家を雨というよりは地鳴りのような音で包みこみ、ほかの音をすべて消し去っていた。モリオはその地鳴りに似た雨の音に、母トランがすでにつかまえた歌声を探し求める。炎に照らしだされるトランのなつかしい顔を見つめ、家のなかを見渡す。土間に寝ていた老いた犬はすでに、冷たく固いムクロに変わって、茶色の毛並みは艶を失ない、ネズミが早速、その腹を食い破ろうとしている。

えいさらえい！
えいさらえい！
引けよ　引けよ　子どもども！
ものに狂うてみしょうぞ！
えいさらえい！
えいさらえい！

女たちのかすかな歌声が雨水に流されていく透明な花弁のように、モリオの耳に迷いこんでくる。

――こんな雨のなか、また、だれかが息を引き取ろうとしているらしい……。

母トランはつぶやき、いつだったか、自分もその仲間だったヨシノのミコたちの歌声に合わせ、低い声で口ずさむ。

えいさらえい！
カミぞ知るらん
カスガノのナラのみやこに年をへて
さかりふけいくヤエザクラ！　ヤエザクラ！
散ればぞささそふ

ささへばぞ散るはほどなくツユの身の
風を待つまのほどばかり！
えいさらえい！
えいさらえい！

トランは老いた犬のムクロを見やってから、モリオの顔を見つめ、語りはじめる。モリオの眼に炉の炎が映り、金色の光を誘いだす。

ヨシノのミコたちの歌声は、母トランの耳にひびきつづけた。カササギ集落に留まるトランを山にいざない、なぜ、いつまでも人間の世界にしがみついているのか、と問いかけつづけていた。なぜ、流転の身にあこがれながら、足を踏みだそうとしないのか、と。

でも、トランの耳には、もうひとつ、なんとしてでも聞き届けたいモリオの声が聞こえなくなっていた。モリオの声が聞こえない。モリオのかわいがっていたクリという名前の犬も、その鋭い聴覚でダイジョウ院のなかに閉じこめられたモリオの声を聞き届けようと、毎日、耳のアンテナをダイジョウ院の方角に向けていた。犬の耳にすらモリオの声はついに聞こえず、クリは自分の耳を押しつぶす沈黙に命を細らせ、死んでしまった。まして、人間の鈍い聴覚しか持たないトランの耳にはモリオの沈黙が鉛のかたまりとして重く貼りつき、そこから悲嘆の痛みがしたたり落ちた。この沈黙があるかぎり、トランはカササギから離れられなかった。ヨシノのミコたちの呼び声に応えることはできなかった。

モリオの声が聞こえない！

母トランの不吉な予感は、すでに、予感ではなくなっていた。

ダイジョウ院でのモリオについて、フクチ院のリュウシュンを通じてしかその消息を知り得なくなったまま、沈黙の日々が過ぎていった。ダイジョウ院を深く包みこむ木立を毎日、眼にしながら、モリオの沈黙に耐えなければならない状態は、トランの命をも削り落としかねなかった。でも、モリオは死んだわけではない。母トランがここで待ちつづけることをモリオは願っている。モリオは母トランを忘れてはいない。それならば、トランはカササギで、モリオの沈黙に耳を傾けつづけなければならなかった。

春がふたたび、めぐってきた。

庭園の大がかりな改修工事がついに終わり、完成祝いが花の盛りにふさわしい華やかさで催された。ジンソンの父をはじめとする多くの貴族がミヤコから招かれ、池には新しく作られた絢爛《けんらん》たる龍頭鷁首《げきす》が浮かべられた。そこに、父マタシロウも含んだきらびやかな装束の管弦師一同が乗りこみ、一方、池のほとりでは連歌の席が設けられ、さらに猿楽も興行された。残念ながら、ジンソン所望のオンアミもソウギも、このダイジョウ院の庭園に現われはしなかったが、それでも、完成祝いに招待されるはずのないヤマトの人々までが浮き立たずにいられない、贅をつくした大イベントとなった。母トランも改修工事開始のとき同様に、舞々のひとりとして、白い砂のうえで踊り、ことほぎの歌をうたった。

工事開始の祭祀から丸二年経っていた。二年前の祭祀の日は、冬の風が立ち去らない冷えびえとした一日だったが、完成祝いのほうはむしろ春の訪れが早すぎて、サクラは花びらをしきりに撒き散らし、すでに緑の葉をのぞかせていた。トランも踊るうちに汗を流すほど、日の光が強かった。

初夏を思わせる日射しのもとで、モリオと母トランはますます遠く隔てられ、池の向こうに作られた絹屋の奥に立っているはずのモリオの姿を、トランはついに見わけることができなかった。絹屋のなかにひしめき、さらに花びらの風に包まれている多くの招待客の影は、踊りつづけるトランの眼に色とりどりのひとつのかたまりにしか見えなかった。

舞々のなかに母トランが混じり、船に乗る管弦師のなかには父マタシロウが連座していることを、モリオは知らないわけではなかった。モリオなりの思いをこめて、鼓を打つ父を見つめ、あざやかな色の装束をなびかせる母を見つめていたことだろう。せめてその視線を感じとれないものか、感じとれないわけはない、と母トランは自分の体の裏からも表からもモリオの視線を感受する触毛を伸ばして、足踏みをし、首を振り、腕を左右に泳がせながら、舞いをつづけたが、空しく出演の時間が尽きてしまった。

モリオと母トランの距離は遠く、花びらがさらに二人を隔てていた。ジンソンのかたわらに立つモリオのほうから、母トランに手を振ることも、叫び声をあげることもできるはずはなかった。ジンソンはジンソンでトランとモリオのつながりを断つために、どんな呪法を使っているか知れたものではない。顔や手足に塗りたくった顔料を流し崩す汗を拭いながら、トランはそんなことも考えてみた。例のゼンアミは池のほとりに立っていたので、あいかわらず、あの男の鋭い眼はトランの体の内側にある乱れまで見抜くようだ、と思ったものの、その横に立っているはずのゼンアミの息子と孫の姿が見えないことにまで、気を配るゆとりがなかった。

トランの思いは乱れつづけ、庭園から退場するときには体までが発熱し、震えだしていた。その日は人の数も多すぎ、華やかな色も、音も、光も、花びらもなにもかも溢れすぎていた。そのなかでただ、モリオの部分だけが空虚に欠けていた。

母トランがモリオの住むダイジョウ院に近づくチャンスは、それから二度と巡ってこなかった。ジンソンの命令により、ダイジョウ院全体の警備も厳しくなっていた。土一揆がますます激しくなり、不穏な世情になっているから、という理由だったが、じつはこの母を近づけまいとしての措置なのではないか、とトランはひそかに疑わずにいられなかった。なにをされようがモリオと母トランとのつながりは影響を受けたりしないのに、と思いながらも、トランの体は悲嘆の雨に濡れつづけた。肝心の、モリオの声が聞こえなかった！　いくら耳を澄ましても、この世で唯一聞き届けたい声が聞こえなかったのだ。

その年から、天地のイトナミまでが狂いはじめていた。

ダイジョウ院の庭園完成祝いが行なわれてから、ミヤコでは将軍主催の花見の連歌会が催され、それにはうわさのソウギも参加したとの話が、ヤマトのトランのまわりでも浮き浮きと、あるいは投げやりな好奇心で語られた。サクラがはやばやと散りつくし、緑一色に染まったころ、ある日突然、ヤマトの地中深くにひそんでいた巨大なオロチが眼をさまし、大きく胴震いをして、叫び声をあげた。地上に建っていた小さな家々はもろくつぶされ、またたくうちに火がひろがった。地中の生きものは一度、眼がさめれば、しばらくその体を揺り動かしつづける。ヤマトの地震はそれから二カ月もの間つづき、人々は家を失ない、家族を失なった。しかし、コウフク寺の五重塔は倒れなかったし、トウダイ寺の大仏の首も落ちはしなかった。ダイジョウ院にも大きな被害はなかった。母トランと父マタシロウの家はと言えば、一部、崩れ落ちたが、さいわい、住みつづけるのに支障はなかった。それぞれの寺はしばらくの間、家を失なった人たちを預かり、死んだ人たちを葬るのに忙しかった。

その騒ぎがようやくおさまった九月になると、今度は大型台風にヤマトは襲われた。水が暴れ、地をおおい、土砂崩れがあちこちで起きて、またしても多くの人が命を落とした。ヤマトの全体がひとつの大きな湖になって、ダイジョウ院の池からはコイや水鳥が逃げだし、植えたばかりの木々が倒された。倉のなかの米は水に押し流され、田のイネも浮きあがり、そうして伝染病がひろがった。その水がまだ引かないうちに、夜空の星がいっせいに流れだし、ヤマトの人々は怖れに青ざめた顔で、日本に住むテングたちがヨシノに全員集合し、重大な会議を開いているそうな、とささやき合った。トウノミネに祀られていたフジワラ一族の始祖カマタリの像がこの世の終末を見るに忍びず、みずから破裂した、という不気味なニュースも語りひろめられた。

そのころ、よほどのんきな人ではないかぎり、世のなかはこのまま崩れ行くばかり、だれひとりこの卑小な人間たちは生き残ることができない、と少なくともヤマトの人々は明日につづく時間を見失なっていた。

それほどに悲観的な思いは、まだ、ミヤコにまでは届いていなかったのだろうか。ヤマトの空に流星群が見られてからほどなく、ミヤコから将軍の一行がヤマトを訪れ、トウダイ寺、コウフク寺などをまわり、ダイジョウ院の庭園も見物していった。表向きは、妻の安産、そして国の安寧を祈願するための将軍のヤマト訪問ではあったが、うわさに高いダイジョウ院の庭園を、将軍は自分の眼で見たくてしかたがなかったのだろう、とヤマトの人たちはこの貴族気取りの将軍をせせら笑うだけだった。妻がなかなか妊娠しないので、自分の弟を養子にしてあとつぎに定めてしまったら、そのあとウマズメのはずだった妻が妊娠したものだから、将軍としては妻が死産すればいい、あるいは女児を出産してほしい、と背水の陣でヤマトの寺で呪詛を行なったにちがいない。こんなささやき声があたかも余震のように、ヤマトの地面をざわめかせた。

翌月、ミヤコに戻った将軍のもとに、男児が誕生したというニュースはだからこそ、ヤマトの人たちをいっとき興奮させ、それからさらに世の成り行きについて、悲観の思いを深めていった。将軍のあとつぎについて、これで深刻な対立を呼ぶに決まっていたのだから。

つぎの年には、地中のオロチはミヤコに移って、そこでまた、のたうちまわり、叫び声を地ひびきにして、何回もミヤコの空を震わせた。そして、流星群がその年も同じ時期に見られた。テングたちが寄り集まり、すでに死んでいる歌人のショウテツ、ソウギの師であるソウゼイとともに、今をときめく猿楽師オンアミも間もなく、われわれの世界に来ることになろう、と書きつけた予言の文を地上に投げてよこした、との話が今度はひろがった。そうして、実際にほどなく、オンアミはこの世を去った。オンアミはテングに呪い殺されたということになったが、じつは、将軍に敵対する側がテングの予言を流して、将軍の大のお気に入りだったオンアミをなんらかの方法で消し去ってしまったのだろう。そのように話す人がトランのまわりには多かった。

トランには、なにひとつ、はっきりとしたことはわからなかった。テングの予言なるものをそのまま信じはしなかったが、さりとて、天地のざわめきにおびえを感じないわけでもなかった。これで本当にこの世の終わりとなるのかと思えば、人並みにめまいを感じた。

そしてオンアミの死とともに、ミヤコでついに、ハメツ的な戦争がはじまった。

しかし、ヤマトのカササギに住むトランの日常はミヤコでの戦争をよそに、大きな変化もなく、一見、静かにつづいていた。世のなかがどうあれ、モリオがあいかわらずダイジョウ院のなかに封じこめられているうちは、トランの母としての思いも変わりようがなかった。

母トランがモリオの沈黙に体の肉を落としていく一方で、父マタシロウはあろうことか、贅肉を身につけはじめ、肥満の体型に変わっていた。鼓を打てば打つほど、父マタシロウは肥っていく。そして、鼓の腕はあがらないままだった。延年の管弦師たちも父マタシロウの才能についてはすっかりあきらめをつけ、ジンソンのうしろだてがあるからにはクビにもできず、せめて鼓を大きく鳴らさぬように、とだけ注意を与えていた。鼓を打つ真似だけをしていれば、それでかまわない、と。

父マタシロウは鼓に関して、なぜ、あれほどに鈍感だったのだろう。自分が管弦師のなかでミソッカスになっていることに屈辱を感じる様子もなかったし、なによりも、鼓打ちなのに鼓が少しも上達しないことを、本人は少しも気にしていないようだった。同じ家に住むトランのほうがよほど、鼓のへたな鼓打ちを苦にしつづけ、眉間の皺を深めていた。勉強好きで思慮深く、努力家でもあったはずのカササギのマタシロウは鼓と自分の関係について、これは単なる身過ぎ世過ぎとはじめから割りきり、あたかも鼓がただの木桶であるかのように、生活に必要な道具として扱いつづけていたのだったろうか。ジンソンのため、そして、ジンソンにゆずったモリオのために、そして言うまでもなく、自分の身を守るために、父マタシロウはトウダイ寺から鼓をうやうやしく預かっただけで、それが楽器であることは認めない、と思い定めていたのだろうか。

父マタシロウはしかし、へたな鼓はともかくとして、暇な時間をただ寝て過ごしているというわけではなかった。空に星が流れ、山にはテングが集まるような世のなかを生き抜くすべとして、サカイの貿易商人相手に、利殖の方法を研究しはじめていた。昔、馬借として通い慣れた峠道を、父マタシロウはときどき通いはじめ、マタロクも一年に一度の割合でヤマトに現われるようになった。マタロクはサカイの塩商人の養子となり、そのころ、かなり裕福な暮らしを誇っていた。けれども生活そのものは質素で、手もとにあるお金をいかに増やすか、その工夫に商人としての、快楽を感じるらしかった。父マタシロウもかつて、自分の身を買い取るために十貫の金を貯めたことがあり、二十年以上も経って、そのときの独特な心地よい緊張が、今や、サカイでも有数の大商人となったマタロクの話を聞いているうちに呼び戻されたのかもしれない。

マタロクと言えば、久しぶりにカササギの母トランと顔を合わせたときに、ふとつぶやいたことがあった。

——こんなことになるなら、モリオも五、六歳のころに、さっさとサカイに出しとけばよかったな。モリオはおれより賢いようだから、商人としても成功しただろうに。あの門主さまにかわいがられていれば、それなりの地位もいずれ与えられるにちがいないのだから、決して悪い運ではなかったのだろうが、どうも、不自由な部分が多すぎるようだ。おれのように、たまには里帰りができたらいいのに。こんな近くにいながら、モリオはまるでアユタヤ王国にでも行ってしまったようだ。

本当にその通り、とトランはうなずき返した。サカイには、コウフク寺もなければ、トウダイ寺もない。あるのは、商家ばかり。身分やら、宗教やら、そして政治までも蹴散らして、金もうけをすべての価値基準にして生きている、そのいさぎよさが気持よかった。とは言え、モリオも商人にしたいとは考えたこともなかった。よくも悪くも、ダイジョウ院の庭あってのモリオ、と幼いモリオを抱き庭園を歩いていたころから、トランはぼんやりと、しかし色濃く思いつづけていたのだったろうか。モリオはあの庭園に育てられた子どもだった。長男のマタロクはそれに引きかえ、町なかで遊ぶのを好み、商家の子どもたちと幼い時分からすでに親しんでいた。

やがて、肥満した父マタシロウは夜になると、すでに床についているトランに背を向けて、部屋の隅で帳面を開き、なにやら細かい数字を書きこんだり、袋のなかの小銭を数え、ぶつぶつ声を洩らしながら、ややこしい利息の計算に挑みはじめた。

眠りの浅いトランは夢うつつにマタシロウの声を聞き、灯明に照らされたうしろ姿に気がつくこともあった。夢のなかでは、マタシロウの声が馬の鼻息のように耳にひびき、馬などに縁のないトランなのに、その鼻息になつかしく聞き入ったり、あるいは、マタシロウの影がうずくまる馬の姿に見えるときすらあった。馬はその長い鼻面を左右にゆるやかに振り、たてがみと黒い尾をときおり、震わせていた。トランはその馬の姿にも驚かない。

夢のなかでは、ヨシノのミコたちの声もあいかわらず、ひびきつづけていた。母トランはその歌声に身を預け、家の外に一羽の小鳥になって飛び出て、星と月の光に充たされた夜空を大きく旋回しながら進んで行く。

なんという心地よさ！

なんという空の広さ！

カササギ集落はおろか、ヤマトだって、あっという間に見えなくなってしまう！

ああ、わたしは飛びつづけたい！

トランは地球の大きさに感嘆しつづける。次第に夜が明けるにつれ、紅に染まっていく雲の色、はるか下にかがやく海の色に、思わず、喜びの声をあげる。

ああ、なんとこの世界は広くて、美しいことだろう！　この美しさを今まで知らずに生きていたとは！

トランは空を飛びつづけ、ふと、ある都会におり立つ。見知らぬ場所のにおいを嗅ぎたくなったから。

そこでは、トランには理解できない言葉を話す人たちがその日常を送っていた。店の看板の文字も、建物の形も、道を走り抜けていくバスも、歩道の敷石も、街灯も、なにもかもがトランにとって未知のものだった。歩道を歩く人たちもさまざまな顔立ちで、さまざまな姿をしていた。石で造られた古い教会がたくさん建ち、十字架の並ぶ広大な墓地もある。人々がしかつめらしく、楽しげに、そそくさとコーヒーをするカフェもたくさんあった。もちろん、そこで使われているお金もトランの見たことのないお金だった。

地下鉄に乗りたいと思っても、どのように切符を買えばいいのか、わからない。日付けを知りたくても、なかなか確かめることができない。新聞を買って確認しようとして、ますます混乱した。郵送による定期購読者のために、翌日の日付けが新聞には記されているなど、どうしてトランに思いつくだろう。時間さえ、よくわからなかった。時計の針をそれまでラジオやテレビに合わせて調整していたのに、その都会では、テレビやラジオの番組は定時にはじまったりはしなかった。街に出ても、ビルの壁や塔のうえに時計は見えず、店に入っても、掛け時計はまったく見つからなかった。

そのすべての戸惑いがなんと新鮮で、楽しかったことだろう！

そこでは日の光までが新鮮に感じられた。雨が降っても、風が吹いても、トランは眼を見張った。白い大粒のヒョウが降ったり、大雨で地下鉄が水びたしになったりすれば、おびえながらも胸を躍らせた。トイレの紙も、枕の形も、そして部屋のにおい、街のにおいも、トランを珍しがらせた。市場での買物にしても、トランには胸のわくわくするひとつの冒険だった。

その見知らぬ都会で、トランは幼い少女に戻っていた。

幼い少女であるトランは毎日、少しずつ、新しい言葉を身につけながら、たどたどしい足取りで街を歩いた。敷石の歩道を歩くことに足が慣れていないために、しばしば転んで、膝や腕にすり傷を作りもした。毎日、道に迷い、バスを乗りまちがえ、言葉の意味がわからず、買うつもりのなかったものを買ってしまうことも多かった。

そして、少女のトランはその都会の外側にひろがる森に、ある日、迷いこんだ。五月の、青空があざやかにひろがる日曜日だった。木々の大きさも、その種類も、トランには目新しかった。冬の間に隠されていた土のにおいが、トランの体に葉のざわめきとともに吹き寄せてきた。広い森にはさまざまな人間たち、動物たち、鳥たち、虫たちが好き好きに駆けまわり、空を舞い飛び、木の枝や地面に体を休めていた。人々の呼び声、動物や鳥たちの声がひびき、木々の樹液が流れる音も漂っていた。トランの耳には、エイサラエイ！　エイサラエイ！　とヨシノのミコたちの歌声も聞こえた。

エイサラエイ！　エイサラエイ！

トランは森のなかで、ミコたちに声を合わせうたいはじめた。

金《かね》ノ御嶽ニアルみこノ打ツ鼓
打チアゲ　打チオロシ　オモシロヤ！
ワレラモ参ラバヤ！
テイトントウトモヒビキ鳴レ！　ヒビキ鳴レ！
打ツ鼓　イカニ打テバカ
コノ音《ね》ノ絶エセザルラム！

トランは歌声とともに、新緑の色の風に乗って、森の空に舞いあがった。そのとき、馬にそっくりな一人の男が森のなかをさまよい歩いていた。その男は幸か不幸か、トランの風に吸いこまれてしまい、トランとひとつになってその日の初夏の青空を飛びまわり、ヒビキ鳴レ！

ヒビキ鳴レ！　と光のなかに声をまき散らした。

なんという空の広さだったろう！

なんという青のきらめきだったろう！

あの喜びのなかにこそ、モリオはこの世に息づき、そこに生きつづけるはずだったのに！

馬に似た男はモリオの父となり、トランはモリオの母となり、ふたりで声をかぎりに、ヒビキ鳴レ！　ヒビキ鳴レ！　とうたいつづけた。けれども、いったん消えてしまったモリオの声を、あの青空に呼び戻すことはできなかった。呼び戻してやれなかった。……

12

炎に照らされて金色にひかるモリオの眼から、一粒の涙が、これも金色にひかりながら頬にこぼれ落ちる。

雨の音はさらに重く、この家を包みこむ。犬のムクロに今は十匹以上のネズミが集まり、しきりに鳴き声をあげながら、そのムクロをせっせと白骨に変えていく。

モリオは大きくまばたきをして、炎の光を受け、これも金色に見える母トランの眼に見入りながら、口を開く。

……モリオは戻ることができなかった。自分の足で、自分の体で戻ることはかなわなかった。

どんなに、あの青空を取り戻したかったことか！　少年マタシロウさえそばにいてくれれば、庭園の土がいつまでも掘り返されつづけてさえいれば、青空を見失なうこともなく、モリオは母トランを嘆かせずに生きたかもしれないのに！

ある日、ダイジョウ院から少年マタシロウが立ち去った。あとに残されたモリオは少年マタシロウとともに、自分の体をも見失なってしまった。

それにしても、まさか、あのように少年マタシロウが消え去ってしまうとは！

うかつなことに、モリオは少年マタシロウがいつ、ダイジョウ院を去ったのか、しばらくの間、気がつかないままでいた。その姿を見かけなくても、どこか別の現場で働いているのだろう、としか考えずにいた。なにしろ、庭園の全体はトウダイ寺の寺域に迫るほどの広さなのだった。

庭園の改修工事の最終仕上げに、仏塔や亭があちこちに建てられた。施主であるジンソンが立ち会う機会が増え、アイミツ丸＝モリオも当然、ジンソンの供をしなければならなかった。工事の総責任者ゼンアミが必ず、そこにはひかえていた。けれども、少年マタシロウとその父の姿が見えない。二人がどうして現われないのか、アイミツ丸の立場でゼンアミに問いかけることなどできない。不安をおさえきれず、アイミツ丸＝モリオはほかの日を選んで、庭をひとりで歩きはじめた。東の大池のほとりに沿って歩いていくと、浄土の浜辺を演出するために白砂が敷かれた一帯で、二人の男が松の枝を剪定していた。アイミツ丸＝モリオはそこにさりげなく近づき、たった今、思いついたというように聞いてみた。

——最近、マタシロウさんをお見かけしませんね。

聞かれた相手はアイミツ丸＝モリオの白い顔を見やって、無関心な声で答えた。

——ここでの用が終わったから、とっくにつぎの新しい場所に行きましたよ。

——つぎの場所って？

驚いて問い返すアイミツ丸＝モリオに、男は黙って首を横に振り、そのまま自分の作業に戻ってしまった。

工事が終われば当然のこととして、ゼンアミたちはここから去っていく。そして工事は必ず、いつかは終了する。だからこそ、少年マタシロウと親しくなりすぎることを今まで、モリオは自ら警戒しつづけていた。少年マタシロウに心を寄せていたのは、アイミツ丸ではなく、モリオだった。そのモリオもやがて、記憶のなかでのみ生きる存在となり、いつしか記憶そのものも曖昧になって消えていくのだろう。少年マタシロウも、そんなモリオの夢をよぎる影にすぎない。そう自分に言い聞かせていた。それでもダイジョウ院を去る日に少年マタシロウは当然、なんらかの挨拶をしてくれるもの、と思いこんでいた。そのとき、どんな顔をすればいいのか、なにを言おうか、不安とあきらめのなかでモリオは思い悩んでいたのだった。

ところが、少年マタシロウはモリオに一言も残さず、小石のひとつも投げずに消え去ってしまった。モリオの夢のなかに現われて、手を振って見せることもしなかった！

母鳥に蹴られて巣から追い落とされたヒナ鳥のように、モリオは途方にくれ、外界のなにひとつ見わけられなくなった。寒さに体がかじかんだ。

それでも、アイミツ丸のほうは、いつもと変わらぬ顔でジンソンの愛撫を受け、食事をきちんととり、ジンソンにつきそってゼンアミとも会い、庭園を歩きつづけていた。それ以外には、アイミツ丸なる人間は存在し得なかったのだから。

季節は冬に入り、ゼンアミと配下の男たちもとりあえず、ダイジョウ院を引きあげていった。静まりかえった庭園に、その冬は雪が異例に多く降り、新しい池も岩も木々も厚い雪に蔽い隠された。その間、アイミツ丸は風邪を引き、ジンソンも風邪のしつこい咳に苦しみながらも上機嫌に、庭園の完成祝いの計画を練りつづけていた。ジンソンが上機嫌なら、アイミツ丸も平穏無事。そのはずだった。

少年マタシロウに見捨てられてもなお、モリオは生きつづけていた。アイミツ丸の白い肌の奥深くに、身動きもできず、声も出せなくなったまま、それでも生きつづけていた。モリオはまるで忘れ去られた胎児のように、アイミツ丸の内側で生きのびていた。そして、モリオがそのように閉じこめられてからというもの、アイミツ丸ははじめて思い知らされることにもなった。少年マタシロウに見捨てられたモリオは「喜び」だった。モリオはこの世を生きる人間が持たなければならない「記憶」なのだった!

春になり、庭園の完成祝いが盛大に催されたが、そこに現われたのはゼンアミ一人だけだった。どれだけまわりが華やかににぎわっても、アイミツ丸の内側のモリオは闇に包まれたままだった。

すぐあとに大きな地震が連続して起き、秋には台風で水が溢れ、庭園の一部が崩され流された。その修理のときには、もはやゼンアミすら姿を現わさなかった。

十月、ミヤコから将軍がダイジョウ院の庭園を見物に来た。武家の将軍などとつき合う気のないジンソンは寝殿の外には出ず、将軍を庭園に案内したのはコウフク寺の僧たちだった。でもそんなことは気にせず、将軍は大いに新しい庭園を賞賛し、嫉妬の顔も見せた。将軍としてはダイジョウ院などに負けていられず、天下で一番の庭園をゼンアミにむりやりにでも作らせなければならない。将軍はそのあと、すぐにゼンアミを呼び、ヒガシ山山荘の作庭を命じたらしい。

しかし、そんな出来事もすべて、アイミツ丸のなかのモリオを素通りしていった。モリオが穴の底から這い出なければ、アイミツ丸の眼に映るものは色の美しさにかがやかず、耳に入るものは音のひびきに波打とうとはしなかった。

ふたたび冬が来て、春になり、秋が巡ってきた。

馬借の蜂起がヤマシロでも、オウミでも、そしてヤマトでも、ますます頻繁に起こり、ヤマトではフクチ院にも火が放たれた。

このときばかりは、穴のなかのモリオが頭をもたげ、父と母の姿を見届けようとした。フクチ院は父と母が所属する、あまりに身近な寺だった。その寺を馬借たちは襲い、火で包もうとした。馬借だった父マタシロウの血はこの火を見て、さぞかし騒ぐことだろう。今まで、大仏などにひれ伏しながらなんの夢を見ていたのか、とただちに鼓を投げ捨て、なつかしい馬借の仲間と馬たちのもとに駆け戻る。母トランは少女のころに仰ぎ見ていたカササギのマタシロウを見出し、まわりに漂う馬の濃厚なにおいに眼を細めるのかもしれない。

しかし、馬借たちの火は実際には、あっけなく消されてしまい、父マタシロウはあいかわらずきらきらしい装束を着こんで、大仏のもとで鼓を打ちつづけ、母は体の節々が痛むのをこらえながら、舞々のひとりとして、その眼は遠いヨシノに向けながら、歌をうたい踊りつづけていたのだった。

アイミツ丸はすでに、はたちになっていた。いつの間にか、ジンソンよりも背の高い、ほっそりとした青年に成長していた。脚にはすね毛が伸び、ヒゲも毎日、剃らなければならなかった。ペニスの色も変わって、とっくにアイミツ丸なる童名は似合わなくなっていたが、ジンソンが得度を許すまで、アイミツ丸はアイミツ丸のままに留められた。

そのころから、今までの勉強の成果が認められ、ジンソン主催の連歌の席にアイミツ丸も連なることが許されるようになった。例の「しらとりのつばさの音や北の星」の発句ですでに、ジンソン秘蔵のアイミツ丸はその登場を期待されていた。もちろん、狭い貴族社会のこと、アイミツ丸がダイジョウ院に誕生した当時から、「この世ならぬ美貌の少年」はうわさの的になっていた。はたちになったアイミツ丸としては、自分の姿はとっくに少年の清らかさから見放されているのに、と不安でならなかった。勉強もかなり真剣につづけてきたが、自分に連歌の才があるとはとても思えなかった。それでも、ジンソンの期待のまま、背伸びをして、連歌の席でなけなしの言葉をあやつるほかなかった。

さいわい、アイミツ丸の連歌界へのデビューは、適度な満足感をもって迎えられた。才があまりに秀でていても、あるいは「本物の美少年」がそのまま現われても、考えてみれば、それはかえって危険なことにちがいなかった。多少、トウの立ってしまった、それでもまだ多少は観賞するに足る美青年であり、連歌の才も並みである、そんなアイミツ丸ならば、嫉妬や憎しみと無縁でいられた。ジンソンもだからこそ、安心してアイミツ丸の連座を許す気になったのだろう。

ジンソンは自分の育てあげたアイミツ丸にとりあえず、目標達成の安堵をおぼえていた。お世辞半分で、アイミツ丸の美貌と連歌の才がほめたたえられると、満足気に笑みを浮かべ、いやいや、この者をうっかり甘やかしてはなりませんぞ、などとつぶやいた。ジンソンもまだ、若さを失なってはいなかった。夜になれば、アイミツ丸の白くかがやく細身の体を愛でつづけていたが、じつはそのころから、つぎなる「本物の美少年」をジンソンは探し求めはじめていたのかもしれない。

はたちになったアイミツ丸はジンソンのふわふわとやわらかな胸に頬を寄せつつ、モリオの寒さを体の奥に感じつづけていた。モリオが身をひそめる穴の闇を忘れられずにいた。

翌年、ミヤコで総勢三十万にも及ぶ武士たちが天下を東西にわけ、果てしのない戦争をはじめた。西軍が手当たり次第に、街に火を放てば、東軍もおもだったいくつもの寺を炎上させた。貴族たちの家も燃え、焼け出された貴族たちがヤマトに続々と疎開してきた。そのなかには、ジンソンの両親や兄弟、甥たちも含まれていた。ほかにいわゆるミヤコの五摂家と数えられる貴族たちもヤマトに移ってきたので、ミヤコの上流社交界がそのまま、ヤマトに流れこんできた結果となり、ジンソンもしばらくはその対応に追われつづけた。

正真正銘の大貴族たちがジンソン主催の席に加わりはじめたことで、アイミツ丸の影は急速に薄くなった。いくら絹や香でみがきあげても、化粧をしても、所詮は元馬借の息子なのだった。白粉に頬紅までつけた大貴族たちの独特な言葉、優雅な立居振舞いの前では、つけ焼き刃の貴族のマネゴトが安っぽく見えてしまうのは避けられないことだった。ジンソンも自分の父や兄弟と日常的に顔を合わせるようになって、少しずつ、自分のアイミツ丸に興醒めな思いを持ちはじめていたのではなかったか。

しかし、アイミツ丸になにができただろう。時は刻々と過ぎていく。そして、アイミツ丸の年齢も一年一年増していく。ジンソンの父や、ほかの「本物の貴族」たちと同席しながら、自分がいったい、どのような発句を口走り、短冊に書き記しているのか、モリオの沈黙に耳をふさがれてしまったアイミツ丸の記憶には残らず、ダイジョウ院での日々は、山のせせらぎのごとく小さなきらめきをまきひろげながら、いたずらに流れていくばかりだった。

二十二歳になり、二十三歳になり、アイミツ丸の体から色が抜けていった。藍色を帯びた髪の毛はまだ豊かだったし、ジンソンの好んださびしげな色の瞳も変化を見せてはいなかった。けれども確実に、体の肉は落ちつづけ、足音もひびかなくなっていた。

ミヤコでの戦争はいつまでも終わらず、キヨミズ寺もハセ寺も燃え落ちた。

そんな日々のある夜更け、アイミツ丸はふと眼がさめた。夏の夜、白絹の蚊帳のなかで、アイミツ丸の体は火照っていた。ゼンジョウ院に仮住まいをつづけている父のもとにジンソンは泊っていたので、その夜のダイジョウ院の寝殿はいつもより静かだった。アイミツ丸付きのふたりの小坊主が、部屋の奥で身を寄せ合って眠っていた。ふたりの寝息ともいびきともつかない音が小さな虫の声のように聞こえた。ちょっとやそっとのことでは起きそうになかった。

アイミツ丸は体を起こし、まず顔の汗を指先で拭い、首から胸の汗を拭った。シトネの絹もアイミツ丸の体温を吸って熱くなっている。尿意もなかった。夜風に当たりたくなった。アイミツ丸は蚊帳から出て、ヒサシの間まで行き、シトミ戸の外にひろがる夜の庭園をながめた。月の光を映す西の小池から、涼しい風が吹き寄せてくる。アイミツ丸はそのまま、スノコまで出た。思いのほか明かるい月の光に、木々も岩もほの白く闇に浮かびあがって見えた。風が弱く流れるたびに、木の葉が揺れ、月の光も揺れた。山のほうから、オオカミやコノハズクの鳴き声がひびき、夜空にこだまする。このダイジョウ院やカスガの山を警護する衛士たちのかがり火も遠く近くにいくつもひかって見えた。ひとつひとつの炎が木々の間をすり抜けていく。

木と木が深く重なった濃い闇に、青くひかるひとつの点をアイミツ丸は見つけた。すでに、汗の引いたアイミツ丸の体が震えた。アイミツ丸は眼を見開き、それから眼を閉じ、もう一度、眼を開いた。青い点は消えず、闇の奥に浮かんでいた。そしてそれは、アイミツ丸に向かって近づいていた。

アイミツ丸はコウランに両手でしがみついて、青い光を見つめつづけた。体の震えが大きくなり、息も苦しくて、口を閉じていることができない。青い光は急速に大きくふくらみ、それは一頭のケモノの姿を見せはじめた。

真青なシカがまっすぐ、アイミツ丸を見すえながら、月の光のなかをすべるように迫ってくる。四本の脚はゆるやかに動いているが、その足音は聞こえない。そして、青いシカはアイミツ丸から三メートルほど離れたところで立ち止まった。アイミツ丸は口を開けたまま、震えていた。青いシカの両耳は切り取られ、そのため、頭の角がめだち、大きな丸い眼がより大きくかがやいて見えた。青いシカはその眼でアイミツ丸を見つめ、軽くうなずいてから、夜空に顔を向け、甲高い鳴き声を一声あげた。

それは、モリオを穴の底から呼び戻す声だった。両耳を切り取られた青いシカも、この世でだれよりも必要なモリオをそれまで長い間、ヤマトの山々に、里に探し求めていたのだった。

13

母トランにはわかっていた！

モリオはモリオとして生きるほかないひとつの命なのだ、とわかっていた。

モリオがこの世に生まれ出る前から、子宮の重みとして、母トランはモリオを知っていた。

母はその命にしか関心を持たない。モリオが極上の絹に幾重にも包まれた生活を送ろうが、元馬借の子がついには、コウフク寺の幹部におさまるのではないかとうわさされようが、それはすべて命の外側に吹く気まぐれな風。新しいひとつの命として、母の子宮のなかで貪欲に栄養をむさぼり、時が充ちてこの世に誕生した猛々しいまでのモリオの命を、母は忘れることができない。その命が揺らぎ、傷つき、崩れ去ることがあってはならない。母トランはモリオを遠くから注意深く、不安にあえぎながら見つめつづけずにいられなかった。

母トランはモリオに近づけなかった。声も聞き届けることができなかった。となれば、ダイジョウ院のなかで生きているはずのモリオ、現実の眼には見えないモリオを見つめつづけるしかなかった。

母トランにはわかっていた！

モリオは自分自身の影であり光である少年マタシロウを失ない、子どものころになじんでいた荒れた庭園を失ない、母を失ない、父を失なった。ジンソンはアイミツ丸を見つめてはいるが、モリオの変化にまで気づこうとはしない。モリオの体から、色と重さが少しずつ消え去っていく。

母トランはモリオに近づけないまま、モリオを見つめつづけた。見つめつづけずにいられなかった。

あの奇妙な出来事が起こらず、そしてジンソンとのつながりも変化せず、モリオの得度の日が先延ばしにされつづけていれば、母トランもモリオを遠くから見守るままでいたのかもしれない。たとえ、モリオが自分の夢のなかから青いシカを呼び寄せようと、モリオの命がそれで守られるというのなら、母トランとしては、青いシカをモリオから追い立てるつもりはなかった。あのころのモリオは青いシカをなによりも必要としていたのだったから。

奇妙な出来事は、夏の朝早く、カササギの家で眠っていた父マタシロウの耳を打つ乱暴な音からはじまった。家の板戸を外から棒で打つ音だった。マタシロウもトランももちろん、すぐに眼がさめ、寝ぼけた顔を見合わせた。荷車でもぶつかったのか。山のケモノがなにかに追われてきたのか。でも、そんな音ではない、と家のなかのふたりは気がついていた。人の声が聞こえた。それも、一人の声ではなかった。マタシロウの名を無遠慮な大声で呼びたて、板戸を割る勢いで、音高く棒で打ちつづけている。どんな咎めがあってのことかは知らないが、コウフク寺の公人たちがマタシロウを捕えに来た、と二人は血の色の引いた顔で互いに見つめ合った。逃げることはできない。いかなるツミも犯したおぼえがなくとも、咎めは咎めだった。だれかがその気になれば、マタシロウのツミなどいくらでも簡単に作ることができる。

板戸がついに破られ、三人の男たちがそれぞれの手に長い棒を持って、家のなかになだれこんできた。コウフク寺の公人ではなく、ただ着物の裾をからげただけの、どこかに属する下人たちだった。刀を持つ公人たちではなかったので、とりあえずほっとした父マタシロウの耳に、ひとりの男の声が聞こえた。

——われわれはカササギのマタシロウの身柄を引き取りに来た。フクチ院寺主リュウシュンさまの子であられるソウシュンさま所有の下人マタシロウは、ソウシュンさまの借金の担保として、ミョウトク院に「質入れ」されていたが、このたび、所定の返済期間を過ぎたので、カササギのマタシロウは「質流れ」となり、ミョウトク院所有の下人としてその身柄を移されることとなった。今すぐに、マタシロウをわれわれはミョウトク院に運ばねばならぬ。

父マタシロウの生涯でたぶん、このときほど仰天したことはなかっただろう。身におぼえのない咎めで罪人にされたほうがよほど、冷静でいられたかもしれない。それはこの当時、いつでも、だれの身にも起こり得ることだった。ジンソンがマタシロウを突然、牢に放りこむなど、羽根を持つ虫をつかまえるよりもたやすいことなのだった。けれども、「ソウシュンさま所有の下人」だとか、「質入れ」や「質流れ」、そして「借金の担保」、どれもマタシロウにはそもそも意味がわからない言葉だった。聞いたことのない物語の登場人物たちが意味不明のセリフをわめいている。これは夢の一種なのか。でも、どう見ても土間で棒をかまえて立つ三人の男たちは、本物の人間のようだった。

──さあ、早く外に出ろ！　荷物などはあとから運べばよい。さあ、早く！

男たちは声をそろえて言う。

マタシロウは妻トランと顔を見合わせた。とっさにトランは立ちあがり、夜着のうえに小袖を掛けて、土間におりた。

──申しわけございませんが、とんでもないまちがいが起きているようでございます。これからフクチ院に行き、リュウシュンさまに事情をお聞きしたいと存じます。ソウシュンさまもいらっしゃることでしょうから、くわしく説明していただけることでしょう。わたしがフクチ院から戻るまで、しばしお待ちくださいますでしょうか。

トランは腰を低くかがめて、男たちに頼みこんだ。男たちはしかし、無情だった。

──いや、それはならぬ！　われわれは命じられたことを実行するのみ。とにかく、ミョウトク院までマタシロウは体を運び、それからなにか言いたいことがあれば、訴え出るがよい。ミョウトク院でおまえを担保にしたソウシュンさまの質札を確認できる。

このように言われ、ともかく、マタシロウは三人の男に囲まれてミョウトク院に行ってみることにした。コウフク寺ミョウトク院はヤマトを支配するもうひとつの門跡寺院イチジョウ院に属する寺で、カササギから歩いてもわけなくたどり着く。トランは家に留まり、マタシロウを見送った。どうやらこれは明きらかに、フクチ院のソウシュンが仕組んだカラクリにちがいない。いったん気持がおちついてみると、そのように見当がついたので、トランの不安は消えた。まだ若いソウシュンの女狂いはトランも聞き知っていた。父親のリュウシュンからして、不浄の女と縁を切ることができず、なかば公然と、ソウシュンの母ともう一人の若い女を寺内に置いている。女だけならまだしも、ソウシュンは賭博にも手を染めているらしい。ミョウトク院にいるだれやらが、おそらく賭博仲間なのだろう。賭けに負けつづけ、ソウシュンは苦しまぎれに、フクチ院に属するマタシロウを自分の下人と偽り、借金のカタとして、そのまま忘れてしまった。そんな想像をトランは巡らせたが、実際、ほぼその通りの成り行きだった。

ミョウトク院に行ったマタシロウは、自分が担保となっている質札を自分の眼で見届けてから、すぐさまフクチ院を監督する立場のダイジョウ院門主ジンソンに正式な訴状を書き送った。個人的にソウシュンを責めたてたところで、事態の解決にはならない。リュウシュンとマタシロウは主従関係であり、下人ではないとの折紙をすでにジンソンより与えられてはいたが、リュウシュン親子から見れば、そこにどれほどのちがいがあっただろう。この事件を訴え出るには、ジンソン一人を頼りにするほかなかった。

マタシロウの訴状を受けてからの、ジンソンの対応は素速かった。ことは、アイミツ丸の父親にかかわっているのだ。へたをすれば、「質流れ」の父親を持つような「近侍の小者」を抱えてきたジンソン自身が笑いものになる。ジンソンはコウフク寺の最高幹部の僧たちに徹底した調査を命じた。その結果、ソウシュンはなにもかも白状せざるを得なくなった。貴族の世界から見ればささやかなこの事件に、ジンソンは大いに立腹していた。激怒していた。カササギのマタシロウがいかなる者かを知らずに、自分の借金のため、「質入れ」したソウシュンの愚かさに腹を立てていたし、今ごろになって、こんな事件が起きたことにも腹を立てていた。以前、アイミツ丸のために発行したあの折紙はなんの役にも立たなかったことになるではないか。

ジンソンは激怒しつつ、まず、ソウシュンに命じ、カササギのマタシロウはいかなる者にとっても下人にあらず、との告文をしたためさせた。それから、マタシロウ及び長男マタロクを呼び、マタシロウにこの告文の正文を手渡し、案文は封をしてコウフク寺の金庫に納めた。最後に、マタシロウとマタロクの連署で新しい念書を書かせた。すなわち、アイミツ丸は永久にダイジョウ院門跡に進上する、自分たちとは一切関わりがない、という内容の念書だった。

母トランは念書がジンソンに渡されてのちはじめて、マタシロウの口からこの内容について聞かされた。今更、トランにわざわざ相談するまでもない。とっくにモリオの所有権をジンソンにゆずっているのだから、要するに、単なる念書にすぎない。母トランにも、それは理解できた。しかし、やはり母として胸が痛くなった。「永久に」との強調の言葉はなにごとだろう、と苦痛の涙が出た。「永久に」とは、死んだのちまでもモリオはジンソンの所有物のまま、という意味なのだ。いくら、「質流れ」の一件で危ういところを助けられたとは言え、モリオの父マタシロウはそこまで、あのジンソンにおもねる必要があったのか。いや、もしかしたら怒り狂ったジンソンに強いられて、マタシロウは内心、不本意ながら、念書を書かされたのかもしれない。念書の言葉もあらかじめジンソンが用意しておいた。「永久に」という言葉にぶつかったとき、父マタシロウの筆を持つ手は一瞬、氷に変わってしまい、全身の毛が逆立ったのかもしれなかった。

この念書について、マタシロウもマタロクもトランに対し、必要最小限の報告しかしようとしなかった。ジンソンがなにを言い、どんな表情を浮かべていたのか、モリオがその場にいたのかいなかったのか、母トランはなにも聞くことができなかった。

マタロクがサカイに急いで戻ったあとも、父マタシロウは口を閉ざしたままだった。肥りすぎていた体から少なくとも五キロは肉が落ち、頭には白髪が急に増えてしまった。この一件でマタシロウの感じた屈辱を、母トランはそんなところに読み取ることができた。カササギのマタシロウも今や、五十に届く年齢になっていた。かつて自分で自分を買い取った伝説の人物マタシロウだというのに、こんな年になっても貴族僧たちのふやけきった遊びごときで、下人の身にたやすく落とされてしまう。なにも変わらない。死ぬまで、同じことが起こりつづける。いや、死んだのちまで、ジンソンはマタシロウからモリオを奪い去った。

父マタシロウは急速に老けこみはじめた。趣味でつづけてきた利殖の楽しみも感じられなくなった。マタシロウ風情がいくら金を貯めても、ジンソンから見ればそんな金はネズミのフンほどの価値にもならない。どんなに金を積んでも、モリオを買い戻すことは決してできないのだった。

父マタシロウは背を丸く縮め、家の暗がりにうずくまって、ヒンヒンとすすり泣くように、馬の声を洩らしはじめた。ヒンヒンヒヒン……。ヒンヒンヒヒン……。昔、馬借だったころに唯一の親友だった老馬とマタシロウはふたりきりでひそやかに話を交わしつづける。ヒンヒンヒヒンという声とともに、マタシロウの顔も馬と重なっていく。かけがえのない親友の老馬から、マタシロウはどんな慰めの言葉、忠告の言葉を聞かされていたのだろうか。

ジンソンのほうでは、このときの怒りをきっかけに、アイミツ丸の得度を決意するに至った。そこにどんな心理のアヤがあったのか、母トランにも、だれにもわからない。いずれ、アイミツ丸を得度させ、ジンソンの「近侍の小者」から卒業させなければならない。はじめから、それは決められていたことだった。いつの間にか、アイミツ丸は二十五歳に達していた。「質流れ」の一件で、「永久に」その実の父母と兄の影を消し去った今では、アイミツ丸を安心して手放すことができる。この世でいったん手放しても、あの世ではそれこそ「永久に」、アイミツ丸はジンソンの「愛」として、ジンソンの一部として生きつづけるのだ。

このような考えを、ジンソンがたどったのかどうか。それとも、ちょうどそのころ、新しい「近侍の小者」の有力な候補を、ようやくどこかに見つけだしたということだったのだろうか。

ともあれ、翌年の四月に、ジンソンはアイミツ丸の得度の日を定め、そのための準備を手配させた。すなわち、モリオの身としては過度の緊張を強いられる連歌の席に加わりながら、ホトケの教えを学び、経文を理解するための猛勉強を否が応でも、はじめなければならなくなった。

14

……青いシカはモリオの夢だった。いや、夢ではなかった。

この世こそが一期の夢というのなら、青いシカはその夢のなかで、時を越え、確実に生きつづけているモリオの「喜び」だった。夢を破るモリオの「記憶」だった。ほかのことは忘れても、青いシカだけは今でもモリオそのものとして、モリオは思い出すことができる。青いシカのなかに、ダイジョウ院の古い庭園がひろがり、ヘビがうねり、少年マタシロウが髪をなびかせて走り、さまざまな鳥がうたっていた。空がひかり、雲が動き、風が吹き、雨が降っていた。

母トランの歌声も、モリオ自身の歌声もそこにはひびき渡っていた。

モリオはアイミツ丸として、十年生きた。それから、アイミツ丸は消え、ジョウアミという、頭の青い僧が生まれた。

それでも、モリオはモリオのままだった！

青いシカはモリオの夢であり、夢ではなかった。あの青いシカがいるかぎり、モリオはモリオとして生きることができた。父マタシロウがカササギからついに逃げだせなかったように、モリオもジンソンの手から、コウフク寺から、ヤマトから、抜け出すことはできなかった。でも、父マタシロウが唯一の親友だった老馬とふたたび、この世で巡り会い、語り合う喜びを見出したように、モリオもまた、唯一の友として青いシカを見つけ、視界に色を取り戻し、音を聞きはじめたのだった。

たとえ、青いシカがモリオのつむぎだした夢だったとしても、モリオは長い間、本当に長い間、青いシカを探しつづけていたのだし、青いシカもその間、モリオを探し求めていたのだ。


それにしても、両耳を失なった青いシカは気まぐれにしか現われてくれなかった。ジンソンがそばにいるときは、もちろん現われない。連歌の席と仏典の勉強を強いられ、モリオは疲れきっていた。朝起きるときは、耳が鳴り、眼がまわった。家のなか、家の外を歩くと、体が下に落ちていく気がした。せめて連歌の席を休めたら。でも、得度を受け、コウフク寺の僧として独立しなければならないモリオにとって、連歌の席の常連でありつづけることは重要な意味を帯びていた。それは本物の上流貴族と肩を並べるという特権にちがいなかった。連歌も百韻ぐらいなら、丸二日でどうにかこなすことができる。ところが、千句、万句ともなると、一週間どころか、十日、二十日と延々とつづくことになる。ミヤコに戻りたくとも戻れない貴族たちは暇を持てあましていたから、いくらでも連歌にエネルギーを注ぎこもうとする。しかしモリオにとって、それは命がけの日々にほかならなかった。そもそも貴族たちと同席しているだけで、その白粉と香のにおいでモリオは呼吸困難におちいっていたのだ。

疲労が重なりすぎると、せっかく一日のしめくくりである自分のシトネにたどり着いても、神経がとがって寝つけなくなった。ようやく眠れたと思えば、岩に押しつぶされたり、谷川に流されたりする悪夢が現われ、呻き声が洩れた。そんな夜も、青いシカは現われてはくれなかった。

疲労の限界が来ると、ここで死ぬわけにはいかないと体が自動的に決断をくだすのか、ときどき、短かい睡眠時間を正体もなく熟睡する夜があった。そして、青いシカはそんな夜、モリオを誘い出すために現われた。

青いシカはなにも語らなかった。喉を鳴らし、透明な丸い眼をひからせるだけだった。モリオにはそれで充分だった。青いシカの丸い眼は、少年マタシロウの眼でもあった。その眼に見つめられると、モリオの体に新鮮な空気が流れこんできた。

白い夜着のまま、モリオは青いシカの背にまたがる。青いシカとモリオは同時に、笛のような叫び声をあげる。それから、青いシカとモリオは一陣の青い風となって、カスガの山に駆けのぼって、ジョウルリ寺の上空をまわり、南下してミワ山の頂上におり、月と星の光をそこで存分に浴びることもあった。また、ムロウ寺をのぞいてから、その山中に棲む龍神に挨拶し、ヨシノの山々を突風のように、あるいはそよ風のように走り巡った。

コノハズクやコウモリが翼をひろげて、あとを追ってくる。森のなかでオオカミたちが警戒して牙をひからせ、うなり声をあげる。ムササビやモモンガがあわてて、木から木へと滑空をはじめる。ウサギも、キツネも、イタチもみな、山のなかを逃げまどう。青いシカの仲間であるシカたちは深い眠りのなかで、青い風のにおいを嗅ぎわけ、鼻を動かし、尾を震わせる。

山から山を走りまわるのは、木々の葉をさまざまに揺らし、その歌声を聞くことでもあった。冬の山では、雪を散らし、その光の渦に身をまかせることでもあった。雨の降りこめる夜はイナズマになりすまして、雨の重い幕を一筋に鋭く切り裂いた。そして、星と月のかがやく夜は山のなかにひろがる光を蹴散らし、かきまわし、空に投げあげ、谷に流し落としたりして、光とたわむれた。谷川の水に潜りこんで、一匹の銀色の魚になって水に流される感触を楽しむこともあった。夜空に舞いあがるときは、白い鳥ならぬ青い一羽の大きな鳥に姿を変えて、翼をひろげた。その鳥には、四つのよくひかる眼が備わっていた。これこそが、本当のカササギだったのかもしれない！

青いシカはしかし、めったに現われてはくれなかった。モリオが疲れすぎていたためだった。そして青いシカが現われれば、翌朝のモリオは本物の病人のように、シトネから頭を起こすことさえむずかしくなり、むりに立ちあがっても足が震え、腰が曲がってしまった。

得度の日が近づくにつれ、モリオの体はすきとおり、少年のころの野イチゴのような赤い唇も今は、灰色にくすんでしまった。めまいのつづく眼も焦点を結ばなくなっていた。

ジンソンはそうしたモリオを気がつくかぎり、いたわりつづけた。

――明らかに過労だな。得度の日までどうにかこらえれば、あとは楽になる。いくらでも休養がとれるようになる。アイミツ丸よ、あと少しだ。栄養のあるものをせいぜい食べなさい。クマのイや、チョウセンニンジンを取り寄せよう。睡眠も大切だから、ほかのことは一切気にせず、ひとりでゆっくり寝たほうがよいだろう。

わざわざこのように言われなくても、モリオはすでに三カ月ほど前から、ジンソンのシトネに呼ばれなくなっていた。ガイコツさながらの体では、どのような愛撫をもおのずと拒否しているようなものだったし、愛撫をするほうもよほどの覚悟を要しただろう。

ジンソンはしかし、心の冷たい人間ではなかった。自分が十七歳のときに庭園の池のほとりで見出したモリオへの思いを、まだ心のどこかに残していた。以前に感じつづけていた疑いとトキメキは今、怒りの混じった悲しみの思いに変わっていた。幽鬼のように瘠せおとろえても、アイミツ丸は独特の美しさを保っていた。貴族のなかにいれば、出自のちがいはいやでも歴然と見えてしまう。アイミツ丸は貴族とはあくまでも異質の、人間の形をした生きものの一種だった。ジンソンはそのちがいをこそ愛していたのだった。死後のアイミツ丸まで手に入れ、体の隅々を知りつくしても、アイミツ丸と名づけた生きものそのものを手に入れたという感触はついに得られないままだった。十五歳のときから十年以上経った今まで、アイミツ丸はジンソンの望み通りのアイミツ丸として充分すぎるほど、生きつづけてくれた。不満もなければ、失望もない。それこそが、ジンソンの不満であり、失望だったのかもしれない。アイミツ丸はどうあっても、ジンソンには見えないなにかを見つめつづけ、聞こえないなにかに耳を澄ましつづけている。この世に生きながら、片足をあの世に踏み出してしまっている、まだ、母トランに抱かれていたころから。

この世のだれのものにもなるはずがないアイミツ丸、もしくはモリオを愛するという矛盾に、ジンソンも胸の奥深く疲れを感じはじめていたにちがいない。アイミツ丸と、そして自分をもこれ以上、追いつめることがあってはならない。このまま、アイミツ丸が得度を受け、僧としてあの世と親しんで生きつづけること、ジンソンはだれよりもアイミツ丸自身のために、その実現を祈っていた。ほかにアイミツ丸がぶじに生きつづける道はないのだから、と。

すでに亡霊同様になり果てたアイミツ丸だったが、連歌の席では、しばしばみごとな着想の発句を披露して、同席の貴族たちをびっくりさせていた。どこで、あのような着想を得てくるのだろう、とささやかれた。並々ならぬ才をついに本格的に開きはじめたのだろうか。ソウギのように、生まれついての山のにおいを漂わせているではないか。

〈深き夜の夏のイナズマぞ山ゆらぐ〉

〈竜神に花の風こそ吹きすぎて〉

〈雪に舞いなにを歌うか山姫よ〉

こんな発句がモリオ＝アイミツ丸の口からいくらでもこぼれ出てきた。このていどの発句なら、なんの苦もなくひねり出せた。モリオとしては、自分の発句の世界はすべて想像でもなければ、奇をてらった思いつきでもなかった。単純なリアリズムだった。だから、どんなに高い点をもらっても、うれしい気持にはなれず、ただ、改めて青いシカが恋しくなり、悲しくなるばかりだった。しかも、モリオ＝アイミツ丸の発句はどれもソウギの影響を強く受けすぎていた。どうしてだれもその欠点を指摘しようとしないのか、モリオにはかえって不思議だった。もしかしたら、あのソウギも自分の「青いシカ」を隠し持っているのかもしれない、とモリオは考えてみることもあった。そのソウギは当時、ミヤコで延々とつづく戦乱にいや気がさしたらしく、東国のフジの山よりもさらに北の山々に姿を消してしまっていた。

アイミツ丸の得度の日まで、残り十日となった。コウフク寺の寺域に新しい宿坊も完成し、戒師も定められた。四月のはじめ、荒れた天気がつづき、サクラのあとを追ってせっかく咲きはじめたカキツバタが雨に倒れ、泥水に押しつぶされてしまった。

その夕方、アイミツ丸はジンソンに呼ばれ、屋根を激しく打つ雨の音に耳を傾けながら、ジンソンの部屋に入った。シトミ戸を全部開け放していても、雨の湿気が部屋のなかに淀み、雲に包まれたように人影がぼんやりとしか見えなかった。ジンソンは自分の執事である老僧二人と帳簿らしき紙の束を前に、庭園のほうを向いて坐っていた。部屋と庭園の間にあるスノコの隅に一人の少年が両手を床につけたままの姿勢で、顔だけはジンソンのほうに上向けて坐っているのが見えた。スノコのはじには、雨粒が遠慮なく降り注ぐ。少年の背も髪も、あたかもここまで池のなかを泳いできたかのように濡れそぼち、体のまわりの床に水たまりを作っていた。部屋に入ってきたアイミツ丸にその少年はふと眼を移した。アイミツ丸は少年を見つめ返し、そしてすぐさま、だれにともつかず頭をさげ、眼をつむった。浅葱《あさぎ》色の水干を着た少年はかつてのモリオのように色白で、唇も赤くかがやいていたが、モリオとちがって肉づきがよく、眼尻が下がり気味の顔は人なつこく、泣き笑いの表情に見えた。

——あれはアイレン丸という新しく召し抱えた小者だ。今後のため見知りおくように……。

頭をさげたアイミツ丸の耳に、ジンソンの細い声が聞こえた。

15

ダイジョウ院の外から、母トランはモリオを見つめつづけた。カサギ集落から一心に、ひたすら見つめつづけた。モリオから眼を離すことができなかった。モリオになにが起きているのか、トランの知りたいことはなにひとつ見えず、聞こえなかったから、それで、母トランはモリオを見つめずにいられなかった。

なにも聞こえない。なにも見えない。

だからこそ、母トランはモリオを見つめつづけた。見つめつづけた。モリオの命が揺らぎ、傷ついていることだけはわかっていたから。かつて感じた悪い予感がとっくに現実となっていると知っていたから。

モリオを見つめつつ、夜を過ごし、朝を過ごした。

一日一日が過ぎていく。

ミヤコでの戦乱はだらだらとつづいていた。大勢の貴族たちがヤマトに疎開してきたため、寺の建物が建増しされ、新しい堂も建ち、その地鎮祭や棟上げなどがあいついだ。

鼓打ちのマタシロウや舞々のトランが呼びだされる回数は増え、以前よりもかえって忙しい身になっていた。年老いた父マタシロウは悲しげに眼を伏せ、溜息を洩らしながら、トウダイ寺で、コウフク寺で、ガンゴウ寺で、あいかわらずへたなままの鼓を打ちつづけた。そして、母トランも通常ならば引退すべき年齢をとっくに越えていたものの、そんな年齢を無視して、厚化粧と派手な装束のもとに、あちこちの寺で舞いつづけた。もしかしたら、ダイジョウ院で舞う機会が訪れるかもしれないのだし、ほかの寺でモリオと巡り会えるのかもしれなかったから。けれどもそんなことは起こる気配もなく、日々は過ぎていった。母トランは眼に見えないモリオを、ひたすら見つめつづけた。見つめつづけた。

そんな日々がつづくうち、とうとうモリオの得度の日が決まった。

フクチ院からその日付けとジンソンの言葉が、父マタシロウに伝えられた。モリオの両親であったふたりは、今やモリオとなんのつながりも持たないゆえ、得度を受けたモリオに与えられる法名を知らされず、コウフク寺の宿坊の場所も知らされない。一人前の僧になるまで、当分、モリオは俗界との接触を断って、特別な修行を積む必要があるので、なおさらのこと。修行の場所もふたりに告げるわけにはいかない。しかし、ダイジョウ院門主にしてコウフク寺別当であるジンソンがモリオの親となり兄となって責任を持つので、安心するがよい。

今さら、わざわざそんなことを言われてもな、という無関心な顔で、父マタシロウはこの言葉を母トランに伝え終えると、逃げるように塗籠《ぬりごめ》のなかに閉じこもって、ヒンヒンヒンといつものつぶやきをはじめた。炉端にひとり残された母トランもジンソンの言葉を聞き流しつつ、ホトケの道に入ったら、モリオはいったい、どうなるのか、モリオがそれで救われるとはとても思えない、と下唇を血がにじむほどに嚙み、見えなくなってしまったモリオを、母に声を届けられなくなったモリオを、新たな決意をこめて見つめつづけた。見つめつづけた。

母トランは来る日も来る日も、モリオに視線を送りつづけ、その視線はダイジョウ院のなかに生きるモリオの身辺を漂う小さな黒い点となり、点と点がさらに重なり、空中の影はひとつの生きものの形を成していき、それは一匹の黒いコウモリの姿となって、宙をはばたきはじめた。

モリオの得度まで、あと三日という日の夜更けだった。

トランの眼であるコウモリはとりあえず、自分の居場所をヒサシの間の天井の隅に定め、板と板の隙間にしがみついて逆さにぶらさがった。いわゆる視力というものには恵まれていないコウモリだったが、超音波の能力はすぐれていて、本当の眼を使うよりも鋭敏かつ明確に、まわりの空間を探ることができたし、ネズミにそっくりなそのとがった耳は注意深くどんな音でも聞き逃がさなかった。そして、トランの眼であるコウモリは出し抜けに、庭先に立つ青いシカを見つけ、驚きのあまり、天井から床に落ちそうになった。

庭のかがり火に照らしだされた夜の庭に、氷のかたまりに似た、真青なシカが部屋のなかのモリオを見つめて立ちつくしていた。シカらしい顔に見えないのは、両耳が切り取られているからだった。部屋のなかから、モリオが夜着のまま駆け出てきた。笑顔で青いシカの首に抱きつき、頬をその鼻にすり寄せると、角をつかんで軽々とシカの背にまたがった。そして、コウモリがびっくりしているうちに、モリオを乗せた青いシカはカスガの山に向かって、宙をすべるように走りはじめた。コウモリはあわてて、そのあとを追った。

青いシカはみるみるスピードをあげ、森のなかを走り抜けていく。高く低く、音もなく、夜の闇を駆け、やがてふと、宙の一点に留まり、そのまま夜空に貼りついて動かなくなった。

コウモリはおびえに震えながら、その青いシカとモリオのまわりを飛んでみた。青いシカとモリオは眼を開けてはいるものの、深い夢のなかに閉じこめられていた。夢のなかで、青いシカとモリオはヨシノの山々まで飛び、風の音を聞き、葉のにおいを嗅いでいる。ケモノたち、鳥たちとたわむれる。山の喜びに充ち溢れた夢は夜空の一点からつむぎだされ、月の光となり、地上の森を照らしだしていた。その夢をひび割れから守るため、モリオたちは宙の一点に留まらなければならない。

そのようにコウモリは納得し、いつまでこの状態がつづくのかわからなかったので、モリオたちのじゃまにならないよう、青いシカのしっぽにぶらさがって、モリオの夢が尽きるのを待った。

モリオはこんな形で、モリオとしての喜びを取り戻している。いつのことだったか、モリオはこのシカを自分の手で殺し、両耳を切り取ったことがあった。モリオはそのことを忘れ去ってしまったのだろうか。でも、シカは忘れようとはしない。シカはモリオから離れない。自分の切り取られた両耳の代りに、シカはモリオを求めつづける。

夢の時間は内側でどんなに長い時間をたどっても、外側ではまたたくうちに過ぎていく。やがて、青いシカは夜空で一声叫んでから、ふたたびカスガの山を一巡りして、ダイジョウ院の庭先に戻った。夢の喜びに閉じこもった惚《ほう》けた顔で、モリオは青いシカから離れ、よろめきながら部屋のシトネにたどり着き、溜息とともに倒れこんだ。

それにしても、長年見ないうちに、モリオはなんと瘠せおとろえてしまったことか！　瘠せすぎて、いまだにおとなの男にもなりきっていない。ひょろひょろとただ細長くなっただけではないか。

その夜、コウモリはモリオの寝顔をのぞきこみ、母として嘆きつづけた。

得度までの残り二日間のモリオは、昼は読経と仏典の勉強に明け暮れ、名残りを惜しむジンソンと夜の食事をとり、「古今集」を互いに読みあげたりしていた。そして夜更けには夢のつかのま、青いシカに呼びだされ、山から山を駆けめぐる。

これからホトケの道に入ろうとする者が、こんなことで本当にいいのだろうか。トランの眼であるコウモリには判断がつかなかった。悩みつづけているうちに、早くもモリオの得度の日が来てしまった。

四月十一日、夜明けごろから、雨が横なぐりに降りはじめた。モリオはジンソンに挨拶をしてから、いったん自室に戻り、住み慣れた部屋を見渡してから、スノコに出た。ジンソンの特別な配慮で用意された輿《こし》が、すでに庭先に待っていた。モリオはスノコに控えている小坊主たちを見やってから、輿に乗りこみ、激しい雨のなかをコウフク寺に向かった。輿の横には、角と眼の大きな青いシカが寄り添い、コウモリがその屋根に貼りついていた。

コウフク寺の北円堂がモリオの得度の場所として選ばれ、戒師をつとめる老僧が待ち受けていた。青いシカとコウモリは雨に濡れながら、それぞれ堂の軒と庭先で得度の式が終わるのを待ちつづけた。読経がつづき、モリオの藍色にひかる豊かな髪は一本残さず剃り落とされた。その一束はラデンの箱に納められ、ジンソンに手渡すため、ダイジョウ院からつきそってきた老僧がうやうやしく、それを受け取った。それからまた、読経がはじまった。モリオの体に、ホトケの法であるケサがかけられた。堂の軒にぶらさがるコウモリの体に、その瞬間、細い針のような痛みが走った。庭に立つ青いシカは雨の粒を体から振い落とし、うなり声をあげた。

こうして、今までの「アイミツ丸」はこの世から消え失せ、「ジョウアミ」なる法名を授けられた真新しい僧が、この雨の日に誕生した。

得度の式を終えてから、「ジョウアミ」となったモリオは再度、ダイジョウ院の輿に乗って、新築されたばかりの自分の宿坊に移った。青いシカとコウモリももちろん、モリオの乗った輿につきそっていく。

あいかわらず、激しい雨が降りつづいていた。モリオの新しい住まいはカササギの家の五倍もの広さがあっただろうか。それでもここにはモリオの世話をする者たちも住むので、「ジョウアミ」の宿坊として広すぎるということはなかった。それにダイジョウ院とちがって、ここには庭と呼べる空間としては、狭苦しく陰気な露地しかなかった。なんの特徴もない手水鉢《ちょうずばち》と植込みがあり、すぐうしろに網代垣が立ちふさがる。その向こうには、別の宿坊が見えた。

コウモリはモリオに与えられたこの新しい住まいの部屋を見てまわり、外もひとまわりしてから、モリオの居室と定まった東南向きの部屋の天井にぶらさがり、モリオを見守ることにした。青いシカはあまりに狭くなってしまった宿坊の庭にとまどい、そして、モリオの体にまといつきだしたホトケの気配にたじろぎながら、その夜、手水鉢のかたわらにたたずんで、モリオを待ちつづけた。

夜明けまで、雨脚は少しもおとろえなかった。雨に打たれつづける新しい宿坊で、ジョウアミことモリオはホトケの雲に包まれ、さすがに青いシカに誘い出されることもなく深く寝入った。

翌日、モリオの体は高い熱を出し、ダイジョウ院から一緒に移ってきた小坊主たちをあわてさせた。「特別な修行」をはじめるどころではなくなった。新しく生まれた「ジョウアミ」の挨拶をダイジョウ院で楽しみに待っていたジンソンは、モリオが高い熱で倒れたと聞き、眉をひそめて、とりあえずヤマトで最高レベルの医者をモリオのもとに送りこんだ。ダイジョウ院で過ごしてきた今までの日々の疲れが、得度とともに、モリオの体から土砂崩れのようになだれ落ちたにちがいない。ジンソンも、そしてコウモリも、そのように考えた。今のモリオには、休養がなによりも必要なのだ。

コウモリは天井の隅にぶらさがって、モリオを見守りつづけた。毎夜、青いシカは手水鉢の脇に現われては高い熱に苦しむモリオを見つめ、消えていった。

モリオの熱はなかなかさがらなかった。

トランの眼であるコウモリは天井にぶらさがりながら、今さらのようにおびえを感じ、悲嘆の黒い影に胸を押しつぶされていた。やはり、モリオは得度などするべきではなかった。モリオの病いのもとは、ホトケの重さなのではないか。そういえば、遠い未来の夢のなかで、モリオとこの母は大仏をこなごなに崩したことがあったような気もする。どんな夢のつながりだったのか、それも思い出せない。その夢こそモリオのツミとして、「ジョウアミ」の誕生をホトケはさまたげようとしているのかもしれない。でもホトケたるもの、ほんの小さな存在である人間の浅はかな夢など、いちいち本気で受け取るだろうか。

トランの眼であるコウモリは不安をつのらせつつ、考えあぐねた。

大雨に降りこめられた得度の日から、一週間経ち、また雨が降りはじめた。青いシカがその夜も現われた。庭先で、人の耳には聞こえない高音の叫び声をあげ、しきりにモリオを呼びたてた。高い熱のつづく病人のモリオは呻きながら体をうねらせ、上半身を起こした。熱にうるむ眼をこすり、部屋を見渡す。十五歳のときから住みなれたダイジョウ院の広々とした部屋ではないことに驚き、モリオはさらに、眼をこする。それでようやく自分の得度を思い出したのか、髪の毛を剃り落とされた頭を左手で軽く撫でてから立ちあがろうとした。でも、足に力が入らず、モリオの体はシトネに倒れてしまう。モリオは両手を使って床を這い、明かり障子のところまで体を移動させた。明かり障子を少しずつ、横にすべらせ、広縁《ひろえん》に出て、青いシカを見出した。青いシカはモリオに向かって、もう一度鳴き声を投げかける。モリオは震える両腕で自分の上半身を支えながら、口を開け、そして小さな子どものように涙をこぼした。

——……もう、会えなくなると思っていた。……それじゃ、今までとなにも変わらないいんだね。……

青いシカは宿坊の雨に濡れた縁側に近づき、モリオの熱に火照っている頬に自分の冷たい顔をこすりつけた。モリオはシカの首に抱きつく。息が荒くなり、涙と一緒に、モリオの笑みもこぼれる。

——……雨の水がひんやりして、気持がいい。

モリオはシカの角を支えにして、その背にまたがろうと上半身を浮かせた。

トランの眼であるコウモリはいたたまれなくなり、天井から青いシカの顔を目がけて飛びおり、雪のかたまりに似たシカの鼻を鋭い牙でかじった。翼をひろげ、爪でシカの眼を引っかいた。

モリオは病気なんだから、今はそっとしておいて！　これで夜の雨に濡れたら死んでしまう！　このまま、モリオのために消えて！

コウモリは超音波で青いシカにわめきたてた。バサバサと乾いた音をたてて、翼を青いシカに夢中で打ちつけ、牙と爪でシカの顔をやみくもに傷つけた。

青いシカはコウモリがどれだけ騒いでも、ほとんどなんの反応も示さなかった。そもそもモリオの導きだしたマボロシなのだから、傷ついても血は流れず、痛みとも縁がないらしい。ただ、コウモリが自分の顔の前で騒ぎつづけるのは、さすがにうるさく感じるのか、青いシカは首を振り、四本の脚を踏み鳴らして、あとずさりをはじめた。青いシカに置き去りにされたモリオは縁側にへたりこんで、つぶやいた。

——……今までと、なんだかちがう。どうしたのかな。せめて、ダイジョウ院の庭だけでもいいから連れて行ってほしいのに……。

言いつづけるうちに、モリオはようやく、青いシカの顔の前をあわただしく動く小さな黒い影に気がついた。モリオが眼を見張ったとたん、青いシカは首をうなだれ、コウモリだけをあとに残して、雨のなかに消えてしまった。縁側に残されたモリオは口を開けたまま、狭い庭を打つ雨を見つめつづけた。悲しみの色にその顔は包みこまれていた。

そんなモリオの顔や手を嘗めて慰めてやりたい、とコウモリはどれほど思ったことか。でも突然、そんなことをしたら、モリオはびっくりして、縁側から庭の水たまりに転げ落ちてしまうかもしれない。トランの眼であるコウモリはモリオのまわりを飛び、明かり障子の開いているところから、ゆらゆらと部屋のなかに入った。高熱と悲しみのために眼をうるませたモリオは、その正体に気がつかないまま、黒い影の動きに釣られ、部屋のなかに這い戻ってきた。そして自分のシトネに倒れこむと、部屋の闇を飛びまわる影を眼で追いながら、荒い息を洩らした。影は闇に吸いこまれそうで完全には吸いこまれず、闇の一部をかきまわしつづける。どうしてさっきは青いシカが消えてしまったのか、モリオは熱にぼんやりした頭で思いを巡らせ、次第に、部屋の闇に体を溶かしひろげていく。

浅い眠りのなかで、モリオの乾いた唇がわずかに動きつづけ、虫の羽音に似た声が低くかすかにひびきつづけた。

シロリ、シロリ、シロリ……。

トランの眼であるコウモリの耳には、そのように聞こえた。コウモリは部屋の天井にぶらさがり、霧の粒よりも小さな涙をこぼした。二十五歳になるモリオ、得度を受け、ホトケの道に入ったモリオは、二歳のモリオに戻ってしまっている。モリオにはもう、自分の命を守りたいと願う力が失せているのかもしれない。

トランの眼であるコウモリの無力なタタカイは、その夜から本格的にはじまった。

16

そう、その夜だった……。

小さな黒い影が自分につきまといはじめている、とモリオはその夜はじめて、おぼろげながらも意識しはじめたのだった。それがなにを意味するのか、モリオは母トランの存在を思いつくこともなく、むしろ、自分の死がそのような影として近づきつつあると感じた。死の影とはこのように訪れてくるものなのか、と受けとめた。死にたい、と思っていたわけではない。思うはずはなかった。生きつづけたい、と全身の細胞で願っていた。青いシカと山々を走りまわる喜びも、モリオにとっては生きる喜びにほかならなかった。病気の身では青いシカと遊ぶこともできないと思い知らされ、苦い薬を率先して飲みつづけ、そして青いシカに向かって、何度も何度も祈った。早く、このモリオを元気にして！　モリオを助けて！

モリオは当然、生きつづけなければならなかった。ようやくジンソンの手を離れ、独立したおとなとして生きられるようになったのだ。十年間の「アイミツ丸」によって封じられてきた時間がやっと流れはじめた。坊主頭の身だろうが、体のほかの部分が失なわれようが、生きつづけることには支障がない。生きつづけたい！　生きつづけることしか、モリオは考えていなかった。

それでも、黒い小さな影が自分の視野にちらつきはじめている。眼の病気なのか、頭の病気なのか、モリオはそんな疑いも持った。熱のある身では判断力もなくなる。自分の眼を疑い、正気を疑う不安を拭い去ることもできないままに、これこそが死の影と呼ばれるものなのだろう、そうにちがいない、と考えつづけた。だれにも教えてもらう必要はない。だれのものでもなく自分の死なのだから、この眼に見えるものとして存在する。でも、それはまだ遠くをかすめているにすぎない。自分の死であるからには自分が見守りつづけなければならない、ともモリオは自分に言い聞かせた。

ジンソンが送りこんでくれた医者はさまざまな高価な秘薬をモリオに与えつづけた。ジンソンの命令が発せられ、コウフク寺の僧たちが加持祈禱を行ない、ミコたちまでが呼ばれて、宿坊の外で病魔を追い払う呪術も行なった。

頭上にあいかわらず、小さな黒い影がちらついてはいたが、モリオはそれをわが身に近寄せまいとにらみつづけ、体の回復を青いシカに、ホトケに、神々に、そして母トランにも祈願しつづけた。

二カ月、それとも三カ月経ったのだろうか、モリオはある日、セミの声で眼をさました。久しぶりに、目覚めたという気がした。長くつづいた眠りの重い呪縛が急に、ほどけ落ち、モリオは体を起こした。本当に、セミが鳴いている！　ということは、今はもう、夏！

モリオは歩きだそうとした。でも足に力が入らず、自分で笑いださずにいられないほどぶざまに、前にうしろに倒れてしまい、しかたなく四つん這いで明かり障子に近づき、両手でふたつの障子戸を引き開けた。そのとたん、まばゆい光線に押し倒された。頭も、体も、強すぎる光線に打たれて八方に飛び散った気がした。眼が痛くて開けられない。体の皮膚も痛い。モリオは呻き声をあげ、部屋の奥に戻ってから、子どものようにくすくす笑いはじめた。

本物の夏の光！　熱の汗ではない夏の汗が額を濡らしている！

錯覚ではなく、実際に、モリオの体の熱はさがっていた。

モリオは回復した。真夏のある日、突然、回復した。モリオはそう、信じた。信じずにいられなかった。小坊主たちも心から安堵し、手を打って喜んでくれた。すぐさま駆けつけた医者も笑みを浮かべ、しかし、焦りは禁物ですぞ、とくり返しモリオに言い聞かせた。その夜、粥をすり、早速、自分のつとめである読経をはじめた。熱がさがったら、まず日課の読経だけは果たさなければならない。なにしろ、今のモリオは「ジョウアミ」という名の僧、まだ半人前だとしても、ホトケの道に入った僧以外の何物でもなかったのだから。

宿坊の仏間で灯明に火を点し、ケサをかけジュズをもんで、棚に置かれた厨子《ずし》の扉を開いた。なかには、ジンソンから贈られた小さな金銅仏が納められている。経本を開き、口を開いた。肉の落ちた腹からは、大きな声が出ない。とりあえず、かすれ声で経文を読みあげはじめる。小さな黒い影が、眼の隅をかすめたような気がした。まさかと思いつつ、経文をたどりつづけた。黒い影が金銅仏の前をすばやくよぎり、灯明の光を揺るがせた。胸が苦しくなり、眼のなかが暗くなった。小さな黒い影が天井に羽ばたく。モリオの声はつづかなくなった。体が沈みはじめ、水の冷たさが迫ってきた。

——ジョウアミさま！　ジョウアミさま！

——こんなむりをなさるから……。

小坊主たちの声が水面の遠くから波紋のように聞こえた。そして、もうひとつの声もか細く、水に揺れながら、モリオの耳に流れてきた。

——モリオや！　モリオや！

体力をすっかり失なっていたモリオは、それからまた、発熱しはじめた。医者の言う通り、焦りは禁物なのだった。本当の健康を取り戻すには、辛抱強く、静かに過ごしつづけなければならない。

ふたたび押し寄せてきた熱のなかで、モリオはおびえも引きずりつづけた。あの小さな黒い影、死の影は、モリオから決して離れようとしない。あろうことか、モリオの名までなつかしげに呼んでいた。はじめて聞く声ではない、と思った自分がおそろしかった。せっかく得度を受け、経文を読んでも、ホトケはモリオを救ってはくれない。青いシカなどを頼りに生きているモリオは、ホトケに受け入れてはもらえないのか。でも、モリオが青いシカを忘れて生きる日々がいつか、訪れるのだろうか。青いシカこそがモリオだというのに。

熱に浮かされたまま、何日か経った。

小坊主たちもだれもが熟睡している夜更け、今度はセミではなく、青いシカの笛に似た呼び声にモリオは起こされた。ずいぶん、久しぶりに現われてくれたと心が躍り、体の熱までが少し引いたような気がした。シトネから這い出て、蚊帳をくぐり、障子戸が開け放しになっていたので、そのまま広縁に出た。

夏の間に雑草の生い茂った狭い庭先で、なつかしい青いシカがモリオを待ちかまえていた。今までよりも体が大きくなり、その青い色もあざやかにかがやいている。モリオは縁側に体を乗りだした。山に行きたい、そして、谷川の冷たい水を飲みたい、と祈るように願った。谷川の水を喉に流せば、体に力がよみがえってくる。モリオの心臓が、その期待に大きく動悸を打ちはじめた。

両耳を切り取られた青いシカは、モリオに顔を近づけてきた。ガラス玉同様の、透明な丸い眼がモリオを見つめる。ひんやりした蒸気のようなものが、モリオの頬を撫でた。そのとき、小さな黒い影がモリオと青いシカの間に飛びこんできた。モリオは思わず、体を引いた。小さな黒いものはコウモリの翼をひろげて、黄色く見えるその牙で青いシカの鼻をかじり、翼の先端にとがる爪でシカの眼を、頬をせわしく引っかきはじめた。青いシカは首を振りたてて、あとずさっていく。コウモリはなおも青いシカを牙でかじり、爪で引っかきつづける。小さな黒い影の正体は確かに、小さなネズミの顔を持つ一匹のコウモリだった。そして同時に、モリオはコウモリの意味にはじめて気がつき、全身を震わせた。

母よ！

モリオはかすれた声でつぶやいた。涙が眼にあふれ、青いシカとコウモリの輪郭がぼやけていく。

母よ！

青いシカはもう一度、首を大きく横に振り、ガラス玉の眼をモリオに向けてから、不意に姿を消してしまった。涙の粒が、モリオの眼からこぼれ落ちた。

母よ！　あなただったんですね。前にも、あなたはあのシカを追いやった。なぜ、こんなじゃまをするんですか。

コウモリはモリオの頭上をバタバタと翼の音をたてて飛びまわり、それから部屋のなかに入って、白い蚊帳の外側に逆さにぶらさがった。

モリオや！

聞きちがえるはずのない母トランの声が地の底から水が滲《し》み出るように、モリオの耳にひびいた。

モリオや！　早く蚊帳のなかに戻って横になりなさい！　おまえは病気なのだから……。さあ、早く！　おまえだって、まだ死にたくはないはず。

　モリオは悪寒に震えながら、とにかく母トランの言葉にしたがい、蚊帳のなかのシトネに這い戻り、仰向けに寝た。白い蚊帳の外側を、小さな黒い影がまた、夜の闇をかきまわしはじめている。あの影も、母の声も、夢の片隅から導きだされたカゲロウにすぎない、と思い決めようとした。眼をつむり、揺れ動く夢のなかでモリオはコウモリになった母トランに話しかけた。

母よ！　でも、ぼくからあのシカを奪うことは、だれにもできない。あのシカがいるから、母を忘れずにすんでいる。シカが消えれば、母の記憶も消え去る。そうなったら、生きつづけていてもしかたがないという気がしてしまう。……母よ！　ぼくはモリオに戻りたい！

　母の声が眠気の靄のなかに、ぼんやりと返ってきた。

　モリオや！　おまえはいつだってモリオ。森の緑からこの世に生をうけたモリオ。苦しむためにこの世に生まれたわけではないのに、おまえの苦しみにわたしもこうして縛りつけられてしまっている。とにかく、今はお眠り。……眠りなさい。……

　モリオの夢のなかで、夜風に吹かれる木々のざわめきのように、遠いヨシノのミコたちの陽気な歌声が鼓の音とともに聞こえてきた。父マタシロウのへたな鼓の音も、べつの方向から孤立してひびいていた。


　ナヨヤ！

　アナタノシ！

　アナオモシロ！

トウトウタラリタラリラ
タラリララリラリ
タララタララタラリヤリン
タラリラリ
アナオモシロ、アナタノシ！

17

……じつを言えば、母トランにもどうしたらモリオを救えるのか、わからなくなっていたのだった。それでも、モリオを救わなければならない。

モリオの体に、原因不明の熱はぐずぐずと居坐りつづけた。それでも悪化する一方というわけではなく、ときどき、回復の兆しを見せることもあった。自分の病気にうんざりさせられているモリオはそうすると、妙にはりきって、熱心に読経をはじめる。読経とはよほど疲れるものらしく、じきにモリオは力尽きて、眼をまわしてしまう。それで落胆し、熱を呼び戻す。発熱したモリオはやがて、耳を切り取られた青いシカを招き寄せる。たとえ、夢マボロシであろうと、モリオの体力はそのために削り取られてしまうので、トランの眼であるコウモリはやむなく、青いシカを追い払う。モリオは母を恨みながら、眠りのなかに閉じこもる。そのくり返しだった。

トランの眼であるコウモリにも徒労感が重なり、なにかがまちがっていると感じないわけにはいかなくなった。この自分こそがモリオの苦しみを刺激しつづけているのではあるまいか。発想の転換が必要なのかもしれない。

そうしてある夜更け、またしても、両耳を切り取られた青いシカが現われた。コウモリは縁側の天井にぶらさがっていた。もし、青いシカを追い払わなかったならば、なにが起こるのだろう。モリオのために動きたくてぴくぴく痙攣する翼と牙を懸命に抑えて、部屋から這い出てくるモリオを見守った。

いつもと変わらず、モリオは青いシカを見届けると笑顔になり、縁側に身を乗りだした。青いシカもモリオに顔を寄せる。そこまでは、いつものくり返しだった。でも、今度はコウモリが飛んでこない。じゃま者は現われない。どうしたのだろう、とモリオはかえって、とまどった。天井を振りあおぎ、逆さにぶらさがって動こうとしないコウモリの姿を見つけ、さらに首をひねった。母トランの気持が変わったのか、あるいは、あのコウモリはただのコウモリに変わってしまったのか。モリオはためらいのなかで、青いシカの首を抱き寄せ、頬を埋め、それでもなお天井のコウモリをおちつかない顔で見やった。コウモリは耳ひとつも動かさなかったし、声も出さなかった。

天井のコウモリと青いシカを見比べながら、モリオはなにやら考えこみ、やがて、青いシカの耳ではなく眼になにごとか、ささやきかけた。すると青いシカは夜空に向けて、甲高い鳴き声を投げかけた。一声、二声。それから、同じ場所で青い体を回転させはじめた。どんどんその回転は速くなり、シカの体が青い渦に変わっていく。風が湧き、山のにおいが吹きこんできた。山ではとっくに夏は終わっていて、秋の冷気が山から押し寄せてくる。赤く黄色く色の変わった山の木々の葉までが、狭い宿坊の庭に舞いはじめる。モリオの笑い声がそのなかで弾け飛んだ。枝から落ちるドングリのように。風にもてあそばれる草の種のように。
　モリオはいつの間にか、青いシカのかたわらに白い夜着をはだけて立っていた。夜着の裾が鳥の羽根そのままにひらめく。モリオは夜風の冷たさも感じないらしい。上弦の月が狭い庭先を淡く照らしだしていた。茶色の枯葉に似た、四角い影が風のなかに現われた。コウモリは持ち前の超音波機能をフルに働かせて、その正体を探った。どうやら四本の脚をつなぐ飛膜をひろげたムササビらしい。一方でいつの間にか、リスもモリオの肩を駆け登っていた。山のにおいに誘われ、夜の鳥たちも舞いこんできた。灰色の野ウサギがまわりを跳ね、キツネが青いシカの背に乗って、夜空を見あげている。イタチも、オオカミもモリオのまわりを走り、モリオの足もとにはカエルやヘビたち、モグラ、虫たちまでが集まり、モリオはその真中で笑いつづけていた。シロリ、シロリ、とその笑い声は風にひびく。風の渦の向こう側からは、聞き慣れたヨシノのミコたちのうたう声と調子の乱れた鼓の音が、流星のようにひびいては消えていった。

ナヨヤ！
アナオモシロ！
アナタノシ！……
テイツクテテ、シテテ！
テイツクテテ、シテテ！……

ココナリヤ！

タダココニ坐スヤ！

タダココニ……

るりノ浄土ハイサギヨシ
月ノ光ハサヤカニテ……

ついに耐えきれなくなったコウモリは黒い翼をひろげ、叫んだ。

モリオや！　モリオや！

その瞬間、コウモリは闇に襲われた。あわてて新たな超音波を発した。闇が薄まっていく。けれども、コウモリが取り戻した夜の視野から、ケモノたちも、鳥たちも、虫も、そして両耳を切り取られた青いシカも、モリオまでが消え失せ、風も消え、枯葉も消えていた。月だけが夜空に残され、いつもの狭い庭にひねこびたススキとモジズリが揺れていた。

トランの眼であるコウモリは恐怖に体の毛を逆立てたまま、静まりかえった庭を飛びまわり、それから念のため、部屋のなかに入ってみた。不思議なことに、モリオは絹のあたたかなフスマに包まれて静かに眠っていた。なにを、どこで見まちがったのか、コウモリにはさっぱり理解できなかった。おびただしい知識を身につけ、得度も受けたモリオは特別な呪法までも自分のものにしてしまったというのだろうか。コウモリはわが子であるモリオに頭がしめつけられるようなおびえを感じた。

　モリオは眠っていた。規則正しい寝息までたてて、深い眠りの底に沈んでいた。コウモリは部屋の天井にぶらさがって、モリオの寝顔を見つめ、音にならない悲鳴をあげた。体が震え、天井から落ちかかった。コウモリは心を静め、もう一度、モリオの顔を注意深く超音波で探った。やはりその顔は人間のモリオではなく、青いシカ、両耳を切り取られたシカの顔にしか感じ取れなかった。枝わかれのした二本の角がひえびえと頭のうえに伸び、長くとがった鼻の先は白く濡れている。そして、まばらにヒゲが生えた頬にまで、その口は大きく裂けている。それは人間ならぬ、ケモノの口だった。

　コウモリはモリオの青いシカの顔に耐えられなくなり、その体を包む上等な絹のフスマに注意をそらした。青いシカのモリオの体で中央が盛りあがったフスマの両脇と裾に、そんな場所に現われるはずのない生きものの影が息づいているのに気がついた。全部で三匹の生きものがそれぞれ体を丸めて寝ているらしい。いちばん小さな影はモグラだった。大きな影は首の長い白い鳥。それに、フスマの裾では、緑色のヘビが大きな蚊取り線香のように同心円状にまるくなって眠っている。

　コウモリはもう一度、悲鳴をあげたくなった。心臓の動きが止まり、床に向いた耳から、涙がこぼれ落ちていくように感じた。いったい、なにが起こったのか。ひょっとして自分の知覚能力がこわれてしまったのかもしれない。コウモリはそんなことも考えてみた。これほどおぞましい事態を受け入れることはできない。自分が勝手に描きだした悪夢なのだ。とりあえず朝になるまで、なにも考えまい。これがもし、本当に起こっていることなのだとしたら、たとえモリオ自身は平気でも、ほかの人たちが騒ぎだすはずなのだから。

母トランの眼であるコウモリは苦痛のなかで、朝をじっと待ちつづけた。モリオの父マタシロウのイナナキの声とへたな鼓の音を呼び寄せ、そこに救いを求めずにいられなかった。ヒンヒンヒヒン……。ヒンヒンヒヒン……。

宿坊の朝は、夜明け前にはじまる。小坊主たちがまず眼をさまし、部屋の明かり障子と板戸の一部が開いているのを見て首を傾げながら、板戸をすべて開け放ち、部屋の隅を照らしていた灯明を消してから、モリオのシトネに近づく。小用のための竹筒を用意し、モリオの顔をのぞきこむ。額に手を置き、熱を確認する。むりに起こさないほうがいい、と小坊主たちはうなずき合い、モリオの体をやわらかく蔽うフスマの位置を整えて、いったん、部屋を去っていく。

小坊主たちは驚きの声をあげはしなかった。恐怖に気を失なったりもしなかった。なにひとつ異常なものは見つからなかったらしい。コウモリは天井に逆さにぶらさがったまま、呻き声を洩らし、牙を剥き出しにした。コウモリの探り得る世界ではあいかわらず、モリオの顔は青いシカとしか察知できず、フスマの端では、モグラと白い鳥とヘビが安心しきって眠りこんでいたのだった。

コウモリは涙の一滴も出ない乾ききった黒い体を震わせた。モノノケのようなものになり果てたモリオに吐き気をおぼえ、それでも眼を離すことができなかった。わたしが青いシカを追い払いつづけてさえいれば、とわが身のトガに息ができなくなった。コウモリはもう、やめにして、カササギの母トランに戻りたくなった。父マタシロウがそこでは、鼓を肩に乗せて、馬にそっくりな嘆きの声を今も流しつづけている。マタシロウはなにをあれほどに嘆きつづけてきたのか。その眼にはすでに、モリオのおぞましい変化が見えていたのかもしれない。だとしたら、母トランのトガはいよいよ、この三界《さんがい》からしめだされるべき罪深いものとなる。

コウモリは孤独だった。どのように償いをすればいいのか、どうしたらモリオを救えるのか、母トランの眼であるコウモリはだれにも相談することができなかった。父マタシロウにも、モリオ自身にも。コウモリはたったひとりで解決法を見出さなければならなかった。

自分のトガに苦しみつづけるコウモリの逆さになった頭の下で、モリオはあいかわらず、両耳を切り取られた青いシカの顔のまま、ヘビとモグラと白い鳥に守られてシトネに眠り、そして、体が少し回復すると、仏間に行って、読経をはじめた。青いシカのガラス玉の眼が、金銅仏を見つめる。白くひかる角が揺れる。ケモノの口から経文が流れる。その肩には緑色のヘビがからみつき、首の長い白い鳥はモリオのかたわらに寄り添い、モグラはモリオのたもとに潜りこんで、読経の声に聞き入る。見るに耐えないこの有様を、コウモリはそれでも見守りつづけた。青いシカの口からひびく声だけがモリオの声のままだった。吐き気を通り越し、コウモリの体は痙攣し、耳もよく働かなくなった。体の毛が抜け落ち、水気を失なった翼にもひびが入りはじめた。

そしてとうとう、コウモリはモリオを救うたったひとつの方法を思いつくに至った。ほかにどんな方法があるだろうか。もし、それにすら失敗したら、そのときは母トランがこの世を去るとき。さらに、ケモノとホトケの呪いに閉ざされてしまったこのモリオも命を失なわなければならない。

手水鉢の水が凍る、真冬の時期になっていた。

18

母よ！　あれは冬の日々だったのか。

母よ！　あのころのモリオには季節の意識が消え失せていた。それでも、氷の冷たい感触は山の生きものたちと金銅仏の記憶とともによみがえってくる。氷のなかで生きつづけながら、しかしモリオは寒さを感じてはいなかった。それどころか、「心の友」に守られ支えられる身になって、安堵のぬくもりさえ感じていたのだった。幼い日々のやわらかな光に包まれて、モリオはこれこそが自分なりに見つけたホトケに通じる境地なのかもしれない、と陶然としていた。山の生きものたちのにおいが甘やかにモリオの体に溶けこみ、それはさまざまな山の生きものたちの鳴き声に変わって、モリオの体を春の風に運び去った。ときおり、冬や夏の風に変化し、秋の風になり、枯葉が地面に騒ぐ音がひびくときもあったが、そんな変化も、かえってモリオの喜びをつのらせた。かつてジンソンに愛されつづけ、今は茶色に変色したモリオのペニスも、タカやワシの雛《ひな》のように巣から細い首を伸ばして、もう一度、羽根をひろげて空に飛びたちたいと夢見つつ、春や冬の風に心地よくそよいでいた。

　モリオはできるだけ、読経のつとめにはげみつづけた。ヘビとモグラと白い鳥だけではなく、山のすべての生きものたちに抱かれながら、首にホトケの法であるケサをかけ、ジュズを押しもみ、熱心に読経をした。厨子のなかの金銅仏がそんなモリオを、まあ、それでもよかろう、とにやにや笑って見守っていた。モリオはホトケの笑顔に甘え、慈悲を乞いつづけた。山の生きものたちのために、自分のためにに、ホトケの慈愛を祈りつづけた。

モリオは山の世界しか知らなかった。でも、この世には海もある。一年中が夏の国もあれば、冬の国もある。ほかに想像のつかない国も数多くあるにちがいない。広大無辺なこの世に、無数の命がひしめいている。モリオも、山の生きものも、そう考えれば、なんと小さな存在にすぎないことだろう。その小さな存在がある日、生まれ、ある日、死のうが、世界はなにも変わらない。山で一匹のリスが飢え死にをしても海の魚の一匹も悲しまないし、一個のシジミが涙をこぼすこともない。でも、山の木の葉一枚にも、草の一筋にも、カイガラムシのような虫にもそれぞれの命があり、その命を惜しみなく生きようとし、そしてあるとき、死の領域に突き放される。死の世界には、この世のさらに百万倍、千万倍もの命の影が漂っている。そんなひとつひとつの、無限に近い数の命を思うと、モリオは体がこなごなになりそうな痛みに襲われ、空間と時間を超越しているはずのホトケの慈愛を求めるほかない思いに駆られるのだった。

母よ！　でも、そもそも山の生きものたちに守られ支えられているモリオがホトケに眼を向けること自体が、浅ましい錯誤にほかならなかったのだろうか。母トランがはじめから見抜いていたように。とは言え、当時のモリオも、そして今のモリオにも、自分の錯誤が理解できずにいる。なにをどこからまちがってしまったのか。あのモリオがほかに、どのように生きられたというのか。

「ジョウアミ」として、モリオは少しでも熱がさがると、仏間の厨子の前に坐って、読経のつとめを果たした。しかし必ずと言ってよいほど、読経をつづけるうちにめまいを起こし、声も乱れ、やむなく中断せざるを得なくなった。それでも、モリオが読経をあきらめることはなかった。朝晩の読経は僧として最も基本的な義務だった。それすら怠たる僧は地の底の底に突き落とされる。そこでは人間のありとあらゆるツミが永劫に燃えつづけ、血の池に溺れ、氷の大波に翻弄されつづける。そんなおそれを持たなくなった僧がコウフク寺でも増えつづけている時勢だったのに、モリオはジンソンの腕のなかだけで生きてきたせいか、すこぶるまじめに、たぶん、愚直なほどに、ホトケの教えを守ろうとしていた。

母よ！　しかし、まじめに読経をすればするほど、その姿は母トランから見れば、おぞましさ、浅ましさを深めているだけだったのか！　なんと両耳を切り取られた青いシカがケサをかけ、ジュズをもみ、経文を大まじめに唱えていたとは！

あの日が、すでに春という季節に入っていたのか、まだ冬の寒さに留まっていたのか、モリオにはわからない。モリオの母であるコウモリは最後の戦いに踏みきるまで、いったい、どれだけの時間を必要としたのだろう。

あの日も、モリオは山の生きものたちに囲まれ山の風に吹かれて、読経にはげんでいた。厨子の金銅仏はモリオに向ける微笑をひろげている。そのように見えてならないから、モリオは一層はげみを感じ、読経に打ちこんだ。そこに突然、あの黒いコウモリが金属をきしらせるような声をたてて、モリオとホトケの間に急降下してきた。コウモリは金銅仏をおさめた厨子を襲い、その翼を叩きつけ、牙と爪で金銅仏を傷つけようと、厨子の前で大騒ぎをはじめたのだった。

黒いウルシにラデンがちりばめられた厨子の奥に、金銅仏はひっそりと立つ。厨子の高さは三十センチほどで、もちろん扉もついているし、厨子の前には灯明も置かれている。翼をひろげたままでは、いくら体の小さなコウモリでも厨子のなかの金銅仏を爪で引っかくのはむずかしかった。コウモリはまず灯明を倒して、それから黄色の牙でウルシにかじりつき、手の爪で厨子の扉にしがみつこうとした。モリオに寄り添う首の長い白い鳥が大きな羽根を片方だけひろげ、床に倒れた灯明の火を消した。コウモリは厨子を相手に騒ぎつづけた。何度もコウモリの体がぶつかれば、木製の厨子は金銅仏をなかに入れたまま揺れはじめる。モリオのうしろに控えている小坊主たちは眼も耳も閉じてしまっているのか、なにも気づこうともせずに、読経の声を絶やさない。

厨子の揺れは大きくなり、それはついに棚から大きな音をたてて床に転げ落ち、なかに安置されていた金銅仏が床に投げ出された。コウモリは小さな眼を赤くひからせて、その金銅仏につかみかかり、牙を立てた。しかし、金属の金銅仏がコウモリの牙などで傷つけられるはずはなかった。かえって、コウモリの牙のほうが折れてしまう。そう言えば、コウモリの翼はすでにところどころ破れ、体にも青黒い肌が剝き出しになった箇所がいくつも見られた。

コウモリは金銅仏を牙でかじることはあきらめると、両脚で金銅仏をつかみ、その場から運び去ろうと試みはじめた。けれども、ほんの小さな仏像とはいえ、青銅のかたまりはかなりの重みがある。コウモリは無益にぼろ布のようになった翼をはばたかせ、牙を剝き出し、金銅仏を持ちあげるのに熱中する。小坊主たちはあいかわらず、そんな騒ぎにも無関心に、読経をつづけている。

母よ！　なにをしているんですか！

見るに見かね、モリオは小坊主たちには聞こえない声でコウモリに呼びかけた。

母よ！　もう、やめてください！　それはただの仏像じゃないですか。

ふとコウモリの動きが止まった。横に倒れた金銅仏をぼろぼろになった黒い翼でおおい隠し、赤い眼をモリオに向けた。

モリオや！　これこそが、おまえの苦しみのもと！　おまえには今の自分の姿が見えていない。わたしはこれ以上、今のおまえを見るにしのびない。でも、それもこれもこの母のアヤマチだったと思えば、おまえをこのホトケから逃がしてやるしかないではないか！

モリオもコウモリをにらみ返した。肩にからみついているヘビがカマクビをもたげ、白い鳥は長い首をななめにコウモリに向けて伸ばし、たもとからはモグラがヒゲの震える小さな顔をのぞかせた。

母よ！　ぼくにはあなたの言っている意味がさっぱりわからない！　アヤマチとはなんですか。今のぼくがそれほどにいやなら、ここを立ち去り、さっさとぼくを忘れればいい！

コウモリはもう一度、翼をはばたかせ、体全体を震わせて、青銅の仏像を両脚で持ちあげようとした。しかし、金銅仏は一ミリも浮かびあがらない。

ああ！　こんなコウモリの身ではどうすることもできない。ホトケは重すぎる！　ホトケは大きすぎる！　こんなおまえを残して、どうしてここを去れるだろう。モリオや！　わたしのモリオや！　おまえはこのままでは生きのびることができない。

モリオの肩のヘビがコウモリに少しずつ這い寄っていく。白い鳥がコウモリを威嚇して、コウコウと叫びはじめた。モリオの青い顔がゆがみ、両眼から涙がこぼれ出ようとした。

母よ！　生きつづけようとつとめているわが子に、今さら、母はなにを求めるのですか。モリオの苦しみもアヤマチも、モリオのもの。どこまで母はこのモリオにつきまとうつもりなのですか。なんという残酷な母なんだ！

緑色のヘビが自分に這い寄ってくるのに気がついたコウモリはついに金銅仏をあきらめて、天井に飛びあがり、モリオの頭上をまわりはじめた。首の長い白い鳥も負けずに、その大きな羽根をひろげようとする。モリオは白い鳥の首を撫でてやり、コウモリの影を見守った。

モリオや！　モリオ！　母はあきらめられない！　母はどうしたらよいのか！　いくつになっても、母にとってわが子はわが子。わが子に先立たれるのは、どうしたって耐えられない。おまえはホトケから逃げなければならない。青いシカのままでもかまわないから、今すぐ、山に逃げなさい！　ああ！　まだ手遅れではないはず！

コウモリは甲高い悲鳴をあげ、モリオを襲い、手もとの黒水晶のジュズを首尾よく牙に引っかけて飛び去った。部屋のランマにジュズを置くと、コウモリはつぎの目標をモリオの首にかけてあるケサに定め、ふたたび、牙をひからせて飛びおりてきた。しかし、長い布のケサはジュズのようには簡単に、モリオの体から奪い去ることはできなかった。コウモリは苛立って、モリオの首に爪を走らせ、モリオの肌を切り裂いた。

母よ！　痛い！　痛いよ！　やめてよ！

モリオは思わず、両手を首のうしろにまわして、コウモリを振り落とそうと体をねじった。

モリオ！　モリオ！　こんなケサから、おまえを自由にしてやる！　ホトケから救ってやる！

コウモリはわめきたてながら、爪をモリオの肉に深く食いこませた。モリオはその痛みに息を止め、上半身を激しく揺すってから立ちあがった。そして、自分の首のうしろを両手で思いきりはたいた。たもとのなかにいたモグラは床に落とされ、白い鳥とヘビはモリオを見あげ、それぞれの口を開いた。

母よ！　母よ！

モリオは地団駄を踏み、叫んだ。

モリオの手に小さな熱いものが触れた。とっさにモリオはそれを握りつぶし、床に投げ捨てた。それだけでは足りずに、右脚をあげ、踵《かかと》で全身の力をこめて丹念に踏みつぶした。それからあえぎつつ、まわりを見渡した。

部屋のなかに、コウモリはもう飛びまわってはいなかった。ヘビも、首の長い白い鳥も、モグラも、そして、小坊主たちさえも見えなくなった。この世のなにもかもが死に絶えたかのような静かさのなかに、モリオは立ちつくしていた。空気そのものまでが失なわれたような静かさが、モリオのまわりにひろがっていた。

モリオは足もとの床を見おろした。金色にかがやく金銅仏が横たわり、その影と見まちがえてしまいそうな黒い染みがぽつんと床に貼りついていた。そのふたつは微笑も浮かべず、声も洩らさず、ひややかにモリオを見つめ返した。

19

——モリオ……。

母トランはつぶやく。

――モリオ……。

母トランはもう一度、つぶやく。眉をひそめ、眼をつむる。

モリオが口を閉ざし、母トランも沈黙に落ちてしまうと、雨の音がふたりの坐る家のなかに、大きくよみがえる。炉の炎は今は消えがちになり、木切れのほとんどが白い灰に変わっている。

モリオも疲れきって、母トランのように眼をつむる。

ときおり、激しい雨が束になって、家に襲ってくる。家が雨に押し流されていく。ふたりの体が家ごと流されていく。そんな音がふたりの耳を打ちつづける。

やがて母トランは長い息を吐きだし、眼をつむったまま、低いかすれ声を喉からしぼりだす。

――……そんなことがあっても、わたしたちはまた、巡り会った。いつまでも、いつまでも別れては巡り会いつづける。わたしたちは母と子でありつづける。……それにしても、このカササギの母と子の話はもう終わらせなければならない。ずいぶん長い時間、わたしたちは話しつづけている。いくらわたしたちが注意深くそれぞれの記憶を探り、それを受け入れがたく思って変更を望んでも、このカササギの母と子のたどる道は変わらない。トランとモリオはとっくにこの世を立ち去った一組の母と子。でも、わたしたちの記憶に迷いこんできたトランとモリオは、わたしたちしか知らない。

……それから、雪の多い冬が過ぎていった。春の光がヤマトに注ぎ、サクラが咲いた。やがてホトトギスが鳴きはじめ、寝苦しい夏が終われば、ハギやキクが咲いた。そうしてまた、月凍る冬になった。その冬もいつかは過ぎ去り、ふたたび春が巡ってきて、ウメがほころび、カエルが姿を見せる。草木の葉が萌え出て、またしてもサクラが咲き、そして花びらが舞いひろがった。花びらはヤマトを埋めつくし、空の青もおおい隠した。

モリオはそのおびただしい花びらのなかで、首をくくって死んだ。

文明六年四月五日の夜、アイミツ丸として十五歳から十年生き、それからジョウアミという法名の僧侶となったモリオは、自分の宿坊の軒先にぶらさがり、花びらとともに春の風に揺れていた。

母トランはここでいったん言葉を切り、深い息を体の奥から長々と吐きだしてから、すっかり年老いた声を改めて、雨の音に低く重ねはじめる。モリオは深くうなだれ、肩も動かさない。

……タカマド山のビャクゴウ寺でモリオの体が火に焼かれたのは、その二日後だった。翌朝になっても、まだモリオの体は燃えつきてはいなかった。

モリオの突然の死に驚愕し、悲しみに打たれたジンソンのはからいで、ガンゴウ寺極楽坊の僧がビャクゴウ寺に送られて、葬儀がとり行なわれた。父マタシロウと兄マタロクが参列を許された。これも、あまりに思いがけない死であったがゆえの、例外的なはからいだった。その日、ジンソンはダイジョウ院持仏堂にこもり、ひとり読経をつづけていた。さぞかし、ジンソンなりに胸が破れそうな読経だったことだろう。葬儀ののち、モリオの亡骸は焼き場に運ばれ、火がつけられた。父マタシロウと兄マタロクのふたりがその火を見守った。夜が更けるとともに、モリオの体を燃やす煙とにおいが、タカマド山から春がすみのヤマトの空にひろがった。母トランはカササギでモリオの煙を見つめ、モリオのにおいを嗅ぎつづけた。父マタシロウの悲嘆のイナナキの声とヨシノのミコたちの声が煙にいぶされた夜空にひびいた。あたかも山の木々がつぎつぎに夢のなかで悲鳴をあげるかのように、それぞれの鼓の音も八方からトランの耳を不規則に打ちつづける。

恋しとよ！　恋しとよ！　ゆかしとよ！
人もなき国もあらぬか
ヒンヒンヒヒン！
逢はばや！　見ばや！
見ばや！　見えばや！
夢の逢ひは苦しかるべき！
ヒンヒンヒヒン！　ヒンヒンヒヒン！
恋しとよ！　恋しとよ！　ゆかしとよ！
たまきはる命絶えぬれ　立ち躍り
足すり叫び　伏し仰ぎ　胸打ち嘆き
手に持てる　我が子飛ばしつ！
ヒンヒンヒヒン！　ヒンヒンヒヒン！
逢はばや！　見ばや！

見ばや！　見えばや！

夜明けが近づき、闇は水の色に染め変えられていく。家の外に立つと、母トランの耳を花びらがかすめ、髪に貼りつき、身にまといついた。春の夜明け、この世の家も木も地面もすべて、水色の波に静かに揺らいでいた。その水をかきわけ、母トランは道を進んだ。山からの風が花びらをますます色濃く吹き寄せてくる。花びらの小さな一枚一枚がモリオの声をひびかせ、モリオの体温を伝える。まだ幼かったころのモリオの笑い声。泣き声。この母を呼ぶ声。汗に濡れたモリオの髪の毛。土に汚れたモリオの小さな手。冬の寒さに赤くひび割れたモリオの耳たぶ。赤んぼのときの、モリオのまるいおなか。母の乳を吸うモリオの、魚のような口。池でカエルを追う、モリオの小さな尻。……

白い羽虫の群れのように、花びらは風にさらわれ吹き過ぎていった。母トランはビャクゴウ寺への山道を登りはじめた。夜という時間がそろそろ退散するために重い溜息をつき、山の木々をざわめかせ、夜の鳥の最後の鳴き声と、朝の鳥の目ざめの声を誘い起こしていた。

母トランのまわりに、ビャクゴウ寺の墓地がしらじらとひろがった。墓地に降りそそぐ花びらは、雪にも見えた。雪のなかに、草の葉が揺れ動く。マタシロウのイナナキとヨシノのミコたちの声が墓地に流れ、花びらはモリオの声を反響させる。モリオの体を焼く煙は、墓地のおびただしい数の死者たちの声をも引き起こす。泣いているのでもなく、叫んでいるのでもない。ただ、オーン、オーンと低い声を洩らす。いつの時代の死者たちなのか、どんな死に方をしたのか、生きている間、なにを見、なにを味わったのか、なにひとつこの世に名残りを留めていないし、自分たちも忘れ果てている。それでもモリオの煙に反応して、墓地の死者たちはその声を地の底から地表に送りつづけた。

オーン、オーン、オーン……。

母トランにとって、それははじめて聞く声ではなかった。この世の時間をたどるたびに、必ず一度はどこかで耳に入ってくる声。あれはいつの世だったのだろう。長い時間、冷たい風に吹きさらされてきた、灰色の海を見おろす墓地にも、同じ死者の声がひびき渡っていた。寒い地方の強風は石の十字架を容易に削り取っていく。緑と言えば、棘だらけの曲がりくねった、背の低い植物しか息づいてはいなかった。それともあれは、どの世のことだったろう。真夏の強すぎる光のなか、白い地面のあちこちに地バチの巣のような穴が開いていた。人ひとりがようやく通れるその穴をおりると、カビのにおいに充ちた闇に、遠い昔の死者たちの声が待ち受けている。トランの眼にはなにも見えない。闇に体が溶けていく。死者たちの声にしがみつき、ともに自分も声を流さずにいられなかった。二千年前の死者たち。五千年前の死者たち。

オーン、オーン、オーン……。

モリオがまだこの世に生まれさえしなかったあのころ、自分がモリオの母になるとは思いつきもせずに、モリオの父となる男の運転する車であの墓地、この墓地とまわって死者の声を聞こうとしたのは、なぜだったのだろう。男の耳には、なにが聞こえていたのだろう。

母トランは眼にあふれた涙を指でひきちぎるように地面に投げ捨て、墓地を通りすぎた。焼き場はビャクゴウ寺の裏手にあった。ジンソンがたっぷりと費用を出したので、モリオの体を焼くための上等な薪が充分に用意され、場所も見晴らしのいい一等地が選ばれた。小さな高台になったその場所にようやく、トランはたどり着いた。
青い色のちらつく大きな炎が、火花をまわりに散らしながら、夜明けの空をさかんに焼き焦がしていた。マタシロウとマタロクが右の茂みに身を寄せて眠りこみ、左のほうでは、火の番をする老人が火掻き棒を膝の間にはさみこんだまま、やはり寝入っている。風向きによって火花と煙をまともに浴びても、三人の男たちは頭を動かさない。眠りの泥に包みこまれ、寝息さえ洩らしていない。それでも、父マタシロウは悲嘆のイナナキを絶やさなかった。首をくったモリオが発見された朝から、二日間、マタシロウは眼を閉じ、なにかを食べることを忘れていた。トランの顔もだれの顔も見ず、声も出さずに、体だけをまわりの指示にしたがって動かしつづけた。そして、モリオの体を焼く薪に火がつけられた瞬間から、悲痛なイナナキの声をタカマド山に、そしてヤマト全体に放ちはじめた。それに呼応して、ヨシノの山からミコたちの歌声が湧き起こった。モリオの体が完全に焼きつくされるまで、その両方の声はヤマトの空から消えない。

ヒンヒンヒヒン！　ヒンヒンヒヒン！
恋しとよ！　ゆかしとよ！
見ばや！　見えばや！
手に持てる　我が子飛ばしつ！
恋しとよ！　恋しとよ！　ゆかしとよ！
夢の逢ひは苦しかるべき！

ヒンヒンヒヒン！

恋しとよ！　逢はばや！　見えばや！


母トランはモリオを焼きつづける炎に近づいた。モリオの葬儀にも、焼き場にも、ケガレた女の身であるトランは近づいてはならないとされていた。でも、もうかまわない。モリオの体はすでに一晩燃やされつづけ、肉のほとんどを煙に変えてしまっている。

母トランはモリオを焼く炎に近づいた。

炎の奥に、青白い色がかがやく。モリオの体が発する光だった。その外側を金色の光に、さらにいちばん外側を赤い光に包まれ、モリオは横たわっていた。高温に燃えさかる炎のなかで、静かに白く眠っていた。

モリオ！

母トランは炎になったモリオに呼びかけた。

モリオ！

炎の先端がトランの髪を焼き焦がした。眼のなかにも、炎は飛びこんできた。けれども、トランの眼から涙は出なかった。熱を持った石のように、それは乾ききっていた。

モリオ！　かつて、こうして焼かれたのは、このわたしだったのに！　おまえではなかったのに！

母トランは炎のなかに突き進んだ。モリオの炎はすぐさま、トランの着物を焼き、肌を焼きはじめた。髪を焼き、目玉を焼いた。トランももうひとつの炎に変わりつつ、モリオの体に倒れこんだ。

ヒンヒンヒヒン！　ヒンヒンヒヒン！

父マタシロウのイナナキが炎のなかにひびきはじめた。その声はモリオとトランの炎にあぶられ、音量を増していく。重ねて、幼い子の泣きじゃくる声が渦巻きはじめた。悲しみよりも絶望に駆られて泣き叫ぶ声。炎とともに山の空を揺るがし、幼い人間の子が泣きつづける。父マタシロウのイナナキもそれに負けず、炎のなかを駆けめぐる。

ヒンヒンヒヒン！　ヒンヒンヒヒン！

幼い子の泣き声は激しくなるにつれ、波打ちながら転調しはじめ、音の高さはそのままに、まわりの空気を弾き飛ばす笑い声に変わっていく。幼い子が地面に転がり、その喉から小さな心臓をも吐き出す勢いで笑いつのる声がひろがる。子の泣き声も笑い声もそう言えば、ひびきはよく似ていた。母トランは安堵の息を吐いて眼を開け、身を起こした。

夜明けの薄青い空のなかにいた。ふくらかなにおいの風が正面からまともに吹きつけ、新緑のかがやかしさをトランの肌に残して吹き過ぎて行った。子の笑い声とマタシロウのイナナキがより近くに聞こえた。トランは息を深く吸いこんだ。明けの明星が鋭くひかり、ほかにもいくつかの明かるい星がまだ消えずにまたたいていた。

そして、トランは気がついた。眼の前で、二歳のモリオが笑い声をひびかせ、髪をなびかせて、馬のたてがみにしがみついている。濃紺の色にひかるモリオの髪が、うしろに坐る母の顔をくすぐる。トランの長い髪も風にさらわれ、川のせせらぎに似た音がトランの耳を騒がせつづけた。足もとのほうに、炎が見えた。ふたりのまたがる馬が夜明けの空を飛びながら、隕石さながらに燃えていた。トランの足も燃え、モリオの足もやがて燃えていく。馬はイナナキをつづける。父マタシロウは燃えさかる馬になって、トランとモリオをその背に乗せ、宙をまっすぐに飛びつづける。宙はどこまでもつづく。燃える馬は息切れなどしない。野太く、力強くイナナキながら、海を超え、山を超え、その間に馬の体は燃えつづけ、トランとモリオもひとつの炎になって、なおも広大な宙を飛びつづける。馬のイナナキとモリオの笑い声が雷鳴のように、宙から地上に落ちていく。

燃える馬は砂漠を超え、氷河を超え、森林を超えて飛びつづけた。トランもモリオのように口を開けて笑い声をあげた。地上からこの馬はＵＦＯのように見えるのかもしれない。だとしたら、ひょっとしたら、宇宙人とはわたしたちのことだったのかもしれない！

炎は馬の胴を焼きつくしていく。トランとモリオの体も風のなかで、やすやすと燃えていく。モリオは笑いつづけ、馬はイナナキを宙にひびかせる。空はもう炎に隠され、夕焼けの赤々とした光に世界のすべてが包みこまれていた。

炎は馬の首を燃やし、トランとモリオのふたりを焼きつくし、最後に、馬の耳を燃やして、唐突に、宙の一点で消え失せた。灰色のちぎれ雲ひとつ残さなかった。

00　大仏供養

建久六年（一一九五）三月十二日は、午後から大雨大風となった。都から天皇以下公卿官人一行を迎えて盛大に行なわれた大仏殿の再建供養は、大雨大風のため、さんざんな目にあった。そもそも十年前の大仏開眼供養の日も雨にたたられ、東大寺の新しい巨大な仏像は肝心の仏に喜ばれてはいないようだった。

前の日から、大和の人々が東大寺のまわりに集った。都や、さらに遠い国からはるばるたどり着き、この再建供養の日を、何日も前から待ちつづけた人たちも少なくなかった。大仏の功徳を求め、起請文を用意してきた人たち、その場での出家を願う人たち、誓願のために、自分の手の指を切り落とす覚悟を胸に秘めた人たちもいた。病人もいた。言うまでもなく、遊行《ゆぎょう》の僧や尼もいた。乞食もいれば、盗人もいた。

お母さん、ここは泥だらけ、ドロドロでなにも見えない……

新しい大仏殿の屋根のうえ、左右の二カ所から地上まで五色の長い布が垂らされ、ときおり強く吹く風に乱れはためいた。大仏殿の正面にも、中庭を囲む回廊にも、五色あざやかな幕がかけられ、それぞれが風にあおられるたびに乾いた音をたてて、その日の供養のはじまりを夜明け前から待ちかまえていた。中庭には舞台が用意され、銀の宝幢《ほうどう》や、色とりどりの旗がそのまわりに何本も立てられた。すべて大仏殿の大きさに釣り合わせて作られているので、どんなものも巨大な飾りとなり、それだけでも荘厳な、そして人間たちの身を限りなく縮小させる威圧感に充ちたながめを作りあげている。大仏殿の屋根から垂れる絹布の長さにしても、大仏殿の高さが五十三メートルだというのだから、ゆとりの分も入れれば、少なくとも、長さ五十五メートルの布が使われているということになる。巨大なプレゼント用のリボンに似たこの布全体で、計算上五百五十メートルの長さになり、もちろん、それぞれ少なくとも一メートルの幅はあるので、いったい、どれだけの絹布が使われているのか、供養全体ではどんな量に及ぶことになるのか、さすが、国の王である天皇主催の行事はなにからなにまで、その規模がけたはずれに大きかった。

雨がやまない、激しい雨、池の水があふれ出て、ぬかるみをさらにひろげ、深めていく……

午前四時、大仏殿再建供養の皮切りとして、天上の神々を呼び寄せる管弦の乱声《らんじょう》がまだ暗い空に放たれた。同時に、数万の兵士が東大寺全域、そして大仏殿のまわりを取り囲み、ものものしい警護の態勢についた。将軍頼朝が鎌倉から率いてきた、「守護の善神」たる兵士たちだった。

日の出とともに、将軍とその家族が現われ、回廊中門の外側に定められた桟敷に入った。日の出と言っても、空は低い雲に閉ざされたままで、まばゆい朝の光に新しい大仏殿が照らしだされたというわけではなかった。気まぐれに西風が吹きこみ、その日の大和は冷えこんでいた。天皇主催の大仏殿供養だったが、それに必要な費用のほとんどを寄進したのが鎌倉の将軍頼朝だった。にもかかわらず、武家の身にすぎない将軍は、回廊の内側に入ることが許されなかった。

午前六時、権中納言兼光が回廊の座につき、東大寺の鎮守である八幡社に捧げる供養祈願の幣《ぬさ》を、八幡社の使者に渡した。ついで、関白兼実が立ちあがり、後鳥羽天皇の御座所まで出迎えにおもむいた。その間に、天皇の母七条院が宿所を出て、大仏殿の東登廊に着座した。

午前八時、まだ十四歳の天皇が関白に導かれ、西登廊の座に出御した。それにつづき、公卿以下の貴族たちが回廊に着座し、供養法会のはじまりを待機した。

一同、静まったところで、大仏殿再建供養の願文と呪願文の清書が天皇に渡され、十四歳の天皇はおもむろに、自身の諱《いみな》をそこにしたためた。

ドロドロはでも暖かくて、気持がいいね、お母さん、ぼくは泥のなかにいるのが大好きだ、こうして泥に沈んでいると、なにもこわいものが見えない……

午前十時、大仏殿供養の開始を告げる鐘が鳴らされた。公卿以下の貴族たちが中門側の座につき、公卿たちも所定の座についた。

大仏殿の前に、布施机が据えられた。

舞台では、内舎人《うどねり》から選ばれた舞人によって、和舞《やまと》がさかきの枝とともに舞われた。白い装束の近衛官人たちがつぎに舞台にあがり、東舞《あずま》をはじめた。それから、舞人ふたりによる振鉾《えんぶ》が舞われた。晴れやかな赤と緑の装束をそれぞれ身につけ、黄金にかがやく鳥兜《とりかぶと》で頭を飾っている。和琴が退き、笙《しょう》、羯鼓《かっこ》、大太鼓、鼓などが、ここではじめて管弦に加わった。ふたりの舞人は鉾《ほこ》を振りつつ、場を清める祈りを朗々と唱えた。

「天地長久
政和世理
国家太平
雅音成就」

でも、どんなにぬかるみがひどくなっても、泥が渦巻いても、大仏殿の、あの屋根にまでは泥は届かない、大仏も泥に呑みこまれない、大仏も大仏殿もあまりに大きすぎる、人間たちはみな、天皇でさえ例外ではなく泥を避けられず、泥に足を取られているというのに……

正午、南の中門から千人の衆僧が二列で中庭に入ってきた。五百人ずつがたてに並んで行進し、左右にわかれ、中庭の舞台のまわりを何重にも取り巻いた。

空が一層暗くなり、西風の勢いも増した。

千人の衆僧たちの動きがおさまったところで、法会の導師と呪願師がそれぞれ輿に乗って入場し、舞台の北に作られた二つの高座に腰をおろした。そのふたりに、先ほど、天皇が自分の諱を書き入れた願文と呪願文が渡された。

三十人の上卿《しょうけい》たちが立ちあがって中庭におり、千人の衆僧たちに囲まれた席に着座した。つづけて、位の順番にしたがい、他の貴族や官人がその後方に坐った。

千人の衆僧も含めた中庭の全員がそろってから、惣礼を三度おもおもしく行ない、また、貴族、官人たちはもとの回廊の席に戻った。


この泥のかたまりがお母さんなの？　泥でぬるぬるしているから、形がよくわからない、ああ、これがシッポか、それで、こっちが耳、お母さんはぼくの犬クリになったのか、ぼくもこんなに小さな、二歳の子に戻ってしまった、泥のなかにいると、ぼくたち、同じドロドロになって、見分けがつかなくなる……お母さん？　ねえ、ぼくはぼくのお母さんと話しているんだよね、お母さんじゃないとしたら、ぼくはだれと話をしているんだろう……

鳥の翼を背につけて迦陵頻《かりょうびん》に扮した子どもたち、蝶の羽根をつけた胡蝶の子どもたち、そして、菩薩の装束と頭《かしら》で扮装した舞人たちが舞台を経て、大仏殿の前まで行き、順番に供花した。そののち、いったん中門まで全員がさがり、改めて、菩薩になった舞人たちが舞台にあがって、菩薩の舞をはじめた。その間に、堂童子たちが散花のための花籠を回廊の貴族たちに配っていく。

菩薩の舞のつぎには、子どもたちの迦陵頻の舞が演じられた。つづいて、胡蝶の舞。そのころから、大粒の雨が固い音をたてて、地上に降りそそぎはじめた。風も強くなった。それでも胡蝶の子どもたちはあわてずに舞いつづけた。みるみる美しい蝶の羽根が黒ずみ、頭を飾る天冠の山吹の花が打ち倒され、舞台にこぼれ落ちていった。

やがて、ついに水の重さに耐えきれなくなり、天が破れてしまった。天空の水が滝になって、東大寺に落ちてきた。強い西風にその雨脚がさらわれ、大仏殿を乱れ打ち、中庭を打ち、人々を打った。しばらく、雨の音しか聞こえなくなった。大仏殿の屋根から垂れる五色の布が雨のなかに乱れ舞い、中庭の宝幢や旗が揺れた。地面はたちまち雨水におおわれ、雨粒のはじく水のしぶきで白く煙った。

舞台の胡蝶たちはさすがに頭を垂れて退場し、楽人たちとともに、中門に逃がれた。高座にいた導師と呪願師は裾をつまんで、上卿たちの座に急いで避難した。千人の衆僧たちには逃げ場所がないので、豪雨に打たれるがままたたずんでいるほかなかった。

回廊の天皇も貴族たちも軒深い位置に座をずらし、溜息をついた。


雨が降る、地表が泥に溶けていく……

泥のかたまりのわたしたちは泥のなかを進む、犬だろうが、二歳の子だろうが、泥のかたまりになってしまえば同じただの泥、泥なら、大仏殿に近づくことができる、でも、おとなの女だったら、泥に隠れることができず、中庭のなかにさえ入れない、そう、わたしはこの世で何度も女として生きてきた、女であれば、子も産んだにちがいない、もう自分でははっきり思い出せなくなっているけれど……この二歳の子がわたしのかつて産んだ子なのかどうか、そんなことを泥のなかで気にしても、あまり意味がない、それでも、わたしたちは今、こうして泥のなかをともに進んでいる、母と子のつながりを持つのか持たないのか、それよりも、同じ目的を持つわたしたちは大仏殿に行かなければならない、その目的だけが、今のわたしたちに生きつづけている、十年前に、新しい大仏が完成し、それからようやく大仏殿もできあがった、大仏殿再建供養がこの雨のなか、つづけられている、そして、わたしたちも新しい大仏を見届けるため、泥のなかを泳ぎ、大仏殿に近づく、ふたつのそっくりな泥のかたまりとして……

滝の勢いで降りつづける雨に眉をひそめながら、進行役の権大納言と僧たちがあわただしく相談をして、導師と呪願師の許しを得てから、せっかくみごとに勢揃いさせた衆僧の数を、急遽、千人から三百人に減らした。中門から外に追い出された七百人は、回廊の外側に作られた、舞人や楽人たちの控えの仮小屋に入り、そこからもあぶれた衆僧は近くの戒壇院や鐘楼にまで散った。中庭に残った三百人は大仏殿のなかにあがり、中庭で行なわれるはずだった衆僧行道を大仏のまわりで行なうことになった。衆僧行道の眼目は声明《しょうみょう》だったから、その声さえ天皇や貴族たち、そして中門の外側に集っている人々の耳に届けば、それでさしつかえはないとされた。

大仏殿に入った衆僧たちは大仏の周囲を押し合いへし合いしつつ行進し、雨の音と競い合うがごとく、声明を高らかに唱えはじめた。中門からは、楽人たちが管弦の音をひびかせる。中庭の外側に追いやられた七百人もそれぞれの場所から、声明を唱えた。

計算外の効果ではあったものの、前からうしろから、遠くに近くに、声明の声は雨のなかに揺らいでひろがり、参集した人々の耳にはとうてい、それは人の声とは聞こえず、この世の外に誘い出されるかの心地になった。涙を流す者、足もとの泥に倒れる者、自分の着物を引きちぎって呻く者などが、中門の外で続出した。


雨はやまない、地面は泥に溶けていく、でも、供養法会に集った人たちはだれも立ち去ろうとはしない、興福寺のほうにまで人々があふれだし、読経や誓願の声、赤んぼの泣き声、おとなたちの泣き声、罵声、悲鳴、馬や牛の鳴き声が泥に溶けこみ、渦を巻き、大仏殿から流れてくる声明の声に波立つ、小さな、ふたつの泥のかたまりになったぼくたちは、その隙間をすり抜けながら、泥のなかを大仏殿に近づいていく……


「守護の善神」である数万の兵士は所定の位置で、顔を濡らす雨水も拭わず、肩も震わさず、表情ひとつ変えず、さながら命を持たない像のように、雨のなかをじっと立ちつくしていた。

東大寺に集った群集には、そうした兵士の姿が珍しかった。信心よりも好奇心のほうが強い人たちはこわごわと兵士に近づき、その顔をのぞきこんだ。雨水のしたたる鎧の裾を指先で突ついて、あわてて逃げだす子どもたちもいた。その様子を見て、お祭り気分で東大寺に来たおとなたちは笑い声をあげた。本物の武士の兜鎧姿を見たというだけでも、この日のみやげ話になりそうだった。

雨は降りつづけ、風も吹きつける……

声明がひびくなか、大仏殿に近づけない信心深い人たちが泥のなかで身をもみ、泣き崩れる、遠くから来た、みすぼらしい姿の巫女たちが踊りはじめる、犬神人たちがののしり合い、暴力沙汰をはじめる、眼のつぶれたカタイが叫び、年老いたヒジリが泥に埋まり、祈願に没頭する、病人とその家族が抱き合い、泥を寝床に横たわって、すすり泣く……

法会のクライマックスである声明が最後の大合唱で東大寺全体を黄金にかがやかせ、それから衆僧たちの口が閉じられ、静寂が訪れた。回廊の、都の貴人たちは酒に酔ったような赤い顔になり、眼をうるませ、放心状態になった。

雨はまだやまなかったが、その勢いはかなりおさまっていた。西風はしかし、吹き荒れつづけ、中庭の旗や宝幢が倒されそうになり、下人たちの手で支えられた。大仏殿の屋根からの五色の布も、正面の垂れ幕も風にもてあそばれるうちにちぎれはじめた。しめくくりの管弦と舞はやむをえず省略され、夕刻、導師と呪願師がふたたび、輿に乗って退場した。

大雨大風の天気は、夕闇をはやばやと迎えた。予定よりも早く、灯籠に火が点された。大仏殿の内側、正面の壇、そして回廊、舞台にも、銅製と絹製の、二種類の灯籠が雨に濡れる場所と濡れない場所にわけられ、ひしと並び、光を放った。その数全部で一万に及んだ。中庭の松明《たい まつ》にも火がつき、新しい大仏殿と中庭をほの明かるく照らしだした。巨大な大仏殿は生きとし生けるもののだれも見たことがない浄土の幻のごとくあやしく美しく、夕闇の雨の幕に浮かびあがった。天皇と七条院もその幻を仰ぎ見て、感嘆の声を洩らした。

それから天皇は関白の導きで御座所に還御《かんぎょ》した。長かった一日の大仏殿供養法会も終わりを迎えた。

雨はやまない、泥はますます深く、夕闇も濃くなる……

朝早くから、あるいは前の日から、それとも一週間も前から、東大寺に集った人たちは動こうとしない、三百人の衆僧が中門から退場し、楽人舞人たちも引きあげ、貴族たちも輿や牛車《ぎっしゃ》に乗って、それぞれの宿舎に戻っていく、中庭には万灯《まんどう》と松明を守る下人たち、大仏殿の前には公人たちが、内側には夜もすがら大仏を読経で守りつづける僧たちが残る、将軍ももう、姿を消した、それでも、大仏殿のまわりを警固する兵士たちはあいかわらず、雨のなかを立ちつくし、一向に引きあげようとはしない、中門は閉ざされたままで、大仏の特別な功徳を求めて集った人たちのだれひとり、中庭に入って、大仏を拝むことができない、二重三重に大仏殿を囲む兵士たちの壁を破れる者はいない……

泥のなかに、人々の失意がどよめく、小さなふたつの泥のかたまりにも、その重い波が押し寄せてくる、隠されたままの大仏の耳にせめて届けよと、経を唱える声や泣き声がひときわ大きく波打つ、踊る者はますます踊り狂い、ムシロを奪い合う者たちのかたわらでは、自分の髪を切り落とす者、指を切ってそれを焼く者がうなるように読経をつづける、あちらこちらで焚火が燃やされ、松明も増えていく、この松明と焚火のための油や薪を売る者たちが人々の間を歩きまわる、ムシロを高い値で売ろうとする者たちもいる、餅も団子も売られる、餅をほおばりながら、落胆の思いを見知らぬ者同士で語り合う声が、ふたつの泥のかたまりにも聞こえてくる、せっかく三日もかけて越前の田舎から出て来たのですがな、十年前の大仏開眼のときは直接、大仏を拝めたと聞きましたのに、そのときは鎌倉将軍が来なかったから、兵士もいなかったわけで……

その脇を、乞食が施しを求めて通り過ぎ、盗人が泥のなかを忍び寄る、ふたつの泥のかたまりは人々の手足にぶつかり、踏まれ、蹴りつけられながら、ときおり、眼をあげ、自分たちの位置を確認しつつ、大仏殿に近づく……

東大寺に集った人たちは夜になっても立ち去らなかった。待ちつづけていれば、まだ、なにか起こるのではないか、大仏をこの眼で拝ませてもらえるのではないか、という期待を捨てきれず、とりあえず、翌日まで過ごすつもりになっていた。

雨はかなり小降りになったが、吹き荒れる風が冷たかった。泥にまみれた人たちの混乱は増し、その夜の東大寺には夜の眠りが訪れることはなさそうだった。

群集から離れた山の際には、裕福な人々の牛車や輿が並び、荷を運ぶ馬借たちの馬も加わり、そこでも焚火と松明が盛大に燃やされていた。

ふたつの泥のかたまりはぬるぬると泥に沈み、泥に溶かされていない固い土をも掘り進める、兵士たちと回廊の足もとを潜らなければ、大仏殿の前に出ることはできない、土のなかに潜りこむと、外にどよめく人々の声はさすがに消え失せ、土の静かさに包みこまれる、ふたつの泥のかたまりはそれぞれ犬の前脚と人間の子の手を使って、土を休みなく掻き出していく、湿った土には大きな石も頑丈な木の根も含まれず、犬と人間の四本の手が傷つくこともない、土のにおいが少しかびくさいのは気になるけれど、それでも眼に見えない微小な命は無数に生きていて、かぐわしい息を吐き出している……

ねえ、お母さん……、やっぱり、お母さんと呼びたいから、お母さんと呼ばせてね、だけど、どうしてぼくたちはこの大仏を見届けなければならないの？　新しい大仏を見届けるためのぼくたちなんだということはわかっているんだけど……

なにか理由はあったんだろうけど、わたしにももうわからなくなっている、この大仏を見届ければ、わたしたちはなにかたいせつなことを思い出せるのかもしれない、そのために、わたしたちは大仏を見届けに行こうとしている、しいいい！　でも、もう声を出しちゃだめ、この先は、くしゃみもだめ……

しいいいい……

万灯に照らされた大仏殿の前にひょっこり、泥が盛りあがった。その泥は波紋のように泥をまわりにひろげながら、大仏殿の壇を這いあがる。ぐっしょりと雨に濡れ、風で端がすり切れた五色の幕を潜り抜ける。警護の公人は大仏殿の正面にも中庭にも抜かりなく立っていたが、泥の動きには気を留めなかった。公人たちの足もとは泥だらけだったし、松明や灯籠、宝幢を守る下人たちは頭までが泥にまみれていた。回廊も、大仏殿の壇も床も泥に汚れ、そのとき、泥の汚れをまぬがれているものはひとつもなかった。大仏殿の真中に坐る大仏を除いては。

ふたつの泥のかたまりは大仏殿のなかにすべりこんだ。

大仏のまわりに灯籠が並べ置かれ、翼を持つ鳥しか近づけそうにない高い天井からも、おびただしい数の釣り灯籠が垂らされ、巨大な仏像を照らしだしていた。仏像の大きさに釣り合わせた巨大な蠟燭が二本、祭壇に点され、高座には一人の老僧が坐り、下の段には二十人の僧が夜の読経を低く唱えつづけていたが、泥の侵入には一人も気がつかなかった。長かった供養一日の疲れと眠気で、泥のかたまりにまで気を配るゆとりを持つ人はだれもいなかった。ただ、大仏だけがふたつの泥のかたまりを注意深く見つめていた。

泥のかたまりは動きを止め、そっと眼をあげた。巨大な像が無言で足もとの泥のかたまりを見おろした。

ふたつの泥のかたまりは息を吞み、身震いをはじめた。

再建されたばかりの大仏殿の中央に坐る、途方もない大きさの仏像は、真珠色にかがやく骨の顔で、卑小な人間たちの世を照らそうと、大きく口を開け放っていた。

とまどいの泥から、森生は立ちあがった。

森生は両手で顔を蔽い、自分の眼を指先で強く押さえ、それから両手を顔からはずした。

夏の朝、静まりかえった大仏殿のなかに、十二歳の森生はひとりでたたずんでいた。床にもうひとつ残っているはずの泥のかたまりも見えない。年を経た大仏殿の内側には朝の光がさしこんでいた。森生は歯を鳴らしながら、思いきってもう一度、眼の前にそびえる巨大な仏像を見あげた。そして、うなるような泣き声を洩らした。

古びた大仏殿のなかにおさまる大仏の顔は、十二歳の森生の知る、黒くてふくよかな、半分眼を閉じ、口を閉じた顔に戻ってはいなかった。頭蓋骨があいかわらず、灰色にくすんで見えた。同じ色の細い胴体がその下につながり、胸には肋骨が浮かんで見える。腕と手も灰色の骨だった。

骨になった大仏の口は下顎が落ち、人間の世を包む空気に剝き出しでさらされていた。

ハトの羽根が一枚、その埃っぽい空気にふらふらと舞うのが、泣き声を洩らしつづける森生の眼の隅に映った。

引用文献

神楽歌・催馬楽　岩波文庫『神楽歌・催馬楽』　武田祐吉編　一九四二年
閑吟集　岩波文庫『新訂閑吟集』　浅野建二校注　一九八九年
萬葉集　『新日本古典文学大系』　一～四　佐竹昭広ほか編　岩波書店　一九九九～二〇〇三年
今昔物語　『新日本古典文学大系』　三三～三七　佐竹昭広ほか編　岩波書店　一九九三～九九年
日本霊異記　講談社学術文庫『日本霊異記 全訳注』上・中・下　中田祝夫訳注　一九七八～八〇年
梁塵秘抄　『完訳 日本の古典』　新間進一、外村南都子校注　小学館　一九八八年
説経節「愛護若」「信徳丸」「苅萱」　東洋文庫『説経節』　荒木繁、山本吉左右編注　平凡社　一九七三年
義経記　岩波文庫『義経記』　島津久基校訂　一九三九年

参考文献

『日本中世の寺院と社会』　久野修義著　塙書房　一九九九年
『中世の都市と非人』　松尾剛次著　法藏館　一九九八年
『日本中世賤民史の研究』　三浦圭一著　部落問題研究所出版部　一九九〇年
『日本中世の身分と社会』　丹生谷哲一著　塙書房　一九九三年
『中世寺院の権力構造』　稲葉伸道著　岩波書店　一九九七年
『境界の中世 象徴の中世』　黒田日出男著　東京大学出版会　一九八六年
『中世の身分制と非人』　細川涼一著　日本エディタースクール出版部　一九九四年
『湯屋の皇后』　阿部泰郎著　名古屋大学出版会　一九九八年
『中世の女の一生』　保立道久著　洋泉社　一九九九年

とりわけ、三浦圭一、丹生谷哲一、稲葉伸道、三氏の貴重な研究には全面的にお世話になりました。特別な感謝を捧げたいと思います。

（著者）

ヒグマの静かな海

一頭の大きな体のヒグマが、海岸にあらわれた。今からおよそ百年前に当たる一九一二年の、おそらく五月二十日前後のころ。いくら北海道の北端であろうと、五月下旬ともなれば、地表も海も春の色に変わりはじめる。でも海の水はまだ冷たい。

大きなヒグマは天塩地方の、海に面したサロベツ原野と呼ばれる広大な湿地帯を何日かうろつき、それから海に入り、沖へ向かって泳ぎはじめた。白くうねりつづける波の動きに、ヒグマは自分を呼ぶ声を感じたのだったろうか。海の向こうには、てっぺんのとがった山が浮かぶ。利尻島にそびえる標高一七二一メートルの利尻山。山肌にはかすかに青みを帯びた雪がまだ残り、コニーデ型の美しい山の姿が、海岸からすぐ手が届きそうな近さに見える。でも実際には、そこにたどり着くまで、最短でも十九キロもの距離を泳がなければならない。大きな体のヒグマはたぶん、それ以上の距離の海を泳ぎつづけた。あきらめずに。途中で力尽きておぼれることなく。

水泳を得意とするおとなの人間が泳ぐと、約十時間かかる距離だという。ヒグマも十時間、あるいはもっと長い時間をかけて泳ぎつづけたのか。基本的には、犬掻きと同じ泳ぎ方で、途中、何度も波のうえに仰向けになり、空をながめて放心し、また泳ぎはじめ、とそんなふうに疲れた体をいたわりつつ、ゆっくり進んだのかもしれない。急ぐ必要など、ヒグマにはなかったのだから。利尻島に残された記録によれば、体長二メートル四十センチ、体重は三百キロもあるオスのヒグマだった。年齢は、七、八歳と推定されている。ヒグマの寿命は平均二十五年ぐらいなので、まだ若いオスだったことになる。

ヒグマは元来、泳ぎに慣れている動物らしい。魚が好物なので、海や川の水をおそれる習性はない。けれど、二十キロ近くに及ぶ遠泳となれば、さすがにそんな泳ぎは避けようとするにちがいない。まだ冷たい水のなかを、十時間以上も泳ぎつづけなければならないのはつらすぎる。表面が静かに見える海にも、そして川にも流れがある。流れにさらわれ、一瞬でも体の重心を狂わせたら、おぼれ死ぬ。しかもサロベツ原野が面する海は外海になるので、荒れることが多い。ヒグマの常識として、そのていどのことはわかっていたはず。野生動物のほうが人間などよりもずっと身の危険を感じ取る能力は高い。それなのにどうして、五月のまだ冷たい海を、ヒグマは沖に向かって泳ぎはじめてしまったのだろう。

約百年前の当時も、地震が多い時期だった。ヒグマはひょっとして、頻発する地震におびえていたのだろうか。それで奇妙な興奮のなかにあり、いつもの鋭い判断力を失ってしまった。二年前の夏には、有珠山の大噴火が起きている。有珠山は洞爺湖の近くにあり、一方、ヒグマが現れた海岸はずっと北のほうで、地図で見ると、ずいぶん離れている。けれど、このときの噴火で有珠山には四十五個もの火口が開き、ついには高さ二百メートル以上の新しい山が出現し、のち洞爺湖温泉と呼ばれることになった源泉も勢いよく噴きだしたというのだから、北海道全体が大きく揺れつづけたにちがいないし、二年後になっても、揺れは散発的につづいていただろう。

有珠山大噴火の五年前には、もっと南の、函館に近い駒ヶ岳が噴火している。そのときも、北海道全体が大揺れに揺れたのではないか。北海道の火山が競ってにぎやかに活動する時期だった。勘定すれば、それはちょうどサロベツ原野のヒグマがこの世に誕生したころでもある。激しい地面の揺れのなかで生まれ、揺れのなかで母親の乳を吸っていたのだとすれば、ヒグマにとって、地震はちっとも珍しい現象ではなかった。こわいと思ったら、兄弟たちと母親のおなかの下に潜りこめばいい。そうすれば、なにもこわくなくなり、母親のぬくもりのなかで眠ることができる。

やがて成長してひとりで生きるようになってから、ある日、ヒグマはひときわ大きな揺れを感じた。そのとき、体の奥に横たわっていた子どものころの習慣がよみがえった。そして驚きとともに気がつく。母親が、そばにいない。どこに消えてしまったんだろう。なぜ、こんなにひとりぼっちなんだろう。一緒に遊んだ兄弟もいなくなっている。こわくて、さびしい。幼い子どもに戻った心で、おとなになったヒグマはうろたえる。たった一頭、容赦ない世界に取り残された孤独と恐怖で全身の毛を逆立てて、海岸に立ちあがる。大きな体は震え、針金で締めつけられたような痛みにも襲われる。ヒグマは吠え声をあげ、海に向かって走りだし、その勢いのまま、泳ぎはじめてしまった。どこかへ逃げたい、と願って。ここではないどこかへ。

いつ見ても打ち寄せては引いていく、塩からくて決して飲むことができない、なにもかもが揺れる水の動き。遠くには光しか見えない。白い光のときもある。暗い光。夕陽の赤い光。さまざまな色の光があちこちで盛りあがり、流れ、混じっていく。まばゆい雷が落ちていくのを見るときもある。どんなものでも呑みこむ、際限なくひろい水の世界。水はもともと揺れるものだから、地面のどんな揺れでも吸いこんでしまう。ヒグマはまるで虹色のウロコに体を包まれた魚になったかのような気分で、冷たい海のなかを泳ぎはじめた。

地震によって引きおこされた津波が押しよせてきた可能性もありはしないか。たまたま海岸にいたヒグマは、その波に呑みこまれてしまった。渦巻く波のなかで息ができなくなり、びっくりして反射的にもがいていたら、うまいこと海面に浮かびあがることができた。けれどすでにかなり沖に流されていて、もとの海岸には戻れず、いやでも島へ向かって泳ぎつづけなければならなくなった。

とはいえ、これは考えすぎというものかもしれない。今は二〇一一年、日本列島の東北部を中心に、あまりに大きな地震と津波が襲ってきたあとなものだから、こんな想像もせずにいられなくなる。そして原子力発電所の爆発事故が起きて、海にも陸にも放射能汚染がひろがってしまった、そんな年。

今から約百年前、利尻島に向かって海を泳ぎはじめたオスのヒグマは単にメスを求めていただけだった、とも考えられる。いつもは群れることを好まないヒグマではあるけれど、五月のこの時期ばかりは、子どもを作るためにメスを追い求める。一頭の成熟したメスをやっと見つけ、そばに近づこうとする。なにが気に入らないのかメスは逃げつづける。イライラしながらメスを追ううち、オスは海岸まで出てきた。そこでメスの姿を見失い、辺りを見まわした。沖の海面に目的のメスが浮かんでいるのに気がつく。それは銀色にひかる大きなサケの体だったのかもしれない。利尻島の白い山だったのかもしれない。ヒグマのオスはけれど、おや、あいつはあんなところに逃げたんだな、と思いこみ、まっすぐそのメス、あるいはサケ、あるいは白い山に向かって泳ぎはじめる。なにかがオスを呼びつづけた。おいで。こっちまでおいで。

食べものが豊富にあれば、ヒグマの体はいくらでも大きくなるらしい。このオスも食べものに不足したことがなく、二メートル四十センチもの体には力がみなぎり、オスとしての自信に充ちていたのだろうか。長い冬眠から醒めたばかりのころは、さすがに体が痩せ、歩くのにもふらふらしていた。でもすぐに、春がヒグマのあとを追ってくる。泥炭地でもある広大なサロベツ原野には、さまざまな、やさしい色の野草が一斉に姿をあらわしはじめる。ジュンサイもここには群生する。野草を好きなだけ食べ、日一日と、ヒグマの体は力を取り戻していく。川をくだってきたイトウやサケも、どうぞ、このわたしたちを遠慮なくお食べくださいといわんばかりに、海岸の近くをまだ、のんびりと泳いでいる。やわらかな春の野草が原野をいろどる五月下旬のころ、ヒグマは思う存分、野草や魚を食べ歩き、一年でいちばんしあわせな春の日々を過ごしていた。

春の野草の、なんというすばらしいにおい。やわらかな風。小鳥たちのさえずり。耳をここちよくくすぐる海の波音。空は青く、海はきらきらとひかりかがやく。海の向こう側からは、白い山が笑いかけてくる。チョウがまわりを飛び、鼻さきをくすぐる。アオサギが湿地の水たまりで羽をひろげる。海にはサケたちがきらきらと跳ねる。二〇一一年春以来の放射能汚染とはまだ無縁の、かぐわしい春の喜び。五月の透明な美しさ。あんまりしあわせな気分だったので、ヒグマは春風に酔ったように海に入り、のんびりと泳ぎはじめた。

それとも、ヒグマは不運にも、春の野草を求めてきた人間たちと遭遇してしまったのか。人間たちは一頭の巨大なヒグマを見つけて、仰天した。これは大変、と集団で棒を振りまわし、ヒグマを追いかけまわした。女たちはバケツを叩き、大声でわめく。鎌を振りかざす人間もいただろう。鉄砲でねらう人間もいただろう。

明治四五年のそのころには、内地から渡ってきた多くの開拓民が天塩地方にも定着していた。そうは言っても、北海道のヒグマたちは今よりずっと数が多く、まだ人間におびやかされていなかった。人間たちの側からすれば、ようやく少しは人間らしい生活ができるようになったばかりの時期で、まわりにうろつくヒグマは厄介な、おそろしい大敵だった。こわい動物といえば、エゾオオカミも出没していたものだけど、これは毒薬や懸賞金などによってかなり効果的に駆除してしまっていた。ところが、雑食性のヒグマのほうは、簡単にその数を減らすことができなかった。ヒグマを見たら、必ずやっつけなければならない。人間たちは、そう思いこんでいた。さもなければ、自分たちが殺されてしまう。ヒグマをいちばん大切な神として崇めることで、自分たちの生活を長いあいだ注意深く守ってきたアイヌのひとたちの方法を、開拓民たちは見習おうとしなかった。

とんでもなく騒ぎたてる人間たちにおびえて、逃げ場を失い、今から約百年前のサロベツ原野にいたヒグマは海を泳ぎはじめ、恐怖心からどんどん沖に出て、ついに利尻島まで渡ることになってしまったのか。利尻島には、ネズミやリスといった小さな動物以外、ヒグマをはじめとしてキツネもエゾシカも存在しない、という事実をまったく知らないままに。

それとも、こうしたすべての理由が重なって、ヒグマは海を渡ったのだろうか。

それとも、理由と呼べるほどの特別な理由はなにもなく、ヒグマはほんのちょっと気まぐれに泳ぎはじめただけだったのだろうか。いつの間にか、海を泳ぎはじめていた。なんとなく体が海に向かってしまっただけ。

それとも。

いや、ヒグマの理由をいくら考えたところで、答は出てこない。

だから
それで
したがって

ここで、どんな接続詞を使えばいいのだろう。二〇一一年のもう若くはない女は戸惑いながら、最近、テレビの画面でちらっと見かけた男性のうしろ姿を思い起こそうと努める。でもそのたび、男性のうしろ姿は、約百年前のヒグマに変わってしまう。言うまでもなく、ヒグマほど人間の男性は大きくないし、ヒグマとちがって、男性は服を着ている。ふたりの幼い子どもと奥さんが、男性のあとを追いかけようとしているのも見えた。男性は振り向かずに、どこかへ向かってゆっくり歩きつづける。男性の背中は少し猫背で、硬い髪の毛はいつもぼさぼさで、そんなところがヒグマと似ているといえば似ていたのかもしれない。

テレビの画面は、津波の被害と放射能の危険から逃れたひとびとが否応なく身を寄せなければならなくなった、どこかの避難所の様子を伝えていた。そこは天井の高い学校の体育館だったろうか。大勢のひとたちが寒さに震え、だれもがとつぜんの避難の意味をつかみかね、放心している。テレビのカメラがそこに割りこんでいく。マイクを向けられ、不承不承なにか適当な言葉をつぶやくひとりひとり。まわりには、さまざまなひとたちが忙しそうに行き交いつづける。テレビのなかで、余震が起こる。ひとびとがざわめき、画面が横に揺れる。それを見つめているこちらも、同じ余震で揺れる。

テレビのなかで揺れるひとびとのなかにヒグマさん、とここでは男性を呼ぶことにしたい、の姿が混じっていた。一瞬のことで、確認しようもなかった。見まちがいに決まっている。それはわかっていた。実際のヒグマさんはずっと前、五十年近くも前に、この世からひとりで飛びだしてしまったのだから。そしてヒグマさんの奥さんもしばらく経って他界し、あとに残された子どもたちは、それぞれ、とっくにおとなになっているはずなのだった。

ヒグマさんたら、こんなところにいたんだ。揺れるテレビを見ながら、とっさに、奇妙な安堵を受けとめていた。安堵という感情とは、ほど遠いはずの画面だったのに。

そもそも大地震の起こる前から、なにかの拍子に喉の奥から低い声をもらすようになっていた。女なのに、男のような低い声。疲れが溜まりに溜まったせいなのかと思った。年齢のせいでもあるだろう。うめき声とも、うなり声ともちがう。喉の奥深くで震える、短く、かすかな声。自分の耳にその声がなつかしくひびく、そのことがふしぎだった。やがて、ああ、これはヒグマさんだ、と思い当たった。ヒグマさんは始終、こんな声をもらしていた。ひとりでしゃべりつづけ、その合間に必ずといってよいほど、喉の奥から溜息に似た短い声をもらす。なにを話しているのやら話の内容をさっぱり理解できない子どもにとって、何回もくり返されるヒグマさんの喉の声だけが耳に強くひびいていた、ということだったのか。それにしても、あの声を今も忘れずにいたなんて、と自分でびっくりしてしまった。

ときどき家にあらわれるヒグマさんを慕っていたわけではない。ヒグマさんのほうも小さな女の子ともっと小さな弟の存在など無視していた。子どもたちの母親だけが、ヒグマさんの目当てだった。のっそり家のなかに入ってきて、子どもたちがその場にいることにも気がつかない顔で、食卓に向かって坐った。無愛想で、大きな体全体がひどくごつごつしていて、ぎくしゃくと動く。たまに、子どもたちのどちらかがくしゃみをしたり、ネコの奪い合いで不満声をあげたりすると、ヒグマさんはふたりの小さな人間が同じ部屋に存在していた事実を思い出し、例の、喉からの声をもらして振り返り、女の子なら女の子の顔を大きな眼でじっと見つめた。その眼はおそらく、実際にも大きな眼だったのだろう。相手の内側をえぐるようなヒグマさんの強すぎる視線は、小さな子どもにとってこわかった。あまりにまっすぐ見つめるので、ごまかしも逃げることも許されない、追いつめられた気持になった。相手が子どもでも、イヌやネコでも、ヒグマさんはいつも同じようにまっすぐ見つめていたのかもしれない。

警戒心ゆえに、大きな眼の持ち主であるヒグマさんを警戒し、子どもたちのほうから気軽に近づくことはなかった。といって、いやなひとだと感じていたわけではない。父とか祖父といったおとなの男性がひとりもいない家で、しかもお客さんなどめったに来ることもない家だったので、ヒグマさんのような来客は子どもたちの好奇心を大いにくすぐったし、子どもだましのわざとらしい幼稚な言葉を向けるおとなより、なにも言わないヒグマさんのほうがよほど信用できた。

どのくらいの頻度で、ヒグマさんは子どもたちの母親を訪ねてきたのだろう。一週間に一度？　いや、一ヶ月に一度ぐらいだったのか。日曜日の昼ごろにあらわれ、そのまま母親の用意する夕飯を食べ、夜遅くまで居すわった。夜になると、飲みものはお茶からビールか日本酒に変わる。ながっちり、という言葉を、子どもたちは母親から聞きおぼえた。酔っぱらって暴れるわけじゃなし、べつにかまわないんだけど、あのひとは「ながっちり」だから、それがねえ。母親は独り言のようにつぶやいていた。ながっちりって、なあに、と女の子が聞くと、母親は笑いながら、長いお尻のことよ、ヒグマさんのようなひとのこと、と教えてくれた。

子どもにはおとなの事情はよくわからなかった。母親は子どもに改めて聞こうとはしない。説明の前に、ヒグマさんがあらわれていた。とはいえ、子どももなんとなくの了解はあった。ヒグマさんは子どもたちの死んだ父親の「恩人」であること。兵隊だったふたりは遠くて寒い国にあるとくべつな場所に閉じこめられ、とてもつらい毎日を送っていたこと。けれど、ふたりはぶじ日本に戻ってきたこと。父親のほうはそれからすぐ薬剤師の母親と結婚したものの、子どもたちが生まれてからあっけなく病死した。そして、ヒグマさんはひとりぼっちのままだった。どういう事情か、ひとりの身寄りもいなかった。戦争でたくさんのひとびとが殺されたのだった。ヒグマさんの身寄りも戦争で命をつぶされてしまったのかもしれない。

女の子が知るヒグマさんは、時計の修理で収入を得ていた。そのような細かくて、静かな仕事が、ヒグマさんには合っていて、しかも専門的な仕事だったので、そこそこ食べていくのに困ることはなかったらしい。人づきあいが苦手なたちだったのに、子どもたちの母親にはときどき会いたくなり、顔を合わせれば、そのときだけは際限なく言葉が流れつづけた。ひとりの兵士として過ごした長い時間は、簡単に語り尽くせるものではなかったのだし、兵士ではなかった時間も、ヒグマさんは決して忘れたくなかったのだろう。夫の「恩人」だと思うからか、母親もあくびひとつせず、でもちょっと疲れた顔でおとなしく、ヒグマさんの、くり返しの多い話に耳を傾けていた。

あのころ、ヒグマさんはいったい何歳ぐらいだったのか、計算してみると、まだ四十歳前後の年齢にすぎなかった、と今ごろ思い当たる。六、七歳の子どもの眼には、おとなはみな同じにしか見えない。着古した服をいつも着て、動作にも話し方にもきびきびしたところがないため、あと少しでおじいさんになるひと、と勝手に考えていたのかもしれない。それで、ヒグマさんがめでたく見合い結婚にこぎつけた、とある日、母親から聞かされたとき、へえ、そんなことができるなんて、と子どもたちは不意打ちの驚きで眼を丸くしたのだった。

ヒグマさんの幸運はつづいた。結婚が決まってから住まいの問題に悩んだあげく、きっとだめだろうけど、とためらいながらも応募してみた「文化住宅」に、運良く当選したのだった。それまでのヒグマさんは、狭いアパートの一室に住んでいたという。「文化住宅」は郊外のどこかに新しく造成された宅地に建つ、新婚夫婦にとって申し分のない新築の家だ、と母親が子どもたちに説明した。それまで、よほどヒグマさんの孤独に胸を痛めていたのだろうか、ほんとによかった、わたしもうれしいわ、と母親は笑顔で何度も、子どもたちに言った。

ヒグマさんの結婚式に、子どもたちは招待されなかった。あとになって、母親からそのときの写真を見せてもらった。結婚式といっても、当時はどこかのレストランでささやかに知り合いが集まって食事を楽しむという形が多かったので、たぶん、ヒグマさんの場合もそうした集まりだったのだろう。ほら、とてもきれいなお嫁さんでしょう、と母親はうれしそうに言い、子どもたちはうなずいた。十人ぐらいのひとたちが並ぶ写真と、花婿花嫁ふたりだけの二枚の写真があった。背広姿のヒグマさんは緊張して口をすぼめ、カメラを大きな眼でにらみつけながら突っ立ち、そのかたわらに、薄い色の着物を着たお嫁さんが耳もとに白っぽい花を飾り、椅子に坐っていた。結婚記念の写真として、これも当時ありふれたスタイルだった。

子どもたちはこわごわ、写真のなかに写る小さなお嫁さんの顔を見つめた。顔が白いのは濃いお化粧のせいだろう。丸顔で、眼が細い。きれいなひと、と母親に言われれば、そうなのか、と子どもたちは納得してしまう。「きれい」の意味など、まだわからなかった。ヒグマさんのお嫁さんとしてひとりの女性が寄り添っている、そのこと自体に、子どもたちはむずがゆい恥ずかしさを感じていた。

それから、ヒグマさんは子どもたちの家に姿をあらわさなくなった。結婚した男のひとはそういうものだと子どもたちは承知していたし、会えなくなってさびしいと思うような相手でもなかったので、ヒグマさんのことは忘れたまま、毎日を過ごしつづけた。もしかしたら母親のほうは、ヒグマさんの新婚生活を心配して、なにかと連絡を取り、親せきのおばさん代わりにお嫁さんの手助けをしていたのかもしれない。

一年経ったころだろうか、ヒグマさんの赤ちゃんが生まれたからお祝いに行くわよ、と母親がとつぜん言った。子どもたちの耳には、どうしたってとつぜんに聞こえた。ヒグマさんの赤ちゃん！　子どもたちは息を呑んだ。だれかが結婚したら、赤ちゃんが生まれる。それはごく自然な流れで、とりたてて驚くべきことではなかったのに、ヒグマさんの赤ちゃんと聞いたとたん、頭のうえでぱちんとくす玉が割れて、そこから白いハトが飛びでてきたかのような気分になった。なるほど、ヒグマさんは赤ちゃんが欲しくて結婚したのか、とはじめて納得した。早く行こう、赤ちゃん、見に行きたい！　子どもたちはすぐにでもヒグマさんの家に飛んでいきたかった。

女の子は八歳、弟はまだ六歳だった。いよいよヒグマさんの家をはじめて訪ねた日のことは、しかし断片的にしかおぼえていない。電車に乗って行ったにちがいないけれど、それも忘れている。道のうえのほうに、何軒も真新しい平屋の家が建ち並んでいた。どれも同じたたずまいなので、このなかからヒグマさんの家を母親が見つけられなかったらどうしよう、と女の子は一瞬、不安になった。そのぼんやりした不安が記憶に残されている。

母親はなんの迷いもなく、ヒグマさんの家に近づいていった。土が剝き出しで、緑のない狭い庭があった。庭木が何本か植えられていたとしても、まだひょろひょろした苗木だったので、子どもの眼には入らなかっただろう。六畳間は、その庭に面していた。障子戸とガラス戸を開け放った六畳間には光が惜しみなく射しこみ、隅々まで新しい室内は清潔で、明るかった。季節は春だったのかもしれない。新しい家って明るくていいな。六畳間に坐った女の子はうれしくなり、微笑を浮かべた。女の子の住む家はとても古くて、一日中暗かった。

新しい家の清潔な明るさの真ん中に、ヒグマさんの赤ちゃんは眠っていた。男の赤ちゃんだということだった。子どもたちはこわごわ赤ちゃんの顔をのぞきこんだ。サクランボそっくりな、まん丸でほの赤い顔で、赤ちゃんは静かに眠っている。小さなピンクの口はとんがっていて、光のなかで透明に見える。弟が生まれたときをおぼえていない女の子にとっても、弟にとっても、人間の赤ちゃんをこれほど間近に観察するのは、はじめてだった。小さな鼻も、小さな耳も、ちゃんとそなわっている。小さな指には爪がひとつひとつひかっている。子どもたちが赤ちゃんに顔を近づけると、甘いにおいがする。しあわせな思いに充たされて、赤ちゃんを見つめつづけた。うっかり赤ちゃんにさわったら、あっけなく崩れてしまいそうで、手を伸ばせない。やがてヒグマさんの奥さんがそばにいることに気がついて、その顔も確認した。ほんとにきれいなひとなんだ、と女の子は思った。奥さんの白い肌が赤ちゃんとそっくりにかがやいていた。

そのときのヒグマさんを、ところが、女の子は忘れ去っている。同じ部屋にいて、母親とも話していたはずなのに。子どものいい加減さで、赤ちゃんを見たらもう、ヒグマさんの変化など、どうでもよくなってしまったのだろうか。お父さんになったヒグマさんは喉の奥の声も出さなくなり、大きな眼で子どもたちを見つめもせず、ただ、おだやかな笑みを浮かべ、自分の大切な奥さんと赤ちゃんを静かに見守るだけだったので、子どもたちはヒグマさんの存在を気にしなくなっていた。そういうことだったのだろうか。

さらに二年経ち、もうひとりヒグマさんの赤ちゃんが生まれた。今度は女の赤ちゃんだった。母親に連れられて、子どもたちはふたたび、お祝いに出かけた。女の子は十歳になっていた。そのときも、ヒグマさんの家は新しく、明るかったけれど、少し狭くなっているように見えた。以前、ヒグマさんの家がとても清潔だと感じたのは、家具というものがきれいさっぱりなかったせいかも、と十歳になった女の子は気がついた。前に生まれた男の赤ちゃんが二歳の男の子になって、にぎやかに声をあげ、狭い庭に出たり、部屋のなかを走りまわっている。

そうした変化があったものの、女の赤ちゃんは以前の赤ちゃんとそっくりに、明るい部屋の真ん中で眠っていた。サクランボ、あるいはホオズキみたいな、まん丸でほの赤い顔。ピンクのとがった口。以前の赤ちゃんと同じ顔、同じにおいだった。ふたりとも同じお母さんから生まれたのだから、同じ顔なんだ、と女の子は思いながら、今度も赤ちゃんのかわいらしさに見とれた。このときは、夏だったのだろうか。眠気を誘う、強くてまぶしい日差しが、記憶に残されている。子どもたちは白い光に溢れた庭に出て、二歳の男の子と遊んだ。といっても、一緒に庭の土に指でなにかを描いてみるとか、追いかけっこの真似をするていどのことしかできなかっただろう。ヒグマさんもゲタをつっかけて、庭に出てきた気がするけれど、はっきりしない。

十歳になっても、女の子はヒグマさんと一言も言葉を共有できずにいた。ヒグマさんは、いつも遠くにいるおとなの男性だった。結婚して、ふたりの子どもが生まれた、それは大きな変化だったはずなのに、女の子にとって、ヒグマさんはヒグマさんのままだった。というより、ヒグマさんの変化を見届けたくなかっただけなのかもしれない。幼かったころ、女の子はヒグマさんから父親のにおいを嗅ぎとっていた。自分にも父親がいたんだ、と確実に感じることができたのだった。

それから五年経ち、女の子は十五歳になった。五年のあいだに、ヒグマさんが女の子の家にあらわれることはなかったような気がするけれど、それもよくわからない。母親はヒグマさんの家を訪れていたのかもしれない。少なくとも、女の子はヒグマさんのことを忘れて過ごしていた。ヒグマさんは自分の家族を得たのだから、女の子の家との縁はどんどん薄くなっていく。

そのあいだに、女の子の家では、弟が急な病気で息を引き取り、葬式がとりおこなわれるという、思いがけないできごとがあった。実際、ヒグマさんどころではなくなっていたのだ。ふたりだけになった新しい生活を、母親と女の子は互いに少しも受け入れられずにいた。

そういえば弟のあわただしくおこなわれた小さな葬式で、ヒグマさんの姿を見かけなかった。どうしてなんだろう。ずっとあとになってから、そのことがふしぎに思えた。もちろん、女の子は弟の死に圧倒されていたので、ヒグマさんの姿に気がつかなかっただけなのかもしれないし、いかにもヒグマさんらしく、母親にすら見つからないようにそっと焼香をして、急いで帰ってしまったのかもしれない。あるいはおとなの葬式とはちがうので、その死を伝える範囲は狭く、ヒグマさんのようなおとなの知り合いには母親の判断で知らせずにおいたのだろうか。もし知らせても、ヒグマさんを困らせるだけだと。

女の子はそして、十五歳になった。母親のこわばった口からある日、聞かされた。ヒグマさんが死んでしまった。真冬のひどく寒い日、自宅からさほど遠くない場所にある四階建てのビルにヒグマさんはひとりで入っていき、階段を登って屋上に出て、そこから飛びおりた。

だれにも理解できない、唐突な、ヒグマさん自身が選んだ死だった。母親は女の子を責めてるように語った。息子の死で沈黙に閉じこもっていた母親は、ヒグマさんの死に驚かされた勢いで、いつの間にか言葉を取り戻していた。まだ幼い自分の子どもたちを、ヒグマさんは父親としてじゅうぶんかわいがっていたし、奥さんともケンカなどしたことがなかった。仕事もまあまあ順調につづいていた。重大な病気とか、ひそかな借金とか、ややこしい人間関係とか、犯罪にからんだできごととか、そうした背景も一向に浮かびあがらなかった。遺書のようなメモも見つからない。戦争で身寄りをすべて失ったことが、ヒグマさんの心に深々とした影を落としていたと言うひともいた。世の中はすでにカラーテレビや新幹線の時代に変わり、町にはつぎつぎと高いビルが建ちはじめ、泥道は舗装されていった。でもヒグマさんにとっては、あるときから時間が止まったままだったのかもしれない。時計の修理が仕事だったのに、ヒグマさんは自分自身の時間を修理しようとはしなかった。

十五歳の女の子も女の子なりに、ヒグマさんのたどった最後の時間を考えずにいられなかった。平穏な日々がつづいていたある冬の日、喉の奥から声をもらしながら歩道を歩いていたヒグマさんはふと、なにかを感じた。その日のとくべつな寒さが引き金になったのか、ガラスに反射する光が眼にきりきり突き刺さったのか、ビルを飛び越えていく鳥の黒い影を見たのか、動物の鳴き声を聞いたのか、地面が揺れ、ビルが揺れ、電柱が揺れたのか。それでヒグマさんの体の奥に眠っていたあるもの、恐怖とか痛みがめざめてしまったのか。ヒグマさんの最後の時間、世界はどんなに揺れていたことだろう。その揺れを思うたび、女の子も鋭い恐怖を感じた。

けれど、なにをどのように思っても、死んでしまったひとをよみがえらせることはできない。母親にすらわからないのに、女の子の立場であれこれ思うのは、ヒグマさんの存在そのものを踏みにじることになりそうだった。女の子は母親にくわしいことを聞こうとしなかったし、母親も無責任な推測は語らなかった。

あとに残されたヒグマさんの奥さんと子どもたちを母親は心配して、ときどき出かけていた。ヒグマさんのためにそうして動けることを、息子を失った母親は自分の救いとしている様子だった。ふたりの幼い子どもがいるので、ヒグマさんの奥さんには泣いているゆとりなどなかった。奥さん自身の身寄りが住む田舎には戻らず、文化住宅に住みつづけ、自分にできる仕事をはじめた。ところがやがて奥さんは過労が原因だったのか、クモ膜下出血という病気におそわれ、救急車で病院に運ばれたけれど、そのまま命を終えることになってしまった。ヒグマさんの葬式から二年経った時期で、女の子は十七歳になっていた。

眉間に深いしわを寄せたまま、母親はあわただしくヒグマさんの家に出かけては戻ってきて、また出かけることをくり返した。あいかわらず女の子は留守番役だった。弟がもういないから、女の子はひとりで留守番をしなければならなかった。おろおろしながら、十七歳の女の子はまず、よけいなことを考えた。奥さんが倒れたあと、いったいだれが母親に連絡したのだったろう。だれが救急車を呼び、病院まで付き添ったのだろう。ヒグマさんの子どもたちだったのだろうか。子どもたちはまだ九歳と七歳だった。となりの家に駆けこみ、救いを求めたのだろうか。

ヒグマさんの奥さんまでが死んでしまったことに、悲しみを置き忘れてしまうほど、女の子はうろたえ、おびえていた。こんなにも死が重なるなんて、こんなことが本当に起こるなんて、思ってもいなかった。さかのぼれば、女の子の父親がまず死んだ。それから女の子の弟。ヒグマさん。ヒグマさんの奥さん。そしてヒグマさんの子どもたちは孤児と呼ばれる身になってしまった。孤児。それは女の子にとって身近なおそれでもあった。女の子だって、母親が死ねば、孤児になる。幼いころから、その言葉におびえていた。けれど、母親までが死ぬ確率は、現実としてはかなり低いのだろう。そうみなしていた。ひとが案ずるほど、現実は極端な事態を招かない。それは架空の物語のなかでのこと。ところが、その仮定が破られてしまったのだ。運命というものは決して親切に配分されないし、ときには、ひどいかたよりもある。それが現実なのだった。

家に戻ってきた母親に、女の子は何度も聞かずにいられなかった。ヒグマさんの子どもたちはこれからどうなるの？ だれが子どもたちの世話をするの？

女の子から顔をそむけて、なにも答えずにいた母親は、何日か経ってから秘密を打ち明けるようなささやき声で、女の子に告げた。ひとりずつ、田舎の親せきに引き取られることになったわ。みなさん、あの子たちのためにできるだけのことをしたいと願ってはいるんだけど、ふたり一緒に、となると、どのお宅もむずかしいらしいのね。

揺れにおそわれた女の子は、とっさに言い返した。この家に引き取れないの？ ここにふたりとも引き取ればいい。どうせ、ここにはお母さんとわたししかいないんだもの。ねえ、そうしようよ。あの子たちがべつべつにされるなんて、ひどすぎる。

女の子の揺れる頭には、かつての自分がうっとりながめた、サクランボみたいな赤ちゃんふたりの顔が浮かんでいた。なんというかわいらしさだったことだろう。けれど九歳と七歳に育った兄と妹がどんな顔をしているのか、女の子は知らずにいたのだ。あんなにかわいかったのに、どうしてこれほどの不運に見舞われるんだろう、と納得できなかった。赤ちゃんふたりの、あのまん丸な小さな顔に、不運という暗い影を落としちゃいけない。女の子は本当はそう言いたかったのかもしれない。赤ちゃんたちのかわいい顔は、もはや女の子の記憶のなかにしか存在しなかったにもかかわらず。

女の子の言い分に、母親が少しでも耳を貸すはずはなかった。うんざりした表情で自分の娘を見つめ、それから横を向き、あんたは気楽なもんだわねえ、とつぶやいて立ち去ってしまった。

このとき、女の子はさらに大きな揺れを感じ、めまいとともに涙をこぼしたのだったろうか。いや、ただ不機嫌にうつむいただけだったような気がする。なにも知らないくせに、なにもできないくせに、ヒグマさんの子どもたちがこれからたどらなければならない長い時間に、厚かましくもしゃしゃり出ようとするなんて。現実というものをよく知っている母親からそのように叱りつけられたのだと思ったし、それはちがうとも言えなかった。毎日の食事を用意するのは、母親なのだった。高校生の女の子がどこかで仕事をして、生活のために必要なお金を得てくるわけでもなかった。

女の子はヒグマさんの子どもたちについて口を閉ざしてしまった。どんな犠牲を払ってでも、あの子たちがふたり一緒に過ごせるようにしたい、絶対にそうするから、と母親に訴えつづけはしなかった。同情という感情がいくらあったところで、なんの助けにもならない。そう自分に言い聞かせつづけた。けれども、うしろめたさの揺れを振り払うことはむずかしかった。なんて簡単にあの子たちを見捨ててしまったのだろう。世間のひとたちではなく、ほかでもない自分自身が見捨てたのだ。そのためだったのだろうか、女の子の夢にしばしば子どもたちが姿をあらわした。実際には女の子が見届けていない幼い子どもたちが、女の子の机の下に隠れてだれかを待っている。部屋のなかにいた子どもたちがだれかの影を追い、窓ガラスを割って外に出て行こうとする。子どもたちを思っていたというよりも、女の子はヒグマさんとその家族を思っていた、と言うべきなのだろうか。ヒグマさんが最後の時間に感じていたかもしれない世界の揺れの感覚とともに。

とはいえ、ふだんの女の子は子どもたちの存在を忘れて過ごしていたのだった。母親は女の子とちがって、子どもたちそれぞれの消息を確認しつづけることを忘れてはいなかった。子どもたちが引き取られた家を訪ねていたのかもしれないし、手紙を交わしていただけだったのかもしれない。母親が死んでしまった今となっては、それもわからない。たまに話のついでのように、母親は女の子に伝えた。ヒグマさんの上の男の子はとても成績優秀らしいわよとか、下の女の子は走るのが得意で、全国大会にも出たそうよとか。

そのたび女の子の体のどこかが揺れはじめ、けれどとにかく、あの子たちは気の毒な境遇に苦しめられているわけではないらしい、という安心を得た。ヒグマさんが感じたかもしれない最後の時間の揺れだけは、女の子の頭から消え去らなかった。ヒグマさんがその揺れに耐えて、ビルの屋上に踏みとどまってくれていれば、奥さんも死なずにすんで、子どもたちは両親のもとにいられたはずなのに。でも、女の子がこんな揺れを感じるのも、ほんの少しのあいだだけだった。すぐにまた自分の日常の時間に戻り、揺れは胸の奥にしまいこんだ。いくら思い悩んだところで、なにひとつ現実につながらないのだから。

かすかな安心にふちどられたほの暗い揺れを体のどこかに抱えながら、女の子の時間もまた流れ、その時間のなかでさまざまな起伏を経験するうち年齢を重ね、年老いた母親を見送り、ひとりの生活をつづけ、六十歳という年齢を超えてから気がついてみれば、ヒグマさんにそっくりな喉の声をもらすようになっていた。一度たりとも、言葉を共有できなかったヒグマさんは確か、まだ四十歳代でこの世を去ってしまったのだ。けれどいまだに、自分よりもずっと年上の男性としか思えずにいる。父親にしたって、今の自分よりずっと若い時期に死んでしまったわけだけれども。

日は巡り、二〇一一年三月に大地震が起き、そのあと、揺れるテレビのなかの避難所に、ようやくヒグマさんを見つけることができたのだった。ヒグマさんだけではなく、奥さんとふたりの幼い子どもたちの姿まで。奥さんは手を伸ばし、子どもたちは口を大きく開けて、余震のなかを遠ざかっていくヒグマさんを一心に見つめている。あとを追いかけたいのに、どういうわけか足が動かない。そのように見えた。

放射能などと言われてもさっぱり現実感が持てず、けれどそのぶん際限なく拡大しつづける不気味なこわさのなかで、テレビの揺れる画面に記憶が臆面もなく侵入して、時間の流れを無視し、ヒグマさんたちを一瞬だけ生き返らせてしまったのだったろうか。

めまいを感じながら、テレビを見つめつづけた。ずいぶん前、観光客として利尻島を訪れたときに見た、一頭のヒグマの死を知らせる古い新聞記事をも思いだした。約百年前に生きて死んだ、とても不運なヒグマの話。テレビの画面から伝わってきた津波の恐怖で、すでに記憶と現実が入り交じり、渦を巻いて、混乱していた。さらに、テレビのなかでも外でも、余震の大きな揺れがつづいた。放射能汚染がひろがり、被曝対策が報じられてもいた。窓を開けず、エアコンもつけないように。外では濡らした布を当てたマスクで口と鼻を覆うように。

体の揺れ、記憶の揺れのなかで、ああ、そうだ、あの子たちも同じ揺れのなかにいるんだ、と気がついた。あの子たちといっても、元気で生きていれば、今はもう五十歳を過ぎたりっぱなおとなになっている。でもヒグマさんの子どもたちなのだから、こちらからはあの子たちとしか呼びようがない。あの子たちはどこで生きているのだろう。津波や放射能に呑みこまれそうになって、大勢のひとたちとともに避難所と呼ばれる場所に身を預けている、とは想像したくないけれど、テレビのなかで見かけた小さなふたつの姿を忘れることもできない。それは、かつての自分と弟の姿にも見える。いったい、どこで、どのような思いで、あの子たちは地震の揺れと放射能のおそれを受けとめているのだろう。

あの子たち自身は知らない遠いひとときの記憶が、揺れながら点滅しつづける。ヒグマさんの真新しくて明るい文化住宅ですやすや眠る、サクランボのような、ホオズキのような赤ちゃんのまん丸な、ほの赤い顔。とんがった小さな口は透明にひかっている。小さな鼻。小さな耳。小さな指にはちゃんと爪がついている。すべてが完璧だった。二番目の赤ちゃんも同様に、完璧なかわいらしさにかがやいていた。赤ちゃんが清潔な部屋の真ん中に眠っていて、まだ幼かった女の子と弟がその顔をのぞきこみ、母親がいて、ヒグマさんと奥さんもいて、日がたっぷりと射しこんで、それは女の子にとって、疑いなく、しあわせを意味する時間のひとつぶだった。しあわせとはどういうものかと問われたら、赤ちゃんを真ん中にしたあのヒグマさんの家、と女の子は迷いなく答えただろう。女の子がそののち、おとなになっても、六十歳を過ぎても、答は変わらない。今この瞬間も。

あの子たちに伝えられたら、と願う。こんなとき、すぐそばにだれかがいれば、きっと声をかけ合うのだろう。でも、ここにはだれもいない。ひとりでいると、体の奥からあの子たちを中心にしたしあわせのつぶがかがやきはじめ、そのかがやきを無性に伝えたくなる。あなたたちがどこで生きているとしても、しあわせ、というものが確かに存在すると信じられる根拠として、赤ちゃんだったあなたたちを思いつづけるひとりの人間が、ここに余震と放射能のなかで生きている、と。

今、思う。おとなになったあなたたちに一度だけでも会っておきたかった。

そして

ある晴れた昼下がり、靴を脱ぎ、小さな仮の建物のなかに入っていく。そこが、もう若くはない女の居場所としてあてがわれたから。ひとつしかない四角い部屋に、十人ぐらいの見知らぬひとたちがたたずんでいた。みんな、ぼんやりした顔で押し黙り、部屋のなかを見まわしている。家具もなければ、荷物と呼べるものも見当たらない。カーテンのない、剝き出しの窓の外を見た。木が見える。ひょろひょろした木が少ししおれた青い葉っぱをつけて並ぶ。ところどころに板の端切れが転がり、土はまだ踏み固められず、草も生えていない。風も吹いていない。季節がわからない。アルミサッシの窓に近づき、試しに開けてみる。するすると窓ガラスは軽く動く。頭を突き出し、外の様子をもっと探る。同じ四角形の、平屋建ての家が建ち並ぶ。人影は見えない。家と家のあいだには、砂利が撒かれている。その砂利もまだ新しくて、白い。ひとの声も、鳥の声も聞こえない。葉擦れの音も聞こえない。においもない。低い喉の声をもらしながら、もう若くはない女は自分に言い聞かせる。とりあえず、まだ生きている。生きつづけるためには場所が必要で、それがここ、この場所。仮の住まいにしては、とてもいい場所に恵まれた。これから少しずつ、まわりを歩いてみよう。きっと、すてきなところがあるだろう。ここに来るまで、とても長い時間がかかった。でもとにかく、ここにたどり着くことができた。これからふたたび、新しい時間がはじまる。

一頭の大きなヒグマは、リスやネズミより大きな動物が棲息していない利尻島に泳ぎ着いた。そのとき、ヒグマは気を失っていたのかもしれない。なにしろ十時間以上もの長い時間、冷たい海を泳ぎつづけていたのだから。

それは昼間だったのか、夜だったのか。ヒグマは眼をさまし、起きあがった。辺りを見渡し、においをかぐ。音を聞く。においと音の微妙なちがいから、ここは今まで住んでいた土地ではないと理解し、さっそく食べるものを探しはじめる。飢えのおそれはなさそうだ。けれど、ぼんやりした違和感がある。今までの場所で見慣れた鳥たちがここでもくつろぎ、見慣れた花々が咲いているというのに。空の色も変わらない。ヒグマは神経質に耳をそばだてつつ、豊富な野草をまず食べ、それから海岸で魚を採った。海の揺れがまだ、体に残っていた。

つぎの日から、ヒグマは海に泳ぎ出て、また戻ってくることをくり返しはじめた。どの方角にあるのかわからないけれど、海を越えてもとの土地に帰りたかった。海水の揺れがまだ体に親しい今のうちなら、簡単に帰れる気がした。今いる場所には肝心なものが欠けている。不可解なことに、仲間のにおいがまったく感じられない。集団で暮らさないヒグマではあっても、仲間のにおいがしない新しい土地で生きていくことはできない。仲間がいなければ、メスを見つけられず、したがって繁殖もできない。ヒグマにとって、それほどの孤独はなかった。孤独の感触は蔓草の鋭いトゲのように、ヒグマの足裏を突き刺す。不穏な静けさがそこにはあった。それは約百年後の人間たちが味わうことになった放射能汚染の静かなこわさに似ていたかもしれない。

ヒグマは海を泳ぎ、また島に戻っては、低いうなり声をもらしながら海岸を歩き、食べものを得て、岩陰で眠った。そうして四、五日経った。ヒグマの孤独はつのっていた。早くこんなところから逃れたい。

ヒグマはその日も海に泳ぎ出た。海に出れば、もとの場所に戻れる。その希望を捨てられなかった。ヒグマは海を泳ぐ。聞き慣れない音が聞こえた。海水が大きくはねて、飛び散る音。人間たちが叫ぶ声。ヒグマはもとの場所に早く戻りたくて、一心に泳ぎつづける。人間たちの乗った船が近づいてくる。大型の動物がいない島を守るため、島にやってきたヒグマをなんとしてでも殺そうと人間たちが決意していることを、ヒグマのほうは知らなかった。それでも危険は感じる。人間たちから逃げたい。が、それは海のヒグマには不可能だった。泳ぐ速度を思うように変えることもできない。あわててバランスを崩せば、その場でおぼれてしまう。ヒグマはゆっくりと泳ぎつづける。

人間たちの船が迫ってきて、泳ぐヒグマを取り巻く。ヒグマは頭に鋭い痛みを感じる。一艘の船に眼を向ける。なにかひかるものが見える。それが斧と呼ばれる道具だとは、ヒグマは知らない。でもその先端から自分の血のにおいがしたたり落ちている。ふたたび、それがヒグマの頭めがけて、襲いかかってくる。さっきよりもっとひどい痛み。ヒグマはもはや脚を動かせなくなる。海に沈みそうになり、思わず人間たちの船に前脚をかける。そこを、べつのなにかが殴りかかってくる。

ヒグマは渦のなかをもがく。つぎからつぎにおそいかかるひどい痛み。苦しみ。人間たちの叫び声。ヒグマの体から大量の赤い血が流れ、海面に渦巻きながらひろがる。ヒグマには吠え声をあげるゆとりもない。眼も見えず、なにも聞こえなくなる。ヒグマは感じる。自分の体がばらばらにほどけ、無数の小さな魚になって海にひろがり、もとの場所に戻っていくのを。

やがてヒグマは動かなくなり、揺れる海面にその大きな体を静かに浮かべた。

声のかけらの氾濫

星野智幸

この解説を書いている時点（二〇一八年一月）で、まもなく津島さんの三回忌（二月十八日）を迎えようとしている。あれから時間が進んでいる気がせず、まだ先月ぐらいの出来事に感じる。

まったく恥ずかしいことに、私は唐突に津島さんを亡くして、初めて津島さんが小説の根幹として書き続けてきた喪失や別離の感覚を、自分のものとして受け取ったのだった。そして、東日本大震災と原発事故以降、自分が回復できない喪失の中にいまだに居続けていることを、改めて思い知らされた。

この喪失と向き合いたい気持ちと、それは認めずに津島さんはまだそこにいるという気分でいたいという思いの両方を満たしたくて、おりに触れ津島さんの小説を読んだ。津島さんが息子さんを失ったときに、同じような死別の体験に触れたくてたくさんの本を読み、言葉を漁ったように。

『夜の光に追われて』（「津島佑子コレクション」二〇一七年）には次のように書かれている。

「さまざまな時代の、さまざまな死を知りたい一心で、また、ほかに、子どものいないいやな夢から逃がれる術も思いつけずに、私は本を読みあさりました。そして徐々に気づかされたことは、私自身の、今の世によりかかりすぎた思い上がりと錯覚でした。

私たちの体はあなたの世と変わらずに、脆い体のままだったのです。つまらないと言えば、今の世でもつまらないことで、人は死に続けているのです。息の道になにかが詰まっただけで、間違った薬を飲んだだけで、あるいは転んで頭を打っただけで。

また、どんな病気にかかっても、生き伸びた人は、あなたの世にもいた。戦争が起こっても、なにも全員が死んだわけではない。運不運を思うしかない生者と死者の別れが続いてきた。子どもたちに死なれ続けて泣く親もいれば、子どもの死を知らずにすんだ幸運な親もいた。死はいつの世でも理不尽で、残酷で絶対的なものだったのです」

「あなた」と呼ばれているのは、平安期の『夜の寝覚』の作者である女性である。『ナラ・レポート』は、そのようにして津島さんの体内に蓄積した、自分の死別の体験と、時代も場所も異なる自分以外の人たちの死別の体験が、臨界に達し、普遍の領域にあふれ出したときに小説の形をとったのではないだろうか。

二〇〇三年から四年にかけて書かれた『ナラ・レポート』は、ヤマトという権威が切り捨ててきた物語に命を与える作品である。幼児期に母と死に別れて父の実家のナラで暮らす十二歳の少年モリオが、母を呼び出し交感する中で、自分を息苦しくさせている大仏を幻想の中で母とともに破壊、そのとたんに、長い歴史の中で封印されてきた無数の母と息子の死別の物語が解放され、あふれ出す。黒い球が大仏の頭を打ち砕くと、「人の声のかけら」が「もつれ合って、動物の群れのように先を争って、大仏殿の外に」飛び散るのだ。

それぞれは個別の別離体験でありながら、母と息子が死に別れるという構造においてはどれも同じで、限りない反復とも言える。実際、モリオと母は、「タカマド山」「ナラ坂」「ヨシノ」「カササギ」と、応仁の乱前後の奈良地方を舞台とする幾重もの物語の中に入っては、自分たちの記憶と他人の物語の記憶を混在させながら、何度も死別のストーリーを生き直す。個別の体験を重ねる中で、同じ構造がなぞられ続けると、物語は普遍化し、時間は消えていく。時間とは、個別性とともにあるものだから。

「カササギ」に登場する母トランは、モリオに言う。

「今のわたしたちはふたりとも、いつかどこかで死んだことのある身。これからもさらに死をくり返し、そのたびに、記憶が重ねられていく」

この記憶のことを母は、「遠い未来の記憶」とも呼んでいる。

それぞれの物語をつなぐのは、動物たちである。母はハトとなり、イタチとなり、コウモリとなる。森で生まれたから「森生」と名付けられたモリオは、森の生き物であり、シカと一体化する。「カササギ」でモリオの父と母が暮らすのは「カササギ集落」であり、元馬借のモリオの父はやがて馬に化身していく。

津島さんの小説にはある時期から、動物のモチーフが多出する。オオカミ、ヒョウ、ヤマネコ、鳥、シカ、猿……。いずれも山に棲む野生の動物たちだ。津島作品は、それらの動物が自由に駆けめぐることのできる山や森と切り離すことができない。『ジャッカ・ドフニ――海の記憶の物語』のような例外もあるが、圧倒的に山や森が想像力の飛翔を保証するトポスとなっている。

例えば『山を走る女』は、執拗に自分を縛ってくる「母と子」の物語から自由であるイメージとして、タイトルどおり山を走る姿を主人公の女性は幻視する。それがはっきりと動物の姿をとるようになったのは、二〇〇〇年に執筆された『笑いオオカミ』以後だろう。同時に、

『笑いオオカミ』以降、津島作品は、息子（そして兄）を失った女性の内面を描くことから、子どもがこの世の息苦しさに抗《あらが》いながら生を求めて駆けめぐる物語へと移っていく。動物が躍動し始めたことと、子どもがこの世界の主役となって生き始めたこととは、連動しているのだ。津島ワールドの新世紀はそのようにして始まった。本コレクション第Ⅰ期の全五巻を読むと、よく理解できるだろう。

新ワールドの二作目である『ナラ・レポート』には、それをはっきり示す変化が刻まれている。亡くなるのは息子ではなく、母なのだ。喪失に苦しむのは、息子のほう。母に成り代わって、子どもがそれまでの母の苦しみを生きている。息子と離れて生き続けるという母の孤独と絆を、息子が生きている。母の側から死を見るのでなく、死によって隔てられる母と息子という関係性の物語へ、より普遍化したのである。だから、作中で繰り返される物語の中では、先立つのが時に息子であったり母であったりと変奏される。どちらであれ、別離の物語であることとは同じなのだ。

では、動物が自在に生きられる森や山とは、何に対置させられているのだろうか。

『ナラ・レポート』では、大仏に象徴される仏教権威である。なぜ、大仏が破壊されると、母と息子の別離の物語が解放されて氾濫するのかといえば、仏教が権威として社会の制度を作っている中では、母と息子の関係、結びつきは等閑視され、たやすく破壊され、当事者たちの感情が顧みられることは少なかったからだ。

「タカマド山」では、村中に響く声で夜泣きを続けるキンギョ丸（のちの空海）を山中に埋める母アコウは、こう怒る。

「その正体はありがたいお経だと知っても、今のアコウの耳にはちっとも慰めのひびきには聞こえない。母の業《ごう》の深さを子であるキンギョ丸が哀れみ、母というもの、女というものはなぜかくも救いのない苦しみをみずから増やすばかりの存在なのだろうか、とまるでひとごとのように嘆いているとしか聞くことができない。（中略）女の業と言われても、わたしにはさっぱり意味がわからない。そんなことを言うから、仏教はきらい。お経もいやだ。わたしは仏教につぶされたツチグモの仲間」

「わたしは祈らない。子を産んで、子を失なったから、わたしは叫ぶ。叫びつづける」

雪の夜のヨシノの峯で歌い続ける「ヨシノ」の少女は、義経と吉野山で別れた静御前かもしれない。

「男はあくまでも少女よりも力の強い、社会的地位もある一人前の男として、少女に命じるばかりだった。女の身にはケガレがあるゆえ、この神聖な山をこれ以上、おまえとともに進むわけにはいかない、おまえはひとりでミヤコに戻れ、と。（中略）少女にはケガレの意味がわからなかった。したがって、男の怯えも理解できなかった。この男は少女の産んだ我が子ではなかったのか。その命を守ろうとする母を、今さら、女のケガレと言いたてて、冬の山中にむざむざ捨て去ろうというのか」

「カササギ」でモリオの母である「トラン」とは、吉野山の麓に住み、女人禁制の金峯山に登ろうとして失敗し続けた中世の伝説の女性、「都藍尼」と同じ名前である。

仏教権威は、母を埒外として線引きし排除することで、その息子を体制の中に組み込んでいく。そのために、母の存在と怒りや悲しみは、ないことにされてきた。大仏の中に隠されるようにして。そのような女たちの事例を堆《うずたか》く積んだ上に、権威は築かれていった。

それだけの出来事が繰り返されてきたのは、ナラの地が長い時間にわたって権力の中心の一部を形成していたからである。朝廷の権力、仏教権力、将軍の権力。

ないことにするには、記録しなければよい。記録されないから、存在しなかったことになる。逆に、文字化された歴史は、権威として永遠の力を持つ。何を書くか、何を書かないか決めるのは、最大の権力の一つである。文字に記すことで「歴史」と認定され、正統が作られる。正統の感覚とは、文字によって生み出される。

津島さんの怒りはいつも、そこに焦点を結ぶ。口承文芸に常に熱いシンパシーを寄せる津島さんは、文字の文化を次のように捉える。

「昔の人たちも歌われている物語を文字で書き記し、それを自分の場所に保存することに、特別な執着を持っていただろうし、また、それは並外れた富と権力の象徴にもなっていたと想像できる。「書く」ことは大変な修練と手間を必要とする特別な技術だった。言葉を声から文字に「変換」させることのできる書記は、国家機密にも関わる「最高位の魔法使い」のようなものだったのかもしれない」

「口承文芸をよく残している世界は現在の世界では、先進文明によって追いつめられている先住民族、少数民族、遊牧民族の世界に限定されている」（いずれも「物語る声を求めて」『夢の歌から』二〇一六年より）

文字にすることは、各地方で異なる土地の言葉ではなく、共通語という人工言語を使わねばならず、共通語とは近代国家という枠組みと歩みをともにしている、ということも指摘している。

本作でもたくさん引用される説経節や説話物語が、近畿地方を舞台としていることが多いのは、権威となった歴史に対して、文字化されなかった物語が、語りで伝えられてきたからだ。もともとは口承であった、まさに語り物であったそれらの物語が、今は文字で残っていて、私たちはそれを読むことができる。

しかし、津島さんはそれを文字として読むのでなく、あたうるかぎり「声」として聞こうと努める。さらには、記されなかった声さえも聞き取ろうとする。そのため、作中に盛んに引用され、アレンジされる古典の言葉は、掛け声のついた謡《うたい》のようなものが多い。

例えば、「ヨシノ」で歌われる、「恋しとよ　恋しとよ　ゆかしとよ　逢はばや　見ばや　見ばや　見えばや」は、「カササギ」結末部でも頻出する。

津島さんは古典から「声」の部分を聞き、その「声」が語りきれなかったであろう出来事や心情を、この小説で物語の形に整えて、思いを成就させる。物語の形でぶちまけたかったであろう、死に別れる母と息子の祈りをすくい取るようにして。この祈りとは、権威と化した仏教には聞き入れられない、叫びのような祈りである。

津島さんが聞く声はいつも、自らの意思とは無縁に選択肢を奪われた者たちが、それでも選択しようともがくときの声である。それはどの作品でも変わらない。

文書という正統から抹消された個人の感情は、当事者たちの間で語るしかない。そうして繰り返されるうちに物語となり、共感を持って同じ体験同じ気持ちを持つ者たちのアレンジが加わるうちに、厚みを増し、複数の声となっていく。津島文学はその声の響きを文字にすることによって、文字文学の権威性を失調させる。

もちろん、物語は共感によって人を解放しもするが、共感しないよそ者を排除するという排他性も持つ。すべての物語は、文字を逃れたところから語られるという意味では異端として始まり、やがては唯一のバージョンが記録されて公式化するという点では、おしなべて正統化への欲望をはらんでいる。経典も同じだろう。

たいていの物語には、両方の要素が矛盾したまま混ざり合っており、どちらにも転びうる。物語の宝庫である近畿地方には、同じように物語の声を聞いて小説に書き直した中上健次という、津島さんと対をなす作家がいた。中上健次は『熊野集』で、権威に対する敗残者の物語に、自分の経験も含む被差別部落の歴史を重ね合わせることで、異なる歴史を望んだ声たちを聞こえるようにしたが、『ナラ・レポート』はその津島版とも言えよう。津島さんが聞いているのは、『熊野集』では書かれなかった女性たちの声である。

男であるモリオは「カササギ」で、門跡寺院ダイジョウイン（大乗院）のジンソン（尋尊）の稚児であるアイミツ丸となり、成人したのち得度して、僧侶となる。つまり、大仏を象徴とする仏教権威に組み込まれていく。

だが、モリオは、「だれの手も借りず、山の一匹の生き物として産み落とした赤子」であり、「自然の恵みによってこの世に送りだされてきた」「山の子ども」であり、「貴族とはあくまで異質の、人間の形した生きものの一種」である。

僧侶の修行を重ねるごとに衰弱していくモリオが、いつの時間かのモリオによって耳を削がれた青いシカと幻想の中で一体化し、「山から山を走りまわる」さまは、読み手もいつまでもそこに留まっていたいほど美しい。

この姿は、私にとっては、津島さんそのものである。津島さんこそが「山を走る女」だった。青森で開催された二〇〇〇年の日韓シンポジウムで知り合って以後、津島さんのこだわりで始まった三回にわたる日本インド作家キャラバン（作家たちが自ら手作りし、現地に出向いてその地の作家と交流する企画を、私たちは「キャラバン」と命名した）、再び日韓文学シンポジウム、台湾キャラバン、日中韓東アジア文学フォーラムと、いつもご一緒するのは移動する企画ばかりだった。

その間にも津島さんは、台湾、キルギス、旧満州、香港と、アジアを駆け巡っていた。旅先でも津島さんは何かに衝《つ》き動かされていた。それは口承文芸に反応するセンサーと同じものによっていた。津島さんには、公の光では見えない地図に描かれた道が見えていた。

声なき声の物語がすべてその内部から飛び出してもぬけの殻となった大仏は、最後、即身成仏のような姿で、口が開いたままになる。

奈良が「ナラ」なのは、漢字の奈良という権威化された場所を、音声のナラに変えることで、骨抜きにしようとしているからだろう。同時に、奈良という特定の土地だけでなく、どこにでもある奈良的な構造を持つ土地すべてで起こっていることを含んでいるからでもある。大仏を例えば「基地」なり「日本人」なり「原発」なりに置き換えれば、同じ構造が現代のそこかしこに存在している。そして、存在しなかったことにされている生が、心情が、語られることのない物語として、聞こえない声で語り続けられている。

やはり山の動物であるヒグマが登場する短篇「ヒグマの静かな海」は、まさにそのような小説だ。戦争で出兵してその後の人生の選択肢を奪われた男、津波と原発の事故で選択肢を奪われた男、沖に泳ぎ出して選択肢をなくしたヒグマ。その行き詰まった境地での行動に、安易に因果をつけることは不可能だ。だから物語にならない。記述されない。そうして忘れ去られていく。なかったことにされていく。その堆積の上に、私たちの現在があり、「復興」を推進する権力がある。

冒頭に書いたように、時間が進んでいる気がしないのは、当然なのだ。私たちが時間を取り戻すには、現代の大仏を破壊する必要がある。

（作家）

初出一覧

「ナラ・レポート」『文學界』に連載
（二〇〇三年十月号〜二〇〇四年四月号）
「ヒグマの静かな海」『新潮』二〇一一年十二月号

底本一覧

『ナラ・レポート』文春文庫、二〇〇七年
「ヒグマの静かな海」『新潮』二〇一一年十二月号

［著者紹介］

津島佑子（つしま・ゆうこ）

一九四七年、東京都生まれ。白百合女子大学卒業。七六年『葎の母』で第一六回田村俊子賞、七七年『草の臥所』で第五回泉鏡花文学賞、七八年『寵児』で第一七回女流文学賞、七九年『光の領分』で第一回野間文芸新人賞、八三年「黙市」で第一〇回川端康成文学賞、八七年『夜の光に追われて』で第三八回読売文学賞、八九年『真昼へ』で第一七回平林たい子文学賞、九五年『風よ、空駆ける風よ』で第六回伊藤整文学賞、九八年『火の山——山猿記』で第三四回谷崎潤一郎賞及び第五一回野間文芸賞、二〇〇二年『笑いオオカミ』で第二八回大佛次郎賞、〇五年『ナラ・レポート』で第五五回芸術選奨文部科学大臣賞及び第一五回紫式部文学賞、一二年『黄金の夢の歌』で第五三回毎日芸術賞を受賞。二〇一六年二月一八日、逝去。

津島佑子コレクション

ナラ・レポート

二〇一八年三月二〇日　初版第一刷印刷
二〇一八年三月三〇日　初版第一刷発行

著　者——津島佑子
発行者——渡辺博史
発行所——人文書院
〒六一二－八四四七
京都市伏見区竹田西内畑町九
電話　〇七五（六〇三）一三四四
振替　〇一〇〇〇－八－一一〇三
装　幀——藤田知子
印　刷——創栄図書印刷株式会社

ISBN978-4-409-15032-0　C0093